HENRIK SIEBOLD

Inspektor
Takeda un
der schön
Schein

atb aufbau taschenbuch

Henrik Siebold ist Journalist und Buchautor. Er hat unter anderem für eine japanische Tageszeitung gearbeitet sowie mehrere Jahre in Tokio verbracht. Er lebt in Hamburg und unternimmt oft ausgedehnte Reisen nach Japan. Bisher erschienen als Aufbau Taschenbuch »Inspektor Takeda und die Toten von Altona«, »Inspektor Takeda und der leise Tod«, »Inspektor Takeda und der lächelnde Mörder«, »Inspektor Takeda und das doppelte Spiel«, »Inspektor Takeda und die stille Schuld« sowie »Inspektor Takeda und das schleichende Gift«. Außerdem hat er den Thriller »Schattenkrieger« verfasst. Alle seine Bücher liegen auch in Audiofassungen vor.

Inspektor Takeda freut sich auf ein ruhiges Wochenende auf einem Herrenhaus abseits von Hamburg. In einem ausgesuchten Kreis, den die vermögende Ernestine von Remsau eingeladen hat, soll es um Kunst, Antiquitäten und Japan gehen. Am nächsten Morgen aber ist die Gastgeberin tot – sie hat sich offenbar nachts in ihrem Zimmer erhängt. Da ein Unwetter alle Wege unpassierbar gemacht hat, muss Takeda allein ermitteln und stößt auf viele Ungereimtheiten. Wer ist nachts durch das Haus geschlichen? Warum sind die Reifen an einigen Autos zerstochen? Und welche Rolle spielt ein berühmter japanischer Farbholzschnitt? Zur selben Zeit muss Claudia in Hamburg den Mord an einem zwielichtigen Privatdetektiv aufklären. Und dann kommt ihr bei den Ermittlungen der Verdacht, dass beide Fälle zusammenhängen und Takeda in höchster Gefahr schwebt.

Henrik Siebold

INSPEKTOR TAKEDA UND DER SCHÖNE SCHEIN

KRIMINALROMAN

atb aufbau taschenbuch

MIX
Papier | Fördert
gute Waldnutzung
FSC® C083411

ISBN 978-3-7466-4068-6

Aufbau Taschenbuch ist eine Marke
der Aufbau Verlage GmbH & Co. KG

2. Auflage 2024

www.aufbau-verlage.de
10969 Berlin, Prinzenstraße 85

Umschlaggestaltung www.buerosued.de, München
unter Verwendung eines Motivs von © mauritius images / Ingo Boelter
Abbildung auf Seite 5 Katsushika Hokusai,
»Die große Welle vor Kanagawa« © Public Domain
Satz Greiner & Reichel, Köln
Druck und Binden CPI books GmbH, Leck, Germany

Printed in Germany

冨嶽三十六景
神奈川沖
浪裏

1.

Die große Welle vor Kanagawa war zweifellos eines der berühmtesten Bilder Japans. Es zeigte drei schmale Fischerboote, die von einer gigantischen Welle begraben wurden – so gigantisch, dass das Wasser gleich auch den heiligen Berg Fuji im Hintergrund zu verschlingen schien.

Inspektor Kenjiro Takeda hatte den Farbholzschnitt von Katsushika Hokusai bereits unzählige Male gesehen, und er wusste, dass das Bild nicht nur zahllose japanische Künstler inspiriert hatte, sondern ebenso die europäischen Impressionisten, dazu auch Komponisten und Dichter wie Debussy und Rilke. Inzwischen zierte es sogar eine japanische Banknote und die Reisepässe seiner Heimat, und es gab ein Emoji, das nach dem Vorbild der Welle gestaltet war.

Und doch empfand Takeda ein gewisses Gefühl der Enttäuschung, als sein Blick auf das berühmte *Ukiyo-e* fiel. Es hing, zu seiner Überraschung, an der Stirnseite des großen Salons von Gut Hohenforst und dominierte auf diese Weise den gesamten Raum.

Der Inspektor befand sich nicht in Hamburg, sondern im nördlichen Schleswig-Holstein, auf dem Land. Genauer, er war auf einem einstmals adeligen Landsitz, in den er mit anderen Gästen über das Wochenende eingeladen war. Gräfin Ernestine von Remsau, die Hausherrin, plante zwei Tage der Geselligkeit und der guten Gespräche, nicht zuletzt über Kunst und über Japan, weswegen sie darauf bestanden hatte, dass auch Takeda die gesamte Zeit bis zum Sonntag blieb.

Der Inspektor war erst kurz zuvor angekommen. Es war Freitagnachmittag. Er hatte sein Gepäck auf das ihm zugewiesene Zimmer im ersten Stock gebracht und war anschließend in den großen Salon im Erdgeschoss getreten. Dort war ihm Hokusais Meisterwerk sofort aufgefallen.

»Was sagen Sie, mein lieber Kenjiro? Ist es nicht ein atemberaubendes Kunstwerk? Hat man nicht das Gefühl, selbst von der Welle mitgerissen zu werden? Ich habe das Bild erst vor Kurzem erworben und bin sehr stolz darauf.«

Ernestine von Remsau, trotz ihrer sechsundsiebzig Lebensjahre eine schöne Frau mit schlanker Figur und einem ausdrucksvollen, fein gezeichneten Gesicht, trat neben den Inspektor und blickte mit ihm auf den Farbholzschnitt. Obwohl sie beim förmlichen Sie blieb, nannte sie Takeda beim Vornamen und wollte ihrerseits Ernestine genannt werden.

Der Inspektor lächelte und sagte mit leiser Stimme: »The *Gureito Weibu* ... aber ja, es ist ein ausgesprochen faszinierendes Werk.«

Takeda benutzte die auch in Japan nicht unübliche englische Bezeichnung für den Holzschnitt, the Great Wave. Wie bei nicht wenigen Dingen war es in Japan zu noch größerem Ruhm gelangt, nachdem es so enormen Widerhall im Westen gefunden hatte.

Von Remsaus wache Augen nahmen ein spitzbübisches Funkeln an. »Dennoch scheinen Sie Vorbehalte zu haben, Kenjiro. Oder täusche ich mich?«

Takeda fühlte sich ertappt. »Sagen wir, ich bin einfach ein wenig überrascht.«

»Überrascht? Aber warum? Erklären Sie es mir.«

Takeda legte den Kopf schief, kratzte sich im Nacken und stieß einige nachdenkliche Brummlaute aus. Ihm war selbst nicht so recht klar, was seine Gefühlslage verursachte. Vermutlich lag es nicht an dem *Ukiyo-e* selbst, denn das war ohne jeden Zweifel meisterlich. Der Grund waren wohl eher die vielen übrigen Kunstgegenstände, die sich in dem Salon im Erdgeschoss des Herrenhauses befanden. Sie alle gehörten der Gräfin, die seit Jahrzehnten in Hamburg eine auf Asien spezialisierte Kunsthandlung betrieb. Takeda sah – neben goldgerahmten europäischen Ölgemälden, die wohl seit Generationen hier hingen – japanische Bildrollen und Schnitzereien, kostbare chinesische Tuschzeichnungen und ehrwürdige Buddhastatuen.

Im Gegensatz zu diesen Kostbarkeiten, allesamt Unikate, erschien die Große Welle seltsam gewöhnlich. Letztlich handelte es sich nur um einen Druck, den es in tausendfacher, ja vermutlich millionenfacher Auflage gab. Die Welle war, auch wenn der Gedanke Takeda schmerzte, ein Stück Gebrauchskunst und nicht mehr.

Mit einem leisen Seufzen erklärte er: »Angesichts all der anderen Meisterwerke wundere ich mich, dass Sie einer schlichten Reproduktion einen so prominenten Platz einräumen.«

Die alte Dame lachte heiter auf. »Eine schlichte Reproduktion, mein lieber Ken? Das mag für die meisten Exemplare gelten, die es auf der Welt gibt. Aber was Sie hier sehen, ist weit mehr als das.«

»Tatsächlich? Was macht es so besonders?«

Die Gräfin kicherte erneut, wirkte dabei trotz ihres Alters mädchenhaft. »Ich werde es Ihnen später erklären. Erst einmal aber möchte ich Sie meinen übrigen Gästen vorstellen. Kommen Sie! Alle brennen darauf, den berühmten Inspektor aus Japan kennenzulernen.«

Die Hausherrin hakte sich bei Takeda ein und zog ihn sanft, aber bestimmt durch die offenstehende Verandatür hinaus in den Garten. Auf der großen, erhöht gelegenen Terrasse befand sich eine von Sonnenschirmen beschattete, weiß gepolsterte Möbellandschaft. Wasserkaraffen sowie zartes, sicherlich wertvolles Kaffee- und Tee-Porzellan waren aufgedeckt, dazu Etageren mit Gebäck und Sandwiches. Fünf Personen, sommerlich leicht und doch stilvoll gekleidet, saßen beisammen, tranken Tee oder Kaffee und plauderten.

Nun aber erhoben sie sich und blickten in Richtung der Tür. Den drei Männern und zwei Frauen war anzusehen, dass sie sich in der Tat darauf freuten, dem Polizisten aus Japan vorgestellt zu werden.

Obwohl ... nahm Takeda in den Zügen des einen oder anderen nicht eine überraschende Anspannung wahr? Oder war es sogar Angst?

2.

Während der Inspektor Hokusais Meisterwerk auf Gut Hohenforst betrachtete, stand auch Kriminalhauptkommissarin Claudia Harms vor einem Bild. Es hatte sogar eine gewisse Ähnlichkeit mit der Großen Welle, zumindest was die Farbgebung anging. Das Motiv hingegen war völlig anders, das Bild zeigte zwei stilisierte, comic-haft dargestellte Menschen, von denen einer einen Hut trug. Über ihren Köpfen stand in tanzenden, bunten Buchstaben: *Zwei wie wir*.

Es war ein Likörell, ein Bild, das mit alkoholischen Getränken gemalt war, und da es wohl nur einen Künstler auf der Welt gab, der diese Technik anwandte, ließ sich ohne Weiteres sagen, von wem das Bild stammte: Udo Lindenberg.

Claudia befand sich zuhause in Hamburg-Winterhude. Genauer, sie war in der Wohnung, in der Takeda seit nunmehr über einem Jahr lebte und in die sie vor wenigen Tagen ebenfalls eingezogen war. Ihre eigene Wohnung hatte sie durch Kündigung verloren. Ken hatte ihr daraufhin angeboten, zu ihm zu ziehen, schließlich stand ihm eine große Altbauwohnung in bester Lage zur Verfügung, die ihm das japanische Generalkonsulat stellte. Er brauche nicht so viel Platz, hatte er Claudia versichert, er nutze ein Zimmer lediglich zum Wäschetrocknen und ein anderes gar nicht. Ob sie beide nicht einfach eine Wohngemeinschaft gründen wollten? Ganz ohne Hintergedanken. Claudia hatte trotz seines großzügigen Angebots gezögert. Natürlich hatte sie das. Die Vorstellung, gemeinsam mit Ken unter einem Dach zu wohnen, war ihr verlockend und zugleich völlig absurd erschienen. Nach allem, was zwischen ihnen geschehen war … erst ihr holperiges Kennenlernen, dann ihr allmähliches Zueinanderfinden, ihre kurze Leidenschaft und ihre anschließende Trennung, für die er nichts, sie aber alles konnte. Wie sollte da ein Leben in gemeinsamen vier Wänden funktionieren? Egal, ob als Paar oder als Wohngemeinschaft?

Schließlich aber hatte Claudia zugestimmt. Es lag nicht daran, dass sie sonst obdachlos geworden wäre. Irgendetwas hätte sich schon ergeben, zumal sie zur Not auch bei ihren Eltern hätte Unterschlupf finden können. Nein, sie hatte an einem Punkt einfach aufgehört, nachzudenken. Sie war ins kalte Wasser gesprungen, hatte zugesagt. Ohne zu wissen, was daraus entstehen würde.

Vielleicht war es die einzige Art, wie jemand wie sie Glück finden konnte. Indem sie einfach handelte. Ohne Fallschirm, ohne Plan.

Sicherlich hatte ihr Entschluss auch mit ihrem letzten Fall zu tun gehabt. Damals war sie in die Hände eines verrückten Sadisten geraten, der sie in einem Erdloch gefangen hielt und töten wollte. Es war nicht dazu gekommen. Claudia wehrte sich. Sie überwältigte ihren Peiniger und befreite sich.

Aber folgenlos war das Ganze nicht geblieben. Sie kam äußerlich mit ein paar Schrammen davon. Innerlich aber saßen die Wunden tief. In ihr war das Gefühl gereift, dass das Leben zu kurz und zu zerbrechlich war, um sich von Ängsten regieren zu lassen. Um Dinge nicht zu tun, die sich vielleicht als etwas Gutes herausstellen könnten.

Darum hatte sie sich drauf eingelassen.

Jetzt war sie also hier.

In ihrem neuen Zuhause.

Claudia war nun zum ersten Mal allein in der Wohnung. Takeda war auf dem Land, er war der Einladung einer alten kunst- und asieninteressierten Dame gefolgt, die offenbar einen Narren an Ken gefressen hatte. Es war Claudia nicht unrecht. Vor ihr lagen ein Abend und zwei lange Tage, an denen sie endlich ungestört ihre Sache auspacken konnte.

Außerdem hatte sie sich vorgenommen, ein wenig Wohnlichkeit in die Räume zu bringen. Dafür schien der ansonsten so feinsinnige Ken kein Gespür zu haben. Er lebte auch nach einem Jahr in Hamburg immer noch mehr oder weniger aus dem Koffer, hatte kaum Möbel und schlief auf einem Futon auf dem Fußboden.

An der Kargheit seines Zimmers würde sie nichts ändern, das war seine Sache. Aber für ihr gemeinsames Wohnzimmer galt etwas anderes. Und auch für den Flur.

Den hatte Claudia sich als Erstes vorgenommen und einige ihrer geliebten Bilder aufgehängt. Dazu zählten Werke unbekannter Maler, aber auch ein Horst Janssen, ein farbenfroher Klee und sogar ein echter Chagall.

Sicher, diese Kunstwerke waren wertvoll. Aber das war Claudia nicht wichtig. Für sie waren die Gemälde Erinnerungen an Fälle, an deren Aufklärung sie mitgearbeitet hatte. Fälle, die sie berührt, aufgewühlt, vielleicht auch hatten verzweifeln lassen.

Fälle, die Narben hinterlassen hatten.

Fälle, die für immer ein Teil ihres Lebens bleiben würden.

Das galt auch für das Likörell von Lindenberg, das sie nun im Flur aufgehängt hatte und das ihr – trotz aller düsteren Erinnerungen – ein Lächeln entlockte.

Es lag nicht nur an der fröhlichen Stimmung, die das Bild verbreitete, sondern auch an Takedas Reaktion darauf, als er es zum ersten Mal gesehen hatte.

»Es ist toll, wirklich faszinierend«, hatte Ken gesagt. »Aber der Maler, dieser Herr Lindenberg, der sollte besser nie nach Japan fahren.«

»Warum nicht?«

»Man würde über ihn lachen.«

»Wieso?«

»Weil er genauso heißt wie ein berühmtes Nudelsuppengericht. Udon Lindenberg ...«

Claudia, nachdem sie sich die Lachtränen aus den Augen gewischt hatte, hatte Takeda einen Kuss auf die Wange gedrückt. »Ach Ken, ab und zu bist du echt niedlich. Der Mann heißt nicht Udon, er heißt Udo. Ohne N. Also ohne Nudeln, sozusagen. Aber dein Missverständnis ist köstlich. Ich hoffe, dass er eines Tages davon erfährt.«

3.

»Inspektor, das ist Peter Kemper, der berühmte Schriftsteller. Er war bereits einige Male in Ihrer Heimat und hat in seinen Romanen über Japan geschrieben«, erklärte Ernestine von Remsau. Sie wies mit der Hand auf einen hageren Mann mit langem, leicht strähnigen Haar, der Takeda durch eine randlose Brille hindurch entgegenblickte, dabei kränklich und gedankenschwer wirkte. Der Inspektor schüttelte seine Hand, wobei er sich zugleich ein wenig verbeugte. Die in Japan übliche Art der Begrüßung steckte tief in ihm drin.

»Ihre Heimat ist sehr inspirierend«, erklärte Kemper. »Zuletzt bin ich die berühmte Pilgerstrecke der achtundachtzig Tempel auf Shikoku entlanggewandert. Ich denke, mein nächster Roman wird darum kreisen. Sind Sie die Strecke schon einmal gegangen?«

»Bedauerlicherweise noch nicht.«

»Sollten Sie, Inspektor. Die Kultur Ihrer Heimat ist faszinierend und die Natur wunderschön. Es ist schade, dass Ihre Landsleute immer nur arbeiten und darüber vergessen, in was für einem wunderbaren Land sie leben. Wir finden sicherlich im Laufe des Wochenendes eine Gelegenheit, und ich erzähle Ihnen mehr darüber ...«

Takeda verbeugte sich erneut und erklärte: »Ich freue mich jetzt schon darauf, von Ihnen noch mehr über meine Heimat zu lernen, Herr Kemper.«

Der Schriftsteller stutzte, setzte zu einer Erwiderung an, doch Ernestine von Remsau drängte Takeda mit mütterlicher Bestimmtheit weiter. Eine Frau, schlank und attraktiv in einem edel wirkenden Kostüm, streckte Takeda ihre fein manikürte Hand entgegen. Neben ihr stand ihr Mann, der offenbar um einige Jahre jünger war als sie. Die Bermudashorts und das T-Shirt, das er trug, waren im Vergleich zu ihrer Kleidung wie der aller anderen Gäste erstaunlich leger, brachten aber seinen muskulösen, durchtrainierten Körper zur Geltung.

»Das sind Simone von Kalf und ihr Mann Sascha. Simone arbeitet in der Chefetage einer kleinen, aber feinen Privatbank in Hamburg. Wenn Sie etwas über Finanzen wissen möchten, sie kennt die Antwort. Auf mein bescheidenes Vermögen hat sie jedenfalls ein wachsames Auge. Und Sascha ist ... nun ja, Sportlehrer, wenn ich es richtig verstanden habe.«

Sascha von Kalf lachte mit strahlend weißen Zähnen. Von Remsaus ironischer Unterton schien ihm zu entgehen, und er erklärte mit ungetrübter Fröhlichkeit: »Personal Trainer, bitte, Ernestine! Und glauben Sie mir, Herr Takuka ...«

»Takeda.«

»Ja, ja ... jedenfalls werden bei meinem Stundensatz sogar Rechtsanwälte und Wirtschaftsberater neidisch, glauben Sie mir. Zu meinen Klienten zählen Stars und Politiker. Richtige Promis. Erste Liga!«

Seine Frau unterbrach ihn. »Du brauchst nicht anzugeben mit deinen prominenten Klienten, Schatz. Das ist peinlich.«

»Mir nicht«, erwiderte er wiederum in gut gelauntem Tonfall. Dann sagte er mit theatralisch geweiteten Augen in Takedas Richtung: »Frauen ... es geht nicht ohne sie, aber mit ihnen ist es auch kein Spaß.«

Simone von Kalf schnalzte mit der Zunge, sagte ihrerseits zu Takeda: »Schönheit geht nicht immer mit Klugheit einher, das gilt leider auch für Männer. Am besten hören Sie Sascha gar nicht zu.«

Bevor der Inspektor antworten konnte, zog Ernestine von Remsau ihn erneut weiter und sagte mit unbekümmerter Stimme: »Ein harmonisches Eheleben ist nicht allen vergönnt. Aber wie auch immer, ich darf Ihnen Egbert Saemann vorstellen. Er ist mein Architekt und Berater in so mancher Lebenslage. Er sorgt verlässlich dafür, dass Gut Hohenforst auch nach dreihundert Jahren noch ein ansehnliches Heim ist. Mein viel zu früh verstorbener Mann – er hieß Karl – und Egbert kannten sich noch aus ihrer Studentenzeit. Sie waren Freunde, so wie Egbert und ich es heute sind.«

Takeda schätzte den Mann auf Mitte siebzig, womöglich auch einige Jahre älter. Dennoch wirkte er gesund und agil. Er trug einen modisch-hellen Sommeranzug und dazu eine passende Krawatte und ein Einstecktuch. Saemann streckte Takeda die Hand entgegen und sagte: »Ja, der alte Kalle und ich … er ist in der Tat viel zu früh von uns gegangen … kannten uns seit dem ersten Semester. Leider waren wir seinerzeit nicht in derselben Verbindung. Daher verdanke ich ihm dieses kleine Andenken.«

Saemann fuhr sich lachend mit dem Finger an die Wange, auf der eine tief eingekerbte Narbe zu erkennen war.

»Ich verstehe, ein Schmiss«, erklärte Takeda. »Sie waren beide in fechtenden Burschenschaften.«

Saemann nickte anerkennend. »Respekt, Inspektor. Sie

kennen sich aus. Wobei wir nicht von Fechten, sondern von Schlagen sprechen, einfach weil …«

Saemann wollte zu einer weitergehenden Erläuterung ansetzen, doch Ernestine hob gebieterisch die Hand. Sie sagte sanft, aber bestimmt: »Verzeih, Egbert, du und Kenjiro findet sicherlich noch genügend Zeit, um über das Verbindungsleben zu sprechen. Erst einmal möchte ich den guten Kenjiro weiter vorstellen. Inspektor, das ist Ulrike Vogler, die Geschäftsführerin meiner Hamburger Kunsthandlung. Es gibt kaum jemanden in Deutschland, der mehr über asiatische Kunst weiß als sie. Sie hat übrigens auch den Ankauf der Großen Welle für meine Privatsammlung getätigt, wofür ich ihr sehr dankbar bin.«

Takeda schätzte Vogler auf Mitte vierzig. Sie irritierte ihn durch ihre durchgängig schwarze Kleidung, ihr gelocktes, schwarzes Haar und ihren ebenfalls schwarzen Lidstrich, der in starkem Kontrast zu ihrer blassen Haut stand. Für einen Moment überlegte der Inspektor, ob es angebracht wäre, zu kondolieren, doch dann wurde ihm klar, dass Vogler sich einfach nur auf eine Art kleidete, die in kunstinteressierten Kreisen nicht unüblich war.

»Ulrike wird uns später noch einiges zu Hokusais berühmtem Werk erläutern. Sie hat einen kleinen Vortrag vorbereitet, auf den ich selbst sehr gespannt bin.«

Voglers ernsthaftes Gesicht zeigte Anflüge eines Lächelns. »Ich habe mich viele Jahre mit den großen *Ukiyo-e*-Künstlern Ihrer Heimat beschäftigt, Takeda-San. Besonders mit Hiroshige, Kuniyoshi und natürlich mit Hokusai.«

»Ich bin sehr auf Ihre Ausführungen gespannt«, erklärte Takeda, erneut mit einer Verbeugung.

Ernestine von Remsau blickte in die Runde und sicherte sich mit einem Räuspern die Aufmerksamkeit aller. »Wir sind nun nahezu vollständig, meine Lieben. Die Einzige, die noch fehlt, ist meine Nichte Alexa. Aber wen könnte das wundern? Pünktlichkeit ist für die jungen Menschen eine unbekannte Tugend ... obwohl, so jung ist sie gar nicht mehr. Aber gut, sie wird schon noch kommen. Bis dahin bedienen Sie sich bitte an den Kleinigkeiten auf dem Tisch. Aber essen Sie nicht zu viel, im Anschluss an Ulrikes Vortrag gibt es ein gemeinsames Abendessen. Ich weiß, dass Sie alle ganz versessen darauf sind, sich weiter mit Kenjiro zu unterhalten. Aber da muss ich Sie ein wenig vertrösten. Erst einmal gehört der Inspektor ganz allein mir.«

Takeda sah die Gastgeberin fragend an, und von Remsau erklärte: »Ich dachte, wir unternehmen einen kleinen Spaziergang, Kenjiro. Später soll es regnen, und ich möchte Ihnen zuvor unbedingt den Garten und unseren entzückenden Teepavillon zeigen. Einverstanden?«

»Natürlich, Gräfin. Eine wunderbare Idee.«

Von Remsau hakte sich erneut bei Takeda ein und führte ihn über die breite Freitreppe hinab auf die große Wiese unterhalb der Terrasse. Die erstreckte sich bis zu einem kleinen Bach, wurde zur rechten Seite von einer Pferdekoppel begrenzt, auf der allerdings keine Tiere zu sehen waren. Zur Linken war eine baumbestandene Parklandschaft nach englischem Vorbild zu sehen. Zwischen zwei hochgewachsenen Eichen war das spitze Dach des Teepavillons zu erkennen, von dem Ernestine Takeda bereits in Hamburg erzählt hatte. Mit der Einladung zum Wochenende war ihre Bitte verbunden gewesen, dass Takeda dort eine Teezeremonie abhielte, was er selbstverständlich bereitwillig zugesagt hatte.

4.

Vielleicht würde es auch gar nicht klappen. Das mit der WG. Claudia dachte es in dem Moment, als sie Takedas Musikanlage im Wohnzimmer anstellte und ein quietschender Klang aus den Boxen quoll.

Zerbrochenes Geschirr, Autos in der Schrottpresse, Kreide auf einer Tafel …

Nein, die Anlage war nicht kaputt. Es war eine CD von Ornette Coleman, die da lief. Free Jazz. So nannte man das wohl.

Es war schwer vorstellbar, aber Ken stand auf solche Musik. Sie half ihm beim Nachdenken, beim zur Ruhe kommen. Obwohl sie bei normalen Menschen das Gegenteil bewirkte, nämlich, dass sie die Wände hochgehen wollten.

Ken aber konnte angeblich beim Zuhören sogar Fälle lösen. Falls er auf seinem Saxophon nicht gerade ähnlichen Lärm machte, was er ebenfalls ziemlich gut konnte. Als Claudia ihn einmal um eine Erklärung gebeten hatte, meinte er, dass Jazz ganz ähnlich wie Kriminalistik sei. Lose verstreute Teile fügten sich nach und nach zu etwas Sinnvollem zusammen, zu einer Erzählung, zu einer höheren Art von Harmonie, zu einer Erkenntnis. Nicht einfach, nicht süß. Schon gar nicht schön.

Aber dennoch erleuchtend.

Claudia musste lächeln, als sie an Takedas Worte dachte. Vielleicht hatte er gar nicht nur über Musik gesprochen. Sondern auch über sie beide. Über die kurzen, hart erkämpften Momente ihrer Harmonie. Ihres Glücks.

Das sich so schnell wieder in etwas anderes verwandelt hatte … aber in was eigentlich? In Unglück? Nein. Was dann? Claudia wusste es nicht. Sie hatte keine Worte dafür. Noch nicht.

Sie stellte die Anlage wieder aus, wollte sich die nächste Kiste zum Auspacken vornehmen. Dann aber merkte sie, dass sie Hunger hatte. Sie ging hinüber in die Küche. Zwar hatte sie noch keine Zeit gefunden, etwas einzukaufen, aber bestimmt fand sich unter Kens Vorräten etwas Essbares.

Claudia öffnete den Kühlschrank und lugte neugierig hinein, nahm dann eine Plastikpackung mit seltsamen Schriftzeichen darauf zur Hand. Sie löste den Deckel und schnupperte an dem Inhalt. Roch nach Verwesung. Und sah eigentlich auch so aus. Es war eine seltsame, braune Paste, die sie nach einiger Überlegung als *Miso* identifizierte, fermentiertes Sojabohnen-Mus. Was machte man noch einmal damit? Schmierte man es sich aufs Brot? Würzte man damit Gebratenes? Oder kochte man daraus Suppe?

Claudia wusste es nicht. War aber auch egal. Das Zeug war sowieso nicht ihr Ding.

Sie war norddeutsch, und zwar durch und durch. Sie aß gerne schlichte Dinge. Brot und Butter. Salat. Pommes. Wenn's denn etwas Exotisches sein musste, wusste sie trotzdem ganz gerne, was sie auf dem Teller hatte.

In einer Tupperbox fand sie sogar einen Rest Salat. Sah nicht schlecht aus, roch aber überraschenderweise nach Meer und Fisch. Claudia angelte einige Blätter hervor und stellte fest, dass der Salat in Wahrheit aus Algenblättern bestand.

Danke. Aber nein, danke.

In weiteren Schalen entdeckte sie fermentierte Natto-Bohnen, Kamaboko-Fischkuchen, kalten Reis, salzig eingelegtes Gemüse, Takuan, Tsukemono.

Super, Ken. Kein Wunder, dass du so schlank bist. Wenn du dich ausschließlich von Dingen ernährst, die kein normaler Mensch hinunterbekommt, ist das ja keine Kunst.

Claudia schloss den Kühlschrank und seufzte. Sie würde sich einfach eine Pizza bestellen. Und morgen früh ging sie einkaufen und füllte den Kühlschrank mit Dingen, von denen sie wusste, dass man sie gefahrlos essen konnte. Jetzt rauszugehen kam nicht infrage. Es hatte zu regnen begonnen, dicke Tropfen prasselten laut gegen das Fenster.

Sie wollte gerade ihr Handy greifen, um den Pizzadienst anzurufen, als das Gerät zu klingeln begann. Schon auf dem Display sah sie, dass es das Präsidium war.

Claudia nannte ihren Namen, lauschte dann dem Kollegen, der die wichtigsten Fakten runterrasselte.

Eine männliche Leiche, offenbar gewaltsam ums Leben gekommen. Claudia solle sich am besten sofort auf den Weg machen. Der genaue Fundort des Toten wäre …

»Stop!«, unterbrach Claudia den Redefluss. »Ich habe keinen Dienst und bin nicht einmal in Bereitschaft. Was geht mich das also an? Kann es sein, dass du dich verwählt hast, Kollege?«

»Nein, kann nicht. Preuß ist krank, und Surbach hat Urlaub.«

»Dann hol den einen aus dem Bett und den anderen von wo auch immer.«

»Geht nicht. Der eine hat Salmonellen, der andere Seychellen.«

»Wie bitte?«

»War ein Witz. Preuß geht's wirklich nicht gut, er hat sich den Magen verdorben. Und Surbach ist wirklich dort ... Indischer Ozean, wenn ich mich nicht täusche.«

Claudia stöhnte auf. »Da wäre ich jetzt auch gerne.«

»Bist du aber nicht. Tut mir leid, du musst übernehmen.«

»In Ordnung, ich sehe es ein. Schick mir eine SMS mit den genauen Ortsangaben. Ich mache mich auf den Weg.«

»Danke, Claudi. Ich wusste, dass auf dich Verlass ist.«

Während sie sich anzog, fand Claudia zu einem Lächeln zurück. Ein Abend allein in einer neuen, stillen Wohnung war sowieso nicht ihr Ding.

Dann doch lieber eine Leiche.

5.

Ernestine von Remsau und Takeda – sie war immer noch bei ihm eingehakt – schlenderten langsam durch den großzügigen Landschaftsgarten von Gut Hohenforst. Es war früher Abend geworden, und noch schien die Sonne. Die dunklen Wolken am Horizont kündigten allerdings bereits das Unwetter an, das für die kommenden Stunden vorhergesagt worden war.

Sie schritten plaudernd einen schmalen, sandbestreuten Weg entlang. Zwischen den Bäumen entdeckte Takeda immer wieder Skulpturen und Statuen, darunter Repliken von Rodin oder Originale von Giacometti, genauso aber japanische Steinlaternen, chinesische Wächterlöwen oder indonesische Garudas. Sie waren auf malerische Art verwittert und mit Moos bewachsen, und entsprachen ganz dem japanischen Ideal des Wabi-Sabi, jenem eigentümlichen Kunstgeschmack, der von der Patina der Vergänglichkeit beseelt war und dessen höchste Ideale sich in Einsamkeit und Vergänglichkeit ausdrückten.

»Das Gutshaus wurde im ausgehenden achtzehnten Jahrhundert von meinem Vorfahren Eugen von Remsau erbaut«, erklärte die Gräfin. »Aber das ist nur die offizielle Version. Tatsächlich war unsere Familie zu jener Zeit verarmt, und das Geld für den Neubau, wie Sie ihn jetzt noch sehen, brachte seine Frau Amalie Charlotte als Mitgift in die Ehe ein. Sie entstammte einer Kaufmannsfamilie, war so gesehen von niederem Stand, verfügte aber dank ihres Vaters über einen enormen Reichtum …«

Takeda, der spürte, dass schon die wenigen Schritte die Gräfin erschöpft hatten, blieb stehen. Er drehte sich um und blickte zurück auf das großzügige, im klassizistischen Stil errichtete Herrenhaus. Es hatte einen schlichten Grundriss in Form eines langgezogenen Rechtecks. Die Fassade war schmucklos und weiß. Die vielen Fenster waren im Erdgeschoss bodentief, im ersten Stock schon kleiner und im ausgebauten Dachstuhl winzig klein. Vom Inneren des Hauses hatte er bisher nur einen kurzen Eindruck erhalten. Die Gesellschaftsräume im Erdgeschoss hatten ihn mit ihrer Größe und Pracht beeindruckt. Demgegenüber schienen die oberen Zimmer, wo er und auch die übrigen Gäste untergebracht waren, erstaunlich klein zu sein, waren zudem über schmale, verwinkelte Korridore verbunden. Der großzügige zentrale Treppenaufgang war nur eine Möglichkeit, in den ersten Stock und zu den Dienstzimmern im Dachstuhl zu gelangen. Es gab darüber hinaus an beiden Enden des Hauses schmale, knarzende Holztreppen, die in früheren Zeiten vermutlich nur von Dienstboten genutzt wurden. Dennoch strahlte jede Ecke und jeder Winkel des Hauses eine alte Würde aus, nicht zuletzt, weil überall Ölgemälde hingen, die Jagdgesellschaften, bäuerlichen Fleiß oder auch Mitglieder des weit verzweigten Geschlechts der von Remsaus darstellten.

Ernestine, dankbar für die kurze Rast, wandte ihr Gesicht der Sonne zu und schloss die Augen. Seufzend erklärte sie: »Ich habe mein ganzes Leben hier verbracht, Kenjiro, ich bin sogar hier geboren worden. Ich weiß natürlich, dass eine solche Ortstreue altmodisch erscheint. Aber ich bin dankbar dafür. Es gibt keinen anderen Ort auf dieser Welt, an dem ich lieber wäre.«

»Ich kann Sie gut verstehen, Gräfin. Es ist wunderschön. Eine wahre Idylle.«

Von Remsau lehnte sich vertrauensvoll an Takeda und sagte leise: »Ich werde all das vermissen, wenn ich eines Tages nicht mehr bin. Wer weiß, ob die Generationen nach mir überhaupt noch ein Interesse haben, Haus und Garten für die Zukunft zu erhalten.«

»Sagen Sie so etwas nicht, Gräfin. Gerade hier in Deutschland legen die Menschen viel Wert darauf, historische Gebäude und Denkmäler zu bewahren. Der Sinn für ihre Bedeutung ist verbreitet. Das wird doch sicherlich auch bei den Mitgliedern Ihrer Familie der Fall sein.«

Die Gräfin lachte leise. »So viele sind es nicht mehr, Kenjiro. Ich habe keine Kinder, und bei meiner Nichte bin ich mir nicht sicher, ob sie einen Sinn für Altes und Tradiertes hat. Die Dinge verändern sich rasant. Die Menschen verändern sich. So ist der Lauf der Zeit.«

»Ja, da haben Sie sicherlich recht.«

Takeda war ein wenig überrascht von der melancholischen Stimmung der Gräfin. Zwar hatte er sie bisher nur wenige Male getroffen, doch war sie ihm stets lebhaft und fröhlich erschienen. Bei ihrer ersten Begegnung anlässlich einer Ausstellungseröffnung in Hamburg war sie neugierig auf ihn zugekommen. Sie hatten ein langes Gespräch über Japan und die japanische Kunst geführt, und die alte Dame hatte sich dabei als klug und belesen erwiesen, zudem voller Neugier auf Dinge wie Menschen.

Sie schlenderten weiter und erreichten den kleinen Teepavillon. Auch er war wie das große Haupthaus ein architektonisches Kleinod. Das Gebäude, ebenfalls Jahrhunderte alt, war im chinesischen Stil errichtet, mit einem geschwungenen Dach und rundherumlaufenden Säulen, die mit exotisch anmutenden Schnitzereien verziert waren. Die Kassettenfenster waren bodentief und erlaubten einen Blick ins Innere. Takeda konnte sehen, dass Ernestine eigens für die Teezeremonie, die er am nächsten Tag abhalten sollte, japanische Bodenmatten – Tatami – gekauft hatte.

Sie wollten gerade durch die Tür in den Pavillon treten, als sie eine rufende Stimme hörten: »Huhu! Tante Erni! Ich bin da-a!«

Von Remsau sah Takeda an und verdrehte in theatralischem Leiden die Augen. »Alexa, meine Nichte. Seien Sie achtsam bei ihr. Sie verschlingt Männer wie Sie, Kenjiro. Früher hat sie mich übrigens nie so genannt. Erni. Furchtbar …«

Angesichts ihrer bisherigen Beschreibungen hatte Takeda mit einem jungen, vielleicht gerade einmal volljährigen Mädchen gerechnet. Tatsächlich aber tauchte auf dem Weg eine Frau von vielleicht Ende zwanzig auf – eine ausgesprochen attraktive Frau, wie Takeda im Stillen feststellte. Ihre blonden Haare waren zu Dreadlocks verflochten und mit allerlei Perlen und bunten Bändern verziert, ihre Haut war sonnengebräunt, und in ihrer Nase glitzerte ein silberner Stecker. Zudem ließ ihr eng sitzendes T-Shirt ihren wohlgeformten, sportlichen Körper zur Geltung kommen.

Sie näherte sich schnell, trat dann dicht an Takeda heran und sah ihn in aufreizender Direktheit an. »Sie sind der Bulle aus Japan, richtig? Meine Tante ist ja regelrecht vernarrt in Sie! Aber wissen Sie was? Ich kann Erni verstehen. Sie sind ja echt eine Schnitte.«

»Aber Alexa! Was redest du denn da!«, entfuhr es Ernestine von Remsau voller Entrüstung.

Takeda winkte lächelnd ab. »Schon gut, Gräfin. Ihre Nichte hat ja völlig recht, ich bin tatsächlich ein Bulle, und ich bin auch wirklich aus Japan. Das andere kann ich natürlich nicht beurteilen.«

Alexa von Remsau klang nun spöttisch. »Meine Tante meint immer noch, mich erziehen zu müssen. Ich warte auf den Tag, an dem sie einsieht, dass es sinnlos ist.«

Sie lachte laut und herzlich auf. Ernestine von Remsau hingegen seufzte ergeben. »Kenjiro und ich haben es gerade erst festgestellt, meine liebe Alexa. Die Zeiten ändern sich und die Menschen ebenso. Die dezente Zurückhaltung, für die unsere Kreise einmal berühmt waren, ist der jungen Generation unbekannt.«

»Na, mir auf jeden Fall. Aber entspann dich, Erni. Ab und zu spricht nichts dagegen, ganz direkt auszusprechen, was man denkt.«

Der Inspektor musterte die junge Frau für einige Momente, bemerkte dann mit einem feinen Lächeln: »Oder man sagt etwas, damit gerade niemand weiß, was man denkt.«

Alexa von Remsau kniff die Augen zusammen. Für einen kurzen Moment wirkte sie verunsichert. »Wieso? Wie meinen Sie das?«

»Ich wollte nur sagen, dass uns Japanern genau das immer wieder nachgesagt wird. Angeblich verbergen wir unsere wahren Gedanken hinter höflichen Floskeln. Ganz falsch ist das nicht. Wir unterscheiden zwischen *Honne* und *Tatemae*, zwischen unserem wahren Empfinden und dem, was wir nach außen zeigen. Es nicht zu tun gilt als unhöflich. Eben darum sind wir gut darin, ganz ohne Worte zu spüren, was in unserem Gegenüber vor sich geht.«

Sie hob feixend die Augenbrauen. »So? Dann sagen Sie doch mal, was in mir vorgeht. Na los!«

Takeda lachte auf. »Das ist nicht schwer. In erster Linie sind Sie besorgt und ungeduldig.«

»Glauben Sie?«

»Aber ja. Ich kenne auch den Grund. Sie möchten uns zurück zum Haupthaus holen, bevor der Regen einsetzt, richtig?«

»Volltreffer.«

»Einen Blick in Ihre Seele musste ich dafür nicht werfen. Es genügte mir, zu sehen, dass Sie drei Regenschirme in der Hand halten und immer wieder in Richtung Himmel sehen.«

Sie lachte. »Es geht wirklich jeden Moment los. Also los, ihr zwei, sonst werden wir pitschnass. Und was den Blick in meine Seele angeht … den dürfen Sie gerne später am Abend werfen, Kenjiro. Ich freue mich darauf.«

»Einfach nur Ken, bitte.«

»Umso besser. Ken ist unkomplizierter. Ich mag es unkompliziert.«

Sie schenkte Takeda einen weiteren koketten Blick, der für seinen Geschmack ein wenig zu direkt war.

Gemeinsam machten sie sich auf den Weg zurück zum Haupthaus. Schon auf halber Strecke fielen die ersten, schweren Regentropfen, die sich binnen weniger Augenblicke in einen heftigen Wolkenbruch verwandelten. In letzter Sekunde schafften sie es trockenen Fußes unter den Schutz des großen, säulenbestandenen Portikus an der Frontseite des Hauses.

6.

Claudia erinnerte sich an etwas, dass Takeda ihr einmal erzählt hatte. Angeblich gab es in der japanischen Sprache unendlich viele Ausdrücke, um den Regen zu beschreiben. Es waren lautmalerische Worte, und soweit sie sich erinnerte, hießen sie *zāzā* und *shitoshito*, *potsupotsu* oder *parapara*, und sie drückten aus, wie Regen sein konnte, zart oder heftig, mit dicken oder feinen Tropfen, als Dauerregen oder plötzlicher Schauer.

Claudia steuerte ihren Peugeot durch das Hamburger Schietwetter und dachte, dass das Deutsche in dieser Hinsicht auch nicht gerade arm an Ausdrücken war. Es konnte gießen und schütten und pieseln und schiffen und plöddern und pissen. Der Himmel konnte seine Schleusen öffnen, es konnte Bindfäden regnen, wie aus Eimern schütten oder Petrus es gut mit den Bauern meinen.

Aber wie auch immer man es ausdrückte, es blieb dabei, dass es zum Kotzen war. Absolutes Mistwetter! Die Vorstellung, aus dem Auto aussteigen zu müssen, war gruselig.

Claudia folgte den Anweisungen ihres Navis und gelangte zum Hamburger Volkspark im Westen der Stadt. Dort war der Tote gefunden worden. Sie ließ die Arenen, also das Fußballstadion und die Konzerthalle, rechts liegen und folgte der Nansenstraße, die in einen Teil des Parks führte, der hügelig war und an einen dichtgewachsenen Wald erinnerte. Der Regen war inzwischen so stark geworden, dass sie sogar mit der stärksten Stufe der Scheibenwischer die Umgebung nur undeutlich erkennen konnte. Obwohl es noch nicht wirklich dunkel war, musste sie die Scheinwerfer einschalten, um überhaupt etwas zu sehen. Sie drosselte das Tempo, fuhr kaum schneller als Schrittgeschwindigkeit, wusste aber, dass andere Idioten im Zweifel trotzdem rasten. Konnten sie ja auch tun. Hauptsache, sie zogen niemand anderen in Mitleidenschaft.

Schließlich erreichte Claudia den kleinen Parkplatz in der Nähe eines Ausflugslokals, den der Kollege ihr am Telefon beschrieben hatte. Das Lokal war geschlossen, was entweder an der Uhrzeit oder am Wetter lag. Ein kleiner Minigolfplatz war nicht weit entfernt, hatte aber ebenfalls zu.

Claudia fuhr vorsichtig durch einige tiefe Pfützen, steuerte den Wagen dann an den Rand des Parkplatzes und stellte den Motor aus. Sie sah, dass bereits mehrere Einsatzwagen vom 25. Kommissariat vor Ort waren, außerdem ein Bulli der Spurensicherung, ein Fahrzeug der Rechtsmedizin sowie ein Leichenwagen. Ein paar Kollegen standen dicht gedrängt unter der geöffneten Heckklappe eines Einsatzbullis, die aber auch nur dürftigen Schutz vor dem Unwetter bot.

Claudia öffnete die Tür und blickte hinüber zu den Kollegen beim Bulli. Die blickten feixend zurück oder hoben die Achseln. Sie wussten, dass die wenigen Meter, die Claudia bis zu ihnen zurücklegen musste, genügten, um patschnass zu werden.

Sie hatte nicht einmal einen Schirm im Wagen. Schön doof. Andererseits würde ein Schirm ohnehin nicht viel nützen. Es goss derart heftig, dass die Tropfen nicht nur von oben nach unten fielen, sondern auch von rechts nach links und von unten nach oben.

Himmelherrgott, dann wurde sie halt nass. Es war Spätsommer und immer noch erstaunlich warm, sie würde sich schon nichts einfangen.

Claudia wollte gerade aussteigen, als einer der uniformierten Kollegen sich von der Gruppe löste und zu ihr herüberrannte. Winkend bedeutete er ihr, im Wagen sitzen zu bleiben. Als er sie schließlich erreichte, hielt er ihr ein kleines, zusammengefaltetes Paket entgegen. Es stellte sich als Einmal-Regenmantel aus Plastik heraus. Ökologisch eine Sünde, aber ungemein praktisch. Claudia entfaltete ihn und schlüpfte so gut es ging im Sitzen hinein.

Natürlich riss dabei schon eine erste Naht auf. Na toll. Gut gemacht, Claudia.

Sie stieg aus und ging hinüber zu den Kollegen. Sie spürte sofort, wie an der zerrissenen Stelle und auch am Kragen des Plastikmantels Wasser hineinlief und in Rinnsalen unter ihre Kleider kroch. Fühlte sich fast noch ekelhafter an, als wenn sie direkt im Regen stünde.

Die Kollegen beim Bulli schienen trotz des Regens gute Laune zu haben.

»Ganz allein, Claudi? Wo hast du denn deinen Samurai gelassen?«

»Ist wohl nicht regenfest, der Gute?«

»Vielleicht hat er Angst einzulaufen?«

Claudia schüttelte ungläubig den Kopf. »Das sagt ausgerechnet ihr, die ihr euch wie ein Rudel Pinguine unter das Bullidach quetscht?«

Die Antwort bestand in fröhlichem Gelächter und nachgemachten Vogellauten. »Stimmt auch wieder. Aber quetsch dich ruhig dazu. Für eine Pinguinin ist immer noch Platz.«

»Heißt es nicht Pinguneuse?«, fragte ein anderer.

»Pinguin-Dame, so höflich wollen wir doch sein«, meinte ein dritter.

Und ein vierter sagte: »Pingu:innin! Wir wollen doch niemanden außen vor lassen.«

Alle lachten. Claudia nicht. »Seid ihr endlich fertig? So witzig ist es nicht. Aber um eure Frage zu beantworten, Takeda ist gerade nicht verfügbar. Das macht aber nichts. Ich sehe mir die Sache erst einmal allein an.«

Tatsächlich hatte Claudia kurz mit dem Gedanken gespielt, Ken anzurufen und ihn über den Einsatz zu informieren. Er wäre zwar nicht verpflichtet gewesen, nach Hamburg zurückzukehren, aber so wie sie ihn kannte, hätte er auf der Stelle alles stehen und liegen gelassen und sich auf den Weg gemacht. Darum hatte sie ihn gar nicht erst kontaktiert. Er sollte sein Wochenende auf dem Land genießen. Sie wollte wirklich erst einmal checken, womit sie es überhaupt zu tun hatten. Danach konnte sie immer noch entscheiden, ob sie ihn brauchte.

Claudia wandte sich an den ranghöchsten der uniformierten Kollegen, ein Kriminalhauptmeister, der Klaus Wenger hieß. »Bring mich doch mal auf den neuesten Stand, Klaus.«

Der Kollege schürzte die Lippen. »Klar. Ist ohnehin nicht viel. Männliche Leiche. Stichverletzung im Oberkörper. Er liegt ungefähr dreißig Meter von hier im Gebüsch. Der oder die Täter haben offenbar versucht, ihn zu verbuddeln, haben sich aber nicht viel Mühe dabei gegeben. Soll heißen, er lag nicht besonders tief.«

»Haben wir einen Namen?«

»Negativ. Der Tote trägt keine Papiere bei sich und

auch sonst nichts, womit wir seine Identität feststellen könnten. Aber ein Kollege sitzt schon vorne im Wagen und checkt die Vermisstendatenbank. Vielleicht landen wir anhand der körperlichen Merkmale einen Treffer.«

»Eine Vermisstenmeldung? Dann liegt der nicht erst seit Kurzem hier, oder?«

»Ziemlich sicher nicht. Mindestens eine Woche, dem Augenschein nach. Wie lange genau, wissen wir noch nicht. Die Kollegin von der Rechtsmedizin sieht ihn sich gerade an. Vielleicht kann sie dir Genaueres sagen.«

»Wer hat ihn eigentlich gefunden?«

Wenger grinste. »Er heißt Nero, ist sechs Jahre alt und ein Labrador.«

»Und Neros Herrchen?«

»Der heißt Böhme, Gerhard.«

»Gott, wer führt denn bei so einem Wetter seinen Hund aus?«

Wenger zuckte mit den Achseln. »Böhme sitzt vorne im Peterwagen und wärmt sich bei einem Kaffee. Eine Kollegin ist bei ihm und redet ihm gut zu.«

»Steht er unter Schock?«

»Er ist auf jeden Fall mitgenommen. Wir werden später entscheiden, ob wir ihn nach Hause gehen lassen oder lieber in eine Klinik bringen.«

»Okay, ich möchte auf jeden Fall noch mit ihm sprechen. Aber erst einmal will ich mir den Fundort ansehen.«

Wenger wies mit dem Arm ins Unterholz. »Die Richtung, und dann immer weiter durchs Gebüsch. Eine Machete würde helfen, aber leider haben wir keine da.«

»Schon gut. Ich werd's schon finden.«

Claudia schob sich unter ein paar tiefhängenden Zweigen hindurch ins Unterholz. Der Boden war aufgeweicht und matschig, und sie fragte sich, warum sie nicht daran gedacht hatte, Gummistiefel oder wenigstens alte Schuhe mitzunehmen. Die Pumps, die sie trug, würde sie im Zweifel wegwerfen können. Außerdem hatte ihr Regenmantel schon den zweiten Riss, so dass immer mehr Wasser unter das Plastik drang.

Nach etwa zwanzig Metern tat sich hinter den Regenschleiern eine weiße Fläche auf, unter der die Kegel mehrerer Lichtstrahler und Taschenlampen zu sehen waren. Als Claudia näher kam, identifizierte sie das Weiß als Dach eines Schutzzeltes mit freien Seitenwänden. Die Kollegen der Spurensicherung hatten es über dem Fundort der Leiche aufgebaut.

Allerdings entfaltete das Zelt nicht sonderlich viel Wirkung, dazu regnete es einfach zu stark.

Claudia trat unter das Zeltdach, murmelte einen Gruß an die Kollegen der Spusi in ihren weißen Schutzanzügen. Die Erwiderungen nahm sie kaum zur Kenntnis, ihre Aufmerksamkeit gehörte schon dem Toten.

Der Mann lag auf dem Rücken und starrte aus toten Augen in die Höhe. Er trug lediglich eine Jeans. Der Oberkörper und die Füße waren nackt, die ursprünglich blasse Haut war durch die bereits eingesetzte Verwesung an vielen Stellen dunkel verfärbt. Claudia schätzte ihn auf etwa vierzig, vielleicht ein wenig älter. Sein Haar fiel ihm bis auf die Schultern, die Farbe war wegen der Nässe und dem Schlamm nicht auszumachen. Dunkelblond, brünett. Er trug einen Vollbart, für den dasselbe galt. Der Mann war deutlich übergewichtig, und auf seinem durch Fäulnisgase zusätzlich aufgequollenen Oberkörper erkannte sie verschiedene Wundmale, wobei nicht zu sagen war, ob sie mit seinem Tod in Zusammenhang standen. Claudia sah langgezogene Striemen, dazu rundliche Brandmale, die von Zigaretten stammen könnten. War der Mann gefoltert worden? Außerdem sah sie Verfärbungen am Hals, möglicherweise Würgemale. Obwohl, könnte man die nach einigen Tagen überhaupt noch sehen? Im Grunde war es egal, denn das Opfer war ohnehin nicht erwürgt worden. Der uniformierte Kollege, Wenger, hatte es ja gesagt. Der Mann war erstochen worden. Es war in der Tat offensichtlich. Etwa in Herzhöhe war eine klaffende Stichwunde mit ausgefransten Rändern zu erkennen, aus der gerade jetzt, als Claudia näher hinsah, ein Tausendfüßler hervorkroch und windend das Weite suchte.

Claudia wartete, bis sich ihre Übelkeit gelegt hatte. Dann hockte sie sich neben die Leiche, versuchte den Verwesungsgeruch zu ignorieren und sah sich noch einmal die verschiedenen Verletzungen an. Sie nahm auch die Tätowierungen des Toten in Augenschein. Ein Tribal an der Schulter, ein mit Ornamenten verzierter Jesus am Kreuz, eine große Rosenblüte.

»Kannst du schon etwas sagen?«, fragte Claudia in Richtung der Rechtsmedizinerin, die vermutlich bei ihrem Wagen gewesen war und nun ebenfalls wieder unter das Zeltdach trat.

»Ich bin es, Claudia. Angelika.«

Die Medizinerin lächelte, und erst jetzt erkannte Claudia sie. Es war Angelika Reimann, eine Mitarbeiterin von Ludger Terzian, dem Leiter des Instituts für Rechtsmedizin. Claudia kannte Angelika von vielen früheren Einsätzen, sie schätzte sie als zuverlässige und kluge Kollegin.

Sie trug wie Claudia einen Plastikmantel, war aber dennoch völlig durchnässt. Ihre Haare klebten ihr im Gesicht, deshalb hatte Claudia sie auch nicht sofort erkannt.

Reimann schüttelte den Kopf und erklärte: »Angesichts der Bedingungen kann ich eigentlich noch gar nichts sagen. Zu nass, zu matschig, zu alles.«

»Ich weiß. Trotzdem ... ganz grob, das reicht mir.«

»Dann ohne Anspruch auf Belastbarkeit ... also, eine Stichverletzung durch einen scharfen Gegenstand, vermutlich ein Messer. Dürfte genau das Herz getroffen haben. Entweder wusste der Messerstecher, was er tut, oder er hat Glück gehabt, und der erste Stich saß.«

»Was ist mit den Striemen und den Brandmalen? Auch am Hals?«

Reimann schüttelte den Kopf. »Das ist alles alt. Ist unschön, aber nicht todesursächlich.«

»Kannst du etwas über den Todeszeitpunkt sagen? Dass er hier nicht erst seit gestern liegt, sehe ich natürlich auch.«

»Es ist echt schwer, etwas zu sagen ... aber gut, ich würde schätzen, etwa zehn Tage. Eher etwas weniger. Ich werde ihn mir sofort morgen früh im Institut auf den Tisch holen, dann hast du spätestens am Vormittag genauere Informationen.«

»Danke.«

Claudia erhob sich und drehte sich um. In Richtung eines Mitarbeiters der Spurensicherung, der am Rand des Partyzeltes die Erde untersuchte, fragte sie: »Was ist mit euch? Habt ihr etwas gefunden?«

Der Kollege wischte sich mit dem Handrücken die nassen Haare aus der Stirn, die unter der Kapuze seines weißen Schutzanzuges hervorlugten. Er schaffte ein Grinsen. »Gleiche Antwort wie die Kollegin: Bei den Bedingungen? Vergiss es.«

»Wirklich gar nichts?«

»Ebenfalls ohne Garantie, aber du kannst davon ausgehen, dass er hier nur abgelegt wurde. Rundherum ist nichts, das auf einen Kampf hindeutet. Aber wir haben Reste von Schleifspuren gefunden. Wer immer ihn hergebracht hat, kann nicht ganz schwach gewesen sein. Das Opfer bringt locker seine hundertzwanzig, hundertdreißig Kilo auf die Waage.«

»Und sonst?«

Der Kollege schüttelte den Kopf. »Wenn der, der ihn gefunden hat …«

»Der Hundebesitzer?«

»Genau. Wenn der auch nur zwei Stunden früher hier gewesen wäre, also vor dem Regen, hätten wir eine Chance gehabt. Schuppen, Haare, Fußspuren, Reifenspuren, irgendetwas. Aber jetzt? Vergiss es. Es ist alles verloren. Wir werden trotzdem eimerweise Erde von hier mitnehmen und im Labor durchsieben. Aber du solltest auf nichts hoffen. Es schüttet einfach zu sehr. Es ist alles weggespült.«

Claudia blickte nach draußen in den Regen, wo andere Spusi-Mitarbeiter im Schein ihrer Taschenlampen die weitere Umgebung absuchten. Sie hatten bereits damit begonnen, Erde abzutragen und in Plastikwannen zu schichten.

Aus Richtung des Parkplatzes rief jemand nach ihr. Die Stimme ging im pläddernden Regen fast unter. »Frau Harms? Claudia? Kannst du mich hören?«

Wenn Claudia sich nicht täuschte, war es die Stimme von Wenger. »Laut und undeutlich ... was ist?«

»Wir haben einen Treffer bei den Vermisstenfällen.«

»Ich komme!«

Claudia verabschiedete sich von den Kollegen der Spusi und kämpfte sich zurück durchs Gebüsch in Richtung Parkplatz. Der Regenmantel bestand nur noch aus Fetzen. Sie fragte sich, warum sie ihn überhaupt angezogen hatte.

7.

»Als Hokusai *Die große Welle vor Kanagawa* erschuf, war er bereits über siebzig Jahre alt. Das mag im Japan von heute nichts Ungewöhnliches sein, aber für die erste Hälfte des neunzehnten Jahrhunderts war es ein beachtenswertes Alter. Dennoch erreichte Hokusai erst zu jener Zeit den Höhepunkt seiner Schaffenskraft. Zumindest war das seine eigene Meinung, wie wir durch zahlreiche überlieferte Aussagen von ihm wissen ...«

Ulrike Vogler hatte eine tragbare Stellwand im großen Salon des Herrenhauses aufgebaut. Dort hing nun der gerahmte Druck der Großen Welle, den Takeda bereits bei seinem Eintreffen bewundert hatte. Daneben und darunter waren nun noch drei weitere Reproduktionen des gleichen Motivs zu sehen. Alle vier Bilder waren zumindest auf den ersten Blick identisch, hatten die gleiche Größe und die gleichen Farben, wenn auch mal ein wenig blasser oder auch leuchtender.

Die Gäste des Wochenendes hatten sich auf den in einem Halbkreis zurechtgerückten Polstermöbeln niedergelassen, nippten an einem Aperitif oder knabberten dezent Nüsse und Salzgebäck und lauschten Voglers Ausführungen. Die Atmosphäre war behaglich, zumal von draußen immer noch heftiger Regen gegen die Scheiben prasselte und man einfach froh sein konnte, im Trockenen zu sitzen.

Vogler fuhr fort und erklärte, dass die Technik des Holzschnitts bereits im neunten Jahrhundert über China nach Japan gelangt war, aber erst im späten achtzehnten Jahrhundert zu ihrer wahren Blüte gelangte. Das war die Ära von Hiroshige, Kuniyoshi und auch Hokusai. Die Motive der Drucke wurden im Laufe der Zeit immer vielfältiger, zeigten nun berühmte Mätressen oder Kabuki-Schauspieler, Sumoringer oder Geister und Fabelwesen aus der üppigen Welt der japanischen Yōkai-Spukgeschichten. Auch wurde nun der mehrfarbige Druck zum Standard, weswegen man richtigerweise nicht von *Ukiyo-e* sprechen dürfe – die waren nur ein bestimmtes Genre –, sondern von *Nishiki-e*. Der Aufwand für den Vielfarbdruck war immens, musste doch für jeden Farbton ein eigener Druckstock geschnitten werden. Die gesamte Herstellung geschah daher in einem arbeitsteiligen, manufakturhaften Prozess, an dem Maler und Holzschneider, Drucker und Verleger beteiligt waren.

Die promovierte Kunsthistorikerin legte eine Pause ein und blickte lächelnd von einem zum anderen. Dann erklärte sie: »Um das alles zu finanzieren, mussten von jedem Druck möglichst viele Exemplare verkauft werden. Im besten Falle waren es Abertausende. Sie müssen sich klarmachen, dass der Preis eines einzigen gedruckten Blattes nur dem einer einfachen Schüssel Nudelsuppe entsprach. Im Grunde handelte es sich bei den heutzutage so hoch angesehenen Farbholzschnitten also nicht um gehobene Kunst, sondern vielmehr um Kunsthandwerk. Wir könnten auch sagen, um Massenware ...«

Während die übrigen Zuhörer erstaunt aufhorchten, verspürte Takeda eine gewisse Befriedung, entsprach das, was Vogler sagte, doch seinem ersten Eindruck, als er die Große Welle gesehen hatte. Schön, aber eben nichts Besonderes.

Er wandte sich zur Seite und schenkte Ernestine von Remsau ein Lächeln. Die alte Gräfin aber hob vielsagend die Augenbrauen und flüsterte mit dem gleichen diebischen Vergnügen, das sie bereits vorhin an den Tag gelegt hatte: »Warten Sie ab, Kenjiro. Sie werden noch staunen!«

Vogler setzte ihren Vortrag fort. »Übrigens haben wir Deutschen einen gewissen Anteil am Entstehen der *Ukiyo-e*, sogar an der Großen Welle. Wie Sie sehen, wird das Bild von vielen intensiven Blautönen dominiert. Die Japaner nannten diese Farbe zu jener Zeit, als Hokusai lebte, *Beru*. Es war nichts anderes als eine Abkürzung für die Stadt Berlin. Gemeint war damit sogenanntes Berliner Blau oder auch Preußischblau, das etwa um siebzehnhundert erfunden worden war und gute hundert Jahre später seinen Weg nach Japan fand. Dort löste es wegen seiner strahlenden Leuchtkraft große Begeisterung bei den Künstlern aus. Im Falle von Hokusai wissen wir es sogar noch ein wenig genauer. Zumindest dürften wir ein wenig spekulieren. Einer der ersten Deutschen, der überhaupt durch Japan reisen durfte, war der Würzburger Arzt Philipp Franz von Siebold. Als er im Jahr achtzehnhundertsechsundzwanzig nach Edo gelangte, wie Tokio damals noch hieß, lernte er Hokusai kennen und schenkte ihm wohl einige Proben von Berliner Blau. Siebold war es dann auch, der als erster Europäer eine größere Sammlung von *Ukiyo-e* zurück in die Heimat brachte und in seinen eigenen Büchern veröffentlichte. Die Resonanz war gewaltig, denn so etwas hatte das europäische Publikum noch nie gesehen. Von da ab können wir verfolgen, wie die japanische Kunst unsere Maler und Künstler beeinflusste, darunter Jahrhundertmaler wie Monet oder van Gogh. Andererseits waren auch die japanischen Künstler und besonders ihrerseits Hokusai von der europäischen Kunst inspiriert. Sie sehen also, wahre Kreativität beruht immer auf der Aneignung von Fremdem, und die Welt wäre ein traurigerer Ort, wenn wir damit aufhörten.«

Ein lautes Schnauben unterbrach die konzentrierte Stille. »Na klar. Das lässt sich leicht sagen, wenn man selbst derjenige ist, der immer nur nimmt und sich in der ganzen Welt bedient. Aber was ist mit denen, die das nicht können? Die immer nur geben müssen? Werden die überhaupt gefragt?«

Einige der Zuhörer lachten peinlich berührt auf, aber die ernste Miene von Alexa von Remsau ließ keinen Zweifel daran, dass ihr Einwurf keineswegs als Scherz gemeint war.

»Bitte, Alexa … ich dachte, die Phase hättest du inzwischen überwunden. Du willst doch nicht immer noch die Revolution ausrufen, oder?« Ernestine von Remsau blickte ihre Nichte ermahnend an.

Alexa verzog das Gesicht. »Eine Revolution muss es ja nicht gleich sein, Tantchen. Aber ich kann auch nicht alles einfach hinnehmen.«

»Nein, das kannst du wahrlich nicht.« Die Gräfin seufzte theatralisch und warf den Gästen einen um Entschuldigung heischenden Blick zu. »Sie müssen wissen, dass meine Nichte ihre Familie und alle damit verbundenen Annehmlichkeiten seit Langem nicht als Geschenk betrachtet, sondern als Bürde. Alles ist immer nur ungerecht oder sogar verbrecherisch. Es ist ein Trauerspiel.«

Für einen Moment herrschte eine gespannte Stille im

Raum. Die Blicke richteten sich auf Alexa von Remsau, im sicheren Erwarten, dass der Streit weiterginge. Die junge Frau aber lachte plötzlich auf und erklärte: »Keine Sorge, Leute. Ich habe inzwischen kapiert, dass der goldene Löffel, mit dem ich geboren wurde, so schlecht nicht schmeckt. Hören wir uns also an, was es sonst noch zu den japanischen Bildchen zu sagen gibt.«

Takeda blickte zu Ernestine, deren Gesicht all den Schmerz und die Trauer über ihre unverständige Nichte ausdrückte. Dann aber fand die alte Dame zu einem Lächeln zurück und erklärte: »Alexa hat völlig recht. Fahren Sie mit dem Vortrag fort. Liebe Ulrike, das Wort gehört wieder Ihnen. Das Wichtigste kommt ja erst noch.«

Die Kunsthistorikerin deutete mit der Hand auf die Stellwand. »Sie sehen hier vier Exemplare der Großen Welle, alle identisch in ihrer erhabenen Schönheit. Dennoch ist nur eines der Bilder wirklich wertvoll und hat daher den Weg in die Privatsammlung von Gräfin Ernestine gefunden. Vermutlich fragen Sie sich aber, worin genau die Unterschiede zwischen den vier Blättern liegen könnten. Was genau macht einen dieser Holzschnitte so besonders, während die anderen nichts als einfache Reproduktionen sind? Zwar traditionell hergestellt, aber kaum von Wert? Hat jemand von Ihnen eine Idee?«

»Vielleicht ist ein Exemplar signiert? Von dem Maler, diesem Hokuspokus?«, fragte Sascha von Kalf – natürlich gefolgt von strengen Ermahnungen seiner Frau.

Vogler schüttelte lächelnd den Kopf. »Hokusai ... Aber die Antwort lautet Nein. Sein Name ist zwar auf dem Bild aufgedruckt – hier in diesem Rahmen am Bildrand. Doch eigenhändig signiert hat er keines der Blätter.«

»Dann ist vielleicht das Papier besonders wertvoll? Oder die gelbe Farbe ist Goldstaub?«, mutmaßte Egbert Saemann, der Architekt.

»Eine gute Idee, aber auch das ist nicht der Fall.«

»Ach, sagen Sie es doch einfach«, rief Sascha von Kalf in die Runde. »Wir wollen hier doch kein Quiz spielen.«

»Bei dem du sowieso nicht gewinnen würdest«, erklärte seine Frau Simone mit beißendem Spott.

»Du schon wieder. Ganz so unterbelichtet, wie du immer tust, bin ich allerdings gar nicht.«

»Benimm dich einfach, Schatz. Du bist mal wieder peinlich.«

Sascha warf Alexa von Remsau einen verschwörerischen Blick zu, sie schienen sich gut zu kennen, wie Takeda bemerkte. Dann wandte von Kalf sich wieder seiner Frau zu. »Manche meiner Peinlichkeiten bereiten dir aber viel Freude, oder etwa nicht? Besonders die im Schlafzimmer.«

»Bitte, Sascha! Schluss jetzt!«

Ulrike Vogler sicherte sich mit einem Räuspern die Aufmerksamkeit. »Es ist richtig, wir wollen das mit dem Quiz nicht übertreiben. Zumal die Antwort tatsächlich nur Experten geben können.«

Die Kunsthistorikerin erklärte, dass die vermeintlich identischen Drucke bei näherem Hinsehen eben doch einige Unterschiede aufwiesen. Bei einigen seien die Farben heller und leuchtender und die Konturlinien – etwa der Wellen oder des Berges Fuji – klarer. Allerdings seien diese makellosen Exemplare, die neueren und unbedeutenderen Drucke, kaum fünf oder zehn Jahre alt. Solche Reproduktionen ließen sich in Japan überall für den Gegenwert von zwanzig, fünfzig oder auch hundert Euro kaufen. Im Gegensatz dazu weise der gerahmte Druck einige Schwächen auf. Das ursprüngliche Rosa des Himmels war verblasst, ebenso wie das Gelb der Boote. Auch gebe es in einer der Wellen einen winzigen Farbfehler, allerdings einen sehr besonderen. »Doch trotz dieser kleinen Schwächen …«, an dieser Stelle machte Vogler erneut eine Kunstpause und blickte lächelnd von einem zum anderen, senkte dann die Stimme zu einem Flüstern, »… trotz dieser kleinen Schwächen ist dieses Exemplar der Großen Welle etwas ganz Außergewöhnliches. Es handelt sich, bestätigt durch ein Gutachten zweier internationaler Experten, um einen der frühesten Drucke der Großen Welle, die überhaupt noch erhalten sind. Wahrscheinlich ist dieses Blatt sogar noch früher entstanden als die berühmten Exemplare im Met in New York oder im British Museum in London. Der kleine Farbfehler ist eine Kerbe im ursprünglichen Druckstock, der noch unter Hokusais persönlicher Aufsicht entstanden ist. Dieses und weitere Indizien deuten darauf hin, dass das Blatt, das Sie hier vor sich sehen, mit großer Wahrscheinlichkeit der erste Druck der Welle ist, der überhaupt entstanden ist. Hätte Hokusai sie signiert und nummeriert, würden wir eine kleine Eins sehen! Damit ist dieses Blatt von schier unschätzbarem Wert. Wir reden über eine Summe im hohen siebenstelligen Bereich. Seit einigen Wochen heißt die stolze Besitzerin Ernestine Gräfin von Remsau. Wenn Sie das Bild also gleich noch einmal von Nahem betrachten, haben Sie bitte Ehrfurcht. Sie betrachten einen wahren Weltkulturschatz.«

Im Raum herrschte eine überwältigte Stille. Dann begann erst Egbert Saemann und schließlich auch alle übrigen Gäste zu applaudieren. Sie erhoben sich aus ihren Sitzen, wandten sich erst Vogler, dann Ernestine von Remsau zu. Die errötete und machte dämpfende Handbewegungen. »Bitte, meine Lieben. Sie müssen doch nicht klatschen. Genießen Sie einfach das Bild, so wie ich es tue. Würdigen Sie es, bewundern Sie es! Aber behalten Sie es ansonsten bitte für sich. Die Summe, die ich dafür ausgeben musste, könnte Neider und Diebe anlocken. Noch ist das gute Stück nicht versichert ... aber jetzt wollen wir erst einmal hinübergehen und zu Abend essen.«

8.

Das Mordopfer hieß aller Wahrscheinlichkeit nach Cornelius Strube, war zweiundvierzig Jahre alt und wohnte gemeinsam mit seiner betagten Mutter im Stadtteil Stellingen.

Kriminalhauptmeister Wenger hatte Claudia noch auf dem verregneten Parkplatz im Volkspark mitgeteilt, dass Strube vor drei Tagen als vermisst gemeldet worden war. Die Mutter hatte die Anzeige gestellt und hatte der Polizei dabei ein Foto überlassen, das in die Datenbank eingepflegt worden war. Die Aufnahme war alt, und somit bestand keine hundertprozentige Sicherheit, dass der Tote wirklich Strube war. Aber die Ähnlichkeit war gegeben, und auch die Beschreibung von Statur und Haartracht stimmten überein. Die Mutter, Dagmar Strube, hatte angegeben, dass ihr Sohn, der trotz seines Alters mit ihr zusammenlebte, seit rund einer Woche nicht mehr zuhause aufgetaucht sei. Er sei telefonisch nicht zu erreichen und habe auch sonst keinerlei Nachricht hinterlassen, die sein Verschwinden erklären könnte.

Die Anzeige war vor drei Tagen gestellt worden, Strube wurde da bereits seit einer Woche vermisst. Zusammen waren das zehn Tage, dachte Claudia. Das wiederum passte zu der ersten Einschätzung des Todeszeitpunktes, die Angelika Reimann abgegeben hatte.

Claudia hatte spontan beschlossen, sofort nach Stellingen zu fahren, mit der Mutter zu reden und sich Klarheit zu verschaffen. Zuvor sprach sie noch kurz mit dem Hundebesitzer, der die Leiche gefunden hatte. Gerhard

Böhme. Etwas Brauchbares hatte er nicht zu sagen gehabt. Der Hund hatte angeschlagen und gejault, sein Herrchen war ins Gebüsch gekrochen, hatte den Toten entdeckt und die Polizei alarmiert. Das war's. Darüber hinaus wollte der Mann Claudia noch davon überzeugen, dass es solche extremen Regenfälle schon immer gegeben habe und das Gerede vom Klimawandel hysterischer Unsinn sei. Übertrieben. Schwachsinn, total unwissenschaftlich.

Ich werde auch gleich unwissenschaftlich, du Vollidiot, dachte Claudia. Sie hatte sich aber zusammengerissen, Böhme gedankt und ihm angekündigt, ihn möglicherweise ein weiteres Mal befragen zu müssen. Dann hatte sie sich auf den Weg gemacht.

Unterwegs legte sie einen Stopp an einer Tankstelle ein. Sie tankte voll und gönnte sich anschließend an einem Stehtisch im Inneren des Verkaufsbereichs einen heißen Kaffee. Der junge Mann an der Kasse starrte auf enervierende Weise hinüber, während sie sich an ihrem Becher wärmte. Vermutlich wegen Claudias patschnasser Klamotten, die seine Phantasie anregten. Sie wollte ihn gerade anfahren, als er in einem Hinterraum verschwand und kurz darauf mit einem Handtuch in der Hand zurückkehrte.

»Hier. Ich glaube, Sie können es gebrauchen.«

»Danke! Ich … äh … ach, einfach nur danke!«

Zurück im Auto folgte Claudia den Anweisungen ihres Navis. Stellingen war ein Stadtteil, durch den man im Zweifel immer nur hindurchfuhr, er bestand zu nicht ganz kleinen Teilen aus Bahntrassen und Autobahnen. Während sie ihren Wagen durch den dichten Regen lenkte, fühlte sie sich in ihrer ohnehin nicht gerade guten Meinung über die Umgebung bestätigt. Sie blickte auf baufällige Gewerbeimmobilien, billige Mietskasernen und heruntergekommene Einzelhäuser. So etwas nannte man wohl Mischgebiet, dachte sie. Warum? Weil sich hier Armut, Dreck und Hässlichkeit mischten. Claudia dachte an Takeda und ihre gemeinsame Wohnung in Winterhude. Sie sollte dankbar sein, noch mehr als ohnehin schon.

Kurz darauf hielt sie vor einem kleinen Einzelhaus, einem Altbau. Sogar durch den prasselnden Regen konnte sie erkennen, dass die Fassade dringend einen neuen Anstrich gebraucht hätte. Das Haus war zweistockig, aber nicht sonderlich groß. Es stammte schätzungsweise aus den dreißiger Jahren. Der Vorgarten war ursprünglich von einem Zaun eingegrenzt gewesen, der allerdings herausgebrochen war, so dass sich an der Kante zum Bordstein nur noch ein Steinsockel mit rostigen Löchern befand. Das kleine Rasenstück dahinter war von Unkraut überwuchert.

Claudia dachte an den Toten im Volkspark, die Tattoos, die Wunden, seine Fettleibigkeit, die ganze Erscheinung. Es passte. Leider. Sie hatte wenig Zweifel, dass sie hier richtig war.

Hinter einem Fenster im Erdgeschoss war der flackernde Widerschein eines laufenden Fernsehers zu sehen. Es war also jemand da und auch noch auf.

Claudia stieg die drei Stufen zur Haustür empor und klingelte. Nichts geschah. Aus dem Haus hörte sie den Fernseher. Sie klingelte noch einmal, diesmal lange. Schließlich hörte sie Schritte. Die Tür wurde geöffnet.

Vor Claudia stand eine Frau, deren Alter schwer zu schätzen war. Sechzig? Nicht sehr viel älter jedenfalls. Sie war klein und enorm korpulent, hatte fettige Haare und trug einen nur halb zugeknöpften Kittel, durch den ihre Unterwäsche zu sehen war, darüber eine fleckige Strickweste. Sie stützte sich auf einen Rollator. Vielleicht, weil sie gebrechlich war, vielleicht wegen ihres Gewichts.

Mit schnaufender, um Atem ringender Stimme fragte sie: »Was denn? Um diese Uhrzeit?«

»Sind Sie Frau Dagmar Strube?«, fragte Claudia.

»Und wenn?«

»Harms ist mein Name. Kriminalpolizei.«

Die Frau musterte Claudia aus überraschend wachen Augen, die nicht wirklich in das ungesunde, aufgedunsene Gesicht passen wollten.

»Geht's um Conni? Haben Sie ihn gefunden?«

»Das ist möglich. Kann ich hereinkommen?«

Die Frau blickte Claudia erneut an, schien regelrecht in sie hineinzusehen, und erneut fand Claudia, dass dieser wache Blick nicht zum verwahrlosten Äußeren der Frau passte. Mit nüchterner Stimme stellte die Frau fest: »Also haben Sie ihn. Ist er verletzt? Hat er was angestellt?«

»Können wir bitte reingehen?«

»Reden Sie.«

Claudia seufzte. Dann halt hier, vor der Tür, im Regen. Sie kramte ihr Handy hervor, auf das sie sich vorhin von Angelika Reimann eine Aufnahme des Toten hatte schicken lassen. Nur das Gesicht. Sie holte das Bild aufs Display und drehte das Gerät in Dagmar Strubes Richtung. »Ist das Ihr Sohn?«

»Sicher, das ist Conni.«

»Dann tut es mir leid, Frau Strube. Aber ich muss es Ihnen sagen. Ihr Sohn ist nicht mehr am Leben.«

Die Frau zeigte keinerlei Reaktion, sagte nichts. Sie blieb regungslos stehen, atmete nur weiterhin schwer.

»Haben Sie gehört, was ich gesagt habe, Frau Strube?«

»Ich bin nicht taub.«

»Kann ich jetzt vielleicht hereinkommen?«

Dagmar Strube verharrte noch einen Moment. Dann drehte sie sich wortlos um und tappte mit langsamen Schritten, den Rollator vor sich herschiebend, den Flur hinunter. Die Haustür ließ sie offen stehen.

Das sollte wohl Ja heißen.

Claudia trat in den Hausflur und schloss hinter sich die Tür.

Sie fühlte sich nicht wohl.

9.

Ernestine von Remsau hatte ein schlichtes Abendessen angekündigt, doch ganz im Gegensatz dazu blickte Takeda überrascht auf eine Tafel, die reich mit exquisiten Köstlichkeiten gedeckt war.

Doch bevor das Mahl beginnen konnte, trug die Gräfin zunächst jedem ihrer Gäste eine kleine Aufgabe zur Vorbereitung auf und packte auch selbst mit an. Der Tisch musste gedeckt, die Speisen mussten aus der im Tiefparterre liegenden Küche geholt werden. Über Personal verfügte Ernestine nicht, jedenfalls nicht in den Abendstunden, wie sie erklärte. Sie beschäftigte zwar eine Haushälterin, und die hatte schon am Nachmittag kalte Platten und andere Speisen vorbereitet. Inzwischen aber war sie nach Hause gefahren und würde am Wochenende auch nicht wiederkommen.

Takeda beeindruckte es. Obwohl die Gräfin einer so hochgestellten Familie entstammte, hatte sie die Bodenhaftung nicht verloren. Sie war sich für nichts zu schade, auch nicht für anstrengende Hausarbeit.

Neben vielerlei Aufschnitt, kaltem Braten, Geflügelstücken und Pasteten – alles entstammte der zum Gut gehörenden Jagd – gab es geräucherten Fisch, verschiedene Sorten Brot, edlen Käse und Salate aus auserlesenen Zutaten. Außerdem konnten die Gäste zwischen einem sommerlich frischen Weißwein und einem schweren, erdigen Rotwein wählen. Peter Kemper, der Autor, entpuppte sich als Kenner. Er dekantierte die Weine und studierte dabei die Etiketten auf den Flaschen. Anschließend gab er weitschweifige Erläuterungen ab, sprach über die Güter, die Rebsorten, die Winzer – und Takeda wurde klar, dass auch die Weine alles andere als schlicht waren. Es handelte sich um edle Tropfen, für deren Gegenwert sich vielleicht kein früher Hokusai erstehen ließ, aber doch so manch anderes Bild von nicht geringem Wert.

Nachdem die Gäste ihren ersten Hunger gestillt hatten, hob Ernestine ihr Glas und erklärte mit feierlicher Stimme: »Meine lieben Freunde, ich darf noch einmal ausdrücken, wie sehr ich mich über Ihren Besuch freue. Sie alle haben auf meine Bitte hin etwas vorbereitet, in dessen Genuss wir im Laufe des Wochenendes kommen werden. Wer möchte, kann morgen direkt in der Frühe mit Ihnen, lieber Sascha, ein kleines Fitnessprogramm draußen auf der Wiese absolvieren, zumindest wenn der schreckliche Regen nachlässt. Sonst finden wir einen anderen geeigneten Ort im Haus. Egbert wird uns dann am morgigen Vormittag einen Rundgang durchs Haus bescheren und über die Herausforderungen einer denkmalgerechten Erhaltung berichten. Nach dem Mittag hat Simone von Kalf einen Vortrag über das frühere Leben auf einem Gut wie dem Unseren vorbereitet. Sie ist nämlich nicht nur in Finanzdingen bewandert, sondern auch und besonders mit der Geschichte des norddeutschen Adels. Mein persönlicher Höhepunkt erwartet uns dann am Nachmittag, wenn Kenjiro uns eine echte japanische Teezeremonie vorführt. Am Abend dann wird Peter Kemper aus seinem neuesten Roman vortragen. Und vielleicht magst du, liebe Alexa, dich ja überwinden und uns schon heute Abend etwas auf dem Flügel vorspielen. Ich weiß, du tust es nicht gerne, Schatz, aber die langen Jahre des

Klavierunterrichts in deiner Jugend können ja nicht völlig umsonst gewesen sein.«

Die Angesprochene gab ein unwilliges Stöhnen von sich, zwinkerte zugleich Takeda zu. »Ach, Tantchen, Unterricht ist das eine, üben das andere ... du weißt ja, wie ich dazu stehe.«

»Sicher. Mein Wunsch bleibt dennoch bestehen. Spiel später ein wenig für uns. Schließlich soll jeder etwas beitragen.«

Alexa lachte fröhlich. »Na, mal sehen. Vielleicht überwinde ich mich ja.«

Die Gräfin lächelte zufrieden. »Aber jetzt, meine lieben Gäste, greifen Sie bitte ordentlich zu. Seien Sie nur nicht bescheiden, es ist von allem reichlich vorhanden.«

Während des weiteren Verlaufs des Essens begann ein Tischgespräch, in dessen Mittelpunkt Takeda stand. Das Stichwort dazu gab Egbert Saemann, der sich an den Inspektor wandte und sagte: »Wissen Sie, worin für mich der größte Unterschied zwischen Ihrer Heimat und Deutschland besteht, Inspektor?«

»Ich bin gespannt, es zu erfahren.«

»Ganz einfach. Japan ist immer noch Japan. Aber Deutschland ist nicht mehr Deutschland.«

Takeda sah ihn überrascht an. »Oh! Dann muss ich im zurückliegenden Jahr meines Aufenthaltes wohl einiges übersehen haben.«

Saemann lächelte leicht gequält. »Ich meine es ernst, Inspektor. Früher waren sich beide Länder in vielen Punkten ähnlich. Japan wie Deutschland wurden weltweit für ihre Leistungen in Technik und Wissenschaft geachtet, genauso für den Fleiß ihrer Menschen, ihre Sparsamkeit, ihre Zuverlässigkeit, ihre Bildung. Ich denke, dass all das im Falle von Japan noch stimmt. Aber in Deutschland? Sagen Sie selbst – glauben Sie es?«

Takeda legte den Kopf schief und brummte nachdenklich. Schließlich lächelte er hintergründig und sagte: »Bevor ich im letzten Jahr hier nach Deutschland aufgebrochen bin, war ich im Kreise einiger Kollegen zu einem Essen eingeladen. Wissen Sie, was einer von Ihnen zu mir sagte? Er meinte, wie sehr er mich darum beneide, dass ich nach Deutschland fahren dürfe, ein Land, dass sich selbst treu geblieben sei. Unsere japanische Heimat hingegen sei dem Untergang geweiht, die Bevölkerung schrumpfe, die Jugend verweichliche, und es sei nur eine Frage der Zeit, bis Nordkorea uns mit Raketen zerstöre oder China mit seinen vielen Menschen überrenne ... wie Sie sehen, man kann die Dinge auch andersherum sehen.«

»Sie sind offenbar zu höflich für ein solches Thema, mein lieber Takeda!«

»Wie Sie selbst sagten, Japan ist immer noch Japan. Wir waren früher höflich und sind es in der Tat auch heute noch ...«

Am Tisch wurde gelacht, und auch die übrigen Gäste mischten sich in das Gespräch ein. Es wurde eine strittige, aber auch anregende Diskussion über den Wandel und das Beharren, über die Herausforderungen der Gegenwart und über die Zukunft Deutschlands wie Japans.

Verlor ein Land seinen Charakter durch offene Grenzen und zahlreiche Zuwanderung, oder war gerade das eine Bedingung seines Überlebens? War es der richtige Weg, dass die Bevölkerung schrumpfte und die Menschen an immer mehr Orten durch Technik, womöglich gar Roboter ersetzt wurden? Tatsache war, dass Deutschland wie Japan einer unsicheren Zukunft entgegenstolperten, geprägt durch Überalterung und eine zunehmend unsichere Umgebung, zudem gelegen auf einem Planeten am Rande des ökologischen Kollapses, vor dem auch die Tatsache, eine Insel zu sein, nicht schützte.

Unterbrochen wurde das Gespräch erst, als Ernestine von Remsau sich von ihrem Sitz erhob und in die Runde erklärte: »Liebe Freunde, nehmen Sie es mir nicht übel, aber ich werde mich nun zurückziehen. Ich bin nicht mehr die Jüngste und brauche meine Ruhe. Sie aber können es sich drüben im Salon bequem machen und dort Ihre spannende Unterhaltung fortführen ... ach, und Ulrike, dürfte ich Sie bitten, später das Geschirr abzuräumen und in der Küche für Ordnung zu sorgen? Das tun Sie doch, meine Liebe?«

»Natürlich, Gräfin. Wenn Sie es denn wünschen.«

Takeda bemerkte den Unwillen, der aus der Stimme der Kunstexpertin sprach, und er sagte: »Ich werde Ihnen selbstverständlich helfen, Frau Vogler.«

Die Gräfin hob ermahnend den Finger. »Das kommt nicht in Frage, Kenjiro. Ulrike kommt sehr gut allein zurecht. Stimmt es nicht, meine Liebe?«

»Doch, natürlich.«

»Und lächeln Sie doch bitte.«

»Auch das, Gräfin.«

Die Art, wie Vogler nun ihr Gesicht zu einer lächelnden Grimasse verzog, war kaum anders denn als hasserfüllt zu bezeichnen.

10.

Claudia war Dagmar Strube in ein Wohnzimmer gefolgt, in dem es nach kaltem Zigarettenrauch, nach Alkohol, altem Essen roch. Und auch nach Mensch. Das letzte Mal, dass hier ein Fenster geöffnet worden war, musste Wochen her sein. Allerdings konnte Claudia jetzt nichts daran ändern, draußen schüttete es immer noch wie aus Eimern. Wenn sie das Fenster auch nur ein bisschen geöffnet hätte, hätte der Regen das Zimmer geflutet.

Sie setzte sich auf die äußerste Kante eines Sessels und erklärte: »Die Sache ist leider noch schlimmer, als Sie sich vermutlich denken, Frau Strube.«

»Mein Sohn ist tot. Was könnte schlimmer sein?«

»Er ist nicht einfach ums Leben gekommen, er hatte auch keinen Unfall. Er ist ermordet worden.«

»Ermordet? Conni? Das ist doch Unsinn!«

»Nein, leider nicht. Daher muss ich Ihnen einige Fragen stellen. Fühlen Sie sich dazu in der Lage?«

Dagmar Strube zuckte mit den Schultern. Sie zündete die nächste Zigarette an, inhalierte tief. Es war ihr nicht anzusehen, was in ihr vorging. »Fragen Sie. Na los!«

»Als Sie Ihren Sohn als vermisst gemeldet haben, hatten Sie da bereits geahnt, dass ihm etwas zugestoßen sein könnte? Oder genauer, dass ihm Gewalt angetan worden sein könnte?«

»Zugestoßen schon, warum sonst geht man zur Polizei? Aber Gewalt? Nein. Warum denn auch?«

Claudia nickte nachdenklich. »Ja, warum ... das ist die Frage, die wir uns nun stellen müssen.«

»Was ist denn überhaupt passiert?«

»Ihr Sohn ist höchstwahrscheinlich erstochen worden. Wer auch immer das getan hat, hat anschließend versucht, die Leiche zu verstecken. Natürlich wäre ein Raubüberfall möglich. Aber wir müssen alle Möglichkeiten in Betracht ziehen. Auch eine gezielte Tötung.«

Dagmar Strube blickte Claudia erneut lange und sehr direkt an, und wieder hatte sie das Gefühl, dass diese Augen einfach nicht zum ganzen Gesicht passten. Nicht zum Äußeren der Frau, nicht zu diesem Zimmer, nicht zu dem Gestank. Sie waren wach, sie waren klug.

»Worauf wollen Sie eigentlich hinaus, Frau Kommissarin? Gezielte Tötung ... was heißt das überhaupt? Warum sollte jemand Conni so etwas antun?«

»Was denken Sie?«

Strube stieß ein seltsames Lachen aus. »Ich denke, dass Sie so nicht mit mir reden sollten. Versuchen Sie nicht, etwas aus mir herauszukitzeln. Oder halten Sie etwa mich für verdächtig?«

»Natürlich nicht.«

»Ich weiß nur, dass Conni nicht nach Haus gekommen ist. Und jetzt erfahre ich, dass er tot ist. Aber warum? Ich habe keine Ahnung.«

Claudia nickte betroffen. Die Frau hatte ja recht. Die Art, wie sie das Gespräch begonnen hatte, war ungeschickt und deplatziert gewesen. Vielleicht lag es an der Umgebung. Aber so ging es nicht weiter. »Also schön. Dann fangen wir damit an, ob Ihr Sohn in letzter Zeit vielleicht von Problemen gesprochen hat? Lag er mit jemandem im Streit? Hatte er vielleicht Schulden?«

»Schulden? Conni? Nicht, dass ich wüsste.«

»Was ist mit Drogen?«

»Jede Menge. Schokolade. Pizza, Chips. Alkohol. Aber nichts Verbotenes.«

»Denken Sie weiter nach, Frau Strube. Wir wissen bisher noch so gut wie gar nichts. Cornelius ... Sie nennen ihn Conni?«

»Ich ja. Sie nicht.«

»Natürlich. Verzeihung. Also, Ihr Sohn Cornelius ist überhaupt erst vor wenigen Stunden gefunden worden, und leider gibt uns der Fundort kaum Hinweise. Umso wichtiger ist es, dass Sie uns helfen und alles sagen, das uns Hinweise geben könnte. Doch wenn Sie erst einmal Zeit brauchen, um die schreckliche Nachricht zu verarbeiten, kann ich das gut verstehen. Ich kann auch morgen früh wiederkommen.«

»Haben wir doch schon geklärt. Müssen Sie nicht. Ich bin nicht ... wie sagt man das? In einem Schockzustand? Traumatisiert? Machen Sie einfach weiter.«

Es klang resolut. Und es klang wirklich nicht so, als sei die Frau nach der Nachricht am Rande des Zusammenbruchs.

Aber gut, Menschen reagierten auf unterschiedliche Art auf schreckliche Nachrichten. Sie trauerten auf unterschiedliche Art. Und zu unterschiedlichen Zeitpunkten. Manche brachen zusammen, sobald sie hörten, was geschehen war. Andere funktionierten weiter, und es konnte Tage oder sogar Wochen, mitunter Monate und Jahre dauern, bis die Trauer sie niederrang.

»Fällt Ihnen denn irgendetwas ein, das uns einen Hinweis geben könnte? Hatte Ihr Sohn vielleicht Umgang mit Menschen, denen Sie Gewalttätigkeiten zutrauen?«

»Nein. Aber vielleicht weiß ich es auch einfach nicht. Conni war nicht gerade mitteilsam. Ich weiß nicht, mit wem er sich abgegeben hat.«

»Sie wohnen zusammen. Bei einem Mann im Alter Ihres Sohnes ist das ungewöhnlich, oder?«

»Sagt wer?«

»Ich glaube, Sie wissen, was ich meine.«

»Sehen Sie mich an. Ich kann das Haus kaum noch verlassen. Conni hat sich um mich gekümmert, wenigstens ein bisschen. Er hat eingekauft. Er hat mich zum Arzt gefahren, so etwas. Aber wenn Sie denken, wir wären eng miteinander gewesen, täuschen Sie sich. Gesprochen haben wir kaum miteinander. Eigentlich nie. Wenn Conni hier war, war er immer oben, in seinem Zimmer.«

»Was hat er beruflich gemacht?«

Strube schnaubte missmutig. »Alles mögliche. Oder auch nichts. Mal so, mal so.«

»Die Antwort hilft mir nicht wirklich weiter.«

»Er ist für einen Kurierdienst gefahren. Jedenfalls früher einmal.«

»Jetzt also nicht mehr?«

»Ich weiß es nicht. Wie gesagt, wir haben nicht miteinander geredet.«

»Kennen Sie den Namen des Kurierdienstes?«

»Nein. Vielleicht stimmt es auch gar nicht. Sehen Sie in seinem Zimmer nach. Kann ja sein, dass Sie da etwas finden.«

»Das ist im ersten Stock?«

»Genau. Oben war sein Bereich. Ich bin da nie hochgegangen. Kann ich auch gar nicht. Die Knie. Die Hüften.«

»Okay, dann sehe ich mich jetzt dort um. Sie können in der Zeit bitte noch einmal überlegen, ob Ihnen etwas einfällt, das mir weiterhelfen könnte. Vielleicht hat Conni … Cornelius ja doch etwas von Streit oder anderen Schwierigkeiten erzählt.«

»Hat er nicht. Mein Gedächtnis ist gut, Frau Harms. Ich wüsste es.«

Claudia sah die Frau überrascht an. Sie hatte nicht erwartet, dass Strube ihren Namen, den sie nur einmal genannt hatte, noch wusste. Das mit dem guten Gedächtnis stimmte. Es gab keinen Grund, ihr nicht zu glauben.

Claudia erhob sich und ging in den Flur zurück. Das Haus war noch kleiner, als sie von außen vermutet hatte. Im Erdgeschoss gab es offenbar nur das eine Wohnzimmer und die Küche, dazu eine Gästetoilette. Neben der Haustür war der Treppenaufgang nach oben. Unter den Stufen befand sich eine Holztür. Claudia öffnete sie und blickte auf eine Treppe, die hinab in einen Keller führte, aus dem es stark nach Heizöl roch.

Sie schloss die Tür wieder, warf dann einen kurzen Blick in die Küche, die einen ähnlich desolaten Anblick bot wie das Wohnzimmer. Dreck und Verwahrlosung. Wie hielt die Frau das aus? Sie war ja offenbar weder dement noch psychisch beeinträchtigt. Obwohl, konnte man da so sicher sein? Wahnsinn und Intelligenz schlossen sich nicht aus. Im Gegenteil.

Claudia stieg die Treppe in den ersten Stock empor. Eine Treppenhausbeleuchtung gab es nicht, oder sie war kaputt. Die Stufen knarrten unter ihren Schritten. Zum ersten Mal an diesem Abend wünschte sie sich, Takeda wäre doch bei ihr.

In einer mehr unbewussten Bewegung strich sie an ihrem Blazer entlang und spürte die Ausbuchtung ihrer Dienstwaffe, die im Schulterholster steckte.

11.

Während Ulrike Vogler in der Küche arbeitete – Takeda hatte ihr ein zweites Mal seine Hilfe angeboten, wieder vergeblich –, versammelte sich die übrige Gesellschaft im Salon. Egbert Saemann hatte den Kamin entzündet. Man bediente sich an der Bar, blickte entspannt ins Feuer und führte die Unterhaltung vom Abendessen fort. Die Atmosphäre war behaglich, nicht zuletzt wegen des prasselnden Feuers und des Regens, der von draußen gegen die Fenster schlug.

An der Stellwand hingen immer noch die verschiedenen Exemplare der Großen Welle, und so kam das Gespräch erneut auf Hokusai und die *Ukiyo-e*, die japanischen Farbholzschnitte, zurück.

Es war Sascha von Kalf, der sich vor die Bilder stellte, demonstrativ den Kopf schüttelte und mit lauter Stimme erklärte: »Ich kapiere den ganzen Bohei um diese Dinger nicht. Es ist viermal dasselbe Bild! Nur, dass drei davon fast nichts wert sind und eines ein paar Millionen. Aber nur Experten können den Unterschied überhaupt erkennen. Das ist doch Wahnsinn, wenn ihr mich fragt.«

»Was genau wollen Sie uns sagen, mein lieber Sascha?«, fragte Egbert Saemann und lächelte dabei jovial.

»Habe ich doch gesagt. Es ist völlig bekloppt. Durchgeknallt. Das will ich sagen.«

Simone von Kalf stöhnte auf. »War ja klar, dass du so denkst, Schatz. Es beweist leider nur, dass du nicht das Geringste von Kunst verstehst.«

Sascha schaute seine Frau auf eine Art an, der nicht einmal mehr das ferne Echo von Zuneigung anzusehen war. Zumindest hatte Takeda diesen Eindruck.

»Richtig, tue ich auch nicht. Dafür habe ich aber so etwas wie gesunden Menschenverstand. Der sagt mir, dass ich mir doch lieber eine billige Kopie ins Zimmer hänge und die Millionen spare, als mein Geld für etwas auszugeben, das genauso aussieht wie der billige Krempel, nur hundertmal so teuer ist. Es ist ja sogar noch schlimmer, denn eigentlich sind die Kopien sogar schöner als das Original. Seht doch hin! Bessere Farben, nichts ist verschwommen. Die Gräfin hat sich verscheißern lassen, wenn ihr mich fragt.«

Peter Kemper, der Autor, stellte sich neben von Kalf vor die Stellwand, betrachtete seinerseits die vier Drucke und erklärte: »Was die Schönheit angeht, haben Sie sogar recht, Sascha. Die billigen Reproduktionen sind in der Tat klarer und ihre Farben frischer. Trotzdem haben Sie vorhin offenbar nicht richtig zugehört. Dieses eine Bild, nennen wir es ruhig ein Original, ist noch zu Zeiten von Hokusai entstanden. Der Meister hat es vermutlich selbst in der Hand gehalten. Das ist der kleine, aber entscheidende Unterschied.«

»Und wenn dieser Knabe darauf gepinkelt hätte … ich bleibe dabei, es ist verrückt. So eine Art *Des Kaisers neue Kleider*. Das Original ist teuer, aber hässlich. Die Kopien sind billig, aber schön. Klar, ihr feinen Pinkel sprecht das nicht aus. Aber mich überzeugt ihr damit nicht. Ich bleibe dabei, es ist Schwachsinn!«

Egbert Saemann meldete sich erneut zu Wort. Er wandte sich an Kemper und erklärte mit spöttischem Unterton: »Ich glaube, mein lieber Peter, Sie haben vorhin ebenfalls nicht zugehört. Es sind alles Drucke, die alten wie die neuen. So gesehen gibt es gar keine Originale. Wie sollte es auch? Weder die alten noch die neuen Druckstöcke sind von Hokusai persönlich hergestellt worden. Von ihm ist nur die zeichnerische Vorlage, und zwar in beiden Fällen. Ich bin daher geneigt, Ihnen zuzustimmen, Sascha. Es ist tatsächlich verrückt. So verrückt wie der ganze Kunstbetrieb. Wenn eine Sache dort nicht zählt, dann ist es gesunder Menschenverstand.«

Eine leidenschaftliche, mitunter sogar wütende Diskussion entbrannte. Vor allem Kemper fühlte sich angegriffen und erklärte mit beleidigter Stimme: »Da haben wir ihn also mal wieder, den guten alten Streit um die Kunst als solche. Weil diese Farbkleckse ja eigentlich sowieso nichts wert sind. Nur Geschmiere, das von einigen Experten und einigen Reichen für wertvoll erklärt wird. Picasso oder Grundschulkind, das ist ja eigentlich gar kein Unterschied – das wollt ihr doch sagen?«

»Aber nein, keinesfalls«, verteidigte sich Saemann.

»Ich denke doch. Darauf läuft es hinaus.«

Saemann lachte auf, sagte dann mit versöhnlicher Stimme: »Ich gebe es zu, so ganz kann ich es nicht abstreiten. Sascha hat es gesagt, die einen Farbkleckse kosten Millionen, die anderen sind nichts wert. Kann man das verstehen? Nein, kann man nicht. Da hat er doch einen Punkt, oder?«

Kemper schnaubte verächtlich. »Sie übersehen etwas Entscheidendes, Egbert. Nämlich die Tatsache, dass das, was Sie sagen, nicht nur für Kunst, sondern auch für alle anderen Dinge gilt. Der Wert eines Objekts ist reine Fiktion, und zwar egal, ob es um Gold, ein Auto oder Aktien geht. Oder eben um Kunst.«

»Nicht ganz, mein Lieber. Ein Auto lässt sich nur schwer an die Wand hängen«, gab Saemann zurück und erntete allgemeines Gelächter.

»Ja, ziehen Sie es ruhig ins Lächerliche«, entgegnete Kemper voller Missmut. »Aber ich bleibe dabei, am Ende hat der Preis einer Sache niemals etwas mit ihrem Wert zu tun. Es ist alles nur Wunsch und Vorstellung.«

»Gott, spricht da etwa ein Marxist aus Ihnen?« Saemann markierte ein körperliches Erschaudern und erntete erneut Gelächter.

Kemper winkte ab. »Sie haben wirklich gar keine Ahnung. Doch was will man von einem Architekten auch erwarten? Ein Marxist würde das Gegenteil behaupten und die Dinge nach der Arbeit bewerten, die in ihnen steckt. Aber wie wollen Sie das bei einem solchen Farbholzschnitt machen? Berechnen Sie die drei Sekunden, die der Druck gedauert hat? Oder berechnen Sie die siebzig Lebensjahre von Hokusai, die er gebraucht hat, um eine solche Schönheit erschaffen zu können?«

Saemann hob sein Glas. »Gut gesagt, Herr Autor. Ich kann nicht widersprechen. Fragen wir doch die anderen in der Runde, was sie meinen. Simone! Sie sind eine Finanzexpertin, was denken Sie? Sind die Millionen für das eine Blatt Ausdruck von Dekadenz? Oder ist es ein solches Kunstwerk tatsächlich wert?«

Simone von Kalf winkte lächelnd ab. »Ich befürchte, ich kann darauf keine unbefangene Antwort geben. Ich darf es auch nicht.«

»Sie dürfen nicht? Wieso das?«

»Nun, nicht wenige Kunden unseres Bankhauses haben hohe Summen in Kunst investiert. Und nicht unbedingt wegen der Schönheit der Werke, sondern wegen der erwarteten Wertsteigerung. Wie könnte ich da sagen, dass es diesen Wert eigentlich gar nicht gibt? Insofern bin ich überzeugt, dass Ernestine ihr Geld gut investiert hat.«

»Ein guter, ein legitimer Standpunkt. Was ist mit Ihnen, Takeda? Ist der alte, originale Hokusai wirklich so viel mehr wert als die neueren Drucke? Und was wäre, wenn jemand sie aus Versehen vertauscht und wir die ganze Zeit den falschen Druck bewundern? Führt allein dieses Gedankenspiel nicht alles ins Absurde?«

Takeda nickte nachdenklich, wollte dann etwas sagen, als ihm eine wütende Stimme zuvorkam: »Wisst ihr was? Mir wird schlecht, wenn ich euch zuhöre, Leute. Keiner von euch sagt doch die Wahrheit. Ihr redet über Bilder und über Geld und über Werte, so als wenn das alles nur eine Spielerei wäre! Aber in Wahrheit seid ihr doch alle vor Neid zerfressen! Weil meine Tante Millionen für ein Bild ausgibt ... ein Bild, das euch in Wahrheit völlig egal ist. Ihr alle hättet lieber das Geld. Tante Ernis Geld, um genau zu sein. Nur darum kreist ihr doch wie die Fliegen um sie!«

Alle Köpfe drehten sich in Richtung von Alexa von Remsau, manche nachsichtig lächelnd, andere irritiert, mancher auch wütend. Die junge Frau saß am Rande der Runde und hatte sich bisher nicht am Gespräch beteiligt.

Es war Egbert Saemann, der sich räusperte und dann antwortete: »Wie kommst du darauf, dass wir neidisch sind, Alexa? Und wieso musst du einen solchen Unfrieden in die Runde tragen?«

Alexa von Remsau lächelte ihn giftig an. »Das fragst ausgerechnet du, Egbert? Du warst doch strikt dagegen, dass Ernestine das Bild kauft. Ich hab's selbst mit angehört, wie du versucht hast, es ihr auszureden. Klar, du warst ganz der Gentleman, der du immer bist, und meintest, du machst dir Sorgen, ob sie sich finanziell nicht übernimmt. Aber eigentlich warst du doch nur krank vor Sorge, dass am Ende weniger für dich abfällt.«

»Wie kannst du es wagen ...?«

»Ach, komm schon, du weißt, dass ich recht habe. Du lebst seit Jahren von Ernis Geld. Angeblich, weil du dich so toll um die Erhaltung des Hauses kümmerst. Dabei sieht ein Blinder, dass die Bruchbude bald zusammenstürzt. Ist ja auch kein Wunder. Du bezahlst ein paar Hilfsarbeiter dafür, dass sie die gröbsten Schäden an den Mauern übertünchen. Aber die Tausender, die du Ernestine in Rechnung stellst, die landen doch in deiner eigenen Tasche!«

Simone von Kalf stand aus ihrem Sessel auf und stellte sich provozierend dicht vor Alexas Sessel. »Meine Liebe, Sie vergreifen sich entschieden im Ton, nicht nur Herrn Saemann gegenüber, sondern uns allen. Ich weiß nicht, ob Sie betrunken sind oder einfach nur schlecht erzogen. Es spielt keine Rolle. Benehmen Sie sich oder verlassen Sie den Raum.«

»Bestimmt nicht. Und wo Sie sich gerade zu Wort melden, Frau von Kalf, Sie sind nicht besser als Egbert. Sie verwalten das Geld meiner Tante. Aber wie viel fällt dabei für Sie ab? Die übliche Provision Ihrer Bank? Blödsinn! Es ist doch in Wahrheit viel mehr, was Sie für sich abzwacken! Ernestine merkt es vielleicht nicht. Aber mir können Sie nichts vormachen!« Alexa stand ihrerseits auf, so dass sich die beiden Frauen fast Nasenspitze an Nasenspitze gegenüberstanden. Simone von Kalf zeigte einen entschlossenen Gesichtsausdruck, wich dann jedoch vor der kleineren, aber kräftigeren Alexa zurück.

Die lachte auf, blickte dann von einem zum anderen und schüttelte dabei höhnend den Kopf.

Sie setzte gerade zu einer nächsten Beschimpfung an, als Ulrike Vogler den Raum betrat. Alexa winkte sie näher und sagte: »Ja, kommen Sie ruhig dazu, Frau Vogler. Für Sie gilt nichts anderes. Sie saugen genauso vom Blut meiner Tante. Wer weiß, vielleicht ist das Bild ja gar nicht so wertvoll, wie Sie behaupten? Vielleicht ist ein Teil der Millionen in Wahrheit in Ihren Taschen gelandet?«

»Wie können Sie so etwas sagen? Das ist infam!« Vogler wurde kreidebleich, schien regelrecht zu wanken. Simone von Kalf eilte zu ihr, legte ihr schützend einen Arm um die Schultern. »Hören Sie gar nicht hin, meine Liebe. Keiner von uns sollte das tun. Dieses Mädchen hat ihrer Tante schon genug Kummer gemacht. Aber jetzt reicht es!«

Von Kalf erntete zustimmendes Gemurmel. Alexa aber lachte laut auf und erklärte: »Wisst ihr, was das Schlimmste ist? Dass es euch in eurer grenzenlosen Gier nicht einmal interessiert, woher Ernestines Geld eigentlich stammt! Dabei kennt ihr die Wahrheit. Es ist Blutgeld. Blutgeld, das auf den Knochen unschuldiger Menschen verdient worden ist. Ihr solltet euch schämen! Alle miteinander!«

Von Remsaus Gesicht verzog sich in Abscheu. Sie drehte sich um und stürmte aus dem Zimmer. Ihre wütenden Schritte waren in der Halle und kurz darauf auf der

Treppe zu hören. Schließlich knallte irgendwo in den Tiefen des Hauses eine Tür.

Im Salon blieb eine peinliche Stille zurück. Takeda blickte in sein Whiskeyglas und musste sich eingestehen, dass er nicht im Ansatz verstand, was hier vor sich ging.

12.

Das obere Stockwerk des Hauses in Stellingen bestand aus zwei kleinen Wohnräumen sowie einem Badezimmer. Es befand sich dort, wo im Erdgeschoss die Küche lag. Ansonsten gab es einen kurzen Flur und eine Stiege, die sich von der Decke herabziehen ließ, vermutlich um auf den Dachboden zu gelangen.

Claudia warf zunächst einen kurzen Blick in das Bad, entdeckte dort ausschließlich Dinge, die sich einem Mann zuordnen ließen. Rasierer und Rasierschaum, Shampoo und Duschgel. Dazu Dreck und Haare, und zwar nicht nur in den Ecken des Fußbodens, sondern auch im Waschbecken, in der Badewanne, auf allen Ablagen. Hier war seit Jahren nicht mehr sauber gemacht worden.

Die Mutter, Dagmar Strube, war aufgrund ihrer Einschränkungen nicht in der Lage, hier heraufzukommen, das hatte sie selbst gesagt. Wo duschte und reinigte sie sich dann? In der Küche? Tat sie es überhaupt? Das jedenfalls könnte den desolaten Zustand der Frau und auch den Gestank im Wohnzimmer erklären.

Claudia warf einen Blick in das erste der beiden Zimmer. Es sah nicht viel anders aus als im Bad, ein einziges, verdrecktes Chaos. Überall lagen schmutzige Wäsche herum, halb abgegessene Teller, Zeitschriften, Bücher, dazu Kabel, Stecker, Laufwerke und anderer Computerkram.

Aber das war nicht das, was Claudia irritierte. Es war das Mobiliar. Das Bett, der Schreibtisch, der Schrank. Sie bildeten ein gleichfarbiges Ensemble, das man wohl ein Jugendzimmer nannte.

Conni Strube war zweiundvierzig Jahre alt gewesen, aber offenbar lebte er hier noch in denselben Möbeln, die er schon als Teenager besessen hatte. Claudia wusste nicht, was sie schlimmer finden sollte: den Dreck oder diese seltsame, bedrückende Zeitlosigkeit.

Plötzlich überkam sie das Gefühl, in einem Haus zu sein, in dem die Dinge seltsam verschoben waren. Verrückt. Nicht normal. Sie spürte, wie ihr ein kalter Schauer über den Rücken lief.

Sie drehte sich um und lauschte in Richtung des Flurs. Nichts war zu hören. Nichts als der Regen, der gegen die Fenster und aufs Dach schlug und immer heftiger zu werden schien. Dazu der Fernseher von unten.

Claudia schritt durch das Zimmer und achtete darauf, nichts zu berühren. Natürlich um keine Spuren zu zerstören. Aber auch, weil sie sich ekelte.

Die zerwühlte Bettwäsche war fleckig und stank erbärmlich. Dasselbe galt für die Kleidung, die auf einem Stuhl und dem Fußboden herumlag. In dem Kleiderschrank lagen T-Shirts und Unterwäsche. An der Kleiderstange allerdings hingen mehrere Herrenhemden, die sauber wirkten, dazu auch mehrere Anzüge in tadellosem Zustand und eine Sammlung Krawatten.

Sie dachte an den toten Conni Strube, wie sie ihn im Park gesehen hatte. Seinen ungesunden, übergewichtigen Körper, die langen Haare, den Bart. Die Tätowierungen. Claudia ermahnte sich, keine voreiligen Schlüsse zu ziehen. Der Mann könnte in einem Anzug, dazu vielleicht mit gekämmtem Haar und gestutztem Bart, auch ganz anders wirken.

Auf einem Nachtschrank stand ein voller Aschenbecher

mit selbstgedrehten Zigarettenstummeln. Claudia nahm ein Paar Latexhandschuhe aus der Seitentasche ihres Blazers und zog sie über. Sie hob das Glas hoch, roch daran. Cannabis, eindeutig. Also keineswegs nur Alkohol und Junkfood. Andererseits, was hieß das schon heutzutage? Alle rauchten Gras. Die Toten, die Lebenden, die Gauner, die Polizisten. Es war ja auch nicht mehr verboten.

Sie zog die Schublade des Nachtschranks auf. Krimskrams. Ohrhörer, ein uralter iPod, Stifte, ein silbernes Döschen.

Claudia schloss mit sich selbst eine Wette ab und gewann.

Koks. Und nicht einmal wenig.

Das allerdings tat nicht jeder, allein schon, weil es nicht ganz billig war.

Musste nichts bedeuten. War aber eine Möglichkeit.

Außerdem bewies es, dass Mutter und Sohn offenbar wirklich nicht viel miteinander redeten und noch weniger voneinander mitbekamen.

Sie ging in den Flur zurück und betrat den zweiten Raum, offenbar so etwas wie ein Arbeitszimmer. Dreck und Chaos waren hier nicht ganz so schlimm wie nebenan. Was Claudia sofort auffiel, waren die Bücherregale an nahezu allen Wänden. Sie waren vollgestopft mit Büchern, stehend, quer, schräg, gestapelt, gequetscht. Jeder Zentimeter und jede Ritze waren vollgestellt. Claudia überflog die Buchrücken. Es waren ausschließlich Sachbücher. Geschichte, Technik, Naturwissenschaft, und zwar jedweder Disziplin. Chemie, Physik, Biologie, Vögel, Sterne, Geschichte, Kulturen. Keine Schulbücher, wie man es nach der Einrichtung des Schlafzimmers hätte vermuten können, sondern ernsthafte wissenschaftliche Werke, zum Teil auch recht neu.

Claudia nahm einen Band über Evolutionsbiologie zur Hand. Es war ein Fachbuch mit Diagrammen und chemischen Formeln. Auf vielen Seiten fanden sich kleine, handschriftliche Anmerkungen. Vorne stand Strubes Name, in identischer Handschrift. Ein zweiter Band über Astronomie war ebenfalls vollgekritzelt. Genauso ein dritter über mathematische Rätsel. Bücher, bei denen Claudia ein einziger Blick genügte, um zu wissen, dass sie nicht das Geringste davon verstehen könnte, auch nicht mit viel Zeit und Mühe. Strube hatte all diese Bücher akribisch durchgearbeitet.

Was für eine bizarre Mischung war das nur? Dreck, Verwahrlosung und Genie? Darauf lief es wohl hinaus. Es durfte Claudia nicht wundern. Die Mutter, Dagmar Strube, hatte im Grunde den gleichen Eindruck gemacht. Körperlich verwahrlost und gleichzeitig hochintelligent.

Aber eine solche Erfahrung machte Claudia nicht zum ersten Mal. Menschen konnten rätselhaft sein. Es gab unerwartete Schönheit im Schmutz, Zärtlichkeit im Groben, Nähe und Schutz, wo sie nur Kälte und Gewalt vermutete. Es war wichtig, keine voreiligen Schlüsse zu ziehen. Die vielleicht wichtigste Ermittlerweisheit. Du solltest immer mit dem Unerwarteten rechnen.

Claudia trat an den großen Schreibtisch heran. Ein Becher mit Stiften, Blöcke, PC-Lautsprecher, eine Lampe, mit kleinen Skizzen vollgekritzelte Blätter, auf denen Totenköpfe, Waffen, Fantasymonster zu sehen waren. Dazu stapelweise Computer- und Gaming-Zeitschriften, Heavy-Metal-Magazine. Vieles davon Dinge, die man mit einem Teenager in Verbindung bringen würde, nicht mit einem Mann von über vierzig. In der Mitte des Tisches zeichnete sich blass eine freie Fläche ab, die etwa der Größe eines Laptops entsprach, der hier offenbar üblicherweise stand, jetzt aber nicht da war.

Claudia zog eine Schublade auf. Stifte, ein Locher, ein Hefter, Präservative.

Die nächste Schublade. Hochglanzmagazine. Pornos, um genau zu sein. Oben die gängige Sorte: Frauen mit künstlichen Körpern, die von muskulösen Typen penetriert wurden. Unten im Stapel die harte Sorte: Männer mit abgeschnürten Genitalien. Frauen mit Peitschen, Andreaskreuze, Elektroden auf nackter Haut, schmerzverzerrte Gesichter, die dennoch glücklich schienen.

Claudia dachte an die Leiche im Park. Die Striemen, die Würgemale, die Brandverletzungen. Musste sie das Spektrum erweitern? Dreck, Genie und eine Sexualität, die jenseits üblicher Grenzen lag?

Ging es darum? War da ein eigentlich einvernehmliches Spiel entgleist und hatte Strube das Leben gekostet?

Sie öffnete die dritte Schublade. Sie war ordentlich und sauber. Briefumschläge, Hefte, Druckerpapier. Ein einzelner, kleiner Schlüssel. Ein Kistchen mit Visitenkarten. Sie nahm es zur Hand, öffnete es und zog eine der Karten heraus.

Oben in der Ecke waren eine Handynummer und eine Adresse im Hamburger Stadtteil Bahrenfeld aufgedruckt. In der Mitte Conni Strubes Name und darunter in kleinerer Schrift eine Berufsbezeichnung: Privatdetektiv.

Claudia schüttelte irritiert den Kopf. Privatdetektiv? Echt jetzt?

Oder gehörte das zu den abgründigen Magazinen und den Malen auf Strubes Körper, war Teil eines bizarren Spiels? Eines bizarren Lebens? Eines möglicherweise bizarren Todes?

Claudia behielt die Visitenkarte in der Hand und kehrte ins Erdgeschoss zurück. Offenbar gab es doch noch einige Fragen, die sie mit Dagmar Strube klären musste.

13.

Die kurze Verstörung durch Alexa von Remsaus Ausbruch war verklungen. Im Salon von Gut Hohenforst war wieder Frieden eingekehrt. Das Ehepaar von Kalf hatte sich zur Ruhe begeben, so dass nur noch vier Personen vor dem brennenden Kamin saßen und sich leise unterhielten. Ulrike Vogler war in ein Gespräch mit Peter Kemper vertieft, es ging um das Verhältnis von bildender Kunst und Literatur. Die beiden rückten dabei auf vertraute Art dicht aneinander, wie Takeda feststellte. Er selbst unterhielt sich mit Egbert Saemann.

Der Architekt hatte Takeda versichert, dass Alexas Unterstellungen gegen jeden einzelnen der Gäste nichts als Lügen seien, hysterisch und bar jeder Grundlage. Anschließend war er im Keller des Gutshauses verschwunden und mit einer Flasche Rotwein in der Hand zurückgekehrt. Mit einem komplizenhaften Augenzwinkern erklärte er, dass sein stetes Bemühen um den Erhalt des altehrwürdigen Hauses auch die Pflege und stete Auffrischung des Weinkellers umfasse – wobei ihn der weinkundige Peter Kemper mit Rat und Tat unterstütze.

Saemann öffnete die Flasche und schenkte Takeda ein. »Kosten Sie, Inspektor. So etwas haben Sie bestimmt noch nie getrunken. Ein einundzwanziger Château Margeaux.«

Takeda nahm einen Schluck und war in der Tat beeindruckt. Der Wein schmeckte samtig und aromenreich, erzählte Geschichten von französischer Erde, von alter Kultur, von adeligem Frohsinn und bäuerlicher Mühsal.

Der Inspektor verstand nicht viel von Wein, jedoch genug, um zu ahnen, dass allein diese eine Flasche eine dreistellige Summe kostete, und er fragte sich, wie Saemann es fertigbrachte, erst Alexas Vorwürfe zurückzuweisen, um dann freimütig zuzugeben, dass er solche Weine von Ernestines Geld einkaufte.

Takeda verzichtete darauf nachzufragen. Stattdessen hielt er sein Glas gegen das Kaminfeuer, so dass der Wein rubinrot zu funkeln begann und fragte: »Können Sie mir erklären, warum Alexa von Blutgeld gesprochen hat, Herr Saemann?«

Der Architekt winkte ab. »Das ist auch nur Unsinn, Inspektor. Das Mädchen kämpft gegen die Geister der Vergangenheit.«

»Sie interessieren mich, diese Geister.«

»Es lohnt sich nicht, das Thema zu vertiefen. Lassen Sie uns lieber über das Verbindungswesen sprechen. Sie erinnern sich, die Burschenschaften. Wir kamen vorhin darauf ...«

Ulrike Vogler, die offenbar zugehört hatte, mischte sich ein und erklärte mit amüsierter Stimme: »Warum weichen Sie aus, Egbert? Erklären Sie dem Inspektor doch, worum es geht. Oder ist es Ihnen unangenehm?«

»Unangenehm? Warum sollte es?«, erwiderte Saemann, machte anschließend aber keine Anstalten, Voglers Aufforderung zu folgen.

Daher wandte sich der Inspektor an die Kunsthistorikerin.

»Vielleicht möchten Sie mir sagen, worum es geht, Frau Vogler? Ich vermute, angesichts der Empfindlichkeiten, dass es mit der Zeit des Nationalsozialismus zu tun hat?«

Tatsächlich hatte Takeda seit seiner Ankunft in Deutschland schon mehr als einmal erlebt, dass es bei düsteren Fragen der Vergangenheit zumeist um die Jahre zwischen 1933 und 1945 ging. Die Familien waren verstrickt, ihr Besitz war es, und so mutig sich viele Deutsche dem Thema stellten, gab es doch immer wieder andere, die die Augen fest verschlossen hielten.

Ulrike Vogler schüttelte den Kopf und sagte: »Nein, Inspektor, in diesem Fall hat es nichts mit den Nazis zu tun. Obwohl es zum NS-Kapitel der Familie von Remsau auch einiges zu sagen gäbe. Aber bei dem, was Alexa meint, geht es um viel frühere Zeiten. Dazu muss man sich die lange Geschichte der Familie vergegenwärtigen. Eugen von Remsau, der Erbauer dieses Hauses, heiratete im späten achtzehnten Jahrhundert seine Frau Amalie Charlotte. Er war zu dem Zeitpunkt bankrott und war auf das Geld angewiesen, dass sie mit in die Ehe einbrachte.«

»Ernestine erwähnte es ...«, warf Takeda ein.

»Aber hat sie auch erwähnt, dass Amalie eine geborene von Schimmelmann war? Ihr Vater, Heinrich Carl von Schimmelmann, war ursprünglich ein bürgerlicher Kaufmann, der dank seines immensen Reichtums und seiner politischen Kontakte in den Adelsstand aufstieg. Er zählte ab der Mitte des achtzehnten Jahrhunderts zu den vermögendsten Männern Europas. Nicht nur dieses Gutshaus wurde mit seinem Geld errichtet, sondern auch andere Gebäude und Schlösser, ja sogar ganze Ortschaften.«

»Ich verstehe immer noch nicht ...«

»Schimmelmann hat sein Geld mit vielerlei Geschäften verdient, mit Porzellan, mit Getreide, mit Handel, mit Armeeverpflegung. Nicht zuletzt verfügte er über riesige Zuckerplantagen in der Karibik. Das wiederum machte ihn zu einem der größten Sklavenhalter seiner Zeit. Von daher hat Alexa nicht unrecht mit ihren Vorwürfen. Der Reichtum, den Sie in diesen Räumen sehen, wurde auf dem Rücken von Menschen erworben, die aus ihrer afrikanischen Heimat geraubt, über den Atlantik verschifft und dort zu lebenslanger Zwangsarbeit verdammt wurden. Blutgeld. Wie sollte man es anders nennen?«

Im Raum herrschte eine angespannte Stille. Nur das Prasseln des Regens an den Scheiben und das Knistern des Kaminfeuers waren zu hören. Takedas Blick ging zu einem Ölgemälde an der Wand. Es zeigte einen nicht mehr ganz jungen Mann mit gelocktem Haar und rokokohaft wirkender Kleidung. Er blickte gelassen und selbstbewusst dem Betrachter entgegen. Neben ihm stand ein junger, farbiger Diener.

»Ist das jener Schimmelmann, von dem Sie sprechen?«

Vogler nickte. »Richtig. Und neben ihm steht ein sogenannter Kammermohr. Ein furchtbares Wort, aber zu jener Zeit gebräuchlich, jedenfalls in Kreisen, die es sich leisten konnten. Schimmelmann konnte.«

Takeda wollte noch etwas sagen, doch Egbert Saemann kam ihm zuvor. Mit seufzender Stimme sagte er: »Führen Sie unseren lieben Gast aus Japan bitte nicht aufs Glatteis, meine gute Frau Vogler.«

»Tue ich das?«

»Aber ja. Sie erzählen Unsinn. Über die Familie von Remsau, über Schimmelmann, über die Geschichte schlechthin.«

»Unsinn? Ich würde von historischen Tatsachen sprechen.«

»Eben nicht. Tatsache ist, dass Schimmelmann schon lange vor seinen karibischen Erwerbungen ein schwerreicher Mann war. Er war ein geschickter Händler, ach was sage ich, er war ein Genie. Sicherlich auch ein Schlawiner, aber will man ihm das vorwerfen? Sein Leben ist eine Aufstiegsgeschichte. Das darf heute allerdings nicht mehr gesagt werden. Es muss alles in den Dreck gezogen werden.«

»Das habe ich nicht gesagt und auch nicht gemeint. Aber wir dürfen nicht die Augen vor den Schattenseiten verschließen.«

Saemann schnalzte abschätzig mit der Zunge. »Nur dass es damals keine Schattenseiten waren, sondern einfach nur Alltag.«

»Alltag? Auch, dass ein Kammermohr am Ende im Zweifel ausgestopft wurde? Ja, das ist passiert, Egbert!«

Saemann winkte ab. »Oder er hat die Freiheit erlangt, hat eine hiesige Bürgerstochter geheiratet und ein Leben als geachteter Mann geführt. Mitten in Deutschland. Auch das gab es.«

»Ausnahmen!«

»Was Sie sagen, genauso! Kemper, was ist mit Ihnen? Sie sind doch belesen! Wollen Sie etwas dazu sagen?«

Der Schriftsteller schien aus einer Meditation zu erwachen. Irritiert schüttelte er den Kopf und erklärte: »Ich? Ich bin lediglich ein Beobachter ... ich nehme die Dinge, wie Sie sind.«

Vogler prustete. »Sicher, man beißt nicht die Hand, die einen füttert ...«

Kemper rollte mit den Augen, verzichtete jedoch auf eine Antwort. Saemann legte daraufhin Takeda die Hand auf den Unterarm und erklärte mit jovialer Stimme: »Wir leben in Zeiten, in denen sich jeder seine eigene Wirklichkeit bastelt. Tatsache ist, dass letztlich jedes historische Gebäude, ob Schloss, Burg oder Gutshaus, von Sklaven, Leibeigenen, Zwangsarbeitern oder anderen Unglücklichen erbaut worden ist. Das gilt im Übrigen genauso für die Pyramiden in Ägypten, die Paläste in Rajasthan oder die Prachtbauten der Sultane in Istanbul. Und es wird bei Ihnen in Japan nicht anders gewesen sein, Herr Takeda. Das Leben in früheren Zeiten war nun einmal hart. Es gab wenige, die oben standen, und viele, die ganz unten waren, egal, welche Hautfarbe sie hatten. Glück war ein Luxus, der den wenigsten vorbehalten war.«

Saemann blickte selbstzufrieden zwischen Takeda und Ulrike Vogler hin und her. Offenbar meinte er, dass damit alles gesagt sei.

Vogler schüttelte jedoch den Kopf. »Sie machen es sich zu einfach, Egbert. Sicher waren die vergangenen Zeiten hart. Brutal, ausbeuterisch, menschenverachtend. Aber macht diese Erkenntnis das Unrecht besser? Und was soll das mit den Pyramiden schon aussagen? Wiegt fremdes Unrecht das eigene auf?«

Saemann feixte, fand dann allerdings zu einem versöhnlichen Lächeln. »Ach, lassen wir das doch. Man kann nun einmal unterschiedliche Standpunkte zur Historie haben. Und dennoch darf Alexa sich so nicht benehmen. Uns derart anzupöbeln! Und das nur, weil sie glaubt, auf der Seite der Geknechteten zu stehen. Als ob sie Moral und Gerechtigkeit gepachtet hätte …« Saemann wandte er sich erneut an Takeda: »Wenn das junge Fräulein von Remsau all das hier so schrecklich findet, warum ist sie dann überhaupt hier? Soll ich es Ihnen sagen? Weil es sich mit dem angeblichen Blutgeld der Familie recht gut leben lässt. Das, was die Dame uns vorwirft, gilt in Wahrheit für sie selbst. Sie ist es, die hinter Ernestines Vermögen her ist. Nicht wir anderen.«

14.

Es war weit nach Mitternacht, als Claudia ihren Wagen zurück nach Winterhude lenkte. Sie fühlte sich unendlich erschöpft, und es kostete sie beinahe die Selbstbeherrschung, als sie feststellte, dass in den Straßen rund um die Wohnung wieder einmal kein Parkplatz zu finden war.

Winterhude war schön. Aber nicht, wenn man keinen eigenen Stellplatz besaß. Die Chancen, die Karre irgendwo an der Straße abstellen zu können, waren minimal. Um diese Uhrzeit sogar nahezu null.

Während Claudia immer wieder um den Block kurvte, dachte sie, dass sie grundsätzlich ja gar nichts dagegen hatte. Es war richtig, dass die Stadt den Leuten das Autofahren vermiesen wollte. Weil es so halt nicht mehr weiterging. Die Behörden mussten dafür nicht einmal viel tun. Es genügte, dass sie die Zahl der Parkplätze immer weiter zurückschraubten. Irgendwann würde auch der überzeugteste Autofreund einsehen, dass es keinen Sinn hatte, einen eigenen Wagen zu unterhalten.

Nur, was war mit den Menschen, die auf ihr Auto angewiesen waren? Sie selbst zum Beispiel. Wie sollten sie und all die anderen morgens zur Arbeit und abends wieder zurückkommen? Oder gar die, die auch nachts arbeiten mussten? Busse und Bahnen waren jedenfalls keine Lösung. Die Realität sah nämlich so aus, dass die ständig zu spät oder auch gar nicht kamen, dass die Haltestellen über Monate einfach geschlossen wurden und die Busfahrer fuhren, als wenn sie für die Rallye Paris-Dakar übten …

Nach fast einer halben Stunde fand Claudia endlich eine Parklücke, direkt am Stadtpark. Sie musste von dort wiederum einen guten Kilometer zu Fuß gehen, und da es immer noch wie aus Eimern schüttete, führte es dazu, dass sie, als sie endlich zuhause ankam, zum zweiten Mal an diesem Tag bis auf die Haut durchnässt war.

Nachdem sie die Wohnungstür hinter sich geschlossen hatte, zog Claudia sich aus. Sie überlegte, ob sie direkt ins Bett gehen sollte, stellte sich dann aber doch erst einmal unter die heiße Dusche. Es tat unendlich gut, und ihre Wut löste sich im Dampf des heißen Wasserstrahls auf.

Während sie sich trocken rubbelte, musste sie an ihren Abschied von Dagmar Strube denken. Sie hatte der Frau die Visitenkarte von Conni gezeigt, die ihn als Privatdetektiv auswies, wollte wissen, ob die Mutter Näheres darüber wisse. Zumal sie ja gesagt hatte, dass ihr Sohn Kurierfahrer sei. Strube aber hatte nur mit den Schultern gezuckt und wiederholt, dass sie und Conni kaum miteinander geredet hätten. Sie wisse nicht, was er so getrieben habe. Privatdetektiv? Mein Conni? Nee, das ist bestimmt nur eine seiner Spinnereien.

Immerhin hatte sie Claudia dann noch den Namen einer Frau genannt, mit der Conni einmal so etwas wie liiert gewesen wäre. Die Telefonnummer habe sie auch noch irgendwo und werde sie für Claudia heraussuchen, sie solle sich morgen melden. War natürlich nicht gut gegangen, fügte sie noch hinzu. Das mit Conni und dieser Frau. Wie denn auch, bei jemandem wie ihrem Sohn. Aber es könnte sich ja lohnen, mit ihr zu reden. Claudia hatte ihrerseits eine Visitenkarte dagelassen und sich auf den Weg nach Hause gemacht.

Barfuß und mit umgebundenem Handtuch ging sie durch den Flur in ihr Zimmer und ließ sich der Länge nach aufs Bett fallen.

Sie wollte nur noch eines: schlafen.

15.

Takeda lag in einem riesigen, hölzernen Bett, zugedeckt mit einer bauschigen Federdecke, die ihn angenehm wärmte. In dem Zimmer im ersten Stock des Gutshauses war es erstaunlich kühl. Es lag nicht zuletzt an den Fenstern, die offensichtlich morsch waren und durch die ein kühler Luftzug ins Innere kroch. Auf dem Fußboden unterhalb der Fenster hatten sich wegen des immer noch heftigen Regens kleine Wasserpfützen gebildet. Es ließ Takeda an das denken, was Alexa am Abend gegenüber Egbert Saemann vorgebracht hatte. Ob er wirklich Gelder unterschlug, konnte Takeda nicht einschätzen. Aber dass er Ernestines Geld lieber für teuren Wein als für neue Fenster ausgab, schien festzustehen.

Er musste auch an das Streitgespräch zwischen Saemann und Ulrike Vogler denken. Die beiden hatten noch eine ganze Weile ihre Ansichten ausgetauscht, ohne den jeweils anderen überzeugen zu können. Während all der Zeit hatte Peter Kemper still dagesessen und offenbar gedankenverloren in die Flammen des Kamins gestarrt. Saemann hatte ihn schließlich angesprochen und gefragt, ob die Sache mit den Sklaven und dem Blutgeld nicht etwas für sein nächstes Buch sei. Kemper hatte daraufhin hochgesehen und lächelnd gemeint, dass das eine brillante Idee sei, er werde darüber nachdenken.

Takeda schloss die Augen und atmete seufzend aus. Seine Gedanken kamen allmählich zur Ruhe. Er lauschte in die Stille des Hauses, die so still in Wahrheit nicht war. Der Regen prasselte gegen die Scheiben, und das alte Gebälk und die Wände ächzten unter der Last der Jahrhunderte. Ein Windstoß rauschte durch die Ritzen der Tür und ließ die Fenster klappern. Dann hörte er leise und entfernt aufgeregte Stimmen. Es waren ein Mann und eine Frau, die offenbar stritten. Vermutlich waren es Simone und Sascha von Kalf, dachte Takeda. Die Ehe der beiden schien ohnehin ein einziger, fortgesetzter Kampf zu sein.

Dann erstarben die Stimmen. Einer kurzen Stille folgte das leise, unterdrückte Stöhnen einer Frau. Klang es leidend? Oder eher lustvoll? Auch das konnte Simone von Kalf gewesen sein, sagte sich Takeda, die sich nun mit ihrem Mann versöhnt hatte. Streit und Lust waren nicht selten die beiden Seiten derselben Medaille. Es wäre eine Erklärung für den Fortbestand dieser so unharmonischen Ehe.

Minuten später hörte Takeda leise, schleichende Schritte auf dem Flur. Sie näherten sich, wurden deutlicher, entfernten sich wieder. Oder war es doch nur das Getrappel eines Tieres? Er wollte nicht ausschließen, dass es in einem Haus wie diesem auch vierbeinige Bewohner gab – die Sorte, die man eigentlich nicht haben wollte. Dann hörte er die Spülung in einem der Badezimmer, von denen es auf dem Flur zwei gab, die sich die Gäste teilen mussten. Wieder folgten Schritte, dann Stille.

Nach einer Weile war in der Tiefe des Hauses ein Knarzen zu hören. Es könnte die schmale, hölzerne Treppe am äußersten Ende des Hauses sein, nicht allzu weit von Takedas Zimmer entfernt. Kurz darauf hörte er erneut Schritte, und diesmal war er sicher, dass es sich um einen Menschen handelte. Die Schritte näherten sich, kamen schließlich direkt vor seiner Tür zum Stehen.

Takeda richtete sich im Bett auf, blickte mit zusammengekniffenen Augen in die Dunkelheit.

Er hörte ein leises Quietschen. Undeutlich sah er, wie die Klinke seiner Zimmertür nach unten bewegt wurde, die Tür sich dann einen Spalt öffnete.

Jemand schob sich lautlos ins Innere des Zimmers, schloss die Tür und blieb zunächst stehen.

Ein Schatten näherte sich seinem Bett. Takeda spürte, wie sein Puls in die Höhe jagte. Zur Not war er bereit und auch fähig, sich zu verteidigen.

Dann aber ließ die Gestalt die Kleidung, die sie trug, zu Boden fallen. Ein warmer Körper glitt zu ihm unter die Decke, und noch bevor der Inspektor recht wusste, wie ihm geschah, sagte Alexa von Remsau mit gurrender Stimme: »Hallo, Ken, du wolltest doch, dass ich zu dir komme, oder?«

16.

Es war drei Uhr morgens, als Claudia sich eingestand, dass sie nicht einschlafen konnte. Obwohl sie unbeschreiblich müde war. Aber es ging nicht, sie fand einfach keine Ruhe.

Immer wenn sie die Augen schloss, tauchten Bilder vor ihr auf, die sie am Einschlafen hinderten. Der Tausendfüßler, der aus der Brust des toten Conni Strube kroch. Die Mutter in ihren verwahrlosten Klamotten. Ihre Augen, die alles zu wissen schienen. Connis Visitenkarte, die ihn als Privatdetektiv auswies. Die Hardcore-Magazine mit den SM-Szenen.

Ach, verdammt. Man musste sich halt entscheiden. Entweder man wollte nachts durchschlafen. Oder man arbeitete bei der Mordkommission.

Beides gleichzeitig war nicht zu haben.

Mit einem Seufzen schlug sie ihre Decke zurück, setzte sich im Bett auf, stand schließlich auf.

Barfuß und im Pyjama taperte sie in die Küche. Es gab nämlich einen weiteren Grund, aus dem sie nicht schlafen konnte. Sie hatte Hunger. War ja auch kein Wunder. Ihr Abendessen, das sie sich ursprünglich hatte zubereiten wollen, war ausgefallen. Das Präsidium hatte angerufen.

Dann halt jetzt. Mitten in der Nacht.

Sie öffnete den Kühlschrank, und ihr fiel ein, dass es ja noch ein Problem gab. In dieser Küche befanden sich ausschließlich exotische Lebensmittel, von denen sie weder wusste, woraus sie bestanden, noch wie man sie zubereiten musste.

Also doch nichts essen?

Nö. Sie hatte eine bessere Idee.

Mit einem entschlossenen Lächeln holte Claudia ihren Laptop aus ihrem Zimmer und stellte ihn auf den Küchentisch.

Ein paar Klicks, und sie wusste, was zu tun war.

Der Anfang bestand darin, dass sie einen Topf mit Wasser aufsetzte und darin getrocknete Shiitake-Pilze und ein Stück ledrigen Kombu-Seetang auskochte.

Das Ergebnis war ein überraschend würziger Sud, den man laut Internet Dashi nannte.

Während das Ganze vor sich hin kochte, ließ sie anderen Seetang – ja, es gab mehr als eine Sorte, hatte sie auch nicht gewusst – in einer Schale mit warmem Wasser aufquellen. Diese Sorte hieß Wakame und war nicht ganz so ledrig wie der Kombu, sondern eher zart und dünn wie Salatblätter.

Anschließend schnitt sie junge Lauchzwiebeln, die sie ebenfalls im Kühlschrank fand, in kleine Stücke. Dasselbe wiederholte sie mit einem Stück Tofu.

Als das Dashi fertig war, fischte sie den Kombu aus dem Topf und rührte stattdessen Miso-Paste hinein. Anschließend gab sie die Zwiebeln und den Tofu dazu.

Fertig!

Claudia lächelte stolz. Sie hatte es tatsächlich geschafft, ihre erste japanische Miso-Suppe zuzubereiten!

Sie füllte die Suppe in eine kleine, lackierte Holzschale, die sie in einem der Küchenschränke fand, und stellte sie auf den Tisch.

Wow! Es duftete köstlich! Und es sah aus wie im japanischen Restaurant!

Bevor Claudia kostete, machte sie ein Foto mit ihrem Handy und whatsappte es an Takeda. Dazu schrieb sie: »Sieh mal, ich verwandele mich noch in eine richtige *Okusan.*«

Das Wort hatte sie von Takeda gelernt, es hieß so etwas ähnliches wie Hausfrau, war allerdings wie das deutsche Wort nicht gerade nett. Wörtlich hieß es so viel wie *Die hinten im Haus*. Nicht wirklich wertschätzend. Aber das war ihr im Moment egal. Sie war stolz auf sich.

Während Claudia die heiße Suppe schlürfte, fiel ihr Blick auf den Bildschirm ihres Rechners, der immer noch die Kochanleitung zeigte.

Sie stellte die Suppe zur Seite, zog den Rechner zu sich heran und tippte mit flinken Fingern ein paar Worte in den Browser.

Ein Hitliste auf Google öffnete sich. Sie klickte sich weiter, bis sie auf einer Homepage landete.

Graphisch nicht schlecht gemacht. Übersichtlich. Ein harter Kontrast zu dem Dreck und der Unordnung in dem Haus in Stellingen.

Auch das Foto war anders. Es zeigte einen zugegebenermaßen nicht ganz schlanken Mann, dessen Haar zwar lang, aber ordentlich frisiert war und der ein Hemd mit Krawatte trug.

Cornelius Strube. Privatdetektiv.

ZAD-zertifiziert, also sauber ausgebildet und abgenickt von der Zentralstelle für die Ausbildung im Detektivgewerbe.

Hatte Dagmar Strube, die Mutter von Conni, gesagt, dass das mit dem Privatdetektiv nur eine Spinnerei ihres Sohnes sei?

Nein, war es nicht.

Auf einer Unterseite war die Palette der Dienstleistungen angegeben, die Conni Strube anbot. Sie reichten von der Überwachung fremdgehender Ehepartner über Unterhaltserschleichung und Fahndung nach vermissten Personen bis hin zur Überführung krankfeiernder Angestellter. Hinzu kam die Beratung in Sicherheitsfragen, wozu die Installation von Überwachungskameras genauso gehörte wie das Aufspüren solcher Kameras oder auch von Wanzen in Privat- oder Geschäftsräumen.

Passte zu den ganzen Computersachen, die Claudia im Zimmer des Mannes gesehen hatte.

Es konnte kein Zweifel bestehen. Conni Strube hatte tatsächlich als Privatdetektiv gearbeitet.

Das wiederum bedeutete, dass der Fall eine unerwartete Wendung nahm. Zum Beruf eines Privatdetektivs gehörte es nun einmal, Dinge über Menschen herauszufinden, die diese lieber geheim hielten. Mitunter waren diese Menschen bereit, dafür zu töten, damit es so blieb.

17.

»Wieso sind Sie hier?«, fragte Takeda mit leiser Stimme.

Alexa von Remsau kicherte. »Du willst mich siezen? Obwohl ich nackt neben dir im Bett liege?«

Auch Takeda musste schmunzeln. »In Ordnung. Also, warum bist du hier?«

»Ist die Antwort nicht offensichtlich?«

»Ich weiß es nicht. Ist sie es?«

Sie rückte ein Stück näher an ihn heran, was wohl der Versuch einer Antwort war. Doch Takeda wich liegend zurück und knäulte die Zudecke zwischen sich und Alexa. Er stützte den Kopf in die Hand und betrachtete sie im fahlen Licht der Nacht. »Ich wollte nicht wissen, warum du in meinem Bett bist, sondern in diesem Haus, unter diesem Dach. Du hast vorhin selbst gesagt, dass es mit Blutgeld errichtet ist. Wäre das nicht ein Grund fernzubleiben?«

Alexa war nicht anzusehen, ob sie darüber enttäuscht war, dass Takeda ihr körperliches Begehren nicht erwiderte. Sie zuckte unentschlossen mit den Schultern und erklärte: »Wenn ich ehrlich bin, sehe ich die Dinge nicht mehr ganz so verbissen wie früher. Es gab Zeiten, in denen ich wirklich nicht mehr hergekommen bin. Sogar jahrelang. Ich habe es nicht ausgehalten. Es hat mich wütend gemacht. Inzwischen weiß ich, dass die Dinge komplizierter sind, als man auf den ersten Blick meinen könnte. Außerdem, es ist halt echt lange her. Viele hundert Jahre.«

»Vorhin klangst du nicht so entspannt. Du hast den übrigen Gästen schwere Vorwürfe gemacht.«

»Stimmt. Aber sie haben es nicht anders verdient. Was ich gesagt habe, ist die Wahrheit. Sie sind alle nur hinter Ernis Geld her. Meine Tante ist alt, und auch wenn sie auf den ersten Blick noch rüstig wirkt, stimmt das nicht unbedingt. Sie bekommt auch nicht mehr alles mit, was um sie herum passiert. Diese Geier ... Egbert, Simone, Kemper, alle ... die wissen das genau. Sie nutzen sie aus. Ich möchte Erni beschützen. Sie ist der einzige Mensch, den ich noch habe. Alles, was mir von meiner Familie geblieben ist.«

»Sie ist deine Tante, richtig?«

»Ja.«

»Was ist mit deinen Eltern?«

»Tot. Schon lange. Sie sind gestorben, als ich ein Teenager war. Eigentlich noch ein Kind. Natürlich gibt es andere Verwandte, unsere Familie ist groß. Aber mit den meisten habe ich es mir verscherzt. Sie wollen nichts mit mir zu tun haben. Das ist okay. Beruht auf Gegenseitigkeit.«

»Du hast es dir verscherzt? Warum? Was hast du getan?«

»Dasselbe wie vorhin. Ich habe ihnen Vorwürfe gemacht. Weil sie die Augen vor der Wahrheit verschließen.«

»Was ist die Wahrheit?«

»Du hast es gehört. Der Besitz unserer Familie, die Häuser, die Grundstücke, der Schmuck, das Porzellan, auch die Bilder, all das verdankt sich Tod und Ausbeutung.«

»Also bist du doch noch wütend wegen eures Vorfahren, wegen dieses Schimmelmanns?«

»Sicher bin ich das. Du musst es dir klarmachen. Schimmelmann war unvorstellbar grausam. Er hat über die Jahre Tausende Männer und Frauen aus Afrika verschleppen lassen. Sie alle mussten auf seinen Plantagen schuften, und wenn sie wegliefen, wurden sie ausgepeitscht oder verstümmelt. Er durfte das, schließlich waren sie sein Eigentum. Damit es da keine Missverständnisse gab, trugen sie sein Brandzeichen auf der Brust. Drei Buchstaben. BvS. Es stand für Baron von Schimmelmann. Es wurde den Männern und Frauen mit einem glühenden Eisen in die Haut gebrannt. Auf diese Weise markiert man Vieh oder Pferde, Ken! Im Familienarchiv gibt es alte Inventarlisten von den Plantagen. Alles wurde fein säuberlich aufgelistet. Die Gebäude, die Zuckermühlen, die Tiere, die Karren, aber genauso die Menschen. Es bedeutet, dass sie für ihn gar keine Menschen waren. Sie waren Dinge, waren Besitz. Die Reichtümer, die Schimmelmann mit ihnen verdient hat, stecken in diesen Mauern ...«

Im Raum war es still, bis auf den Regen, der gegen die Scheiben prasselte.

»Ich verstehe jetzt besser, warum du wütend bist«, sagte Takeda leise.

Sie drehte sich zu ihm auf die Seite und lächelte. »Das freut mich. Aber ... deswegen bin ich nicht hier.«

»Nein, das bist du nicht.«

Sie streckte den Arm aus und legte ihm einen Finger auf die Lippen. »Sag einfach nichts. Wir wollen nicht mehr reden.«

18.

Claudias Laptop war ausgeschaltet, der Rest der Miso-Suppe im Kühlschrank verstaut.

Sie sollte jetzt ins Bett gehen und schlafen. Warum tat sie es nicht?

Sie wusste es nicht.

Sie verließ die Küche und trat in den Wohnungsflur, stellte sich vor die Wand, an der der Lindenberg hing.

Zwei wie wir.

So hieß das Bild.

Für kurze Wochen war es auch ihr und Kens Motto gewesen. Zwei wie wir.

Es war vorbei damit. Weil sie den Versuch ihres Zusammenlebens beendet hatte.

Es ging einfach nicht.

Sie hatte nun einmal zu viel Angst. Wovor? Davor, dass es irgendwann sowieso zu Ende wäre und dann noch mehr schmerzen würde.

Claudia öffnete die Tür zu Kens Zimmer. Es war nahezu leer. Eine Kleiderstange, an der seine Hemden und Anzüge hingen. Eine Kommode mit seiner übrigen Wäsche. Ein niedriges Bord mit Büchern und Mangaheften.

Der Futon, auf dem er schlief. Auf dem sie gemeinsam geschlafen hatten.

Claudia ließ sich auf dem Futon nieder, streckte sich aus. Von ferne roch sie den Duft seiner Haut, er steckte im Laken, im Kissen, in der Decke. Wo Ken jetzt wohl war? Bestimmt schlief er tief und fest.

Sie zog seine Decke über sich und fragte sich, wie es wohl wäre, wenn er jetzt bei ihr wäre.

Sie weinte. Vor Schmerz, vor Glück.

Ob sie den Dingen noch einmal eine Chance geben sollte?

Konnte sie es?

Konnte sie ihre Angst überwinden? Und was wäre dann? Schließlich ging er eines nicht allzu fernen Tages ohnehin nach Japan zurück.

Irgendwann, viel später, schlief sie endlich ein.

19.

Takeda erwachte im Morgengrauen. Für einen Moment fühlte er sich orientierungslos. Dann fiel ihm ein, wo er war und was am Abend und in der Nacht geschehen war.

Er blickte zur Seite und stellte erleichtert fest, dass er allein im Bett lag. Er erinnerte sich. Alexa war, nachdem sie sich eine ganze Weile unterhalten hatten, gegangen. Er hatte ihren abschließenden Annäherungsversuch ebenso unerwidert gelassen wie ihren ersten. Sie war enttäuscht gewesen, aber nicht vorwurfsvoll.

Warum hatte er so entschieden? Sie war hübsch, sie war begehrenswert. Es hatte Zeiten gegeben, in denen er sicherlich nicht Nein gesagt hätte.

Aber jetzt?

Jetzt gab es jemand anderen in seinem Leben. Jemand, von dem er sich immer noch etwas erhoffte, was dieser Jemand wohl nicht zu geben bereit war.

Dennoch wollte er sich nicht länger mit sinnlosen Abenteuern betäuben. Er wollte keine Ablenkung mehr. Keine Flucht. Auch dann nicht, wenn die Wirklichkeit Bitterkeit bedeutete.

Als hätte sie ihm eben diesen Schmerz noch einmal verdeutlichen wollen, hatte Claudia ihm noch in der Nacht – Alexa war da längst gegangen – eine Whatsapp-Nachricht geschickt. Neugierig hatte er sie geöffnet und überrascht auf das Foto einer dampfenden Miso-Suppe geblickt. Dazu schrieb Claudia einen kurzen Satz der Erklärung. Sie sei dabei, sich in eine japanische *Okusan*, eine Hausfrau, zu verwandeln.

Takeda hatte gelacht und zugleich auch wieder einen tiefen Schmerz verspürt. Sie, Claudia, war diejenige, deretwegen er Alexa zurückgewiesen hatte.

Er hatte mit ihr gemeinsam leben wollen. Er war bereit gewesen, vieles dafür aufzugeben. Sogar die Rückkehr in seine japanische Heimat. Er hätte für sie in Deutschland bleiben wollen, für immer. Sie aber hatte den Versuch eines gemeinsamen Lebens beendet, sie hatte ihn zurückgewiesen. Warum? Vielleicht, weil sie nicht überzeugt war, dass es gut gehen könnte.

Und doch war sie nun in seine Wohnung gezogen. Sie würde dort sein, wenn er nach Hamburg zurückkehrte. Sie würde ab sofort überhaupt immer um ihn herum sein, an den Abenden, am Morgen. Während ihrer gemeinsamen Arbeit.

War es die richtige Entscheidung gewesen? Könnte er diese Mischung aus Nähe und Unerreichbarkeit ertragen? Takeda wusste es nicht.

Ein Klopfen riss ihn aus den Gedanken. Erst jetzt, mit Verzögerung, wurde ihm klar, dass sich bereits zuvor jemand an der Tür klopfend bemerkbar gemacht hatte und er überhaupt nur deshalb aufgewacht war. Es war noch nicht einmal sieben Uhr morgens.

Er räusperte sich. »Herein.«

Die Tür wurde geöffnet, und Ulrike Vogler steckte ihren Kopf ins Zimmer. Sie wirkte blass und verstört. »Entschuldigung, dass ich so früh störe ... ich ... Sie müssen kommen, Herr Takeda.«

»Ist etwas passiert?«

»Kommen Sie einfach. Ich warte draußen auf dem Flur.«

Der Inspektor wollte erneut fragen, was los war, aber Vogler zog die Tür bereits wieder zu.

Er erhob sich aus dem Bett und schlüpfte in seine Kleidung, die er fein säuberlich gefaltet auf einen Stuhl gelegt hatte.

Dann trat er hinaus auf den Flur, unsicher, was ihn erwartete.

20.

Claudias Frühstück fiel knapp aus. Kaffee.

Ihre Hoffnung, dass sich auf wundersame Weise über Nacht Dinge wie Toastbrot und Marmelade im Kühlschrank materialisiert haben könnten, hatte sich natürlich nicht erfüllt.

Also noch einmal japanische Suppe? Sie könnte sich ja den Rest aus der Nacht aufwärmen.

Nein, dann lieber gar nichts.

War aber auch egal. Sie konnte sich immer noch später irgendwo etwas besorgen.

Um kurz nach sieben war sie auf dem Weg zum Auto. Es regnete immer noch in Strömen; wenigstens hatte der Wind nachgelassen. Sie konnte ihren Schirm aufspannen und blieb halbwegs trocken.

Auf der Fahrt zum Präsidium hörte Claudia im Radio, dass allein in der vorigen Nacht eine Regenmenge niedergegangen war, die sich üblicherweise über viele Wochen verteilte. Die Feuerwehr war zu Hunderten von Einsätzen ausgerückt, zumeist wegen vollgelaufener Keller. Im angrenzenden Schleswig-Holstein war es sogar noch schlimmer, dort waren zahlreiche Flüsse über die Ufer getreten und hatten Straßen und Wege überspült. Autofahrer sollten prüfen, ob sie ihre gewohnten Strecken fahren konnten. Auch sei in manchen Ortschaften der Strom ausgefallen. Mit einer Besserung der Lage sei frühestens in der kommenden Nacht zu rechnen, zuvor gingen die Meteorologen nicht von einem Nachlassen der Regenfälle aus.

Während ein Experte über die zunehmende Häufigkeit

von Extremwetter-Ereignissen sprach, dachte Claudia an Takeda, der irgendwo auf dem platten Land in der Nähe von Kiel war. Hoffentlich ging es ihm gut. Hoffentlich hatte er trockene Füße behalten.

Im Präsidium angekommen, versorgte Claudia sich in der Kantine mit zwei halben belegten Brötchen. Sie nahm sie mit in ihr Dienstzimmer. Während dort die Kaffeemaschine durchlief, fuhr sie ihren Rechner hoch und öffnete erneut die Homepage der Detektei von Conni Strube. Die angegebenen Telefonnummern, eine Handy- und eine Festnetznummer, waren dieselben wie auf der Visitenkarte.

Hatte es Sinn, dort anzurufen? Nur, sofern Strube Mitarbeiter hatte. Und sofern die an einem Samstag arbeiteten. Die Homepage gab darüber keine Auskunft. Es war unwahrscheinlich, aber einen Versuch wert.

Claudia wählte die Festnetznummer. Nach kurzem Klingeln sprang ein Anrufbeantworter an. Eine hohe, leicht näselnde Männerstimme erklärte, dass das Büro nicht besetzt sei, man könne aber eine Nachricht hinterlassen oder die Mobilnummer der Detektei wählen.

Claudia legte auf und wählte die Handynummer. Bei Conni Strubes Leiche war kein Mobiltelefon gefunden worden. Es war überhaupt gar nichts bei ihm gefunden worden, kein Schlüssel, keine Papiere, nichts.

Am anderen Ende sprang eine Mailbox an, ohne dass zuvor ein Klingelzeichen zu hören gewesen war. Das Handy, wo immer es abgeblieben war, war also ausgeschaltet. Dieselbe hohe Stimme erklärte, dass der Anruf zurzeit nicht entgegengenommen werden könne, man aber eine Nachricht hinterlassen solle.

Claudia beendete die Verbindung. Sie hatte keinen Zweifel daran, dass die Ansagetexte bei beiden Nummern von Conni Strube selbst stammten. Sie hatte die Stimme eines Toten gehört.

Der leicht näselnde, hohe Tonfall passte zu Strube, dachte Claudia. Er war zwar ein großer und schwerer Mann gewesen, dem man auch einen tiefen Bass zugetraut hätte. Aber bisher war alles, was sie über ihn erfahren hatte, ungewöhnlich gewesen. Unstimmig. Die Brandmale auf seinem Körper, seine verdreckten Wohnräume, die Mutter, die bizarren Pornohefte. Eine irritierend hohe Stimme fügte sich irgendwie ins Bild.

Claudia öffnete die Datenbank der Polizei und gab Strubes Namen in die Suchmaske ein.

Keine Einträge.

Der Mann war ein unbeschriebenes Blatt Papier, zumindest hatte er sich keiner Vergehen schuldig gemacht oder war anderweitig aktenkundig geworden.

Claudia beschloss, der Detektei einen Besuch abzustatten. Sie griff gerade nach Handy und Autoschlüssel, als jemand an der offenstehenden Tür ihres Dienstzimmers klopfte.

Claudia blickte hoch.

Es war Holger Sauer, der Leiter der Mordkommission. Ihr Vorgesetzter. Ihr Intimfeind.

Kannte der denn auch kein Wochenende?!

Sauer murmelte einen Morgengruß, trat ein und ließ sich auf den Bürostuhl fallen, auf dem normalerweise Takeda saß. »Moin, Frau Harms. Und? Kommen Sie bei dem Toten aus dem Volkspark vorwärts? Gibt es schon einen Verdacht?«

Ja, dachte Claudia. Nämlich den, dass du mir auf die Nerven gehst, Chef.

Sie lächelte. »Die Leiche wurde gestern Abend gefunden, Herr Sauer. Vor knapp zwölf Stunden. Wir wissen bereits, um wen es sich handelt. Ja, das nenne ich Vorwärtskommen.«

»Schön. Und sonst?«

»Da ist etwas. Ich wollte gerade los und der Sache nachgehen.«

»Nämlich?«

»Ich sag's Ihnen, wenn ich wieder da bin.«

»Bitte, Frau Harms. Ich möchte nicht betonen müssen, dass ich als Ihr Vorgesetzter genauestens informiert sein möchte.«

»Wieso? Sie betonen es doch gerade?«

»Frau Harms!«

»Schon gut.«

Claudia nahm Conni Strubes Visitenkarte zur Hand, die vor ihr auf dem Schreibtisch lag, und reichte sie Sauer hinüber. »Sehen Sie selbst. Das habe ich in der Wohnung des Toten gefunden.«

Sauer warf einen Blick auf die Karte, hob dann überrascht die Augenbrauen. »Das Mordopfer war Privatdetektiv?«

»So sieht es aus.«

»Das ist allerdings bemerkenswert. Wissen Sie, woran er zuletzt gearbeitet hat?«

»Eben das möchte ich herausfinden.«

»Sehr gut. Sagen Sie mir vorher nur, welche Spuren oder Anhaltspunkte es sonst noch gibt.«

Claudia ließ sich zurück in ihren Bürostuhl sinken.

Okay, dann halt erst einmal den lieben Vorgesetzten streicheln. Gehörte ja irgendwie auch zum Job dazu. Ihr Trost war, dass sie sich dabei wenigstens noch einen zweiten Kaffee gönnen konnte.

21.

Ernestine von Remsau hing an einem Strick von einem der Deckenbalken ihres Schlafzimmers. Ihre nackten Füße schwebten wenige Zentimeter über dem Fußboden. Das Gesicht war bleich, der Mund geöffnet, ihre trockene, blau verfärbte Zunge hing seitlich aus ihrem Mundwinkel.

Takeda wusste sofort, dass jeder übereifrige Versuch, sie anzuheben und so vor dem Erstickungstod zu bewahren, umsonst wäre. Es war zu spät, viel zu spät. Sie hing dort seit Stunden. Um das zu erkennen, genügte ein einziger Blick. Sie war tot, und es gab nichts, was daran noch etwas ändern könnte.

Auch dachte er, wie klein und zart die alte Dame wirkte. Das hatte sie bereits zu Lebzeiten getan, aber jetzt im Tod galt es erst recht. Es war ein Bild der Tragik und Einsamkeit, wie sie dort hing. Und zugleich auch, sofern das überhaupt möglich war, eines der Würde.

Das Ende eines langen, eines reichen Lebens. Eines hoffentlich erfüllten Lebens.

Takeda verharrte lange Sekunden so, betrachtete die alte Dame. Er hatte sie gemocht, und so blieb ihm nichts, als dem Schmerz Raum zu geben, den er bei ihrem Anblick empfand.

Dann rieb er sich übers Gesicht und wandte sich Ulrike Vogler zu. Sie stand neben ihm in der Tür zu Ernestines Schlafzimmer, blickte ebenfalls still zu der alten Dame empor, ihrer Chefin, und war, soweit Takeda es beurteilen konnte, erfüllt von Trauer und Erschrecken.

Vogler hatte ihn von seinem Zimmer den Korridor hinab und auf der anderen Seite des zentralen Treppenaufgangs in von Remsaus Privaträume geführt. Dieser westliche Flügel des Herrenhauses bildete offenbar eine Art Einliegerwohnung, in der sich ein Schlaf- und ein Wohnzimmer sowie ein Bad und eine kleine Küche befanden. Die Gräfin nutzte den großen Salon und die große Küche im Keller nur, wenn Besuch im Haus war, erklärte Vogler auf dem Weg. Sämtliche Gästezimmer befanden sich im anderen, östlichen Flügel des Hauses. Weitere Zimmer gab es im Dachgeschoss. Es waren die früheren Dienstbotenzimmer. Sie waren klein und wurden üblicherweise nicht genutzt. Nur Alexa hatte dort ein eigenes Zimmer, in dem sie stets übernachtete, wenn sie zu Besuch war.

»Sind Sie okay?«, fragte Takeda nun leise.

»Okay? Nein, ganz und gar nicht.«

»Es tut mir leid. So meinte ich es nicht.«

»Ich weiß. Es ist nur, ich hätte so etwas niemals für möglich gehalten. Noch gestern Abend wirkte sie so fröhlich. Wissen Sie noch? Sie hat uns erklärt, was sie für heute und morgen alles geplant hatte. Die Vorträge, der Rundgang durchs Haus, die Teezeremonie, die Sie abhalten sollten. Ernestine schien sich darauf gefreut zu haben. Hat sie uns denn nur etwas vorgespielt?«

»Sie meinen also, sie hat …?«

Vogler sah den Inspektor überrascht an. »Natürlich! Sie hat sich selbst das Leben genommen. Ist das nicht offensichtlich?«

Der Inspektor wandte den Blick erneut der toten Gräfin zu, ließ ihn dann langsam durch das Zimmer schweifen.

Da war der umgekippte Stuhl zu Füßen der Gräfin, das

unangerührte Bett, das verriet, dass sie sich am Abend entgegen ihrer Aussage nicht hingelegt hatte. Unter einem der Fenster stand ein Schreibtisch, an der Wand daneben eine Frisierkommode. Beide Oberflächen waren aufgeräumt und nahezu leer.

Nichts in dem Zimmer deutete auf einen Kampf hin oder überhaupt nur darauf, dass hier eine weitere Person etwas verändert haben könnte. Alles sprach dafür, dass Vogler recht hatte.

Ein tragischer Selbstmord.

Und doch … Etwas irritierte Takeda, ohne dass er hätte sagen können, was genau es war.

»Als Sie die Gräfin entdeckt haben, haben Sie da etwas im Zimmer verändert? Haben Sie etwas umgestellt oder an sich genommen?«, fragte Takeda.

»Etwas an mich genommen?«

»Vielleicht einen Brief? Oder auch nur ein beschriebenes Blatt? Eine Nachricht? Ich sehe nichts dergleichen.«

Vogler nickte verstehend. »Nein, ich habe nichts genommen. Eigentlich bin ich gar nicht richtig hereingekommen. Ich habe geklopft, um Ernestine zu wecken. So hatten wir es vereinbart. Wir wollten gemeinsam das Frühstück vorbereiten. Sie reagierte nicht, auch nicht, als ich lauter geklopft habe. Ich habe die Tür geöffnet, und da habe ich sie gesehen. Ich bin ein paar Schritte nach vorne gestürzt, dachte, ich könnte … na ja, etwas tun. Sie wissen schon.«

»Erste Hilfe leisten«, sagte Takeda.

Vogler nickte. »Aber dann wurde mir klar, dass es sinnlos wäre.«

»Sie haben also nichts berührt oder verändert?«

»Nein. Ich habe einfach nur dagestanden. Lange Minuten. Dann bin ich rüber in den Gästetrakt gelaufen und habe bei Ihnen geklopft.«

Takeda blickte erneut durch das Zimmer und gab dabei nachdenkliche Brummlaute von sich. Schließlich fragte er: »Haben Sie heute Morgen schon einen der übrigen Gäste gesehen?«

Vogler schüttelte den Kopf. »Nein. Ich glaube, es ist noch niemand auf. Zumindest ist mir niemand begegnet. Das Sportprogramm mit Herrn von Kalf soll ja eigentlich um sieben Uhr beginnen. Es könnte sein, dass er schon unten ist. Da wir bei dem Wetter nicht rauskönnen, soll es in der Eingangshalle stattfinden. Ich könnte nachsehen, wenn Sie möchten.«

»Das wäre nett. Aber bitte, sagen Sie noch nichts zu ihm. Auch zu niemand anderem, falls Sie jemandem begegnen.«

»Natürlich.«

Takeda, der ihre Verunsicherung bemerkte, erklärte: »Wir wissen nicht, wie unsere Freunde die schlimme Nachricht aufnehmen. Bevor sie es erfahren, möchte ich zunächst einige Dinge klären. Dazu muss ich mich hier und auch in den übrigen Privaträumen der Gräfin umsehen.«

»Umsehen?«

»Aber ja.«

»Sollten wir denn nicht lieber einen Arzt rufen? Vielleicht auch einen Bestatter? Oder auch die Polizei?«

Takedas Stimme blieb sanft und war zugleich doch bestimmt. »Ich bin die Polizei, Frau Vogler. Vertrauen Sie mir. Ich weiß, was ich tue.«

In den Augen der Kunstexpertin blitzte nun eine gewisse Wachheit auf, womöglich gepaart mit einer düsteren Ahnung. »Sie sagen das so komisch, Herr Takeda. Glauben Sie womöglich, dass … dass Ernestine nicht von eigener Hand gestorben ist?«

Takeda schloss für einen Moment die Augen, spürte dem Gefühl nach, das ihn seit dem Moment erfüllte, in dem er das Zimmer betreten und die tote Gräfin gesehen hatte. Noch war dieses Gefühl wortlos, war nur ein Instinkt, ein dumpfes Vibrieren in seinem Unterbewusstsein, das er selbst noch nicht deuten konnte. Aber es war da, er konnte es nicht leugnen.

Takeda öffnete die Augen. »Noch glaube ich überhaupt nichts, Frau Vogler. Aber wie schon gesagt, ich bin Polizist. Es ist meine Pflicht, sämtliche Möglichkeiten in Betracht zu ziehen und mir ein genaues Bild zu verschaffen. Darum bleibt es dabei, Sie sagen vorerst nichts zu den übrigen Gästen. Wir versammeln uns dann wie geplant zum Frühstück. Um wie viel Uhr sollte es sein?«

»Um halb neun.«

»Ich vermute, Sie sollten die Vorbereitungen treffen?«

»Wie gesagt, gemeinsam mit der Gräfin.«

»Werden Sie es allein schaffen? Fühlen Sie sich stark genug?«

»Aber bleibt es denn wirklich beim ursprünglichen Ablauf?«

»Aber ja! Unbedingt sogar. Außerdem habe ich noch eine weitere Bitte. Schicken Sie in etwa zwanzig Minuten Sascha von Kalf zu mir hinauf. Wenn er noch nicht wach ist, wecken Sie ihn bitte.«

»Sascha? Hierher?«

»Ganz recht«, sagte Takeda, ohne den stummen Bitten Voglers um eine Erklärung nachzugeben. »Wenn Sie beim Hinausgehen bitte noch das Licht einschalten möchten. Es ist wegen des Regens doch recht dunkel hier im Zimmer.«

Vogler schüttelte bedauernd den Kopf. »Das wird nicht gehen. Ich habe es vorhin schon versucht. Offenbar ist der Strom ausgefallen. Es muss am Regen liegen.«

Takeda sah sie überrascht an. »Am Regen? Ja, sicher, das wird der Grund sein.«

22.

Claudias Verhältnis zu ihrem Vorgesetzten glich einer zerrütteten Ehe, und das war noch positiv ausgedrückt. Man könnte auch sagen, dass zwischen ihr und Holger Sauer einfach nichts mehr zu retten war. Egal, worüber sie sich unterhielten, ob es ein dienstliches oder ein halbwegs privates Gespräch war, spätestens nach drei Sätzen gifteten sie sich an. Natürlich waren beide der festen Überzeugung, dass es am jeweils anderen lag.

Nur, dass in Wahrheit allein Sauer die Schuld hatte, und zwar zu hundert Prozent, dachte Claudia. Weil er nun einmal so war, wie er war. Ein Mann, der sich nach außen stark und selbstbewusst gab, der aber in Wahrheit zutiefst verunsichert und schwach war.

Bei einem Vorgesetzten war das nun einmal tödlich.

Sauer hatte ein Problem mit Untergebenen, weil er sich ständig infrage gestellt fühlte. Das führte dazu, dass ihn wirklich jeder infrage stellte. Außerdem hatte er ein Problem mit Menschen, die ihren eigenen Kopf hatten und nicht stumpf seine Anweisungen ausführten. Sein größtes Problem aber hatte er mit einem sehr klar definierten Personenkreis: mit Frauen.

Klar, dass es mit Claudia nicht gut ging. Sie war sogar so etwas wie sein schlimmster Alptraum. Weil sie, logisch, erstens eine Frau war, die zweitens ihren eigenen Kopf hatte und die drittens auch noch äußerst ungern Anweisungen befolgte.

Okay, es legte den Schluss nahe, dass sie nicht ganz unschuldig an ihrem schlechten Verhältnis war. Ja, sie gab es zu. Sie war so etwas wie Sauers Nemesis. Weil sie ihrerseits nun einmal ein ausgewachsenes Problem mit Autoritäten hatte, zumindest wenn sie Schwachköpfe waren. Sie hatte genauso ein Problem mit dem, was man einen korrekten Dienstweg nannte. Und sie hatte ein Problem damit, einem schnauzbärtigen Mann wie Sauer, der kurz vor der Pensionierung stand, seine väterliche Art durchgehen zu lassen. Weil die in Wahrheit doch nur darauf hinauslief, dass er sich selbst als überlegen und alle anderen als unerfahren und kurzsichtig vorführen wollte.

Also sagen wir: Neunundneunzig Prozent der Schuld hatte Sauer. Ein Prozent sie.

Aber immerhin, an diesem Morgen schien ihr Vorgesetzter sich Mühe geben zu wollen. Er erkundigte sich höflich, ob er einen Kaffee haben könne, schenkte dann für sich selbst und für Claudia einen Becher voll, den er ihr reichte.

Er setzte sich sodann wieder an Takedas Schreibtisch. »Zunächst einen herzlichen Dank dafür, dass Sie gestern Abend spontan für die Kollegen eingesprungen sind, Frau Harms.«

»Kein Problem. War ja gutes Wetter. Da geht man doch gerne noch einmal vor die Tür.«

Sauer blickte an die Zimmerdecke. »Ich weiß, es war schlimm. Was für ein Regen! Ich war mit dem Hund draußen, ich hab's am eigenen Leib zu spüren bekommen.«

»Das arme Tier.«

Sauer zuckte nur kurz. »Wir können uns die Bedingungen nun einmal nicht aussuchen, unter denen wir arbeiten müssen.«

»Nicht einmal die Vorgesetzten, unter denen wir …«

»Frau Harms … ich gebe mir gerade wirklich Mühe.«

»Das tue ich auch, Herr Sauer. Ich wollte auch nur sagen, dass es im Volkspark wirklich kein Vergnügen war. Nicht für mich, aber noch weniger für die Kollegen von der Spurensicherung. Sie haben mir wenig Hoffnung gemacht, dass sie unter den Umständen etwas Brauchbares finden werden.«

»Das habe ich bereits gehört. Ärgerlich. Aber vielleicht kommt ja doch noch etwas.«

»Ja, vielleicht.«

»Was hat es also hiermit auf sich? Was denken Sie? Ein ermordeter Privatdetektiv?«

Sauer hielt Strubes Visitenkarte, die Claudia ihm zuvor gegeben hatte, in die Höhe.

»Das kann ich noch nicht sagen. Ich habe versucht, mit seinem Büro Kontakt aufzunehmen, ist aber wohl noch zu früh. Oder er war eine One-Man-Show. Wie gesagt, es ist das Erste, um das ich mich kümmern möchte. Darum will ich gleich los.«

»Nicht auszuschließen, dass der Mann im Zuge eines Auftrages jemandem auf die Füße getreten ist. Das sollten Sie unbedingt prüfen, Frau Harms.«

»Meinen Sie? Auf den Gedanken wäre ich ja niemals gekommen.«

»Ich wollte es nur nicht unerwähnt lassen.«

»Ist nett von Ihnen. Übrigens, pusten Sie schön, bevor Sie Ihren Kaffee trinken. Vielleicht ist er noch heiß und Sie verbrennen sich.«

»Ich bin doch nicht …«

»Ich wollte es nur nicht unerwähnt lassen.«

Für kurze Momente sank die Temperatur im Raum unter den Gefrierpunkt. Dann bemühte Sauer sich um ein Lächeln. Das war neu. Versöhnlich. Es gefiel Claudia. Vielleicht war zwischen ihnen ja doch noch nicht alles verloren.

Sie wurde wieder ernst. »Ich werde Strubes berufliche Seite unter die Lupe nehmen. Allerdings gibt mir sein privates Umfeld ebenfalls zu denken.«

Sie berichtete Sauer von dem Gespräch mit Dagmar Strube und der Atmosphäre in dem Haus in Stellingen. Auch dass es einen vagen Hinweis auf ungewöhnliche sexuelle Präferenzen gebe. Das müsse nichts heißen, könnte aber ein Ermittlungsansatz sein.

Sauer hörte still zu, erklärte dann: »Darum kann sich ja Takeda kümmern. Wo ist er eigentlich?«

»Unterwegs.«

»Unterwegs? Aber er steht doch zur Verfügung? Oder hat er Urlaub? Davon wüsste ich jedenfalls nichts.«

»Nein, nein. Er hat keinen Urlaub. Aber es ist Wochenende. Sie wissen doch, dass Takeda und ich eigentlich nicht in Bereitschaft waren.«

»Sicher. Aber jetzt, wo Preuß und Surbach unabkömmlich sind ... Er soll bitte zum Dienst erscheinen. Ich muss darauf bestehen. Sie wissen, dass die Personaldecke dünn ist.«

»Sicher, Herr Sauer. Ich sag's ihm, wenn er ...«

Claudias Handy klingelte. Ein Blick aufs Display zeigte ihr, dass es Takeda war.

Sie nahm das Gespräch an, machte in Sauers Richtung eine wedelnde Handbewegung. »Das ist der Inspektor, Herr Sauer. Ich informiere Sie, sobald wir Fortschritte erzielt haben. Wenn Sie mich jetzt entschuldigen würden …«

»Natürlich, Frau Harms. Verzeihen Sie, dass ich gestört habe.«

»Schon okay. Hauptsache, Sie tun es nicht zu oft.«

23.

Nachdem Ulrike Vogler das Zimmer verlassen hatte, war Takeda allein mit der toten Ernestine von Remsau zurückgeblieben.

Er trat in die Mitte des Raums und blieb dort zunächst stehen, ohne sich weiter zu rühren.

Er schloss die Augen.

Es war still. Da war nur das stete Klopfen des Regens am Fenster. Ein gelegentliches Knarren im Gebälk des alten Hauses. In der Ferne die Schritte von Vogler, gefolgt von leisen Stimmen, die aber schnell erstarben. Offenbar hatte sie Sascha von Kalf tatsächlich im Erdgeschoss angetroffen.

Was hörte er sonst? Das ferne, längst verklungene Echo eines Kampfes? Den Hall eines Verbrechens?

Er war sich nicht sicher.

Takeda öffnete die Augen.

Zeitlupenhaft drehte er sich um die eigene Achse. Er dachte nichts, nahm nur wahr, saugte alle Eindrücke – und seien sie noch so unscheinbar – in sich auf.

Da war das unberührte Bett, die Schminkkommode, der Schreibtisch, ein Kleiderschrank. Alles war aufgeräumt. Nichts lag herum. Eine vorbildliche Ordnung. Überhaupt, es gab kaum Gegenstände, die man als persönlich bezeichnen könnte. Keine Zeitschriften oder Bücher, kein herumstehendes Geschirr oder auch nur ein Wasserglas, keine abgelegte Kleidung, kein Schmuck, keine Briefe oder Notizen, nichts. Der Raum glich einem Hotelzimmer, das gerade erst bezogen worden war.

Eben diese strenge Ordnung passte zur Gräfin, dachte Takeda, war sie doch jemand, der sich im Strom einer Tradition sah, als ein Glied in einer Generationenfolge. Sie selbst war nicht wichtig, sie war die Bewahrerin eines Erbes. Daher brauchte sie nicht viel Eigenes. Sie war trotz ihres Reichtums bescheiden.

Am Ende seiner Umdrehung blieb Takeda so stehen, dass sein Blick erneut auf die Tote fiel.

Auch wenn es ihm widerstrebte, trat er an sie heran und berührte vorsichtig ihren Arm. Er bewegte ihn hin und her. Dann berührte er auch ihr Bein und wiederholte die Prozedur. Die Gliedmaßen waren fest, aber noch nicht vollkommen erstarrt. Am Genick und auch am Torso hingegen war die Erstarrung bereits weiter fortgeschritten. Auch wenn es nur grobe Rückschlüsse zuließ, hieß es, dass Ernestines Tod nicht mehr als vier Stunden zurücklag. Sie war also etwa um drei Uhr in der Nacht ums Leben gekommen.

Takeda blickte zu dem Strick empor, der um ihren Hals geschlungen und am anderen Ende an einem Deckenbalken befestigt war. Er war aus einer weißen Kunstfaser und etwa daumendick. Die Enden waren lederumwickelt. Möglicherweise fand ein solches Seil Verwendung beim Umgang mit Pferden. Es gab, wenn Takeda es richtig verstanden hatte, keine Tiere mehr auf dem Gut, auch wenn das in früheren Zeiten anders gewesen war. Vielleicht waren trotzdem noch Gerätschaften von damals vorhanden, mutmaßte er.

Takeda umrundete die Tote, stellte sich nun so hin, dass er der Gräfin in das leblose Gesicht blicken konnte.

»Ernestine …«, murmelte er leise. Es hatte ihm gefallen, dass sie so von ihm hatte genannt werden wollen. Auch das war Ausdruck ihrer Bescheidenheit gewesen. Kein hochtrabender Titel. Nur ein Vorname.

Er hatte sie gemocht.

Während er so dastand, stiegen in Takedas Bewusstsein Erinnerungsbilder auf. Viele Jahre zuvor. Seine Frühzeit als Polizist in Japan. Er war damals an eine Außenstelle in den Bergen der Provinz Yamanashi versetzt worden und verrichtete seinen Dienst im sogenannten Selbstmordwald von Aokigahara. Es war eine düstere, verwunschene Landschaft, die dennoch – oder gerade deswegen – eine große Anziehungskraft auf viele Menschen ausübte, todessehnsüchtige Menschen, die ihrem Leben hier ein Ende setzen wollten. Dazu gehörten Landsleute, aber immer öfter auch Ausländer, die von dem Wald durch Filme oder Zeitungsartikel erfahren hatten. Vielen dieser Unglücklichen begegnete Takeda, als sie noch lebten. Pflichtgemäß ermahnte er sie, nichts Unüberlegtes zu tun, machte sie auf Hilfsangebote aufmerksam. Wiedergesehen hatte er sie als Tote, erhängt, erstochen, vergiftet.

Damals war er einem Serienmörder auf die Spur gekommen, der im Schatten der vielen Suizide seine grausamen Taten begangen hatte. Durch die Aufklärung hatte Takeda sich den Ruf erworben, mit unbestechlicher Präzision Selbstmorde von verdeckten Mordtaten unterscheiden zu können – eine Fähigkeit, die er auch in Deutschland bereits zum Einsatz hatte bringen können.

War es jetzt wieder soweit?

Takeda ließ die Erinnerung hinter sich. Er beugte sich hinab, richtete den umgefallenen Stuhl neben Ernestines totem Körper auf und stieg darauf.

Zunächst maß er die Höhe bis zum Deckenbalken. Das Zimmer war hoch, fast drei Meter, die Gräfin hingegen eine kleine, zarte Person. Hätte sie es selbst bewerkstelligen können, das Seil über den Balken zu werfen und zu verknoten?

Takeda maß erneut die Höhe, betrachtete den Strick, den Stuhl.

Ja, es hätte ihr wohl gelingen können.

Aber hatte sie es wirklich getan?

Ein wortloser Abschied aus dem Leben, ohne auch nur kurze Zeilen an die Nachwelt zu hinterlassen?

Sah das der Gräfin ähnlich? Passte es zu ihr?

Takeda betrachtete den Hals der Toten. Der unnatürliche Winkel verriet, was geschehen war. Die Gräfin war nicht an ihrem Galgen erstickt, ihr war das Glück eines kurzen Todes durch Genickbruch zuteilgeworden.

Angesichts der geringen Fallhöhe vom Stuhl war das eher überraschend. Üblicherweise war beim Tod durch den Strang eine Fallhöhe von über einem Meter nötig, um einen solchen Tod zu bewirken.

Takeda wusste das, schließlich wurde in Japan die Todesstrafe bis zum heutigen Tage durch den Galgen ausgeführt.

Etwas anderes war es, wenn ein Delinquent zum Zeitpunkt des Hängens bereits ohnmächtig war, er daher ohne jede Muskelspannung in die Schlinge stürzte. Dann mochte auch eine geringere Fallhöhe genügen, um die Nackenwirbel brechen zu lassen. Das galt erst recht für eine zarte und bereits altersschwache Person wie die Gräfin.

Takeda lupfte das nackenlange Haar Ernestines und

sah ein tiefdunkles Hämatom unterhalb des Hinterkopfs an den Halswirbeln. Halb verdeckt von der Seilschlinge fanden sich seitlich am Hals zwei runde, rötliche Verfärbungen. Weitere rötliche Male fanden sich auch an und neben ihrem Kehlkopf, es waren sämtlich Spuren der Schlinge.

Aber da war auch noch etwas anderes.

Er hatte es gesehen, hatte es wahrgenommen, und doch hatte es sein Bewusstsein nicht erreicht.

Was war es?

Erneut hob er Ernestines Haar an und betrachtete ihren Nacken.

Dann sah er es.

Ein winziger roter Fleck, hinten am Hals, fast am Übergang zum Trapezmuskel. Er konnte nicht alt sein, denn die kaum stecknadelkopfgroße Blutkruste hätte sich bereits nach Stunden, spätestens nach einem Tag so weit aufgelöst, dass sie mit bloßem Auge nicht mehr zu erkennen gewesen wäre.

So aber bestand kein Zweifel. Der Einstich musste in der vergangenen Nacht erfolgt sein, musste Ernestine unmittelbar vor ihrem Tod zugefügt worden sein.

Es könnte erklären, was hier geschehen war. Eine Betäubung. Dann erst der Galgen.

Ein fingierter Selbstmord.

Takeda stieg vom Stuhl hinab, durchsuchte anschließend gründlich das Zimmer, sah in und auf Schränke, unter das Bett, hinter die Kommode, klopfte sogar die Wände ab.

Nichts, das seine Schlussfolgerung widerlegen könnte.

Er trat ans Fenster, blickte hinaus in den Garten und

den dahinterliegenden Fluss, der durch die Regenfälle zu einem reißenden Gewässer angeschwollen war und große Teile der Wiese überspült hatte.

Er zog sein Telefon aus der Tasche und wählte Claudias Nummer.

24.

Claudia überzeugte sich, dass Holger Sauer tatsächlich in Richtung seines Büros verschwunden war. Sie trat zurück in ihr Dienstzimmer, nahm dann erst ihr Handy wieder ans Ohr. »Gut, dass du anrufst, Ken. So leid es mir tut, aber du musst zurück nach Hamburg kommen. Wir haben einen Fall, und ich brauche deine Unterstützung.«

Überraschenderweise antwortete Takeda nicht sofort. Claudia hörte nicht einmal das übliche, nachdenkliche Brummen, Zischen oder *Ich verstehe*, das Takeda sonst immer von sich gab, wenn sie mit ihm telefonierte. Die Leitung war still.

»Ken? Bist du noch dran?«

»Ja, ich bin noch dran. Ich denke nach.«

»Spar's dir. Du musst kommen. Sauer besteht darauf. Er war gerade hier bei mir im Zimmer.«

»Ich dachte, unsere Kollegen sind erst einmal dran?«

Claudia lachte. »Du bist wieder ein Stückchen deutscher geworden und fragst, ob nicht jemand anderes die Sache erledigen kann. Super! Weiter so! Aber in diesem Fall wird daraus nichts. Preuß ist krank und Surbach irgendwo auf einer Insel im Indischen Ozean. Ich bin gestern Abend schon im Einsatz gewesen. Und jetzt musst du ebenfalls ran.«

Erneut antwortete Takeda nicht. Aber das war schon okay. So war er. Das Gegenteil von überhastet. Das Gegenteil von ihr.

Schließlich sagte er: »Es tut mir leid, aber ich kann nicht kommen. Ich muss noch hierbleiben.«

Claudia lachte auf. »Nein, musst du nicht. Wie gesagt, Sauer möchte, dass wir den Fall zusammen bearbeiten. Aber unabhängig davon, was er sagt, ich brauche dich, Ken. Ein Mann ist im Volkspark erstochen worden. Zumindest haben wir die Leiche dort gefunden. Er war Privatdetektiv. Es könnte kompliziert werden.«

Claudia nannte weitere Stichworte. Das Haus in Stellingen, die seltsame Atmosphäre dort, die Mutter. Die Tatsache, dass es wegen des Regens praktisch keine Tatortspuren gab.

Takeda hörte zu und brummte nun doch nachdenklich. Schließlich sagte er: »Ich würde wirklich gerne kommen. Aber das Problem ist, dass ich auch einen Fall habe.«

Diesmal war es Claudia, die zunächst schwieg. Sie war sich nicht sicher, ob sie Takeda richtig verstanden hatte. Nach einer kurzen Pause fragte sie: »Was meinst du damit, du hast auch einen Fall? Darf ich dich daran erinnern, dass du irgendwo in der Nähe von Kiel bist? Das ist Schleswig-Holstein, also so etwas wie Ausland, jedenfalls dienstlich gesehen. Du hast da keine Fälle zu haben. Ist nicht unser Zuständigkeitsbereich. Und im Übrigen, was ist überhaupt passiert?«

Rollentausch. Diesmal informierte Takeda sie in knappen Sätzen über das Geschehen. Die Runde am Abend, das kostbare Bild aus Japan, der Streit um das Blutgeld, die erhängte Gräfin. Claudia hörte zu und murmelte immer wieder kurze Bestätigungen in die Leitung. Sie hatte die Erfahrung gemacht, dass, wenn sie es nicht tat, Ken aufhörte zu reden. War etwas Japanisches. Wenn jemand sprach, gaben diejenigen, die ihm zuhörten, permanent murmelnde Signale von sich, dass sie aufmerksam lauschten. Es hieß nicht, dass sie einverstanden waren oder guthießen, was der andere sagte. Ein häufiges Missverständnis, jedenfalls bei Ausländern.

Takeda schloss seinen Bericht ab und sagte: »Die Dinge sind irritierend. Ich habe mir noch kein umfassendes Bild gemacht. Und doch muss ich dieser Sache nachgehen, und zwar ohne Verzögerung. Noch sind alle Gäste hier im Haus, noch kann ich mit allen sprechen.«

»Das heißt, du gehst von einem Mord aus?«

»Ja. Und ich gedenke ihn aufzuklären.«

Claudia war sich nicht ganz sicher, aber sie hatte den Eindruck, dass aus Takedas Worten fast so etwas wie Freude oder zumindest Jagdfieber sprach. »Mein Gott, Ken, macht dir die Sache etwa Spaß? Eine tote Gräfin und ein Haus voller Verdächtiger ... Darf ich dich daran erinnern, dass du nicht Hercule Poirot bist?«

Takeda lachte auf. »Stimmt, bin ich nicht. Aber ich bin Ken Takeda.«

»Und wenn du Rambo wärst ... Ich meine, du glaubst doch offenbar, dass einer der anderen Gäste der Täter ist, oder?«

»Vieles spricht dafür.«

»Na, toll. Das heißt logischerweise, dass du und alle anderen mit einem Mörder unter einem Dach seid. Ihr seid in Gefahr, Ken! Wer einmal tötet, tut es vielleicht wieder.«

»Das ist mir bewusst. Aber ich will verhindern, dass es dazu kommt. Und da ist auch noch etwas anderes ...«

»Was?«

»Ich habe das Gefühl, es ist kein Zufall, dass ich hier bin. Die Gräfin hat mich nicht ohne Grund an diesem Wochenende hierher eingeladen.«

»Du meinst, sie hat geahnt, dass ihr etwas zustoßen könnte?«

»Ich möchte es nicht ausschließen. Ich denke, ich bin es ihr schuldig, der Sache auf den Grund zu gehen.«

Claudia schloss die Augen. Sie kannte Ken inzwischen gut genug, um zu wissen, dass er so etwas nicht leichtfertig dahinsagte. Hinzu kam, dass er loyal bis in die Haarspitzen war. Wenn er meinte, jemandem etwas schuldig zu sein, gab es nichts, aber auch gar nichts, das ihn davon abhalten konnte, seiner vermeintlichen Pflicht nachzukommen.

War wohl auch etwas Japanisches.

Sie seufzte und sagte: »Ich kann verstehen, dass du dich darum kümmern möchtest. Allerdings weißt du, dass du eigentlich die Kollegen in Kiel informieren und um Unterstützung bitten müsstest. Es könnte sonst Ärger geben. Gewaltigen Ärger.«

»Auch das ist mir bewusst. Aber ich kann keine Rücksicht darauf nehmen.«

»Ich hab's befürchtet ... dennoch möchte ich, dass wir uns auf eine Sache einigen.«

»Und die wäre?«

»Ein Zeitlimit. Nimm dir vierundzwanzig Stunden. Gerechnet von jetzt an. Wenn du bis dahin etwas erreichst, ist es gut. Wenn nicht, übergibst du die Sache an die Kollegen in Kiel und kommst auf der Stelle zurück nach Hamburg. Ich brauche dich wirklich. Einverstanden?«

Takeda dachte nur kurz nach. »In Ordnung. Vierundzwanzig Stunden. Ich bin zuversichtlich, dass die Zeit genügt.«

»Umso besser.«

Die ernsten Themen waren beendet. Mit leichterer Stimme sagte Takeda: »Übrigens, die Miso-Suppe, die du gekocht hast, sah köstlich aus. Ich würde mir wünschen, dass du sie auch einmal für mich zubereitest.«

»Dann wäre ich wirklich deine *Okusan*, was? Ich überleg's mir. Aber ehrlich gesagt, ich möchte dir lieber Labskaus oder Heringssalat oder einen Schweinebraten machen. Für die exotischen Sachen bist du zuständig.«

»Was du genannt hast, ist exotisch. Sehr sogar.«

Claudia lachte. Es war alles eine Frage der Perspektive.

25.

Wenige Minuten nach halb neun fand Takeda sich vor dem Speisezimmer ein, in dem sich die Wochenendgesellschaft bereits zum Frühstück eingefunden hatte. Zuvor hatte er einen Rundgang durchs Haus unternommen, um zumindest eine naheliegende Erklärung für das Geschehen auszuschließen.

Es war ihm gelungen.

Schon bevor er eintrat, hörte er aus dem Speisezimmer unbeschwertes Geplauder, und sofern doch düstere Bemerkungen gemacht wurden, bezogen sie sich auf das Wetter und den ausgefallenen Strom.

Die Nachricht von Ernestines Tod hatte sich also noch nicht verbreitet, was wiederum hieß, dass Ulrike Vogler und auch Sascha von Kalf geschwiegen hatten.

Von Kalf war vorhin, nachdem Takeda das Telefonat mit Claudia beendet hatte, wie verabredet oben im Zimmer erschienen. Er hatte geklopft und war eingetreten, hatte dann immer wieder zwischen Takeda und der toten Ernestine von Remsau hin- und hergesehen, bevor sich sein Gesicht zu einer Grimasse des Erschreckens verzogen hatte. Allerdings folgten daraufhin Worte, die Takeda als ziemlich überraschend empfand, drückten sie doch kaum Trauer oder Mitgefühl aus: »Heilige Scheiße, was für ein Mist ist das denn!«

»Bleiben Sie bitte ruhig, Herr von Kalf, und schließen Sie die Tür hinter sich.«

»Fuck! Ich soll ruhig bleiben? Verdammt, was geht hier ab? Ist die alte Ziege wirklich tot?«

Trotz der Umstände fiel es Takeda schwer, ernst zu bleiben. War eine solche Reaktion vielleicht eine Seite des deutschen Verhaltens, die ihm bisher entgangen war? Reagierten die Menschen hierzulande mit derartigen Worten auf tragische Ereignisse?

Er räusperte sich und erklärte: »Ja, Herr von Kalf, die Gräfin ist wirklich tot, und ich benötige Ihre Hilfe.«

»Meine Hilfe? Wobei? Also, ich fass die nicht an.«

Takeda sah von Kalf kopfschüttelnd an, verbeugte sich dann schamhaft in Richtung der Toten. »Es tut mir leid, aber genau darum wollte ich, dass Sie herkommen. Sie sollen mir freundlicherweise dabei helfen, Ernestine herunterzuheben und auf das Bett zu legen.«

»Können wir sie nicht einfach hängen lassen? Ihr kann's doch egal sein.«

»Das wäre recht pietätlos, finden Sie nicht?«

»Sicher, das wäre es.«

»Dann sind wir also einer Meinung. Wenn Sie nun so freundlich wären ...«

Gemeinsam machten sie sich an die Arbeit. Takeda merkte, dass er mit Sascha von Kalf die richtige Wahl getroffen hatte. Der Mann war zwar kaum größer als er selbst, dafür aber kräftig und durchtrainiert. Ohne große Mühe konnten sie den Leichnam von dem Galgen befreien und in einer würdigen Pose auf das Bett legen.

Takeda hatte bereits zuvor beschlossen, von Kalf in dem Glauben zu belassen, dass es sich um einen Freitod handelte – er schien es ohnehin für selbstverständlich zu halten, was er mehrfach in verschiedenster Form zum Ausdruck brachte: »Mann, hätte die alte Schachtel nicht irgendwo in den Wald gehen können? Dann hätte man sie wahrscheinlich erst gefunden, wenn Simone und ich längst wieder weg wären …«

Bevor von Kalf das Zimmer verließ, nahm Takeda ihm das Versprechen ab, mit niemandem über das Geschehen zu sprechen, auch nicht mit seiner Frau Simone. Von Kalf versicherte, sich daran zu halten.

Takeda betrat das Speisezimmer und nahm an der Tafel Platz, die auch an diesem Morgen reichhaltig und edel gedeckt war. Zu seiner Überraschung gab es heißen Kaffee und Tee. Ulrike Vogler erklärte ihm, dass es in der Küche im Keller des Gutshauses noch einen alten, mit Holz befeuerten Herd gab. Egbert Saemann hatte ihn mit Kaminholz angefacht, so dass sie trotz des Stromausfalls Wasser erhitzen und sogar Rührei und Omeletts hatte zubereiten können.

Das Frühstück begann, auch wenn einige der Gäste zunächst darauf drängten, auf Ernestine zu warten. Ulrike Vogler erklärte mit belegter Stimme, dass die Gräfin sich verspäte und niemand zu warten brauche.

Simone von Kalf fragte daraufhin, ob Ernestine sich nicht wohlfühle, und so wusste Takeda, dass ihr Mann Sascha tatsächlich nichts verraten hatte. Angesichts des denkbar unharmonischen Eheverhältnisses war das nicht allzu verwunderlich. Die beiden schienen ohnehin wenig miteinander zu sprechen, und wenn sie es doch taten, war es zumeist ein Streit.

Am Tisch herrschte eine entspannte Atmosphäre. Die Gäste tranken Tee und Kaffee, reichten sich gegenseitig Brot und Aufschnitt und plauderten über Nebensächlichkeiten. Sie verglichen das Leben in den Städten mit dem auf dem Land, diskutierten über die Vorteile der Windkraft – Umweltschutz – und ihre Nachteile – die Landschaftsverschandelung. Man sprach über das neu erwachte Interesse der Jugend an der Jagd und über die Frage, ob der anwesende Peter Kemper unter den Nominierten für den nächsten großen Literaturpreis sein würde. Kemper wies es in großspuriger Bescheidenheit von sich, erklärte derlei Preise für irrelevant, fühlte sich aber offensichtlich geschmeichelt, dass man ihn in Betracht zog. Während er noch sprach, lehnte Egbert Saemann sich vertraulich zu Takeda und erklärte flüsternd: »Er bekommt sowieso keinen Preis. Dafür müsste schließlich jemand seine Bücher lesen, was in der Realität nicht der Fall ist.«

Takeda nahm es mit einem stummen Nicken zur Kenntnis. Er beteiligte sich ohnehin nur wenig am Tischgespräch. Er aß eine kleine Portion Omelette und ein Schwarzbrot, träumte insgeheim aber von einem traditionellen japanischen Frühstück mit gegrilltem Fisch, eingelegtem Gemüse und einer Schale Reis, über die er ein mit Sojasauce verrührtes rohes Ei kippte.

Zugleich beobachtete er die übrigen Gäste. Verhielt sich einer von ihnen auffällig? Zeigte er Zeichen einer untergründigen Anspannung? Ulrike Vogler und Sascha von Kalf wussten, dass ihre Gastgeberin nicht mehr lebte. Ihre Unruhe – verschütteter Tee, Schweigsamkeit – war nur zu verständlich. Aber was war mit den anderen? Was war mit Simone von Kalf? Mit Peter Kemper? Mit Egbert Saemann und Alexa von Remsau?

Letztere schien ihre Wutrede vom vergangenen Abend vergessen zu haben. Sie unterhielt sich unbefangen und gut gelaunt mit Egbert Saemann, neckte ihn vertraulich und versuchte, ihn zu überreden, den Stromanschluss des

Hauses zu reparieren. Schließlich verstehe er als Architekt etwas von elektrischen Anlagen, das habe er bereits mehrfach unter Beweis gestellt. Saemann entgegnete, dass die Ursache vermutlich nicht im Haus, sondern draußen an den Zuleitungen zu suchen sei, der Schaden also nur durch das Elektrizitätswerk behoben werden könne.

Von Remsau bemerkte allerdings als Einzige, dass Takeda sie immer wieder beobachtete, hielt es aber offenbar für eine Reaktion auf ihren nächtlichen Besuch in seinem Zimmer. Sie zwinkerte ihm verschworen zu.

Simone von Kalf war in ein Gespräch mit Kemper vertieft, es ging um die Zukunft des Buchmarktes und die Frage, ob das Medium Schrift nicht durch Bilder abgelöst werde – bewegte Bilder wie YouTube, verrückte Bilder wie TikTok, lügende Bilder wie fast überall. Kemper meinte daraufhin mit einem Seitenblick zu Takeda, dass er dann wohl lieber Manga als Romane schreiben sollte, die bestünden schließlich aus Bildern. Der Autor erntete Gelächter, an dem allein er selbst sich nicht beteiligte.

Takeda musste es sich eingestehen. Er konnte nicht sagen, ob einer der Anwesenden die Leichtigkeit dieses Samstagmorgens nur vorspielte, in Wahrheit aber mit den Gedanken an eine zurückliegende Mordtat beschäftigt war.

Daher war es wohl an der Zeit, die Dinge zur Sprache zu bringen. Es war ohnehin ein Erfordernis der Ehrlichkeit. Und es bot erneut die Möglichkeit, die Gäste genau zu beobachten.

Takeda tupfte sich den Mund mit der Serviette ab, stand auf und sicherte sich so die Aufmerksamkeit der Tischrunde. »Meine Damen, meine Herren. Jetzt, da Sie

Ihr Frühstück beendet haben, muss ich Ihnen leider eine traurige Mitteilung machen – eine Mitteilung, die Sie alle sicherlich zutiefst schockieren wird. Darum darf ich Sie bitten, sich innerlich gefasst zu machen ...«

»Was kommt denn jetzt?«, fragte Alexa von Remsau, schüttelte in gespielter Verwunderung den Kopf. »Musst du ... ich meine, müssen Sie etwa schon los und uns verlassen? Ist das die schlimme Nachricht?«

»Es wäre wirklich ausgesprochen schade, Herr Takeda«, fügte Simone von Kalf hinzu. »Wir sind doch alle auf Ihre Teezeremonie gespannt.«

Peter Kemper nahm den Faden auf. »Oder hat man Sie zu einem Mordfall abberufen? Dann könnten wir Sie vielleicht begleiten und bei Ihrer Arbeit beobachten? Ich zumindest hätte großes Interesse!«

Kemper erntete zustimmendes Gelächter. Takedas Gesicht aber blieb von solcher Ernsthaftigkeit gezeichnet, dass das Lachen schnell verebbte. Mit leiser Stimme erklärte der Inspektor: »Sie haben in gewisser Weise recht, Herr Kemper. Es geht tatsächlich um einen Mordfall. Nur hat er sich nicht irgendwo in der Ferne ereignet, sondern hier auf Gut Hohenforst.«

»Wie bitte? Ein Mord?«, stieß Egbert Saemann aus, und seine Überraschung wie auch sein Entsetzen waren ihm anzusehen.

»Das ist doch wohl ein Scherz, Inspektor«, fügte Simone von Kalf heiser hinzu. »Und kein gelungener.«

Auch andere wollten etwas sagen, doch Takeda bat mit einer strengen Geste um Ruhe. »Leider ist es die Wahrheit, meine Herrschaften. In der vergangenen Nacht ist unsere gemeinsame Freundin Ernestine von Remsau getötet worden. Und sofern Sie keine Einwände haben, möchte ich die Dinge in den folgenden Stunden in die Hand nehmen und versuchen, die schreckliche Tat aufzuklären.«

Die Reaktion auf Takedas Worte bestand zunächst in einem bestürzten Schweigen.

Dann aber, mit ein wenig Verzögerung, brach ein lautes Durcheinander am Tisch aus, in dem sich Tränen, Entsetzen und auch unbändige Wut mischten.

26.

Conni Strubes Detektei befand sich in einem Gewerbegebiet im Südosten des Stadtteils Bahrenfeld. Die umliegenden Straßen waren kopfsteingepflastert, an ihren Rändern standen geparkte Lkw. Vor einigen der Fahrzeuge hockten die Fahrer auf der Bordsteinkante oder auf Klappstühlen. Es waren Osteuropäer, die sich auf kleinen Campingkochern warme Mahlzeiten zubereiteten. Ansonsten bestand die Gegend aus Lager- und Produktionshallen. Sie hatten etwas mit Metallverarbeitung zu tun, mit Logistik, es gab eine Lackiererei, einen Lebensmittelgroßhandel, andere Firmen, von denen Claudia nicht wusste, was sie herstellten oder vertrieben.

Claudia fuhr Schrittgeschwindigkeit, erreichte schließlich die richtige Hausnummer und blickte auf die Toreinfahrt eines Gewerbehofs. Ein großes Schild neben der Einfahrt zählte die Firmen auf, die hier residierten. Ganz unten stand in roten Buchstaben auf weißem Grund: C. Strube. Informationsbeschaffung.

Claudia schüttelte irritiert den Kopf. *Informationsbeschaffung.* War das jetzt geschickt? Ein Zeichen von Diskretion, weil niemand dabei gesehen werden wollte, wie er eine Detektei betrat? Oder war es albern, weil sich ohnehin jeder denken konnte, was sich hinter der Bezeichnung verbarg?

Claudia setzte den Blinker und fuhr auf das Gelände des Gewerbehofs. Auf der rechten Seite befand sich ein altes, aus Backsteinen errichtetes Fabrikgebäude, das offenbar vor nicht allzu langer Zeit modernisiert worden war. Neue Sprossenfenster und glänzende Aluminiumelemente verliehen der Fassade ein ansprechendes Äußeres. Industrial Chic. Gar nicht übel.

Die Detektei befand sich am hintersten Ende des Gebäudes, genauer in einem einstöckigen, halbrunden Anbau.

Claudia stellte ihren Wagen direkt vor der Tür ab, spannte ihren Regenschirm auf und stieg aus.

Der Anbau war nicht sonderlich groß. Jeweils lange Fenster rechts und links, die Eingangstür in der Mitte. Eine schmale Reihe Glasbausteine an der einen Seite. Das Ganze könnte früher einmal die Werkstatt des Hausmeisters gewesen sein.

Neben der Tür befand sich ein Schild mit der identischen Aufschrift wie an der Hofeinfahrt: C. Strube. Informationsbeschaffung.

Claudia drückte auf die Klingel, hörte leise im Inneren des Gebäudes einen Gong.

Das war's. Nichts weiter geschah. Kein Türsummer, keine Schritte, keine Stimme.

Sie klingelte erneut, wartete, gleiches Ergebnis.

Claudia zuckte mit den Schultern, trat dann an eines der Fenster und legte die Hände so neben das Gesicht, dass sie ins Innere spähen konnte. Sie sah einen nicht sonderlich großen Büroraum. In der Mitte stand ein Schreibtisch mit Telefon und Computermonitor, ein Chefsessel auf der einen Seite, Besucherstühle auf der anderen. An den Wänden dahinter Aktenschränke und Regale mit Ordnern.

Das hieß, die Ordner sollten in den Regalen stehen. Taten sie aber nicht. Sie waren herausgerissen und ihr Inhalt in einem wahnwitzigen Chaos über das gesamte Zimmer verstreut. Der gesamte Fußboden und auch alle übrigen Flächen waren knöchelhoch mit Papieren übersät. Dazu waren sämtliche Zimmerpflanzen aus den Töpfen gerissen, die Erde überall verstreut. Der Anblick der Pflanzen löste in Claudia ähnliche Gefühle aus, wie es bei anderen Menschen Fische tun würden, die vor einem zerbrochenen Aquarium lagen und nach Luft schnappten.

Aber zugegeben, Pflanzen hielten länger durch, sie waren vielleicht noch nicht verloren. Claudia würde sich später darum kümmern. Sie liebte Pflanzen.

Sie ging hinüber zu dem zweiten Fenster auf der anderen Seite der Tür. Der Raum war identisch groß und diente offenbar als Lager oder Archiv. Weitere Aktenregale, dazu Kisten, Kartons, Gitterboxen.

Aber auch hier herrschte ein einziges Durcheinander. Aufgerissene Kisten, herumliegende Ordner, der Fußboden von Papieren und Unterlagen bedeckt. Hier kamen noch allerlei elektronische Geräte dazu, die ebenfalls herumlagen.

Ein Bild der Verwüstung.

Dieser erste Eindruck genügte, damit Claudia um zwei Erkenntnisse reicher war.

Conni Strube war in der Tat ein Einzelkämpfer. Das Büro verfügte offenbar nur über einen einzigen Arbeitsplatz, der sicherlich seiner war. Er hatte wahrscheinlich nicht einmal eine Assistentin oder einen Assistenten. Passte zu dem Bild, das sie bisher von ihm gewonnen hatte.

Zweitens: Die Räume waren durchsucht worden, gründlich und ohne den Versuch, die entsprechenden Spuren zu verwischen. Da Claudia an der Eingangstür nichts gesehen hatte, das auf einen Einbruch hindeutete, und auch die Fenster unversehrt zu sein schienen, vermutete sie, dass derjenige, der hier eingestiegen war, einen Schlüssel besessen hatte.

Nicht ganz unwahrscheinlich, dass es derselbe Täter war, der Strube einen Teil seiner Kleidung, sein Handy und alles andere abgenommen hatte. Und ihm davor oder danach ein Messer in die Brust gerammt hatte.

Claudia zückte ihr Handy und wählte die Nummer der Spurensicherung. Sie nannte ihren Standort, beschrieb, worum es ging, und bat um Eile.

Die Antwort bestand aus Gelächter und der Erklärung, dass es mehrere parallele Einsätze gebe, die ebenfalls alle eilig seien. Personalmangel sei auch bei der Spusi kein Fremdwort. »Also Geduld, liebe Kollegin! Wir sind in zwei Stunden da. Wenn alles glatt geht, in anderthalb.«

»Anderthalb Stunden? Nicht früher?«

»Wie gesagt, wenn alles gut geht.«

»Ich verlasse mich darauf.«

»Davon kann ich dich nicht abhalten.«

»Na, vielen Dank auch.«

Claudia beendete die Verbindung.

Wenn sie eines nicht hatte, dann Geduld.

Sie blickte sich um. Die Eingangstür zu dem Anbau war von dem Parkplatz des Gewerbehofes aus nicht einzusehen. Heute, an einem Samstag, schienen die Büros ohnehin nur spärlich besetzt zu sein. Außerdem schützte ihr großer Regenschirm sie vor neugierigen Blicken.

Sie zog ihre Brieftasche hervor und entnahm eine Bankkarte. Dann lehnte sie sich gegen die Tür, so dass sich der Spalt zwischen Rahmen und Tür ein wenig weitete.

Sie schob die Karte in den Spalt und hoffte auf ihr Glück. Wenn der Riegel umgeschlossen war, hatte sie keine Chance. War die Tür nur zugezogen, würde sie es schaffen.

27.

Nachdem sich die Gesellschaft am Frühstückstisch ein wenig beruhigt hatte, bestürmten die Gäste Takeda mit Fragen. Ob er sich sicher sei? Wann der Mörder zugeschlagen hatte? Wie er es getan hatte? Und ob Takeda schon einen Verdacht habe, wer der Täter sei?

Der Inspektor reagierte mit einem abwehrenden Lächeln. »Nein, ich weiß leider nicht, wer der Mörder ist. Auf Ihre Frage aber, ob ich mir meiner Sache sicher bin, kann ich mit einem klaren Ja antworten. Es ist eindeutig, wir haben es mit einem Verbrechen zu tun. Der Täter hat sich zwar Mühe gegeben, seine Tat zu vertuschen und wie einen Freitod der Gräfin aussehen zu lassen. Doch hat er mich damit nicht täuschen können.«

Diesmal reagierten die Anwesenden schon deutlich ruhiger, was Takeda mit Erleichterung registrierte.

»Aber wer tut so etwas denn nur? Und warum?«, fragte Simone von Kalf. Sie war blass, und ihre Augen schimmerten tränenfeucht.

»Und wie ist es passiert? Ist sie erschossen worden? Das hätten wir doch hören müssen«, schob Egbert Saemann nach.

Peter Kemper hingegen sah den Inspektor mit unverhohlener Abschätzigkeit an. »Ich finde, bevor Sie uns eine solche Ungeheuerlichkeit vor die Füße knallen, müssen Sie uns erst einmal überzeugen. Die Gräfin ermordet? Ich glaube Ihnen kein Wort. Oder ...«, auf Kempers Gesicht erschien ein pfiffiges Lächeln, »... ist es am Ende nur ein Spiel, dass Sie und Ernestine sich ausgedacht haben? So etwas ist ja zurzeit durchaus in Mode. Findet den Mörder und so weiter. Ist es so? Wartet Ernestine in Wahrheit oben auf ihrem Zimmer oder hört uns sogar zu? Ein kleiner Spaß am Wochenende … Sollte ich recht haben, bitte ich Sie, diese Geschmacklosigkeit sofort zu beenden. Dann soll Ernestine auf der Stelle zu uns kommen.«

Am Tisch entstand eine angespannte Stille. Alle Gäste blickten auf den Inspektor.

Takeda schüttelte bedauernd den Kopf. »Es tut mir leid, Herr Kemper, aber sie täuschen sich. Es ist alles andere als ein Spiel. So etwas würde mir auch bestimmt nicht einfallen.«

»Dann bleibe ich dabei, dass Sie trotzdem Unsinn reden. Ein Mord … das kann doch gar nicht sein. Wer sollte so etwas denn tun? Ich kann es einfach nicht glauben.«

»Und doch ist es die Wahrheit. Um Sie zu überzeugen, darf ich Frau Vogler und Herrn von Kalf bitten, den Tod der Gräfin zu bestätigen. Die beiden konnten, oder besser gesagt, mussten sich bereits mit eigenen Augen vom Ableben Ernestines überzeugen.«

Alle Blicke wandten sich den beiden Angesprochenen zu. Ulrike Vogler, mit blassem Gesicht, nickte nur stumm.

Sascha von Kalf erklärte mit einem Schulterzucken, das wohl männliche Gelassenheit demonstrieren sollte: »Es stimmt, was der Japaner sagt. Wir haben sie vorhin gemeinsam von ihrem Galgen befreit und aufs Bett gelegt. Toter als die Gräfin kann man nicht sein. Ich dachte ja auch, sie hätte es selbst getan, also ihr wisst schon, sich einen Strick genommen … So sah es jedenfalls aus. Dass es Mord sein soll, höre ich auch zum ersten Mal.«

Die Blicke richteten sich erneut auf Takeda, und er erklärte: »In der Tat, der Augenschein ließ einen tragischen Freitod vermuten. Eine Untersuchung des Zimmers und des Leichnams aber haben mich zu der Überzeugung gebracht, dass es sich um ein Verbrechen handelt. Glauben Sie mir, es ist nicht das erste Mal, dass ich mit einem Fall konfrontiert werde, in dem ein Verbrechen als Suizid vertuscht werden soll.«

»Ich glaube Ihnen trotzdem nicht«, sagte Kemper trotzig. »Oder meinen Sie im Ernst, bei diesem Mistwetter schleicht ein Mörder durch die Gegend und bricht hier ein? Die nächste Ortschaft ist zwanzig Kilometer entfernt, die Zufahrt zum Gut ist nicht asphaltiert. Wir haben es schon bei schwächeren Unwettern erlebt, dass hier kein Durchkommen mehr ist. Wie soll ein Mörder überhaupt hierhergelangen, die Tat begehen und dann wieder verschwinden? Egbert, haben Sie gestern Nacht vielleicht die Türen nicht verschlossen?«

»Natürlich habe ich das«, antwortete Saemann entrüstet. »Die Tür war abgeschlossen, der Schlüssel steckte von innen. Da kommt keiner rein. Aber vielleicht ist ja eines der Fenster aufgebrochen worden? Wir müssten nachsehen.«

»Das habe ich bereits getan, bevor ich zum Frühstück gekommen bin«, erklärte Takeda. »Ich bin durch das gesamte Haus gegangen und konnte kein zerbrochenes Fenster oder andere Spuren eines Einbruchs feststellen. Ich bin allerdings auch nicht davon ausgegangen, dass es sich so verhält. Wie Sie sagten, Herr Kemper, das Wetter macht es unmöglich, im Moment hierherzugelangen.«

»Aber was willst du denn damit sagen, Kenjiro? Etwa, dass es einer von uns war?«, rief Alexa von Remsau. Dass sie ihn duzte und damit möglicherweise für Irritationen sorgte, schien ihr egal zu sein.

»Richtig, Alexa. Das ist es, was ich sagen möchte. Der Mörder oder die Mörderin sitzt hier mit uns am Tisch. Daran besteht für mich kein Zweifel.«

Erneut folgte ein erschrockenes Schweigen, und erst nach und nach schien den Gästen die Ungeheuerlichkeit von Takedas Worten bewusst zu werden.

Dann aber begannen sie nach und nach damit, sich gegenseitig zu mustern, und Takeda erkannte Gefühle von Unglauben und Misstrauen, von Wut und auch von Angst.

Wundern konnte ihn das nicht. Im Gegenteil, er fand diese Gefühlslage durchaus angemessen.

Einer der Anwesenden hatte einen Menschen getötet. Doch niemand – auch er selbst nicht – wusste bisher, um wen es sich handelte.

Simone von Kalf überwand ihr Erschrecken und verwandelte sich wieder in die tatkräftige, entscheidungsfreudige Frau, die sie eigentlich war: »Nehmen wir einmal an, Sie haben recht, Herr Takeda. Einer von uns ist ein Mörder. Was schlagen Sie dann vor? Was genau wollen Sie jetzt unternehmen?«

Takeda lächelte. »Das habe ich bereits gesagt. Ich möchte versuchen, den Fall zu lösen.«

»Und Sie sind sicher, dass Sie das können?«

»Es ist mein Beruf. Und ich darf in aller Bescheidenheit sagen, dass ich nicht ganz schlecht darin bin. Meine Antwort lautet daher: Ja, ich kann es.«

Ulrike Vogler mischte sich ein. »Und wenn der Mörder erneut zuschlägt? Ich meine, wenn ihm ein einziges Opfer nicht genügt?«

Ein Raunen setzte ein. Aufgerissene Augen blickten zuerst zu ihr, dann zu Takeda.

Der Inspektor machte eine dämpfende Handbewegung und erklärte mit ruhiger Stimme: »Es lässt sich in der Tat nicht ausschließen, dass der Täter eben das versuchen könnte. Wir werden es aber nicht so weit kommen lassen. Die wichtigste Vorsichtsmaßnahme besteht darin, dass Sie alle sich ab sofort und ohne jede Ausnahme in ein und demselben Raum aufhalten werden. Mein Vorschlag wäre, dass wir uns zu den Mahlzeiten hier im Speisezimmer versammeln und Sie sich ansonsten gemeinsam drüben im Salon aufhalten. Sollte einer von Ihnen sich einmal doch entfernen müssen, um etwa ein Badezimmer aufzusuchen, sollte er es stets in Begleitung zweier anderer Gäste tun. Ich denke, damit können wir sicher sein, dass nichts weiter geschieht.«

»Schön und gut. Aber dennoch, wie soll es weitergehen?«, fragte Peter Kemper mit immer noch missbilligender Stimme. »Oder besser gesagt, wie wollen Sie vorgehen? Was ist Ihr Plan? Ich finde, wir haben ein Recht, das zu wissen.«

»Natürlich, das haben Sie«, erwiderte Takeda. »Ich werde mir zunächst über einige Dinge Klarheit verschaffen, die insbesondere den Ort des Verbrechens betreffen. Dazu benötige ich Ihre Hilfe, Herr Saemann.«

»Meine Hilfe?« Saemann wirkte verunsichert.

»Aber ja. Sie kennen sich am besten im Haus aus, nehme ich doch an?«

»Sicher, das ist richtig.«

»Gut. Um was es genau geht, erkläre ich Ihnen später. Sobald das erledigt ist, werde ich jeden einzelnen von

Ihnen vernehmen. Möglicherweise genügt das schon, um …«

»Nein! Vergessen Sie es!«

Es war Simone von Kalf, die das sagte, oder vielmehr hinausschrie. Zuvor hatte sie flüsternd einige Sätze mit ihrem Mann gewechselt. »Wir bleiben nicht hier, Inspektor. Sie können uns auch nicht dazu zwingen. Sie haben es ja selbst gesagt, einer von denen hier …«, von Kalf zeigte mit dem Finger in die Runde, »… ist ein Mörder. Nein, mein Mann und ich verschwinden, und zwar auf der Stelle. Los, Sascha, hol unsere Sachen. Ich bleibe keine Sekunde länger als nötig unter diesem Dach.«

Das Ehepaar von Kalf erhob sich von seinen Sitzen und bewegte sich in Richtung Tür.

»Ich schließe mich an. Es gibt noch so einige Bücher, die ich schreiben möchte. Ich bin es meinen Lesern schuldig, mich vorher nicht umbringen zu lassen«, verkündete Peter Kemper feierlich. Auch er erhob sich von seinem Platz und ging in Richtung Tür.

Während die meisten in der Runde ihnen stumm nachsahen, lachte Alexa von Remsau auf. »Dann haut doch ab, ihr drei. Aber was das bedeutet, ist klar, oder? Einer von euch war es! Sonst hättet ihr kaum solche Angst davor, dass Takeda sich euch vorknöpft.«

Sie zeigte mit dem Finger auf das Ehepaar von Kalf und Peter Kemper, die gemeinsam an der Tür standen.

Simone von Kalf drehte sich um und sah Alexa feindselig an: »Diese Unverschämtheit nimmst du zurück, du kleines Biest!«

»Warum sollte ich? Schließlich … wenn du nichts zu verbergen hättest, würdest du doch bleiben.«

Kemper hatte sich ebenfalls umgedreht. Mit knurrender Stimme sagte er: »Es gibt noch eine andere Art, sich verdächtig zu machen, Alexa. Nämlich die, andere zu bezichtigen. Jeder hier weiß, dass du deine Tante beerben willst. Das Haus, die Bilder, überhaupt der ganze Krempel … von wegen Blutgeld. Du bist doch ganz scharf darauf, alles in deine Finger zu bekommen. Gib einfach zu, dass du es warst. Dann ersparst du uns allen eine Menge Ärger.«

Erneut setzte lautes Geschrei ein. Jeder zeigte mit dem Finger auf einen anderen, brachte giftige Anschuldigungen und Vorwürfe vor. Worte von Erbschleicherei, Gier und Verlogenheit fielen. Die gerade noch so einträchtige Gruppe verwandelte sich in eine Horde wütender und zutiefst misstrauischer Menschen.

Takeda beobachtete es eine Weile voller Interesse. Bevor die Situation aber endgültig eskalierte und die Gäste womöglich noch handgreiflich wurden, stand er auf und breitete die Arme aus. Mit lauter, ja donnernder Stimme sagte er: »Bitte, meine Herrschaften, beruhigen Sie sich! Das bringt doch nichts, sich gegenseitig zu beschuldigen. Vertrauen Sie mir, ich werde sicherlich schon in den nächsten Stunden erste Ergebnisse …«

Das knallende Geräusch der Außentür, die ins Schloss fiel, unterbrach den Inspektor.

Peter Kemper war zwar entgegen seiner Ankündigung geblieben. Simone und Sascha von Kalf aber hatten tatsächlich das Haus verlassen und sich offenbar nicht einmal die Mühe gemacht, ihr Gepäck zu holen.

28.

Das Türschloss der Detektei ließ sich überraschend leicht öffnen, es war tatsächlich nicht verriegelt gewesen. Da Strube selbst kaum so nachlässig gewesen sein dürfte, die Tür nicht ordentlich zu sichern, vermutete Claudia, dass es der Einbrecher war, der sie unverschlossen zurückgelassen hatte.

Ihr sollte es recht sein.

Sie trat ein und fand sich in einem kleinen Vorraum wieder. Die Einrichtung war übersichtlich: zwei Stühle, ein Beistelltisch mit Zeitschriften, ein Schirmständer. Im Vergleich zu den Zimmern, die sie von außen gesehen hatte, hielt sich das Chaos hier in Grenzen. Ein paar Blätter waren aus den anderen Räumen herübergeweht, dazu lagen Reste von Blumenerde auf dem Boden. Darin zeichneten sich Fußspuren ab.

Claudia betrachtete sie eine Weile. Die Abdrücke waren nicht besonders groß. Eher eine Frau als ein Mann.

Aber das konnte täuschen.

An der hinteren Wand hingen zwei Bilder, die Claudia ein Lächeln entlockten. Es waren japanische Farbholzschnitte, soweit sie das beurteilen konnte – ähnlich wie das, was Takeda am Telefon erwähnt hatte. Sie zeigten Straßenszenen aus dem mittelalterlichen Tokio. Auf dem einen Bild regnete es in Strömen. Menschen in traditioneller Kleidung mit Lackschirmen eilten über eine Brücke. Am Horizont war im Regenschleier der Berg Fuji zu sehen.

Takeda wüsste im Zweifel, wer die Holzschnitte angefertigt hatte. Claudia hatte keine Ahnung. Aber die Bilder gefielen ihr. Sie erinnerten sie an die Tage mit Takeda in Japan. Glückliche Tage.

Hatte Conni Strube sich für Japan interessiert? Sie würde es vermutlich niemals herausfinden.

Claudia streifte sich Latexhandschuhe über, trat dann in den Büroraum, der sich auf der rechten Seite befand.

Ihr war klar, dass die Kollegen der Spusi ihr eigenmächtiges Vorgehen zutiefst verurteilen würden.

Aber was sollte sie machen? Dann hätten sie halt früher kommen müssen. Dennoch würde sie mit ihrem Handy detaillierte Aufnahmen machen, bevor sie etwas veränderte.

Das Durcheinander war noch schlimmer, als es von außen ausgesehen hatte. Wer auch immer hier etwas gesucht hatte, er – oder sie – war akribisch vorgegangen und hatte jede Schublade und jeden Schrank geöffnet. Der Inhalt war dann achtlos auf dem Boden gelandet. Der Raum sah aus, als hätte hier jemand einen Altpapiercontainer ausgekippt.

Claudia untersuchte das Schloss an einem der massiven Aktenschränke, die an der Rückwand des Büros standen. Sicherlich hatte Strube in ihnen vertrauliches Material aufbewahrt. Die Türen der Schränke standen offen, aber genau wie die Eingangstür wiesen die Schlösser keine Beschädigungen auf. Wer immer hier war, musste also auch die Schlüssel zu den Schränken gehabt haben. Vermutlich hatte Strube sie am selben Bund wie den Schlüssel zur Außentür aufbewahrt.

Kampfspuren sah Claudia nicht, auch als sie gezielt danach suchte. Die Möbel waren zwar zum Teil umgeworfen und sogar zertrümmert. Blutspuren aber waren nicht auszumachen. Nirgendwo. Die aber müsste es geben, sollte Strube hier erstochen worden sein.

Die Detektei war also nicht der Tatort.

Claudia schritt langsam durch das Büro, griff wahllos nach einzelnen Ordnern oder Blättern, warf flüchtige Blicke darauf. Es waren Observationsprotokolle, Briefe an Klienten, Rechnungen, Abschlussberichte.

Die einzelnen Blätter folgten keinerlei Ordnung, dafür war das Chaos zu groß. Alle möglichen Vorgänge und Aufträge waren durcheinandergeraten.

Na, vielen Dank auch.

Es würde Tage dauern, die Unterlagen zu sortieren und so einzelne Fälle, die Strube bearbeitet hatte, zu rekonstruieren.

Immerhin konnte Claudia sehen, dass er im Job penibel und präzise vorgegangen war. Die Briefe waren akkurat formatiert und ohne Rechtschreibfehler, die Observationen sauber nach Datum und Uhrzeit protokolliert, die Berichte sorgfältig ausgearbeitet.

Conni Strube war nicht nur wirklich Privatdetektiv gewesen, er schien seine Arbeit auch ernst genommen zu haben.

Wieder eine Facette, die in einem seltsamen Kontrast zu dem Dreck und der Verwahrlosung stand, die Claudia in seinem Privathaus in Stellingen erlebt hatte.

Sie trat an den Schreibtisch, auf dem sich ein Monitor, eine Tastatur und eine Maus befanden. Geräte, die sich an einen Laptop anschließen ließen. Der Rechner selbst jedoch fehlte.

Claudia durchquerte den schmalen Eingangsraum und betrat den zweiten Raum der Detektei. Er war offenbar wirklich als Lager genutzt worden, in dem Strube Papiere aus älteren Aufträgen aufbewahrte. Zerknitterte, zum Teil schon angegilbte Dokumente lagen herum. Dazu allerlei elektronisches Equipment, darunter Bewegungsmelder, Kameras in allen möglichen Größen und Formen bis hin zu winzigen Spycams. Andere Geräte, die ebenfalls verstreut lagen, dienten der akustischen Überwachung. Hinzu kamen GPS-Tracker, Handywanzen, CDs mit Überwachungssoftware für Computer.

All das war nicht illegal. Die Art, wie es verwendet wurde, im Zweifel schon.

War das eine Spur? Hatte Strube im Zuge seiner Ermittlungen verbotene Methoden angewandt und sich auf diese Art Feinde gemacht?

Angesichts der Masse an Überwachungsequipment sprach einiges dafür.

Das wiederum hieß, dass Sauers These – die Claudia selbst ja auch bereits aufgestellt hatte – durchaus zutreffen könnte. Conni Strube war im Zuge eines Auftrages jemandem auf die Füße getreten, sprich: Er hatte im Rahmen einer Observation oder einer anderen Art der Informationsbeschaffung etwas herausgefunden, das derjenige keinesfalls preisgeben wollte. Vielleicht ein Ehebruch, vielleicht eine Unterschlagung, ein Betrug, ein sonstiges Verbrechen. Wen immer er dabei im Visier gehabt hatte, derjenige hatte es gemerkt. Und er hatte nur den Ausweg gesehen, den Privatdetektiv zu töten.

Anschließend war er – oder sie – hergekommen, um sämtliche Beweise zu vernichten.

War ihm das gelungen?

Das würde Claudia herausfinden müssen.

Das hieß, dass sie all die Papiere, die hier herumlagen, erst ordnen und dann sichten musste, in der Hoffnung, auf jemanden zu stoßen, der mit Strubes Tod zu tun hatte.

Noch ein Grund, aus dem Takeda besser zurück nach Hamburg kam. Allein war eine solche Arbeit nicht zu schaffen.

Claudia kehrte in den Büroraum zurück und setzte sich an Strubes Schreibtisch. Sie nahm das kabellose Telefon von der Station und öffnete das Menü mit den Anruflisten. Im Display sah sie die letzten Nummern, die Strube selbst gewählt hatte, wie auch die, die ihn angerufen hatten. Die neueste davon war ihre eigene Dienstnummer.

Natürlich, sie hatte ja am Morgen vom Präsidium aus in der Detektei angerufen.

Eine andere Nummer sah sie ebenfalls nicht zum ersten Mal, und als ihr klar wurde, woher sie sie kannte, erschien ein unfreundliches Lächeln auf ihrem Gesicht.

Jemand hatte sie angelogen.

Claudia blickte auf ihre Uhr. Bis zum Eintreffen der Spusi war noch mehr als genug Zeit. Also machte sie sich an die Arbeit. Sie rief erneut die Liste der abgehenden Anrufe im Display auf und betätigte die Wahlwiederholung.

29.

Takeda trat gemeinsam mit Egbert Saemann vor die Tür des Gutshauses. Sie spannten Schirme auf, verließen den Schutz des Portikus und schritten über die kiesbestreute Auffahrt, die in einem weiten Oval zur Ausfahrt vom Gelände führte.

Im dichten Regenschleier blickten sie sich zu allen Seiten um. Niemand war zu sehen. Saemann erklärte kopfschüttelnd: »Wir sind zu spät, Inspektor. Keine Spur von den von Kalfs. Die sind über alle Berge.«

Takeda, trotz seines Regenschirms bereits durchnässt, wischte sich eine Haarsträhne aus dem Gesicht. Saemann hatte recht. Obwohl Simone und Sascha von Kalf das Haus vor höchstens einer Minute verlassen hatten, war von ihnen nichts mehr zu sehen.

»Simone fährt einen Porsche. Die holen wir nicht ein, Inspektor.«

Takeda wollte zustimmen, stockte dann jedoch und sagte: »Das ist nicht gesagt, Egbert. Ich denke nicht, dass sie mit dem Wagen aufgebrochen sind.«

Der Architekt sah ihn fragend an, und Takeda deutete auf die Reihe der geparkten Autos, die seitlich vom Gutshaus auf einer von Hecken eingesäumten Kiesfläche standen.

Alle Wagen parkten noch dort. Auch der dunkelgrüne Porsche von Simone von Kalf.

»Seltsam. Sind sie etwa zu Fuß aufgebrochen? Aber warum nur, bei dem Wetter?«, murmelte Saemann.

Takeda meinte den Grund für das Verhalten des Ehepaars zu erkennen, war sich aber nicht sicher. »Kommen Sie, Egbert. Sehen wir uns die Sache von Nahem an.«

Gemeinsam gingen sie hinüber zu den Autos, und noch bevor sie den Parkbereich erreichten, stellte Takeda fest, dass ihn seine Augen nicht getrogen hatten. Bei sämtlichen Wagen, auch dem Porsche von Simone von Kalf, waren die Reifen zerstochen. Bei einigen alle vier, bei anderen nur die Vorder- oder Hinterreifen. Das galt auch für seinen eigenen BMW, einem Dienstwagen.

»Das ist nicht gut«, stellte Saemann lapidar fest. »Gar nicht gut.«

»Nein, ist es in der Tat nicht.«

»Ich muss zugeben, dass ich vorhin, als Sie uns sagten, was geschehen ist, nicht unbedingt Angst hatte. Das ändert sich gerade …«

»Darum meine Bitte, möglichst nicht allein zu bleiben.«

»Und auch nicht zu zweit, wie Sie vorhin sagten. Aber genau das tun wir gerade, Inspektor.«

Takeda sah Saemann überrascht an. »Nun, ich darf wohl behaupten, dass ich über jeden Verdacht erhaben bin.«

»Sicher. Aber wer von uns würde das nicht behaupten?«

Der Inspektor nickte mit einem verzagten Lächeln. Er musste sich eingestehen, dass Saemann recht hatte. »Betrachten wir das hier als Ausnahme. Nur zwei Personen. Es lässt sich nicht ändern. Darum kommen Sie, beeilen wir uns. Wenn das Ehepaar von Kalf tatsächlich zu Fuß aufgebrochen ist, besteht die Möglichkeit, dass wir die beiden doch noch einholen.«

Takeda ging schnellen Schrittes durch den Regen. Egbert Saemann, obwohl er bereits die Mitte siebzig überschritten haben musste, folgte ihm dicht auf. Er war trotz seines Alters ein rüstiger Mann, mit offenbar gesunden Knochen.

Sie ließen den Parkplatz und auch die kiesbestreute Auffahrt zurück und folgten dem von riesigen Pfützen bedeckten Zufahrtsweg. Er führte in östlicher Richtung durch den zum Gut gehörigen Wald, setzte sich zwischen den Feldern der Umgebung fort und traf, soweit Takeda sich erinnerte, in etwa zwei Kilometern Entfernung auf die asphaltierte Landstraße.

So weit allerdings mussten er und Saemann nicht gehen. Kurz nachdem sie den bewaldeten Bereich des Gutes erreicht hatten, sahen sie die Konturen von Simone und Sascha von Kalf im Regen.

Die beiden standen scheinbar reglos da. Trotz der schlechten Sicht ließ sich ausmachen, dass ihrer beider Körperhaltung seltsam eingesunken war. Sie schienen um Fassung ringend die Köpfe zu schütteln.

Als sie sie erreichten, erkannte Takeda den Grund für ihre offensichtliche Resignation. Simone und Sascha von Kalf standen vor einem viele Meter breiten, reißenden Strom, der kein Hinüberkommen ermöglichte. Undeutlich ragten aus dem braun verschlammten Wasser einzelne Holzpfähle empor. Sie gehörten zum Geländer der Brücke, die hier eigentlich den schmalen Bach überspannte, der das Gutsgelände begrenzte. Durch den Regen hatte er sich um ein Vielfaches verbreitert, war zu einem wilden Fluss angeschwollen. Takeda überraschte das nicht wirklich, schließlich hatte er es bereits am Morgen aus dem Fenster des Gutshauses beobachtet.

Simone von Kalf, völlig durchnässt, drehte sich zum Inspektor um und sagte mit schwacher Stimme: »Die Autos sind sabotiert, die Straße ist überflutet. Wir haben keinen elektrischen Strom. Das ist ein Alptraum! Ein absoluter Alptraum! Wir werden alle sterben!«

»Bitte, beruhigen Sie sich, Frau von Kalf«, entgegnete Takeda und bemühte sich um eine zuversichtliche Stimme. »Niemand wird sterben.«

»Ach ja? Und was soll das alles dann? Warum zwingt uns jemand, hier zu bleiben? Wir sitzen in der Falle! Das werden Sie ja wohl zugeben.«

»Ich widerspreche Ihnen nicht, dass die Umstände ungewöhnlich und auch beängstigend sind. Aber Ihnen wird nichts geschehen, dafür werde ich sorgen. Bemühen Sie sich doch bitte, die Dinge positiv zu sehen.«

»Positiv? Das ist nicht Ihr Ernst, Inspektor! Die Gräfin ist tot! Wer sagt Ihnen, dass nicht jetzt schon drüben im Haus die nächste Leiche liegt?«

»Glauben Sie mir, es wird nicht so sein. Solange Sie sich an meine Anweisungen halten und sich vor allem niemals allein oder zu zweit bewegen, kann nichts passieren.«

»Blödsinn, Takeda!«, fuhr Sascha von Kalf den Inspektor an. Er rückte dicht an ihn heran, blickte ihm direkt in die Augen. »Simone hat recht. Irgendwer hat einen ganz miesen Plan am Laufen. Machen wir uns nichts vor. Wir sollen abgeschlachtet werden, einer nach dem anderen ...«

»Das denke ich nicht. Denn wenn es so wäre, hätte der Mörder sicherlich bereits in der Nacht ein zweites Mal zugeschlagen.«

»Woher wollen Sie das wissen? Vielleicht macht es ihm ja Spaß, uns zu quälen! Nur darum lässt er sich Zeit.«

Simone von Kalf sagte: »Darum bleibt es dabei, wir müssen hier weg. Wenn Sie, Herr Takeda, wirklich ihre Pflicht erfüllen wollen, sorgen Sie dafür, dass auch alle anderen möglichst schnell in Sicherheit gebracht werden.« Sie wandte sich an ihren Mann, deutete auf das dahinschießende Wasser. »Los, Sascha. Wir versuchen es ... irgendwie kommen wir schon rüber.«

Sascha von Kalf nickte, tat dann einen beherzten Schritt vorwärts in die Flut. Sofort aber begann er mit dem Gleichgewicht zu kämpfen, ruderte mit den Armen. »Scheiße, ist die Strömung heftig! Aber egal, wir schaffen es. Komm, Simone. Nimm meine Hand ... los, nimm sie ...« Seine letzten Worte gingen in einen Schrei über. Er verlor den Halt, stürzte und tauchte im braunen Wasser unter.

Takeda reagierte blitzschnell, war mir drei schnellen Sprüngen ebenfalls im Wasser, wo er von Kalf zu greifen bekam. Er zog den nicht gerade leichten Mann am Kragen in die Höhe und in Richtung Ufer, bis beide wieder festen Boden unter den Füßen hatten.

»Es hat keinen Zweck, Sascha. Bitte, Sie müssen es einsehen«, sagte Takeda atemlos. Er war – genau wie von Kalf – vollkommen durchnässt und zudem mit Matsch und Laub bedeckt.

Sascha von Kalf nickte ermattet. Er wischte sich mit der flachen Hand übers Gesicht, blickte dann zu seiner Frau. »Er hat recht, Simone. Es geht nicht. Wir kommen da nicht durch.«

Simone von Kalf gab ein abschätziges Prusten von sich. »Dann nehmen wir halt einen anderen Weg. Egbert, es muss doch noch andere Möglichkeiten geben, von hier wegzukommen?«

Fragend sah sie den alten Architekten an. Der hob unentschlossen die Schultern. »Es gibt einen alten Feldweg, der in einem großen Bogen um den Wald führt. Er befindet sich auf der anderen Seite des Hauses. Aber da wird es nicht besser sein als hier. Vermatscht und wahrscheinlich auch überflutet. Versuchen können Sie es. Aber wenn ich Sie wäre, würde ich auf den Inspektor hören und hierbleiben.«

»Niemals. Sascha, wir versuchen es.«

Simone von Kalf machte eine auffordernde Handbewegung in Richtung ihres Mannes, legte einige entschlossene Schritte in Richtung des Gutshauses zurück.

Sascha von Kalf jedoch rührte sich nicht.

Als Simone es merkte, drehte sie sich um. »Was ist denn? Na los! Worauf wartest du?«

Er schüttelte den Kopf. »Es hat keinen Zweck, Schatz. Selbst wenn wir es bis zur Straße schaffen sollten. Was dann?«

»Dann halten wir jemanden an. Irgendwer wird uns schon mitnehmen.«

»Bei dem Wetter? Da ist doch niemand unterwegs. Wir würden nur mit klatschnassen Kleidern an der Straße stehen. Du wirst dir eine Erkältung einfangen oder noch schlimmeres.«

»Dann rufen wir halt ein Taxi.«

»Hierher? Mitten auf dem Land? Wach auf, Simone! Das wird nicht klappen. Takeda hat recht. Wir müssen hierbleiben.«

»Du ... Schlappschwanz!«

Ihre Stimme war von Verachtung geprägt, schien ihn aber nicht umstimmen zu können.

»Hör einfach ein einziges Mal auf mich, Simone. Es hat keinen Zweck!«

Der Inspektor nickte Sascha zu, wandte sich dann an Simone von Kalf: »Ich denke, Ihr Mann hat recht. Es ist eine vernünftige Entscheidung. Gehen Sie gemeinsam mit Herrn Saemann zurück zum Haus. Ziehen Sie sich etwas Trockenes an. Sie werden sehen, es besteht keine Gefahr. Alles wird sich aufklären.«

Simone von Kalf wollte etwas erwidern, blieb dann aber doch stumm. Ihr Widerstand war erschöpft, ihr Gesicht wirkte plötzlich kraftlos und ermattet.

Egbert Saemann schloss zu ihr auf, und auch Sascha von Kalf setzte sich in Bewegung. Zu dritt gingen sie weiter in Richtung des Gutshauses.

Einzig Takeda blieb zurück.

Saemann drehte sich um. »Was ist mit Ihnen, Inspektor? Wollen Sie etwa allein hier draußen bleiben?«

»Ich komme in wenigen Minuten nach. Zuvor allerdings muss ich noch eine Sache überprüfen.«

»Soll ich Sie nicht besser begleiten?«

»Das ist nicht nötig. Ihre Hilfe benötige ich erst, wenn ich wieder im Haus bin. Erst einmal gehen Sie bitte gemeinsam mit den beiden zurück.«

»Wie Sie meinen.«

Takeda blickte den drei Gestalten nach, die sich entfernten und bald im grauen Regenvorhang verschwunden waren.

Dann machte auch er sich auf den Rückweg. Allerdings brachte er sich nicht im Haus ins Trockene, sondern umrundete das Gutshaus zunächst in ganzer Länge von außen. Sein Blick blieb dabei auf den Boden gerichtet. Bei dem Regen bestand zwar kaum die Hoffnung, Fußspuren oder auch etwas anderes zu finden. Aber vielleicht …

»Na also.«

Takeda griff in seine Hosentasche, holte ein Taschentuch hervor, das er sich über die Finger legte. Dann bückte er sich und hob einen kleinen Gegenstand auf, der wenige Meter von der Grundmauer des Hauses entfernt in einem Rosenbeet lag.

Er blickte hoch zur Fassade und zählte die Fenster ab, die sich im zweiten Stock oberhalb des Beetes befanden.

»Interessant«, murmelte er, »sehr interessant.«

30.

Die erste Nummer, die Claudia wählte, gehörte zu einem Handy. Sie hörte ein Freizeichen, dann meldete sich eine gehetzt klingende Frauenstimme: »Herr Strube? Sie können mich doch nicht einfach … Ich kann jetzt nicht sprechen. Ich melde mich.«

»Mein Name ist …«

Aufgelegt.

Na, da schien jemand nicht begeistert zu sein, von Strube angerufen zu werden. Nicht ganz verwunderlich, dachte Claudia. Die meisten Menschen dürften die Dienste des Privatdetektivs bei eher heiklen Dingen in Anspruch nehmen. Man konnte sich vorstellen, dass sie von Strube nicht unbedingt in jeder denkbaren Situation angerufen werden wollten.

Claudia übertrug die Nummer auf ein Blatt Papier, machte eine Notiz dazu. Laut der Liste im Telefon hatte Strube das Handy genau vor … Claudia rechnete zurück … neun Tagen angewählt, und zwar abends um kurz nach halb neun. 20:36 Uhr, um genau zu sein. Danach waren keine weiteren Anrufe mehr aus der Detektei getätigt worden.

War das also der Abend, an dem Strube gestorben war? War er an jenem Tag um etwa halb neun aufgebrochen, um seinem Mörder zu begegnen?

Es würde sich mit Angelika Reimanns erster Einschätzung zum Todeszeitpunkt decken und auch mit den Angaben der Mutter.

Die nächsten vier Einträge zeigten immer dieselbe

Nummer. Claudia wählte. Ein Lieferdienst für Pizza und Burger.

Sie hatte die entsprechenden Kartons gesehen, sie lagen irgendwo in dem Chaos um sie herum, begraben unter den übrigen Papieren.

Claudia überlegte, ob sie Hunger hatte und sich ebenfalls etwas kommen lassen sollte. Andererseits, wenn sie es tat und das Essen hier auch noch verputzte, würden die Kollegen der Spurensicherung sie töten.

Oder anzeigen.

Oder zumindest fertigmachen.

War keine gute Idee.

Sie legte auf.

Weiter.

Wieder eine Handynummer. Claudia wählte. Eine Männerstimme meldete sich: »Herr Strube? Endlich rufen Sie an! Ich habe mich schon gefragt, was los ist. Gibt es etwas Neues?«

Claudia räusperte sich. »Mit wem spreche ich bitte?«

Zögern in der Leitung. Dann sagte der Mann irritiert, aber auch verärgert: »Das sollte ich ja wohl Sie fragen. Wer ist überhaupt dran? Sind Sie eine Mitarbeiterin von Strube?«

»Mein Name ist Harms. Ich bin von der Kriminalpolizei. Sie haben einen Anruf von Herrn Strube erwartet?«

Der Mann legte auf.

Claudia starrte auf den Telefonapparat, ihre Stirn zu einem zornigen Faltengebirge verzogen. Mit mir nicht, mein Lieber!

Sie wählte die Nummer erneut, ohne große Hoffnung, dass abgehoben wurde. Sie täuschte sich.

Der Mann meldete sich, fragte mit zögerlicher Stimme: »Verzeihung, ich habe gerade ... ich war erschrocken. Sind Sie wirklich von der Polizei?«

»Ja, bin ich. Wenn Sie möchten, können Sie die Nummer des Präsidiums wählen, die verbinden Sie mit meinem Handy.«

»Schon gut, ich glaube Ihnen ja. Ich verstehe nur nicht, was los ist. Das ist doch Strubes Nummer? Ich kann es auf meinem Display sehen.«

»Das kann ich Ihnen erklären, Herr ...«

»Meine Name ist Härtling.«

»Also, Herr Härtling, ich bin im Büro von Conni Strube, soweit ist das richtig. Den Grund dafür möchte ich Ihnen nur ungern am Telefon erläutern. Können wir uns treffen?«

»Treffen? Aber warum denn?«

Claudia hörte Verunsicherung und wohl auch Angst. »Auch das erkläre ich Ihnen lieber direkt. Es ist wichtig, Herr Härtling.«

»War es denn verboten? Ich habe doch nur ... Strube meinte, dass alles im Rahmen der Gesetze ist. Meine Frau ... ich ... ich wollte doch nur Gewissheit haben.«

Die Sätze gingen in ein verstörtes Stammeln über. Claudia beruhigte den Mann. Er nannte seinen vollständigen Namen, Jürgen Härtling. Sie vereinbarten für den Mittag ein Treffen auf der Straße vor der Firma, in der Härtling arbeitete. Eigentlich hätte er heute, an einem Samstag, zwar keinen Dienst, aber er könne zuhause gut behaupten, dass er etwas im Büro liegen gelassen hätte und daher losmüsse.

Bevor sie auflegte, fragte Claudia: »Sie haben Strube

Ihre Frau überwachen lassen, habe ich Sie da richtig verstanden?«

»Wie gesagt, er meinte, so etwas sei nicht unüblich und auch nicht verboten. Sie hat mich ... Ich war verzweifelt.«

»Bis später, Herr Härtling.«

Die nächste Nummer auf der Liste. Ein Festnetzanschluss und auch hier sprang ein Anrufbeantworter an. Eine lasziv klingende Frauenstimme nannte ihren Namen, Leyla de Fauçon, und erklärte, dass sie gerade nicht an den Apparat gehen könne, sich aber über eine Nachricht freue.

Claudia zögerte. Sollte sie auf den Anrufbeantworter sprechen und sagen, dass sie Polizistin war? Jemand wie diese Leyla würde kaum zurückrufen. Sie beendete die Verbindung.

Claudia konnte sich schon vorstellen, warum die Dame nicht ans Telefon gehen konnte und womit sie gerade beschäftigt war. Leyla de Fauçon ... dachten sich die Frauen vom Gewerbe solche Namen eigentlich selbst aus? Und turnte es die Kunden wirklich an?

Na ja, wahrscheinlich schon. Immerhin klang so etwas wie Leyla de Fauçon verführerischer als Sandra Müller oder Sabine Maier. Wobei Leyla im Zweifel mit echtem Namen sogar so oder so ähnlich hieß ...

Claudia wollte die nächste Nummer wählen, als sie draußen vor dem Fenster eine Bewegung bemerkte. Ein großer Bulli fuhr vor. Das Schlagen von Autotüren. Stimmen.

Die Spusi-Kollegen waren da.

Na endlich.

31.

Nachdem Takeda sich trockene Kleidung angezogen hatte, richtete er sich in der Bibliothek im Erdgeschoss des Gutshauses ein. Sie würde ihm nun als Büro dienen. Oder sollte er eher sagen, als Vernehmungszimmer?

Es war ein altehrwürdiger Raum, dessen Wände von deckenhohen, fest verbauten Bücherregalen eingenommen wurden. Lange Reihen ledergebundener Bände standen darin. Die Titel und Autorennamen waren zumeist noch in altdeutscher Schrift gehalten, für Takeda schwer zu lesen. Er entzifferte Namen wie Goethe und Schiller, Kant und Wieland, Nietzsche und Schopenhauer.

In einem anderen Regal waren zu Takedas Überraschung ebenfalls ehrwürdige, und doch ganz andere Namen zu lesen. Doyle, Hammett, Christie, Chandler. Offenbar hatte Ernestine nicht nur ein Faible für die klassische Literatur und Philosophie gehabt, sondern auch für Kriminalromane.

Wie gerne hätte er mehr Zeit gehabt, mit der alten Dame über ihre Passion zu sprechen. Dazu würde es nun nicht mehr kommen. Ebenfalls hätte er gerne weiter in den Regalen gestöbert und gelesen. Doch es gab Wichtigeres zu tun.

In einem ersten Schritt richtete er den großen, schweren Mahagonischreibtisch so ein, dass er dort die bevorstehenden Befragungen durchführen konnte.

Er legte Papier und Stift zurecht und platzierte einen weiteren Stuhl auf der Besucherseite des Tisches. Er selbst würde in dem antiken, hölzernen Bürosessel Platz nehmen, der zum Schreibtisch gehörte. Ein solch prunkvolles Möbelstück behagte ihm zwar nicht, und bequem war der Sessel auch nicht. In diesem Fall aber könnte es seine Autorität unterstützen, die, wie er bereits nach seiner Ansprache beim Frühstück festgestellt hatte, nicht fraglos hingenommen wurde.

Bevor er nun die Gäste einzeln hereinbat und befragte, erstellte er zunächst gemeinsam mit Egbert Saemann einen Grundriss des Hauses. Der Architekt und langjährige Freund der Familie von Remsau stellte sich wie erwartet als hervorragender Kenner des Gebäudes heraus. Auf mehreren zusammengehefteten Papierbögen zeichneten sie gemeinsam sämtliche Räume, Flure und Treppenläufe ein. Für jedes Stockwerk verwandten sie ein eigenes Blatt. Auch die Wirtschaftsräume im Keller erhielten einen Bogen. Takeda zog anschließend die Skizze des ersten Stocks an sich und betrachtete sie eingehend. Dabei stieß er immer wieder brummende Laute des Nachdenkens aus. Während sich im westlichen Flügel die Privaträume Ernestines befanden, lagen auf der anderen Seite des zentralen Treppenaufgangs die Gästezimmer. Takeda notierte bei jedem Zimmer die Namen desjenigen, der dort übernachtete. Der einzige Name, den er auf dem Bogen mit dem Dachgeschoss notierte, war der von Alexa von Remsau, die dort ein Zimmer bezogen hatte.

Nachdem das erledigt war, nahm Takeda mit den Fingern Maß, blickte dabei mehrfach zum Fenster der Bibliothek hinaus. Schließlich kreuzte er eine Stelle auf der Skizze an, die einem Ort im Garten des Gutshauses entsprach. Dort, wo er seine so interessante wie rätselhafte Entdeckung gemacht hatte.

Saemann, der sich auf dem Besucherstuhl gegenüber des Schreibtisches niederließ, blickte neugierig hinüber. »Dürfte ich wohl erfahren, was Sie eingezeichnet haben, Inspektor?«

»Aber natürlich. Ich habe vorhin, während Sie das Ehepaar von Kalf zurück zum Haus begleiteten, das Gebäude umrundet. Dabei habe ich etwas gefunden, das sich als sehr nützlicher Hinweis erweisen dürfte.«

»Draußen im Garten?«

»Genauer in einem der Rosenbeete.«

»Dürfte ich erfahren, was es ist?«

»Das werden Sie, Egbert, doch nicht sofort. Noch muss ich mir selbst über die Zusammenhänge klar werden.«

»Natürlich, Inspektor, das verstehe ich. Aber wenn es draußen lag ... heißt das etwa, dass der Mörder möglicherweise doch von außen eingedrungen ist?«

»Nein. Das können wir ausschließen. Die Wahrheit ist wohl eher die, dass er etwas loswerden wollte und es daher aus dem Fenster geworfen hat.«

Saemann blickte auf den Plan, wies mit dem Finger auf das Kreuz. »Wenn ich es richtig sehe, ist das nächstgelegene Fenster das von Peter Kemper. Verdächtigen Sie ihn?«

»Ja, das tue ich. Genau wie alle anderen. Sehen Sie, die Fenster des Ehepaars von Kalf sowie das von Frau Vogler sind ebenfalls nicht weit entfernt – zumindest nahe genug, um den Gegenstand dorthin zu entsorgen. Aber sogar das muss nichts heißen. Es gibt viele Möglichkeiten.«

Saemann, offenbar geschmeichelt, weil der Inspektor ihn in seine Überlegungen einbezog, lächelte. »Es könnte eine Finte des Täters sein. Vielleicht hat er das, was Sie fanden, absichtlich dort platziert, um von sich abzulenken.«

»Auch das ist möglich.«

Der Architekt senkte seine Stimme zu einem Flüstern und sagte: »Herr Takeda … Kenjiro, ich weiß, dass es mir nicht zusteht, meinerseits einen Verdacht in dieser schrecklichen Sache zu äußern. Aber da ich besser als Sie mit den Umständen vertraut bin, dürfte ich vielleicht doch?«

Takeda nickte. »Natürlich, Egbert. Sprechen Sie.«

»Dann möchte ich vorschlagen, dass Sie vor allem Alexa auf den Zahn fühlen. Reden Sie mit ihr, setzen Sie sie notfalls unter Druck.«

»Sie glauben, sie hat ihre Tante ermordet?«

Saemann antwortete nicht sofort. Er schien mit sich zu ringen. Dann sagte er mit entschlossener Stimme, wobei er das Flüstern vergaß: »Ja, das glaube ich. Sie lebt in Hamburg, hat aber keinen festen Beruf, hat überhaupt nichts von dem, was man geregelte Verhältnisse nennt. Ich weiß nicht, wovon sie ihre Miete bezahlt. Der gute Kemper hat es vorhin bereits gesagt, und ich denke, dass er recht hat. Alexa ist erpicht darauf, all das hier in Zukunft ihr Eigentum zu nennen.«

»Weil sie es erbt?«

»Natürlich. Jetzt hat sie dafür gesorgt, dass der Erbfall schneller als erwartet eintritt. Glauben Sie mir, ein stärkeres Motiv werden Sie kaum finden.«

Takeda nickte nachdenklich. »Danke für Ihren Hinweis. Ich werde ihn beherzigen. Aber dennoch werde ich zunächst alle Personen im Haus vernehmen, ohne zu schnelle Schlüsse zu ziehen.«

»Das ist vernünftig, Inspektor. Soll ich also den ersten Verdächtigen zu Ihnen bitten?«

Takeda lächelte. »Den zweiten Verdächtigen, müssen Sie sagen. Mit Ihnen, mein lieber Egbert, habe ich schließlich gerade gesprochen.«

Der Architekt blickte Takeda konsterniert an. »Also ... das ist ... ich?«

»Es ist mein Beruf, alles für möglich zu halten und nichts auszuschließen. Nehmen Sie es bitte nicht persönlich.«

Saemann lächelte blass. »Natürlich.«

»Dann bitten Sie jetzt Simone von Kalf zu mir.«

32.

Conni Strube lag rücklings auf einem der metallenen Tische im großen Sektionssaal des Instituts für Rechtsmedizin.

Dickleibig, blass, am ganzen Körper mit Striemen und Brandmalen gezeichnet. Dazu waren die Würgemale am Hals und die wohl tödliche Stichverletzung in der Brust deutlich zu erkennen.

Hinzugekommen war die grobstichige Dreiecksnarbe der Obduktion auf seinem Oberkörper.

Angelika Reimann und einer ihrer Assistenten standen in grünen Ärztekitteln vor dem Sektionstisch. Ihre Handschuhe und ihre Kleidung, besonders die Schürzen, waren blutig verschmiert.

Die Rechtsmedizinerin zog sich die OP-Maske vom Gesicht und schenkte Claudia ein Lächeln. »Ich zieh mich kurz um, dann sprechen wir. In Ordnung?«

»Natürlich.«

»Hier? Oder willst du in mein Büro kommen?«

»Lieber hier. Mich interessieren ein paar Dinge.« Claudia machte eine Kopfbewegung in Richtung der Leiche.

»Natürlich. Ich bin gleich zurück.«

»Wo ist eigentlich Terzian?«

»Im Urlaub.«

»Schön für ihn.«

Reimann lächelte. »Schön für uns alle.«

Claudia wusste, was sie meinte. Professor Ludger Terzian, der Leiter des Instituts, war eine Koryphäe auf seinem Gebiet. Hochintelligent und fleißig. Aber er war auch ein schwieriger Mann, der mit seinen Spleenigkeiten und seinem skurrilen Humor eine Zumutung für seine Mitmenschen sein konnte. Claudia kam zurecht damit. Aber darauf zu verzichten war auch in Ordnung.

Reimann und ihr Mitarbeiter verließen den Sektionssaal, so dass Claudia für eine Weile allein mit dem Toten zurückblieb. Sie war aus Strubes Detektei hierher ins Institut gefahren, nachdem Angelika Reimann sie angerufen und ihr mitgeteilt hatte, dass sie Strube nun untersuchen würde.

Sie trat an den Sektionstisch heran und blickte auf die Leiche, die trotz ihrer Verunstaltungen friedlich wirkte. Was für ein Mensch war Strube gewesen? Claudia fiel es schwer, ein eindeutiges Gefühl zu entwickeln. Sie musste an die Mutter denken, mit der er unter einem Dach gelebt hatte, an das verwahrloste Haus. Strubes Büro stand in einem seltsamen Gegensatz dazu, es wirkte modern und gut organisiert. Der Begriff war angesichts des Chaos, das dort geherrscht hatte, unpassend, und doch war sie sicher, dass er unter normalen Umständen zutreffend gewesen wäre.

Auch die Zimmerpflanzen bildeten einen seltsamen Kontrast. Der Mann kümmerte sich zuhause kaum um seine gehbehinderte Mutter, pflegte in seinem Büro jedoch zahllose Pflanzen.

Ein Mann mit zwei Gesichtern.

Mindestens mit zwei.

Reimann kehrte in den Sektionssaal zurück. Sie hatte die blutverschmierte Schürze durch einen makellos weißen Kittel ersetzt. Sie hielt zwei dampfende Kaffeebecher in der Hand, von denen sie einen Claudia reichte. »Ich bin einfach einmal davon ausgegangen, dass du einen möchtest.«

»Und wie!«

Sie tranken Kaffee, tauschten ein paar Floskeln aus. Dann trat Reimann ihrerseits an den Sektionstisch und erklärte: »Meine Vermutung von gestern hat sich bestätigt. Ein Stich mit einer etwa zehn Zentimeter langen Klinge in die Brust. Herzbeutel und linke Kammer wurden verletzt. Ich denke, dass es schnell ging.«

»Na, immerhin. Was noch?«

»Auffällig ist, dass Strube keine Abwehrverletzungen aufweist. Seine Hände und Arme sind unversehrt. Für einen Messerangriff ist das ungewöhnlich. Es gibt außer der einen tödlichen Verwundung auch keine weiteren Wunden im Brustbereich.«

»Ein einziger Stich also ... und der hat genügt«, stellte Claudia fest.

»Wie gesagt, es ist ungewöhnlich. Ein Täter, der jemanden mit einem Messer angreift, sticht in aller Regel mehr als einmal zu. Dabei dreht sich das Opfer von ihm weg oder hält schützend die Arme nach vorne, es kommt zu weiteren Verletzungen, manche tief, manche nur oberflächlich. Nichts davon findet sich bei Strube.«

»Was schließt du daraus?«

»Schwer zu sagen. Vielleicht hat er geschlafen? Oder er stand unter Drogen? Vielleicht erfolgte der Angriff auch so schnell und überraschend, dass er keine Chance zu einer Abwehr hatte.«

»Drogen? Oder vielleicht K.-o.-Tropfen? Könnte Strube betäubt gewesen sein?«

»Ist eine Möglichkeit. Die Blutanalyse steht noch aus.

Allerdings glaube ich nicht, dass wir etwas finden. Es ist zu lange her. Die gängigen Wirkstoffe, vor allem alle Formen von Barbituraten, bauen sich in kurzer Zeit fast vollständig ab. Aber vielleicht haben wir Glück.«

»Kannst du etwas zum Täter sagen? Du weißt schon, war er groß oder klein, Rechts- oder Linkshänder?«

»Schwierig. Der Stichkanal weist eine leichte Aufwärtsneigung auf.« Reimann ballte die Faust, als hielte sie ein Messer, und führte eine pantomimische Stoßbewegung in Claudias Richtung aus, stach dabei leicht von unten nach oben. »Strube war knapp über ein Meter neunzig groß. Ich würde sagen, der Täter war mindestens einen Kopf kleiner, vielleicht noch mehr.«

»Damit käme auch eine Frau infrage, richtig?«

Claudia dachte an die Fußspuren in Strubes Büro. Sie hatte die Kollegen der Spurensicherung instruiert, sich darum schnellstmöglich zu kümmern, um Klarheit zu haben. Der Einbrecher in dem Büro musste nicht automatisch der Täter – oder die Täterin – sein. Aber es sprach doch einiges dafür.

Angelika Reimann wiegte den Kopf. »Größentechnisch gesehen hast du recht. Es könnte eine Frau sein. Aber angesichts der Art der Tatbegehung glaube ich es eher nicht. Ich muss es dir nicht erklären, oder? Einen Menschen auf die Art zu erstechen, erfordert ein erhebliches Maß an Brutalität. Und auch an Kraft. Selbst bei einer scharfen Klinge muss da schon gehöriger Druck hinter sein, um so tief einzudringen. Zumal Strube ja alles andere als schlank war. Wenn du mich fragst, ich tippe auf einen Mann.«

Oder eine kräftige und sehr entschlossene Frau.

»Was ist mit diesen ganzen Narben und Brandmalen auf seinem Körper?«, fragte Claudia.

»Kann ich dir nicht sagen. Manche sind mehrere Jahre alt, manche nur wenige Wochen. Die runden Male sind Brandverletzungen, ich tippe auf Zigaretten oder Zigarren. Die länglichen Narben sind die Folgen von Schlägen, mit Stöcken, mit Riemen. Vielleicht mit einer Peitsche. Entweder ist Strube über einen längeren Zeitraum gefoltert worden. Oder er ... wie soll ich es sagen ... stand auf Schmerzen. Auf heftige Schmerzen. Es gibt solche Menschen.«

Claudia musste an die Magazine denken, die sie in Strubes Schreibtisch in Stellingen gesehen hatte. Sado-Masochismus. Die harte Variante.

Allerdings waren das nur Bilder. Es sah brutal aus, war aber letztlich eine Inszenierung. Es ging um ein Spiel, nicht darum, Menschen wirklich zu verletzen. Es ging um Dominanz, um Lust, um Schmerz.

Alles jedoch innerhalb gewisser Regeln.

Solche Verletzungen, wie Strube sie aufwies, hatten mit einem Spiel nichts zu tun.

Claudia teilte Reimann ihre Gedanken mit. Die Rechtsmedizinerin stimmte zu, gab dann aber zu bedenken: »Wie gesagt, es gibt auch Menschen, die von Regeln nichts wissen möchten. Die es härter, brutaler, rücksichtsloser wollen. Ich habe in meinen Berufsjahren einiges zu Gesicht bekommen. Glaub mir, es gibt nichts, was es nicht gibt.«

»Gilt das auch für die Würgemale am Hals?«

»Vermutlich schon. Jedenfalls stehen sie nicht in Zusammenhang mit Strubes Tod. Sie sind zwei oder drei Tage älter als die Stichverletzung.«

»Die fast wichtigste Frage. Wie lange liegt sein Tod zurück?«

Reimann lächelte. »Meine erste Schätzung am Tatort war gar nicht schlecht. Mindestens acht Tage, höchstens zehn. Genau festlegen kann ich mich noch nicht, dazu fehlen mir noch einige Analysen.«

Claudia dachte an die Anrufliste in Strubes Telefon. Der letzte Anruf, den der Tote getätigt hatte, war am Donnerstag der Vorwoche erfolgt.

»Dein Tipp ist gut, Angelika. Es könnten neun Tage oder, von heute an gerechnet, zehn Tage sein.«

Reimann nickte. »Sobald die weiteren Laborberichte da sind, melde ich mich.«

»Danke.«

33.

Takeda hatte Egbert Saemann gebeten, Simone von Kalf zu ihm zu bitten. Doch als es kurz darauf an der Tür der Bibliothek klopfte, betrat nicht von Kalf, sondern Ulrike Vogler den Raum.

Die Kunsthistorikerin blickte in Takedas erstauntes Gesicht und erklärte: »Inspektor! Ich weiß, dass ich noch nicht an der Reihe bin. Aber mir ist etwas aufgefallen, von dem ich denke, dass Sie es sich ansehen sollten.«

»Worum handelt es sich?«

»Es geht um das Bild. Sie wissen schon, die Große Welle von Hokusai.«

Takeda lächelte. »Ich habe heute Morgen bereits nachgesehen. Das Bild hängt an der Wand – dort, wo es hingehört. Der Verdacht lag nahe, dass es verschwunden sein könnte, angesichts seines Wertes. Aber offenbar geht es nicht darum.«

»Sie sollten trotzdem mitkommen.«

Voglers Tonfall ließ Takeda aufhorchen. »In Ordnung.«

Er erhob sich und folgte der Kunsthistorikerin auf den Flur. Dort warteten Sascha von Kalf und Peter Kemper. Takeda war kurz irritiert, realisierte dann aber, dass die beiden sich an seine Anweisung gehalten und Vogler begleitet hatten. Die Anwesenden sollten immer mindestens zu dritt bleiben – etwas, das sich wohl nicht immer durchhalten ließ, um das man sich aber dennoch bemühte.

»Sehr gut«, lobte Takeda. »Gehen wir nun gemeinsam zurück in den Salon.«

Die Bibliothek lag am äußeren Ende des Ostflügels von Gut Hohenforst, unterhalb der Gästezimmer. Ebenso gab es hier verschiedene kleinere Räume, die der dekorativen Ausstellung von Familienerbstücken dienten, darunter Überreste des Meißner Porzellans, mit dem Heinrich Carl von Schimmelmann den Grundstock seines legendären Vermögens erwirtschaftet hatte. Daran schloss sich das Speisezimmer an, gefolgt von einem winzigen Garderobenraum. Auf der gegenüberliegenden Seite des Eingangsportals lag der große, zweigeteilte Salon mit dem Kamin im hinteren Bereich. Als der Inspektor nun eintrat, blickten ihm die dort Wartenden – Alexa von Remsau, Egbert Saemann und Simone von Kalf – erwartungsvoll entgegen. Gab es bereits erste Ergebnisse?

Takeda aber schüttelte stumm den Kopf. Man verstand.

Vogler trat mit dem Inspektor vor die tragbare Stellwand, die sie inzwischen wieder in dem vorderen Bereich des Salons platziert hatte. Mit gesenkter Stimme, so dass die anderen Gäste sie nicht hören konnten, erklärte sie: »Ich wollte das Bild, also den Originaldruck, vorhin wieder an die Wand hängen, als ich ... na ja, sehen Sie selbst.«

Takeda betrachtete die Stellwand, an der die vier Exemplare der Großen Welle hingen. Sie waren so arrangiert, dass sie ein Quadrat bildeten, wobei das gerahmte, wertvolle Blatt oben links hing.

Einen Unterschied zu gestern Abend erkannte Takeda nicht, bei keinem einzigen der Drucke. Die Bilder hingen für sein Auge unverändert so da, wie sie es auch gestern getan hatten, als Vogler ihren Vortrag gehalten hatte.

Takeda blickte Vogler fragend an. »Es tut mir leid, aber ich bin nicht sicher, worauf Sie hinauswollen.«

Sie seufzte. »Es ist schief.«

»Es ist schief? Ich befürchte, ich weiß immer noch nicht …«

»Nicht der Rahmen, Inspektor. Das Bild darin. Sehen Sie genau hin. Vergleichen Sie den Horizont auf dem Bild mit der Kante des Passepartouts.«

Tatsächlich erkannte Takeda nun, worauf Vogler hinauswollte. Der Druck war tatsächlich in der Rahmung leicht nach rechts geneigt. Nicht sonderlich deutlich, so dass es nicht unmittelbar ins Auge sprang. Aber doch unverkennbar, wenn man wusste, wonach man suchen musste.

Takeda runzelte die Stirn. »Ich sehe, was Sie meinen. Hat es etwas zu bedeuten?«

»Das weiß ich nicht. Aber eines steht fest. Gestern war das Bild noch tadellos gerade.«

»Sind Sie sicher?«

»Ganz sicher, Inspektor. Ich habe die Rahmung selbst vor einigen Wochen vorgenommen. Glauben Sie mir, ein Kunstwerk von solchem Wert platziere ich nicht schief im Rahmen. Außerdem haben Sie und alle übrigen Gäste es doch gestern eingehend betrachtet. Einem von Ihnen wäre es sicherlich aufgefallen, wenn es nicht korrekt gerahmt gewesen wäre.«

»Sie haben recht.«

»Als ich es vorhin bemerkte, bestand mein erster Verdacht darin, dass das Bild ausgetauscht worden sein könnte. Ich habe es gestern ja erläutert, billige Reproduktionen sind überall für wenig Geld zu kaufen. Und doch sind sie oft nur von Experten von den alten Originaldrucken zu unterscheiden. Ich habe es überprüft. Es gab keinen Austausch. Das hier ist der Originaldruck. Und doch ist er auf einmal schief.«

»Aber was hat es dann zu bedeuten?«

»Ich weiß es nicht, Inspektor. Ich kann es mir nicht erklären.«

»Danke, Frau Vogler. Es ist gut, dass Sie so aufmerksam sind.«

Takeda wartete, bis die Kunsthistorikerin hinüber in den hinteren Teil des Salons gegangen war, wo sie bei den übrigen Gästen Platz nahm.

Er hob den gerahmten Druck von der Stellwand, betrachtete ihn eingehend von allen Seiten und drehte ihn schließlich um. Metallene Spangen drückten eine verstärkte Pappe von hinten gegen den Rahmen. Auf den ersten Blick war nichts Besonderes zu erkennen.

Auf den zweiten hingegen schon.

Doch was hatte es zu bedeuten?

Takeda hängte das Bild zurück an die Stellwand, nickte dabei brummelnd vor sich hin.

Als er die neugierigen Blicke der übrigen Gäste bemerkte, wurde ihm klar, dass er ihnen wohl eine Erklärung schuldig war.

Er aber tat nichts, als sich lächelnd zu verbeugen. Anschließend kehrte er in die Bibliothek zurück.

34.

Jürgen Härtling war ein bieder wirkender Mann von Anfang fünfzig, der bei einer Versicherung arbeitete.

Claudia traf ihn vor dem Firmengebäude im Zentrum Hamburgs, unweit des Dammtorbahnhofs. Gemeinsam gingen sie ein paar Schritte über die Moorweide, eine großzügige Grünanlage, und Härtling berichtete.

Er habe Strube vor etwa einem halben Jahr beauftragt, weil er seine Frau Karin verdächtigte, ihn zu betrügen. Der Detektiv führte daraufhin eine mehrwöchige Observierung durch, gab dann allerdings Entwarnung. Er konnte keine Hinweise darauf finden, dass seine Frau ein außereheliches Verhältnis habe. Härtlings Erleichterung währte jedoch nur kurz, denn erneut erschienen ihm die Anzeichen für einen Betrug überdeutlich. Strube hatte entweder schlampig gearbeitet oder sich von Härtlings Frau austricksen lassen, davon war er überzeugt. Vor Kurzem habe er ihn wieder kontaktiert und verlangt, dass Strube seine Frau erneut überwachte. Der Detektiv versprach es, habe sich dann aber nicht mehr gemeldet.

»Das ist eigentlich alles«, erklärte Härtling. »Als heute Vormittag mein Handy klingelte, dachte ich, er wäre es. Er hätte endlich Neuigkeiten für mich. Doch dann waren Sie dran.«

Claudia seufzte. Sie war sich nicht sicher, was sie sich von dem Gespräch versprochen hatte, aber sie hatte nicht das Gefühl, dass es sie weiterbrachte. Sie bedankte sich bei Härtling und stieg zurück ins Auto.

35.

Takeda empfing Simone von Kalf in der Bibliothek.

Die Bankerin, Ende vierzig, war eine schlanke, resolut wirkende Frau mit einem in langen Berufsjahren gestärkten Selbstbewusstsein. Sie hatte sich, nachdem sie vorhin durchnässt ins Haus zurückgekehrt war, umgezogen. Sie trug ihr Haar nun streng zurückgebunden, war dezent geschminkt und mit einem eleganten zweiteiligen Kostüm bekleidet.

Sie ließ sich in dem Besucherstuhl gegenüber des Schreibtischs nieder, schlug die Beine übereinander und sagte in feststellendem Tonfall: »Ich denke nicht, dass Sie berechtigt sind, das hier zu tun, Herr Takeda.«

»Sie meinen, Vernehmungen durchzuführen?«

»Davon spreche ich.«

Der Inspektor lächelte. »Ich habe heute Morgen mit dem Polizeipräsidium telefoniert und mich vergewissert, dass alles seine Richtigkeit hat.«

»Selbst, wenn ... was würden Sie tun, wenn ich die Aussage verweigere? Mich verhaften und irgendwo hier im Haus einsperren?«

»Das wäre eine Möglichkeit.«

Sie lachte auf. »Nie im Leben. Außerdem würde es mein Mann verhindern, da können Sie sicher sein.«

»Möglich. Vielleicht wäre er aber auch froh, Sie für eine Weile los zu sein. Was denken Sie?«

Ihr stoischer Gesichtsausdruck wankte kurz. »Das ist eine Unverschämtheit, Inspektor. Wie kommen Sie darauf?«

»Ich möchte Ihnen nicht zu nahe treten, Frau von Kalf. Mir ist nur bereits gestern aufgefallen, dass Ihr Verhältnis zu Ihrem Mann nicht sonderlich harmonisch wirkt.«

»Ach? Wie kommen Sie denn darauf?«

Ihr Tonfall war spöttisch, doch Takeda ging nicht darauf ein. »Sie streiten viel. Wenn ich es richtig sehe, haben Sie auch tief in der Nacht eine recht laute Auseinandersetzung gehabt.«

»Und wenn schon! Das hat doch nichts mit dem zu tun, was hier geschehen ist.«

»Dann stimmt es? Sie haben gestritten? Vielleicht so gegen zwei Uhr in der Nacht?«

»Ja, das ist richtig. Aber wir haben uns auch wieder versöhnt.«

»In welcher Form?«

»Was heißt, in welcher Form?«

»Nun, manche Ehepaare finden gerade nach einem Streit sehr eng zusammen. Ich denke, Sie wissen, was ich meine.«

Von Kalf schüttelte irritiert den Kopf. »Fragen Sie mich gerade, ob Sascha und ich gestern Nacht ... ob wir miteinander geschlafen haben?«

»Ja, das ist tatsächlich meine Frage.«

»Ich wüsste nicht, was Sie das angeht.«

»Antworten Sie!«

Takedas Stimme war scharf. Von Kalf wirkte nun doch eingeschüchtert und sagte: »Nein, haben wir nicht. Unsere Stimmung war nicht danach. Aber was soll denn diese Frage nur? Sie haben mich doch nicht hergeholt, um über meine Ehe zu sprechen?«

»Ich spreche nicht über Ihre Ehe. Aber Sie haben recht, beenden wir das Thema.«

Takeda wusste nun, dass es zwar Simone von Kalf war, deren Stimme er im Streit gehört hatte. Das Stöhnen aber, von dem er nicht hatte sagen können, ob es lustvoll oder schmerzhaft gewesen war, stammte nicht von ihr. Es könnte also tatsächlich Ernestine gewesen sein, die er gehört hatte. Der Schmerzenslaut einer Sterbenden. Wann war das gewesen? Nicht allzu lange nach dem Streit des Ehepaares von Kalf, also vielleicht gegen viertel nach zwei Uhr in der Nacht. Wenn sie es war, kannte er nun also den mutmaßlichen Todeszeitpunkt. Kurz darauf hatte Alexa von Remsau sein Zimmer betreten.

Simone von Kalf hüstelte und riss Takeda aus seinen Gedanken. »Können wir das hier bitte schnell hinter uns bringen, Inspektor. Was wollen Sie noch von mir wissen? Aber versprechen Sie sich nicht zu viel. Ich weiß nichts darüber, was in der vergangenen Nacht in diesem Haus passiert ist. Im Übrigen habe ich auch nicht das Geringste damit zu tun.«

»Sicher, Frau von Kalf, das habe ich bisher auch nicht behauptet. Aber gut, dann etwas anderes. Wie ich gestern erfuhr, verwalten Sie das Privatvermögen der Gräfin, richtig?«

»Ja, das ist korrekt. Aber Sie wollen jetzt doch wohl nicht …«

»Möchte ich was nicht?«

»… auf das zurückkommen, was Alexa gestern behauptet hat. Das war nichts als dummes Zeug. Ich arbeite für ein kleines, traditionsreiches Bankhaus, das sorgsam mit dem Vermögen seiner Kunden umgeht. Die Gräfin hatte keinerlei Anlass, sich zu beschweren. Sicher, auch die Bank verdient, aber nur im Rahmen der üblichen Margen. Kein Cent wandert darüber hinaus in meine Tasche, das können Sie gerne nachprüfen. Ich verfüge familienseitig über genügend eigenes Vermögen. Ich habe es nicht nötig, einer alten Dame in die Tasche zu greifen.«

Takeda lächelte. »Davon bin ich ausgegangen, Frau von Kalf.«

»Aber Sie haben doch gerade …«

»Ein Missverständnis. Es ging mir allein darum, dass Sie, wie Sie selbst gerade sagten, mit den Finanzangelegenheiten der Gräfin vertraut sind. Sie können mir sicherlich sagen, ob einer der anwesenden Gäste Zuwendungen von ihr erhalten hat? Oder vielleicht sogar von der Gräfin finanziell abhängig war? Noch entscheidender: Musste jemand befürchten, dass die Gräfin ihm oder ihr ihre Gunst entziehen könnte?«

Der Gesichtsausdruck der Bankerin wurde ernst. Sie schloss kurz die Augen, sagte dann leise: »Ja, es gibt allerdings jemanden, der das befürchten musste.«

36.

Claudia war gerade losgefahren, als ihr Handy klingelte. Die Nummer auf dem Display sagte ihr nichts. Sie nahm das Gespräch über die Freisprechanlage an.

»Harms? Hallo?«

Am anderen Ende der Leitung war ein Schluchzen zu hören. »Ich hab es gerade gehört. Conni ist tot. Ich kann es nicht glauben.«

»Mit wem spreche ich, bitte?«

»Ach so, Entschuldigung.« Claudia hörte ein Räuspern, ein Naseputzen. »Mein Name ist Martina Nowack. Ich und Conni ... wir kannten uns seit Langem.«

Claudia erinnerte sich an den Namen. Martina Nowack. Die Mutter von Strube hatte ihn erwähnt. Sie war die Frau, mit der Conni vor langer Zeit einmal liiert gewesen war. Claudia hatte sie ohnehin kontaktieren wollen.

»Es ist nett, dass Sie sich melden, Frau Nowack. Vermute ich richtig, dass Dagmar Strube Ihnen erzählt hat, was passiert ist?«

»Ja. Sie meinte auch, ich soll Sie anrufen.«

»Das war richtig so. Eine Frage vorweg. Standen Sie und Conni noch in Kontakt? Die Mutter war sich nicht sicher. Sie meinte, dass Ihre Beziehung Jahre zurückliegt.«

»Beziehung ...« Nowack sprach das Wort seufzend aus, und Claudia spürte Enttäuschung, Schmerz, unerfüllte Hoffnung.

»Frau Nowack? Wie war das? Hatten Sie und Conni in jüngster Zeit noch Kontakt?«

»Doch, schon. Er kam ab und zu vorbei. Nicht oft. Immer mal wieder. Wir waren kein Paar mehr, schon seit Jahren nicht. Falls wir es überhaupt jemals waren.«

»Ich möchte mehr über ihn erfahren. Können wir uns treffen?«

»Stimmt es, dass er ermordet wurde?«

»Davon müssen wir leider ausgehen. Gerade deshalb wäre es wichtig, dass Sie mir etwas über ihn erzählen.«

Erneutes Schluchzen und Naseputzen, dann sagte Nowack mit brüchiger Stimme: »Kommen Sie vorbei, ich bin zuhause und warte auf Sie.«

Claudia notierte die Adresse und machte sich auf den Weg. Unterwegs rief sie im Präsidium an. Luisa Schwesig, eine der neu eingestellten Kriminalassistentinnen, nahm das Gespräch an und bestätigte, dass die Spurensicherung mehrere Kartons mit den Unterlagen aus Strubes Detektei vorbeigebracht hatte. Claudia bat Schwesig, die Kisten zu öffnen und damit zu beginnen, die Papiere nach Fällen oder Aufträgen zu ordnen. Es sei eine undankbare Aufgabe, aber unumgänglich. Schwesig versprach, sich sofort an die Arbeit zu machen.

37.

Peter Kemper betrat die Bibliothek, nahm auf dem Besucherstuhl gegenüber von Takeda Platz und strich in einer versonnenen Geste mit der Hand über den antiken Schreibtisch. »Welch ein Zufall, dass Sie ausgerechnet diesen Tisch ausgewählt haben, um Ihre Ermittlungen durchzuführen, Inspektor.«

»Ich verstehe nicht. Wäre ein anderer Tisch geeigneter?«

Kempers hageres Gesicht verzog sich zu einem wehmütigen Lächeln. »Aber nein. Es ist nur so, ich bin seit vielen Jahren Gast in diesem Haus, und nicht wenige meiner Romane sind an eben diesem Tisch und in diesem Raum entstanden. Ich habe mich vom Geist der alten Bücher in den Regalen inspirieren lassen. Haben Sie sich umgesehen? Es sind kostbare Erstausgaben darunter. Bücher von Goethe, von Schiller und anderen großen Denkern und Dichtern. Darunter sind Erstausgaben, die nicht weniger wertvoll sind als der Hokusai, den Ernestine jüngst erworben hat.«

Takeda lächelte. »So gerne ich mich mit Ihnen über Bücher austauschen möchte, ich befürchte, anderes ist wichtiger.«

»Natürlich.«

»Kommen wir also auf Sie zu sprechen …«

Der Autor schien sich geschmeichelt zu fühlen. »Natürlich.«

»Wenn ich richtig informiert bin, haben Sie in diesem Haus nicht nur Ihre Werke geschrieben. Sie hatten zudem das Glück, Ernestine Ihre Mäzenin nennen zu können. Ist das richtig?«

Der sonst so auffällig blasse Autor errötete. »Ernestine war in der Tat immer sehr großzügig.«

»Ich gehe nicht zu weit, wenn ich sage, dass Sie finanziell von ihr abhängig waren?«

Takeda beobachtete Kemper genau, während er aussprach, was er kurz zuvor von Simone von Kalf erfahren hatte. Demnach hatte Kemper über viele Jahre regelmäßige Zuwendungen von der Gräfin erhalten, hatte durchaus auch selbstbewusst danach verlangt. Zuletzt aber war von Remsau nicht länger bereit gewesen, Kemper zu unterstützen, offenbar auch, weil der Autor die Arbeit an neuen Büchern mehr oder weniger eingestellt hatte und ein bequemes Leben auf Kosten der Gräfin führte.

Kempers gerade noch freundliche Züge verhärteten sich. »Abhängig? Nein, so kann man es beim besten Willen nicht ausdrücken. Es gibt ja auch meine Bücher, das dürfen Sie nicht vergessen. Ein Autor lebt in erster Linie von seinen Werken.«

»Sicher. Aber ist es nicht schwierig, allein mit den Tantiemen auszukommen? Zumal Ihre Werke ja nicht gerade als einfach gelten und dementsprechend nicht viele Leser finden?«

»Ich verstehe das als Kompliment, Herr Takeda. Große Werke sind zunächst immer unverstanden geblieben.«

»Was wäre geschehen, wenn die Gräfin ihre Zuwendungen an Sie eingestellt hätte, Herr Kemper? Das hatte sie doch angekündigt, richtig?«

Der Autor riss die Augen auf und sprang in einer theatralische Geste von seinem Stuhl auf. »Wollen Sie etwa unterstellen, dass ich es war? Dass ich sie getötet habe? Diese so herzensgute Frau? Eine Gönnerin, die der Kunst zugewandt war? Wie können Sie es wagen!«

»Setzen Sie sich, Herr Kemper, und beantworten Sie meine Frage. Hat Ernestine Ihnen angedroht, ihre Unterstützung einzustellen? Und wenn ja, wie haben Sie darauf reagiert? Immerhin drohte Ihnen der finanzielle Ruin. Leugnen Sie es bitte nicht. Ich weiß, dass es so ist.«

Kemper blickte auf Takedas Finger, die wie zufällig auf dem Kreuz zu liegen kamen, das er auf der Skizze vor dem Haus eingezeichnet hatte. Er nahm wieder Platz, erholte sich von seinem Ausbruch und sagte schließlich mit leiser Stimme: »Also schön. Ich sage Ihnen, wer Ernestine getötet hat, Inspektor. Ich habe den Täter nämlich gesehen.«

38.

Martina Nowack begrüßte Claudia an der Tür ihrer Einzimmerwohnung im Zentrum des Stadtteils Bramfeld. Es war ein Mehrparteienhaus, das direkt an einer vierspurigen Straße lag.

Nowack war eine schlanke Frau mit großen Augen und langen, aschblonden Haaren – Zutaten, die sich zu so etwas wie Schönheit fügen könnten. Aber so war es nicht. Nichts passte richtig zusammen, ihre Haut war schlecht, ihr Haar fettig, der Blick traurig.

Sie setzten sich an einen winzigen Tisch vor einer Kochnische, und Nowack begann ohne Aufforderung zu sprechen. »Conni war ein kluger Mensch. Mehr noch, er wusste einfach alles. Aber er konnte nichts daraus machen. Er stand sich selbst im Weg. Noch schlimmer war seine Mutter. Sie hat ihn erstickt.«

»Ich habe sie kennengelernt.«

»Dann wissen Sie, was ich meine.«

Claudia schwieg und wartete ab. Nowack fuhr fort. »Unsere erste Zeit war schön. Er war so fürsorglich. Und zärtlich. Überhaupt, Conni war ein lieber Mann. Er wollte immer, dass ich glücklich bin. Ich habe mich bei ihm beschützt gefühlt. Aber dann war er oft für Tage oder Wochen verschwunden, ohne mir zu sagen, wo er steckt.«

»Sie wissen, was er beruflich gemacht hat?«

»Natürlich. Er war Detektiv. Die Leute können sich das immer nicht vorstellen, es klingt zu sehr nach Fernsehen. Aber irgendwer muss es ja machen.«

Claudia lächelte. »Hat er Ihnen von seinen Fällen erzählt? Gerade in jüngster Zeit? Wann haben Sie überhaupt zuletzt mit ihm gesprochen?«

»Letzte Woche. Er war kurz hier.«

»Wann genau? Wissen Sie das noch?«

»Dienstag oder Mittwoch, ich bin mir nicht sicher.«

»Hat er erwähnt, woran er gerade arbeitete?«

»Nicht wirklich.«

»Nicht wirklich? Was heißt das?«

»Ich kenne Conni gut. Besser als jeder andere. Er hatte Ärger, so viel kann ich sagen. Ich konnte es spüren. Aber was genau los war, das weiß ich nicht.«

»Hat er eine Andeutung gemacht oder vielleicht einen Namen erwähnt? Irgendetwas, das mir weiterhelfen könnte? Frau Nowack?«

Die Frau schien auf einmal in Gedanken versunken. Dann stand sie in einer jähen Bewegung auf, trat an ein Sideboard und zog eine Schublade auf. Sie nahm etwas heraus und reichte es Claudia.

Es war ein Umschlag. Claudia öffnete ihn und sah ein Bündel Geldscheine darin. Fünfziger. Hunderter. »Das ist eine Menge Geld, Frau Nowack.«

»Fünftausend Euro. Jetzt ein bisschen weniger. Ich habe schon etwas rausgenommen.«

»Conni hat Ihnen das Geld gegeben?«

Sie nickte. »Ich soll mir etwas davon gönnen, meinte er.«

»Woher hatte er das Geld?«

Sie zögerte. »Weiß ich nicht.«

Claudia sah sie prüfend an. »Wirklich nicht?«

Erneutes Zögern. »Nein. Es war nicht das erste Mal, dass er mir etwas gab. Es war seine Art, mir zu zeigen, dass ich ihm immer noch wichtig bin. Denken Sie, dass ich es behalten darf?«

Claudia hob den Blick. Das kleine Zimmer. Die bedrückende Einsamkeit der Frau.

»Das kann ich Ihnen im Moment nicht sagen. Wenn ich Sie wäre, würde ich es ausgeben.«

Martina Nowack sah verzweifelt und dankbar zugleich aus. Claudia verabschiedete sich, kündigte aber an, dass sie höchstwahrscheinlich ein zweites Mal kommen würde.

39.

»Sie wissen, wer Ernestine getötet hat, Herr Kemper? Sind Sie sicher?«

Takeda sah den Schriftsteller prüfend an. Er war alles andere als überzeugt.

Kempers Gesicht nahm einen pfiffigen Ausdruck an, den Takeda als denkbar unpassend empfand. Es ging hier nicht um ein Spiel. Aber genau das schien der Autor zu glauben.

»Sagen wir es so, jemand hat mitten in der Nacht das Haus verlassen und ist etwa eine Viertelstunde später wieder hereingekommen. Obwohl es in Strömen regnete. Das sagt doch alles, oder?«

»In der Nacht vor die Tür zu gehen ist kein Verbrechen. Egal, wie das Wetter ist.«

Der selbstgewisse Ausdruck in Kempers Gesicht verstärkte sich. Er deutete auf die Skizze, die vor dem Inspektor auf dem Tisch lag. »Irgendetwas scheint dort draußen Ihr Interesse geweckt zu haben, Inspektor. Warum sonst hätten Sie an jener Stelle ein Kreuz gemacht? Sehen Sie! Ich weiß nicht, was es ist. Vielleicht hat der Täter dort die Tatwaffe vergraben?«

»Wen haben Sie gesehen, Herr Kemper?«

»Alexa. Sie war es! Ich habe es schon heute Morgen gesagt. Sie hat ihre Tante ermordet. Weil es sie zu einer schwerreichen Frau macht.«

Takeda war froh, dass Peter Kemper hochliterarische Werke verfasste und keine Kriminalromane. Die Schlussfolgerungen, die er zog, erschienen ihm alles andere als plausibel. »Ich bin nicht sicher, ob ich Ihren Gedankengang teile, Herr Kemper. Sicherlich wird es interessant sein, zu erfahren, warum Frau von Remsau in der Nacht hinaus in den Regen gegangen ist. Aber es macht sie nicht zwingend zu einer Mörderin. Und was das Erbe angeht, so ist es alles andere als ein überzeugendes Motiv. Immerhin war die Gräfin eine hochbetagte Frau. Alexa hätte vermutlich ... Ernestine möge mir verzeihen, dass ich es so sage ... ohnehin in nicht allzu ferner Zukunft alles bekommen. Ein Mord? Nur um die Dinge um Monate oder höchstens einige Jahre zu beschleunigen?«

»Menschen tun so etwas«, sagte Kemper. »Sie war es. Glauben Sie mir.«

Takeda sog zischend die Luft zwischen den Zähnen ein, schien dabei angestrengt über das Gehörte nachzudenken. Schließlich sagte er: »Also schön. Dann schildern Sie mir Ihre Beobachtungen von vergangener Nacht noch einmal in allen Details. Wo waren Sie? Und was haben Sie zu welchem Zeitpunkt gesehen?«

Kemper lächelte zufrieden, offenbar der Meinung, dass Takeda ihm nun doch glaubte. »Es war gegen halb vier, als ich noch einmal nach unten in den Salon gegangen bin. Die Schlaflosigkeit plagt mich seit vielen Jahren. Ich will mich nicht beklagen, es ist das Schicksal kreativer Geister, in den Nächten zu wachen. Die unentwegte Auseinandersetzung mit der Welt lässt Menschen wie mich einfach nicht zur Ruhe finden. Ich wollte mir unten im Salon einen weiteren Schlummertrunk gönnen. Als ich ins Erdgeschoss kam, meinte ich zu hören, wie die Außentür ins Schloss fiel. Ich fand es seltsam und fragte mich, wer auf die Idee kommen könnte, um die Uhrzeit nach draußen zu gehen. Aber vielleicht hatte ich mich ja auch getäuscht. Ich setzte mich daraufhin eine Weile in den Salon.«

»Wie lange genau?«

»Vielleicht zehn Minuten oder eine Viertelstunde. Dann hörte ich die Tür ein zweites Mal. Diesmal war jemand hereingekommen, der die Tür von innen wieder verschloss. Ich bin aufgestanden, um nachzusehen. Als ich in die Diele kam, sah ich gerade noch, wie Alexa die große Treppe nach oben ging.«

»Sie sind sicher, dass sie es war?«

»Aber ja. Sie trug zwar einen Regenmantel und hatte immer noch die Kapuze auf, aber sie war es.«

»Was macht Sie so sicher?«

Kemper lachte. Er fasste nach einer seiner langen Haarsträhnen und rollte sie um den eigenen Finger. »Die Locken. Sie guckten unter der Kapuze hervor.«

Takeda nickte nachdenklich. Wenn seine eigenen Schlussfolgerungen stimmten und er tatsächlich Ernestines Todesseufzer gehört hatte, dann war die Gräfin um diese Uhrzeit bereits seit über einer Stunde tot. Alexa wiederum hatte gegen drei Uhr sein Zimmer verlassen, angeblich um auf direktem Weg ins Bett zu gehen. Das zumindest hätte sie, wenn Kempers Beobachtung der Wahrheit entsprach, nicht getan. Dann wäre sie etwa eine halbe Stunde später immer noch wach gewesen und hätte sogar das Haus verlassen.

Aber warum?

Um wirklich ein Beweismittel zu entsorgen? Wenn es so wäre, hätte sie es allerdings auf denkbar stümperhafte Art getan.

Nein, so ergab das Ganze keinen Sinn. Die einzelnen

Teile fügten sich nicht zusammen, sie ergaben kein stimmiges Bild.

»Ich habe eine Bitte an Sie, Herr Kemper. Eigentlich sogar zwei.«

»Natürlich, Inspektor. Was kann ich für Sie tun?« Kemper schien davon auszugehen, dass die Dinge, die Takeda vorhin vorgebracht hatte, allen voran die endenden Zahlungen der Gräfin an ihn, keine Rolle mehr spielten. Er war nun ein Helfer bei den Ermittlungen.

»Erstens möchte ich, dass Sie mit niemandem über Ihre Beobachtung sprechen. Es ist wichtig, möglicherweise sogar entscheidend, dass sich dieses Wissen nicht verbreitet.«

Kemper lächelte geschmeichelt. »Sie können sich auf mich verlassen. Und zweitens?«

»Sagen Sie Ulrike Vogler, dass ich als Nächstes mit ihr sprechen möchte.«

»Mit der Vogler? Warum nicht mit Alexa? Ich meine, ich habe Ihnen doch gerade erklärt, was ich gesehen habe.«

Takeda wickelte sich seinerseits eine Haarsträhne um den Finger, so wie es Kemper vorhin getan hatte. »Alexa ist nicht die einzige Dame im Haus, die ihr Haar lockig trägt.«

»Das schon, aber die Vogler ist schwarzhaarig.«

»Sie sagten, die Locken, die sie sahen, hätten aus der Kapuze hervorgelugt. Draußen hat es geregnet. Sagen Sie es mir – welche Farbe hatte das Haar, das Sie gesehen haben?«

»Es war dunkel.«

»Daher bitte Frau Vogler«, erklärte Takeda.

40.

Claudia verließ die Wohnung von Martina Nowack und trat auf die Straße. Ihr war kalt, und sie legte sich die Hände um den Körper und rieb ihre Oberarme. Es konnte kaum an den Temperaturen im Freien liegen, denn trotz des Unwetters war es warm.

Es war die Verlorenheit dieser Frau, ihre Hoffnungslosigkeit, die Claudia frösteln ließen.

Sie ging durch den Regen zu ihrem Auto, überlegte es sich im letzten Moment anders und überquerte an einer nahegelegenen Ampel die vierspurige Straße.

Nur wenige Meter entfernt lag ein Eiscafé. Das Lokal hatte eine große Terrasse, die wegen des schlechten Wetters menschenleer war.

Claudia betrat das Innere des Lokals und fand einen kleinen Tisch in der Ecke. Sie bestellte einen heißen Kakao mit Schlagsahne.

Sie genoss ihn mit geschlossenen Augen.

Kurze Ferien.

Kurzes Vergessen.

Dann sprangen ihre Gedanken wieder an.

Sie fragte sich, wie viel ein Privatdetektiv wohl verdiente. Genug, um seiner Ex-Freundin mal eben fünftausend Euro zu schenken? Und das nicht zum ersten Mal, sondern immer mal wieder?

41.

Takeda und Ulrike Vogler saßen sich am Schreibtisch in der Bibliothek gegenüber. Auf dem Tisch lagen die Grundrisse des Hauses, versehen mit den Namen in den jeweiligen Gästezimmern und der Markierung im Bereich des Gartens. Takeda hatte zu einigen der Namen weitere Notizen hinzugefügt, die meisten allerdings auf Japanisch. Vogler betrachtete die Skizze und offenbar auch Takedas handschriftliche Zusätze.

»Können Sie lesen, was ich geschrieben habe?«, fragte er.

Sie lachte auf. »Leider nicht. Ich habe zwar vor vielen Jahren als Studentin ein wenig Japanisch gelernt. Aber sehr weit bin ich nicht gekommen. Zweitausend Schriftzeichen auswendig lernen? Ich weiß nicht, wie ein Mensch das bewerkstelligen soll.«

»Über hundert Millionen Japaner schaffen es. Denken Sie vielleicht, dass wir keine Menschen sind?«

»Man könnte Zweifel haben, angesichts solcher Leistungen.«

Sie lachten gemeinsam, doch dann wurde Takeda schlagartig ernst. Er sah die Kunsthistorikerin aufmerksam an. »Beschreiben Sie bitte Ihr Verhältnis zur verstorbenen Gräfin, Frau Vogler.«

»Mein Verhältnis?«

»Das sagt man doch so, oder? Wie standen Sie zueinander? Mochten Sie die alte Dame? Was denken Sie, hat sie über Sie gedacht? All so etwas …«

»Also, in erster Linie war sie meine Chefin. Insofern

ging es nicht wirklich darum, was ich über sie dachte oder ob ich sie mochte. Wir hatten ein Arbeitsverhältnis.«

»Sie leiten Ernestines Kunsthandlung in Hamburg, ist das richtig?«

»Ja. Ich bin die Geschäftsführerin.«

»Zugleich sind Sie auch Kunstsachverständige und für den Einkauf und die Bewertung der Objekte zuständig. Kann ein Mensch das bewerkstelligen?«

Vogler lächelte, wirkte dabei jedoch nicht fröhlich. »Das ist eine gute Frage. Und die Antwort lautet Nein. Eigentlich ist das nicht zu schaffen. Aber Ernestine war nicht bereit, zwei getrennte Stellen zu finanzieren. Ich hätte mich gerne mehr um die Kunst gekümmert, musste meine Zeit aber vorwiegend dem Verkauf und der Kundenpflege widmen.«

»Damit nicht genug. Gestern Abend hat sie von Ihnen sogar verlangt, das Geschirr abzuräumen und die Küche zu säubern. Keine Tätigkeiten für eine Geschäftsführerin oder eine Doktorin der Kunstgeschichte, richtig?«

Vogler winkte ab. »Wer für Ernestine arbeitete, musste mit so etwas rechnen. Zuständigkeiten haben sie nicht interessiert. Zumutbarkeiten auch nicht. Wenn sie jemandem etwas auftrug, erledigte man es besser. Oder man arbeitete nicht länger für sie.«

Takeda machte sich erneut einige Notizen, spürte dabei Voglers neugierige Blicke.

Neugierig. Und angespannt.

Ohne zu ihr aufzusehen, fragte er: »Haben Sie Ernestine von Remsau gehasst, Frau Vogler?«

Die Kunsthistorikerin zuckte zusammen. »Gehasst? Wie können Sie mich das fragen?«

»Ich kann. Das genügt. Wie ist es also? Haben Sie?«

Vogler antwortete erst nach einer langen Pause, und als sie schließlich sprach, klang ihre Stimme erschöpft. »Es ist nicht so einfach zu beantworten, Herr Takeda. Ernestine war eine Frau mit vielen Gesichtern. Sie selbst haben sie sicherlich als warmherzige, zugewandte Person erlebt. Das war sie tatsächlich. Aber gegenüber denjenigen, die für sie gearbeitet haben, galt das nicht unbedingt. Sie konnte hart sein. Fordernd. Herrisch. Unbarmherzig. Sie hat keinen Widerspruch geduldet. Vielleicht ist es die Familie. Das Echo der Vergangenheit ...«

»Was meinen Sie?«

»Sie wissen es. Die Familie von Remsau hatte Sklaven. Nicht nur in der Karibik. Ein Herrenhaus wie dieses hat eine sogenannte Grundherrschaft ausgeübt. Die Bauern, die hier lebten, waren hörig. Es waren Leibeigene, die ihren Herren auf Gedeih und Verderb ausgeliefert waren, und das über Jahrhunderte. Hier im Salon wurde fein gespeist, während die Menschen draußen im Zweifel verhungerten. So etwas prägt, auch nach vielen Generationen noch, glauben Sie nicht?«

»Das tut es wohl.« Takeda nickte nachdenklich. »Aber Sie haben meine Frage nicht beantwortet.«

»Ob ich sie gehasst habe?«

Takeda nickte erneut, und Vogler sagte: »Es gab Momente, in denen ich das getan habe. Sogar solche, in denen ich ihr den Tod gewünscht habe. Aber ich habe sie nicht umgebracht. Es wäre auch schön dumm von mir. Ich würde mich selbst arbeitslos machen.«

»Natürlich. Nun etwas anderes: Waren Sie in der Nacht noch einmal draußen im Freien?«

»Draußen? Bei dem Wetter? Bestimmt nicht!«

Takeda sah sie prüfend an. Ihr Erstaunen über seine Frage schien echt zu sein.

Er entließ sie, doch als Vogler schon an der Tür war, hielt er sie noch einmal zurück.

»Ach, dürfte ich Sie noch um einen Gefallen bitten. Könnten Sie wohl einen der Sessel aus der Zimmerecke holen und hier vor den Schreibtisch stellen?«

»Wie bitte?«

»Einen der Sessel. Ich möchte, dass man es bequem hat, wenn man mit mir redet.«

»Natürlich.«

Vogler trat in die Zimmerecke, beugte sich hinab, hob einen der schweren Lesesessel in die Höhe und trug ihn durch den Raum.

Obwohl sie eine schlanke Person war, tat sie es ohne allzu große Mühe. Während sie den Sessel trug, warf sie mit einer Kopfbewegung ihre langen Locken zurück. Takeda registrierte es mit einem nachdenklichen Blick.

42.

Claudia fuhr in den Westen der Hansestadt, nach Othmarschen, einem der sogenannten Elbvororte.

Dort wohnte Ilona Miersch, die Frau, die Claudia aus der Detektei anzurufen versucht hatte und die nach zwei Sätzen wieder aufgelegt hatte. Bei einem erneuten Versuch, den sie noch aus der Eisdiele unternahm, war Miersch in der Leitung geblieben, und sie hatten ein Treffen vereinbart.

Claudia lenkte ihren Peugeot die Elbchaussee hinunter. Auf der linken Seite lagen die Anwesen der Hamburger Milliardäre, dahinter das silberne Band der Elbe. Obwohl, silbern? An einem Regentag wie diesem war es eher braun und trostlos.

Auf der anderen, rechten Straßenseite war es nicht ganz so protzig, aber auch schon recht komfortabel.

Dasselbe galt für die Autos auf der Straße. Ihr Kleinwagen war in dieser Gegend ein Fremdkörper zwischen all den Sportwagen und SUV. Nicht wenige Modelle waren richtige, große Geländewagen. Die Sorte, mit der man in Afrika auf Safari fuhr. Inklusive Kanistern auf dem Dach und Schlammspritzern an der Seite. Keine Ahnung, ob ihre Besitzer wirklich damit in der Serengeti unterwegs waren. Oder ob es Werkstätten gab, die die Wagen absichtlich in einen solchen Zustand brachten. Sozusagen umgekehrte Waschanlagen. Dreckanlagen.

Claudia wollte es nicht ausschließen.

In Höhe des Jenischparks bog sie ab und erreichte eine schmale, baumbestandene Wohnstraße. Die Gärten waren so groß, dass man die Villen darin von der Straße kaum sehen konnte.

Claudia parkte, klingelte dann an einer Gartenpforte. Sie folgte einem schmalen Fußweg bis zu einem raffiniert gestalteten Architektenhaus. Weiße Fassade, bis zum Boden gezogenes Dach, ebenfalls ein riesiger Garten.

Sie dachte an die Einzimmerwohnung von Martina Nowack.

Hamburg. Oben und Unten.

43.

Sascha von Kalf ließ sich auf den Vernehmungsstuhl fallen, knetete seine Fäuste und ließ dabei die Knöchel knacken. Er grinste Takeda an und erklärte: »Sie gehen die Sache völlig falsch an, Inspektor.«

»Tatsächlich?«

»Ich erkläre Ihnen, wie Sie schneller ans Ziel kommen. Ist ganz einfach. Wir hängen die alte Ziege wieder an ihren Galgen, und dann sperren wir die ganze Sippschaft zusammen mit ihr ins Schlafzimmer. Egal, wer sie abgemurkst hat, es dauert keine Stunde und der Täter gesteht. So etwas hält keiner durch. Und wenn doch, könnte man es ihm trotzdem am Gesicht ablesen.«

»Eine brillante Idee, Sascha. Schade, dass Sie sie mir nicht früher mitgeteilt haben. Nun habe ich schon mit den meisten der Anwesenden gesprochen.«

»Was soll's. Aber nächstes Mal wissen Sie Bescheid. Wenn nicht, fragen Sie einfach mich.«

»Das werde ich. Übrigens konnte ich heute Morgen, als Sie mir beim Abhängen der Toten behilflich waren, in Ihrem Gesicht auch etwas ablesen.«

»Ach ja? Was denn?« Von Kalf wirkte plötzlich verunsichert.

»Sie jedenfalls haben die Gräfin nicht getötet. Ich hatte Sorge, dass Sie in Ohnmacht fallen.«

»Ich? In Ohnmacht fallen? Wegen einer toten Oma? Blödsinn!«

»Dann täusche ich mich? Und Sie haben sie vielleicht doch …?«

Erst jetzt verstand von Kalf, worauf Takeda hinauswollte. Er hob abwehrend die Hände. »Unsinn! Natürlich war ich es nicht. Obwohl Sie schon recht haben, ich wäre ein heißer Kandidat.«

Takeda blickte ihn verwundert an. »Ein heißer Kandidat? Sie meinen dafür, der Täter zu sein? Das müssen Sie mir erklären.«

»Ist doch logisch. Weil, mal ehrlich, welchem von diesen Schlappschwänzen da draußen trauen Sie ernsthaft zu, eine alte Frau erst zu betäuben und dann an die Decke zu hängen? Schwer war sie zwar nicht. Aber so ganz leicht auch wieder nicht. Man muss es schon hier haben ...«

Von Kalf winkelte den Arm an und ließ seinen beeindruckenden Bizeps anwachsen. Dazu grinste er selbstbewusst.

Takeda deutete eine Verbeugung an. »An Ihnen ist ein Polizist verloren gegangen, Sascha. Ihre Kombinationsgabe ist beeindruckend.«

»Freut mich, dass Sie das so sehen, Inspektor. Zeigt, dass Sie doch nicht so blöd sind, wie ich zuerst dachte. Sie begehen nicht den gleichen Fehler wie die meisten Leute. Die unterschätzen mich. Viele Muskeln heißt für die automatisch wenig Hirn. Sogar meine Frau glaubt das. Stimmt aber nicht.«

»Völliger Unsinn«, pflichtete Takeda bei. »Sie und Ihre Frau haben sich gestern Abend früh zurückgezogen. Hat einer von Ihnen danach noch einmal das Zimmer verlassen?«

»Klar. Wir haben ja kein eigenes Bad. Ich war zweimal auf'm Klo. Simone auch.«

»Das war dann aber sicherlich immer nur für kurze Zeit?«

»Logisch. Wie lange dauert es schon, eine Stange Wasser wegzustellen? Nicht lange.«

»Eine Stange Wasser?«, fragte Takeda irritiert.

»Pissen, Takeda. Uri-nie-ren … Sie verstehen? Jedenfalls hat's nicht länger als eine Minute oder zwei Minuten gedauert.«

»Was ist mit Ihrer Frau? Könnte es sein, dass sie länger draußen war, als Sie schon geschlafen haben?«

Von Kalf sah ihn befremdet an. »Sie verdächtigen doch wohl nicht Simone? Vergessen Sie es. Die erleichtert Leute vielleicht um ihr Geld. Bankerin, halt … Aber sonst tut die keiner Fliege was zuleide, das können Sie mir glauben.«

»Es beantwortet nicht meine Frage.«

»Schon gut. Sie war nicht mehr draußen und schon gar nicht für länger. Ich weiß das, weil ich bis morgens kein Auge zugemacht habe. Wir haben uns in der Nacht gestritten. So richtig auf die fiese Tour. Simone hat mal wieder ganz schön auf mir rumgehackt.«

»Sagten Sie nicht, sie tut keiner …«

»Bin ich eine Fliege, Inspektor? Na also. Sie kapieren das nicht. Die liebt mich, aber sie blickt trotzdem auf mich herab. So sind die Adeligen, die halten sich für etwas Besseres. Gestern Nacht war es mal wieder so weit. Was hat sie mir nicht alles an den Kopf geknallt … an Schlaf war für mich danach nicht zu denken. Sie dagegen hat neben mir gelegen und geratzt wie ein Baby.«

Takeda dachte kurz über das Gehörte nach. »In Ordnung, Sascha. Sie haben mir weitergeholfen.«

»Jederzeit wieder, Inspektor. Und wenn Sie wissen, wer es war, helfe ich Ihnen gerne noch einmal. Dann aber nicht beim Abhängen, sondern beim Aufhängen. Ist nämlich meine Meinung. Für Mörder gibt's den Strick. Dann müssen wir sie nicht jahrelang im Knast durchfüttern. Sie verstehen?«

»Ja, ich verstehe.«

44.

Ilona Miersch war vielleicht Mitte vierzig. Schlank, sportlich, Pagenschnitt. Eine Marlene-Hose, ein seidig glänzendes Top, darüber ein Bolerojäckchen.

Die Frau war apart und ausgesprochen hübsch. Männer würden sie vermutlich aufregend nennen.

Claudia sah ihre abgekauten Fingernägel, die dunklen Ringe unter den Augen, die Getriebenheit im Blick.

Sie würde andere Worte für diese Frau wählen.

Miersch führte sie in ein großzügiges Wohnzimmer mit Blick auf den perfekt gestylten Garten. Claudia erkundigte sich nach Conni Strube, und die Hausherrin erläuterte, dass sie und ihr Mann den Detektiv engagiert hatten, um ihren siebzehnjährigen Sohn Luca zu überwachen.

Claudia rang kurz um Fassung. Eine Mutter beauftragt einen Privatdetektiv, um ihren eigenen Sohn ausspionieren zu lassen?

Um Himmels willen, warum?

Miersch gab sich selbstbewusst, meinte, dass so etwas nicht unüblich sei, jedenfalls nicht in ihren Kreisen. Luca habe sich innerhalb kurzer Zeit verändert, sei still und abweisend geworden, seine schulischen Leistungen seien zudem abgerutscht. Sie befürchteten, dass er womöglich Drogen nehme. Zum Glück konnte Strube den Verdacht ausräumen. Sein Einsatz habe sich also gelohnt.

»Sind Sie auf die Idee gekommen, Ihren Sohn einfach zu fragen?«

Miersch lächelte überheblich. »Sie haben keine Kinder, oder?«

»Nein.«

»Sie verstehen gar nichts. Luca hat nur dieses eine Leben. Wir können nicht dabei zusehen, wie er es wegwirft.«

Claudia atmete erschöpft aus. Erneut dachte sie an Martina Nowack.

Zwei Frauen. Zwei Arten des Unglücks. Die erste hatte sie traurig gemacht. Diese hier machte sie wütend.

Sie verabschiedete sich und verließ das Haus. Gerade als sie die Gartenpforte erreichte, kam ihr ein Teenager entgegen, ein hochgeschossener, empfindsamer Junge mit den gleichen melancholischen Augen wie seine Mutter.

»Bist du Luca?«

»Und wenn?«

Der Junge schenkte ihr einen überraschend feindseligen Blick, ging dann so dicht an Claudia vorbei, dass er sie fast umrempelte.

»Hey, ich rede mit dir.«

Er blieb stehen, drehte sich um, grinste. »Ich aber nicht mit dir.«

Er verschwand in Richtung Haus. Claudia blickte ihm nach. Hatte sie gerade noch gedacht, dass der Junge ein hartes Schicksal hätte, angesichts solcher Eltern? Jetzt tat ihr doch eher die Mutter leid.

Als Claudia wieder im Wagen saß, fragte sie sich, ob sie überhaupt den richtigen Ermittlungsansatz verfolgte. War es zielführend, Strubes Klienten abzuklappern und darauf zu hoffen, dass sie so auf das Motiv für den Mord stieß?

Vielleicht steckte ja auch etwas ganz anderes dahinter. Etwas, von dem sie im Moment noch nicht einmal etwas ahnte.

Claudia seufzte und wünschte sich, Ken wäre bei ihr. Er hätte bestimmt eine gute Idee, was sie tun könnten.

Andererseits, sie selbst war auch eine gute Polizistin.

Erst einmal würde sie genau so weitermachen.

45.

»Bist du gestern Nacht noch einmal draußen vor der Tür gewesen, Alexa?«, fragte Takeda, nachdem die junge Frau als Letzte der Anwesenden zu ihm in die Bibliothek gekommen war.

Sie sah ihn spöttisch an. »Ach, jetzt duzen wir uns doch wieder? Vorhin vor den anderen haben wir uns gesiezt …«

»So würde ich es gerne halten. Es könnte zu Missverständnissen führen.«

Sie lächelte. »Meinst du, jemand könnte denken, die erbschleichende Nichte geht mit dem Bullen ins Bett? Hätte sie ja gerne gemacht. Aber er wollte nicht.«

»Bitte, Alexa, beantworte meine Frage.«

Sie zuckte mit den Schultern. »Ja, stimmt. Ich war noch einmal bei meinem Wagen, um etwas zu holen.«

»Um wie viel Uhr war das?«

Sie hob unschlüssig die Schultern. »Um halb vier oder vier Uhr, schätze ich.«

»Was genau wolltest du holen?«

»Meine Tasche.«

»Dir ist erst in der Nacht aufgefallen, dass du dein Gepäck noch im Wagen hattest?«

»Nicht mein ganzes Gepäck. Aber einen Teil davon. Ja, so war es. Bin ich damit verdächtig? Glaubst du vielleicht, ich war draußen, um … keine Ahnung, die Pistole zu vergraben, mit der ich Erni erschossen habe?«

»Sie wurde nicht erschossen. Ich denke, das weißt du. Du bist also direkt von meinem Zimmer aus nach unten gegangen?«

»Nein, ich war schon oben bei mir. Da habe ich ja überhaupt erst gemerkt, dass ich noch etwas im Auto hatte. Aber ist das wichtig?«

»Möglicherweise. Was war mit den Autos? Waren die Reifen bereits zerstochen?«

Alexa zuckte mit den Schultern. »Das weiß ich nicht. Ich habe nicht darauf geachtet.«

»Wäre es dir nicht aufgefallen? Du hast deinen Wagen doch aufgeschlossen oder warst am Kofferraum?«

»Klar. Aber es war so doll am Regnen, und es war matschig. Ich habe echt nicht auf die Reifen geschaut.«

»Ich verstehe.«

»Darf ich eigentlich auch etwas fragen?«

»Natürlich. Bitte.«

»Wie kommst du eigentlich darauf? Ich meine, dass ich draußen war? Hat mich jemand gesehen und bei dir angeschwärzt? Die gierige Nichte schleicht nachts ums Haus? Oder behauptet jemand ganz direkt, dass ich Erni umgebracht habe?«

»Hast du?«

Alexa lachte auf. »Das fragst du mich nicht im Ernst, oder?«

»Doch.«

»Natürlich nicht. Ich habe meine Tante geliebt.«

Takeda sah sie prüfend an, machte sich dann eine Notiz. Ohne zu ihr aufzublicken, erklärte er: »Du hast übrigens recht. Einige der Anwesenden glauben, dass du es getan hast. Sie haben es dir ja auch ganz direkt ins Gesicht gesagt, schon heute Morgen beim Frühstück. Sie denken, dass du es auf Ernestines Geld abgesehen hast. Jetzt nach ihrem Tod wirst du schließlich alles erben.«

Alexa lachte erneut auf. »Das denken sie, diese Idioten, aber es ist Quatsch. Ich bekomme gar nichts. Nicht das Haus, nicht das Geld.«

Takeda sah sie nun doch an, und in seinem Gesicht spiegelte sich seine Verblüffung wider. »Aber alle gehen davon aus! Ich habe das bisher auch getan. Ernestine hatte keine Kinder und auch keine Geschwister. Du warst ihre nächste Angehörige. Damit müsste alles, was sie besaß, an dich fallen.«

»Theoretisch ja, praktisch nein. Vor vielen Jahren, nachdem meine Eltern gestorben waren, hatte Erni mich wirklich als Erbin eingesetzt. Da war ich noch ein Kind. Aber sie hat ihr Testament geändert. Sie hat sogar ausdrücklich verfügt, dass ich nichts bekomme.«

»Aber warum?« Takeda war ehrlich erstaunt.

Ein leises Seufzen. »Kannst du es dir nicht denken?«

»Es ging um das Blutgeld?«

»Richtig. Ich war an der Uni, eine junge Studentin. Ich war hart damals, in meiner wilden Zeit, und habe Erni viele heftige Vorwürfe gemacht. Außerdem habe ich damit gedroht, alles zu verschenken, wenn ich etwas von ihr erben sollte. Es war keine leere Drohung, weil ich dasselbe schon mit dem gemacht hatte, was mir meine Eltern hinterlassen hatten. Ich habe mich für das Geld geschämt. Erni hatte die Hoffnung, dass ich irgendwann wieder zur Vernunft komme. Aber dann habe ich etwas getan, das sie mir nicht verzeihen konnte. Es war der letzte Tropfen, der das Fass zum Überlaufen gebracht hat.«

»Erzähl mir davon.«

»Ist das denn wirklich wichtig?«

»Möglicherweise.«

»Das Ganze liegt jetzt fast zehn Jahre zurück. Damals ist in Hamburg ein Denkmal für meinen Vorfahren aufgestellt worden, für Heinrich Carl von Schimmelmann.«

»Der Sklavenhalter?«

»Genau der. Ich habe dir gestern Nacht von ihm erzählt. Auch davon, wie er diese armen Menschen behandelt hat. Dass er sie gebrandmarkt hat, wie Vieh katalogisiert, ausgepeitscht, verstümmelt, was weiß ich. Dieses Ungeheuer sollte damals mitten in Hamburg ein Denkmal bekommen! Wie pervers ist das, bitte schön?«

»Ich wusste nicht, dass er so berühmt ist.«

»Und ob! Außerdem war er halt stinkreich. Wie gesagt, einer der reichsten Männer Europas. Mit seinem ganzen Geld hat er angeblich auch viel Gutes bewirkt. Stimmt vielleicht sogar. Jedenfalls hierzulande. Er hat nicht nur Schlösser gebaut, er hat auch Fabriken eröffnet und damit unzählige Leute in Arbeit gebracht. Damals aber wollte und konnte ich das nicht sehen. Ich und ein paar meiner Mitstreiter haben einen Anschlag auf das Denkmal verübt.«

»Einen Anschlag? Mit Sprengstoff?«, rief Takeda erschrocken aus.

»Mit Farbe, Ken! Mit roter Farbe! Rot wie Blut. Niemand ist zu Schaden gekommen. Trotzdem hat die Polizei ermittelt, und ich habe eine Anzeige wegen Sachbeschädigung bekommen. Es war ein Riesenskandal damals, jedenfalls hier in Hamburg. Natürlich auch, weil ich die Ururenkelin von Schimmelmann bin. Für Ernestine war es zu viel. Sie war furchtbar enttäuscht von mir.«

»Darum hat sie dich enterbt?«

»Genau. Damals war mir das egal. Ich habe mich sogar darüber gefreut. Ich war jung, ich war wütend. Ich konnte meine Familie, diese Bürde, nicht ertragen. Ich war froh, wieder ein Stück davon los zu sein. Erni wollte nicht mehr mit mir reden. Im Nachhinein kann ich sie sogar verstehen. Aber all das hat mir noch nicht gereicht, und ich habe damals nur einen Ausweg gesehen. Ich musste alles hinter mir lassen. Darum bin ich erst aus Hamburg weg, dann auch aus Deutschland.«

»Wohin bist du gegangen?«

»Nach Australien. Ich habe mir einen Job gesucht, als Kellnerin in einem Restaurant, und bin dort geblieben. Es war die richtige Entscheidung. Ich brauchte Abstand. Zu meiner Familie, zu meinem Namen, zur Vergangenheit. Auch zu dem vielen Geld. Ich habe ganz bescheiden in einem winzigen Zimmer gelebt. Es hat mich demütig gemacht. Im Laufe der Jahre wurde mir klar, dass man nicht vor seiner eigenen Geschichte weglaufen kann. Man muss sich den Dingen stellen. Ich denke, ich bin erwachsen geworden.«

»Daher bist du zurückgekommen?«

»Ja. Vor ungefähr zwei Jahren. Ich habe versucht, mich mit Erni zu versöhnen. Sie war die Einzige, die ich noch hatte. Aber es blieb dabei, ich wollte und will das Erbe nicht. Mein Gott, Ken, mach die Augen auf. Die anderen, Egbert, Simone von Kalf, auch Kemper, sie sind es, die hinter ihrem Geld her sind. Sie hatten vor nichts mehr Angst, als dass Erni es sich noch einmal überlegte und ihr Testament erneut änderte. Und dass ich dann doch wieder alles kriege. Vielleicht hatte sie es wirklich vor, hat es denen gegenüber sogar ausgesprochen. Und dann haben diese Geier nur noch einen Ausweg gesehen, nämlich sie einfach umzubringen.«

Takeda atmete angestrengt aus. Was Alexa sagte, warf in der Tat ein neues, ein überraschendes Licht auf die Dinge. In den zurückliegenden Stunden war mehrfach und von verschiedener Seite behauptet worden, dass sie die Erbin des Familienvermögens sei.

Es stimmte nur nicht, und nun sah alles ganz anders aus.

Nach einer Weile blickte er sie wieder an und fragte: »Aber wie ist die Regelung im Moment? Wer bekommt jetzt all das hier?«

Takeda machte eine umfassende Geste in Richtung der Bibliothek, des Hauses, des Gartens.

Alexa zuckte mit den Schultern. »Ich weiß es nicht. Erni hat es mir nicht gesagt. Eine Stiftung vielleicht? Der Tierschutzverein? Ich bin es jedenfalls nicht. Aber davon mal abgesehen habe ich gestern Nacht auch etwas gesehen. Willst du wissen, was?«

»Natürlich.«

Sie lächelte vielsagend. »Ich war nicht allein dort draußen.«

»Wie bitte? Du hast jemanden gesehen?«

»Ja. Als ich bei meinem Auto war.«

»Wen?«

Sie hob aufreizend die Augenbrauen. »Ich sage es dir nur, wenn du mir einen Kuss gibst.«

46.

Claudias Büro im Präsidium hatte sich in einen Lagerraum verwandelt. An den Wänden, vor dem Fenster, sogar auf den Schreibtischen standen die Umzugskartons, die die Kollegen der Spusi hergebracht hatten.

Luisa Schwesig, die Kriminalassistentin, saß inmitten der Kistenberge auf dem Fußboden und hatte bereits unzählige Papierstapel gebildet, beschwert von allen möglichen Dingen, die sie im Zimmer fand. Dazu zählten Locher und Hefter, Becher und Tassen, eine Lupe, eine Mehrfachsteckdose, der Stiftehalter, verschiedene Bücher.

»Du bekommst einen Orden, Luisa. Klasse.«

»Danke. Aber ehrlich gesagt bin ich noch nicht allzu weit gekommen. Das Chaos ist wirklich perfekt. Alles ist total durcheinander. Es wird Tage dauern, bis wir die einzelnen Fälle auseinandersortiert haben.«

»Ich weiß. Aber es ist wichtig. Irgendwo in diesen Papieren könnte der entscheidende Hinweis auf Strubes Mörder stecken.«

»Bist du dir da so sicher?«

Claudia sah die Assistentin überrascht an. »Du glaubst nicht daran?«

»Na ja ... der Mörder hat die Detektei gründlich durchwühlt. Warum, ist klar. Er wollte alles, was auf ihn hindeutet, verschwinden lassen.«

»Davon können wir ausgehen.«

»Aber das heißt doch, dass wir etwas suchen, das gar nicht da ist.«

»Möglich. Aber vielleicht hat er etwas übersehen. Das ist die Nadel im Heuhaufen, die wir zu finden hoffen.«

Claudia wusste, dass Luisa genauso gut recht haben könnte und ihre Suche vergeblich war. Wenn der Mörder die Unterlagen, die ihn betrafen, gefunden und mitgenommen hatte, dann würden sie tatsächlich nichts finden. Andererseits gab es ja üblicherweise an ganz verschiedenen Stellen Referenzen zu einzelnen Vorgängen oder Aufträgen, zum Beispiel bei Strubes Ermittlungsberichten, bei seinen Rechnungen, bei der Korrespondenz, bei der internen Buchhaltung.

Es war schwer vorstellbar, dass der Täter wirklich jeden noch so kleinen Hinweis beseitigt hatte. Darum hatten sie keine Wahl. Sie mussten es versuchen.

»Bist du zufällig auf den Namen Härtling gestoßen? Gibt es Papiere dazu? Strube hat im Auftrag des Mannes die Ehefrau observiert.«

Luisa streckte den Arm aus, nahm einen der Papierstapel und reichte ihn Claudia. »Ist bestimmt noch nicht alles. Aber vielleicht bringt es dich ja weiter.«

Claudia nahm die rund zwei Dutzend Blätter in die Hand. Ein Observationsprotokoll, eine Liste mit Namen von Leuten, die Karin Härtling getroffen hatte, ein vorläufiger Bericht Strubes.

Claudia überflog die Seiten, kam zu dem Schluss, dass Strube sorgfältig gearbeitet hatte. Das Ergebnis war so, wie Härtling es bereits gesagt hatte. Seine Frau tat alles Mögliche, aber sie betrog ihn nicht.

»Ich werde ab jetzt übernehmen, Luisa. Wenn du möchtest, kannst du Feierabend machen.«

»Und ob ich möchte. Es ist Samstagabend. Ich kann

mir was Schöneres vorstellen, als hier im Präsidium abzuhängen.«

Schwesig stand auf, zögerte aber, den Raum zu verlassen. Claudia, die sich bereits in neue Papiere vertieft hatte, blickte hoch. »Ist noch etwas?«

»Ich wollte dir eine Frage stellen.«

»Na klar.«

Schwesig druckste herum. »Es hat nichts mit dem Fall zu tun. Ich wollte nur wissen, na ja, wie er so ist.«

»Wie wer ist?«

»Takeda.«

Claudia lächelte. »Brillant. Einer der besten Ermittler, die ich je kennengelernt habe. Scharfsinnig, klug, intuitiv.«

»Das meine ich nicht. Ich wollte eher wissen, wie er so als Mann ist. Du weißt schon, ihr hattet doch was miteinander, oder?«

Claudia sah die Assistentin erstaunt an. Ihr war nicht klar gewesen, dass es so weit die Runde gemacht hatte. Leugnen war also sinnlos. Lächelnd erklärte sie: »Die Antwort ist dieselbe. Er ist toll. Einer der besten Männer, die ich je kennengelernt habe.«

»Warum habt ihr dann Schluss gemacht?«

Claudia wollte etwas antworten, schüttelte dann aber nur stumm den Kopf. Sie konnte nichts sagen. Nicht, ohne eine Lawine auszulösen, an Trauer, an Schmerz.

Schwesig verstand es und bohrte nicht weiter nach, wofür Claudia ihr dankbar war. Sie verabschiedete sich und verließ den Raum.

Claudia blieb an ihrem Schreibtisch sitzen und blickte ins Nichts.

Eigentlich war die Antwort ganz einfach. Sie hatten Schluss gemacht, weil sie eine Idiotin war. Warum sonst könnte man einen wie Ken einfach wieder gehen lassen?

47.

Takeda saß in der Bibliothek auf Gut Hohenforst. Er hatte die Augen geschlossen und massierte sich mit den Spitzen der Zeigefinger den Punkt zwischen den Augenbrauen.

War das riskant? Die Augen zu schließen? Weil in diesem Haus ein Mörder oder eine Mörderin umging und es klüger wäre, die Umgebung im Blick zu behalten?

Nicht wirklich. Es war letztlich eine Frage der Logik. Wenn sich alle anderen der Anwesenden gemeinsam in einem Zimmer aufhielten, und das taten sie, dann konnte sich der Täter oder die Täterin ihm nicht heimtückisch nähern.

Natürlich vorausgesetzt, es versteckte sich nicht noch jemand im Haus, den sie alle bisher nicht zu Gesicht bekommen hatten.

Aber das glaubte Takeda nicht.

Sein Gefühl sagte ihm deutlich, dass die Lösung des Geheimnisses allein unter den Gästen des Wochenendes zu finden war.

Wer es allerdings war, das wusste Takeda immer noch nicht. All die Gespräche, die er in den zurückliegenden Stunden geführt hatte, hatten ihm zwar viele Hinweise beschert – die finanzielle Abhängigkeit von Peter Kemper, die ungewöhnliche Ehe des Ehepaars von Kalf, die Hassgefühle von Ulrike Vogler und Alexas Wut auf das historische Erbe ihrer Familie. Hinzu kamen die zerstochenen Reifen an den Autos der Gäste, die Injektion im Hals der Gräfin, das plötzlich schief gerahmte Bild von Hokusai ... und doch musste Takeda sich eingestehen, dass sich all diese vielen Puzzlestücke nicht zusammenfügen wollten.

Das Bild, das sie ergaben, blieb undeutlich, und sogar das war eine Untertreibung.

Im Grunde tappte er vollkommen im Dunklen.

Die abschließende Aussage von Alexa hatte seine Verwirrung noch verstärkt. Angeblich hatte sie in der Nacht, als sie zu ihrem Auto ging, dort draußen Egbert Saemann gesehen. Er sei in Regenkleidung um das Haus geschlichen, und zwar in Richtung Garten.

Einen Kuss hatte Takeda der jungen Frau für ihre Aussage nicht gegeben, zumal er nicht sicher war, ob er ihr wirklich glauben konnte. Schließlich hätte auch Kemper, der im Salon saß, Saemann sehen müssen, als er das Haus verließ. Andererseits, warum sollte Alexa ihn anlügen?

Er musste ihre Beobachtung also dringend überprüfen. Denn selbst wenn Saemann nicht der Täter war, hätte er Takeda von seinem nächtlichen Ausflug berichten müssen. Was könnte einen Mann seines Alters dazu bewegen, mitten in der Nacht draußen im Garten umherzugehen? Überhaupt hatte Saemann ihn wohl angelogen. Denn dass der langjährige Hausfreund der Gräfin nicht um die Erbregelung Ernestines wusste, war äußerst unwahrscheinlich.

Oder war es am Ende er selbst, der alte Freund ihres verstorbenen Ehemannes, den Ernestine zu ihrem Erben ernannt hatte? Konnte hier ein Motiv für die Tat liegen?

Der Inspektor öffnete die Augen, erhob sich vom Schreibtisch und trat an das Fenster der Bibliothek. Draußen regnete es unverändert. Der ohnehin trübe Tag ging allmählich in den Abend über.

Da der Strom immer noch unterbrochen war, würde das Haus schon in Kürze in tiefste Dunkelheit gehüllt sein.

Konnte er dann noch für die Sicherheit der Gäste sorgen? Oder auch für seine eigene?

War es nicht doch klüger, seine Ermittlungen zu beenden und Hilfe aus Kiel anzufordern?

Seufzend dachte Takeda an Ernestine. Es stimmte, was er am Telefon zu Claudia gesagt hatte. Er hatte die alte Dame gemocht.

Und ebenso stimmte es, dass es einen Grund geben musste, aus dem sie ihn an diesem Wochenende hierher nach Gut Hohenforst eingeladen hatte.

Nein, Aufgeben kam nicht infrage! Er musste seine Arbeit fortsetzen und Ernestines Tod aufklären!

48.

Es war kurz nach neun Uhr am Abend, als Claudia das Präsidium verließ. In den Stunden zuvor hatte sie Strubes Unterlagen weiter geordnet. Sie war zum gleichen Ergebnis gekommen wie zuvor bereits Luisa Schwesig. Es würde schwierig werden, in diesem Wust an Papieren einen entscheidenden Hinweis auf den Täter zu finden. Zumindest würde es Tage oder sogar Wochen dauern.

Claudia stieg auf dem Parkplatz des Präsidiums in ihren Wagen. Sie hatte einen letzten Termin für den Abend arrangiert. Ihr Weg führte sie nach St. Pauli.

Sie fuhr in die langgezogene Tiefgarage unter der Reeperbahn. Als sie aus dem oberirdischen Ausgang trat, fand sie sich im typischen Kieztrubel eines Samstagabends wieder. Junge Partygänger mischten sich mit Touristengruppen, mit Junggesellen- und Jungesellinnenabschieden, mit Theaterbesuchern, Pennern, Punks und den Damen vom Gewerbe.

Während sie eine Seitenstraße der Reeperbahn hinaufging, die in Richtung Tropeninstitut führte, fiel ihr ein, dass ihr letzter Kiezbesuch gar nicht lange zurücklag. Sie war zusammen mit Takeda unterwegs gewesen. Ken hatte einen Landsmann kennengelernt, einen ehemaligen Journalisten aus Tokio, den es nach Hamburg verschlagen hatte und der ganz in der Nähe eine kleine Sushibar betrieb.

Der Laden war winzig und fasste nicht einmal ein Dutzend Gäste, war aber gerade darum typisch japanisch, wie Ken ihr erklärte. Er und der Wirt tauschten Erinnerungen an die Heimat aus, der Abend begann mit viel Nostalgie und endete mit Strömen von Sake.

Am Schluss waren sie alle gemeinsam in einer Karaokebar gelandet. Nach einigen Gassenhauern hatte Ken mit zarter Stimme *Almost Lover* von A Fine Frenzy gesungen und Claudia dabei angesehen. Sie hätte beinahe geheult. Nein, nicht beinahe. Sie hatte. Dann war ihr nichts Besseres eingefallen, als *I'm not in love* von 10cc zu singen und dabei ihn anzusehen.

Du hast es vorhin schon festgestellt, Claudia. Du bist eine Idiotin. Sogar die größte Idiotin von allen.

Sie bog um eine weitere Ecke, und der Lärm der Reeperbahn blieb zurück, die Zahl der Nachtschwärmer sank. Noch ein paar Meter und sie trat an den Seiteneingang eines Hauses. Hinter der Tür schien es direkt in den Keller zu gehen. Es gab ein messingfarbenes Klingelschild, auf dem in verschnörkelten Buchstaben ein Name stand.

Leyla de Fauçon.

Darüber waren Handschellen und eine Peitsche eingraviert.

Wäre auch ein schönes Schild für das Polizeipräsidium, dachte Claudia.

Sie drückte auf die Klingel.

49.

Die Elektroinstallationen im Kellergeschoss des Gutshauses wirkten, als stammten sie aus der Nachkriegszeit. Es gab einen Zählerkasten, der groß wie ein Kleiderschrank war. Sein Inneres war verstaubt und roch nach verbranntem Plastik. Altertümliche Geräte ohne erkennbare Funktion waren offenbar niemals abmontiert worden. Die Sichtscheiben mehrerer klobiger Stromzähler waren angelaufen, so dass man ihr Inneres kaum erkennen konnte. Normalerweise hätten sich in ihnen horizontale Scheiben gedreht und mit surrendem Geräusch den Stromverbrauch angezeigt.

Jetzt aber drehte sich nichts, und es war auch nichts zu hören. Der Strom im Haus war immer noch unterbrochen. Allerdings musste man kein Experte sein, um zu erkennen, dass die Ursache nicht das Unwetter oder der Regen waren. Jemand hatte sämtliche alten, runden Keramiksicherungen entfernt. Den Spuren im Staub nach zu urteilen, war das nicht lange her. Genauer, es war in der vergangenen Nacht geschehen.

Egbert Saemann, der Takeda auf dessen Bitten hin in den Keller begleitet hatte, schüttelte missmutig den Kopf: »Das ist mir völlig rätselhaft! Wer könnte das getan haben? Und warum?«

Takeda hatte an seinem Handy die Taschenlampenfunktion aktiviert und leuchtete in das Innere des Zählerkastens. »Vermutlich ist der Grund der gleiche, aus dem jemand die Reifen der Autos zerstochen hat. Meinen Sie nicht?«

Der Inspektor musterte Saemann, so gut es im Halbdunkel ging. Der Architekt gab sich unwissend. Er hob ratlos die Schultern und erklärte: »Nun ja, uns am Wegfahren zu hindern, ist das eine. Aber den Strom abdrehen? Zu welchem Zweck?«

»Ich denke, jemand wollte nicht nur, dass wir hierbleiben. Wir sollen außerdem keinen Kontakt mit der Außenwelt aufnehmen, sprich nicht telefonieren. Die Festnetzanlage ist ja in der Tat lahmgelegt.«

»Aber die meisten von uns haben Handys! Jeder weiß das.«

In diesem Augenblick erlosch die Taschenlampe an Takedas Smartphone. Der ohnehin schon schwache Akku war endgültig leer.

»Ich zumindest habe keines mehr. Jedenfalls nicht, wenn wir den Strom nicht wiederherstellen und ich es aufladen kann.«

Saemann lachte bitter. »Ich besitze nicht einmal ein solches Gerät. Mein Enkel wollte mir eines aufdrängen, aber ich komme einfach nicht mit der Technik zurecht. Die übrigen Gäste werden allerdings sicherlich funktionstüchtige Geräte haben.«

»Hoffen wir es, Egbert. Wo Sie die übrigen Gäste erwähnen … Wer von ihnen könnte sich mit der Stromversorgung des Hauses auskennen? Wer könnte überhaupt wissen, wo sich die Sicherungen befinden?«

»Auskennen? Sie meinen, wer Ahnung von Elektrotechnik hat? Ich würde sagen, keiner. Wo die Sicherungen sind, ist etwas anderes. Jeder, der schon einmal länger auf dem Gut war, dürfte es wissen. Die fliegen nämlich regelmäßig raus. Alexa weiß es auf jeden Fall. Möglicherweise auch die Vogler. Ernestine spannt sie gerne für alles Mögliche ein, auch für Hausmeistertätigkeiten. Fragen Sie sie.«

»Das werde ich. Sie selbst aber sind doch zweifellos derjenige, der sich am besten auskennt, richtig?«

»Ich? Wieso? Worauf wollen Sie hinaus?« Die Stimme des Architekten klang übertrieben abwehrend.

»Auf gar nichts. Aber es ist doch so, dass Sie sich um die Instandhaltung des Hauses kümmern, richtig? Ich dachte, das beinhaltet die elektrischen Anlagen.«

»Das stimmt. Aber ich lasse die Arbeiten von Fachleuten ausführen.«

»Wann sind Sie denn zuletzt hier unten gewesen?«

»Hier unten?«

»Das war meine Frage.«

»Tja, ich weiß nicht ... Das ist schon eine ganze Weile her. Mehrere Wochen oder sogar Monate.«

»Sagten Sie nicht gerade, dass die Sicherungen regelmäßig herausspringen?«

»Das schon. Wahrscheinlich hatte ich Glück. Es ist nicht passiert, während ich hier war.«

Im Halbdunkel des Kellers fiel es Takeda schwer, Saemanns Gesichtszüge zu erkennen. Aber allein der Klang seiner Stimme verriet genug. Der Mann fühlte sich durch seine Fragen bedrängt. Er hatte Angst.

»Denken Sie denn, dass Sie den Strom wiederherstellen können?«

»Nein, ausgeschlossen. Hier stand ursprünglich eine Kiste mit Ersatzsicherungen, aber sie ist verschwunden. Wir werden uns damit abfinden müssen, den Abend und auch die Nacht in Dunkelheit zu verbringen.«

»Dann soll es so sein. Da ist nur noch eine weitere Sache, die ich Sie fragen wollte. Wenn man das Haus nicht durch die Eingangstür verlassen möchte, welche anderen Möglichkeiten gibt es, ins Freie zu gelangen?«

Saemann warf Takeda einen verunsicherten Blick zu, zumindest soweit er es im Zwielicht des Kellers erkennen konnte. »Man könnte durch ein Fenster klettern. Ansonsten bietet sich die Außentür des Salons an. Sie wissen schon, sie führt auf die Terrasse hinaus.«

»Und sonst? Gibt es einen weiteren Weg?«

Saemann legte nachdenklich zwei Finger ans Kinn. »Da ist noch die alte Kellertür, ganz hinten im letzten Raum. Früher war es der Dienstboteneingang. Heute benutzt die Tür nur noch der Gärtner. Und gelegentlich Ernestines Haushälterin, wenn sie größere Einkäufe hat, die hier unten in die große Küche sollen.«

»Und haben Sie diese Tür vielleicht in der vergangenen Nacht benutzt?«

»Ich? Die Kellertür? Warum sollte ich?« Wieder eine übertriebene, pikierte Tonlage. Saemann war ein schlechter Lügner.

»Das möchte ich von Ihnen erfahren, Egbert.«

»Also, es ist so, dass ich ... also, ich verstehe wirklich nicht, was das soll, Inspektor. Sie werden doch wohl am Ende nicht mich verdächtigen?«

»Bisher habe ich das in der Tat nicht getan. Doch jetzt, wo Sie sich weigern, meine einfachsten Fragen zu beantworten, sieht die Sache natürlich anders aus.«

»Aber ich schwöre Ihnen, dass ich ...«

In diesem Moment war oben aus dem Haus ein gellender Schrei zu hören.

Der Inspektor wirbelte auf der Stelle herum, war schon halb im Kellerflur. »Kommen Sie, Egbert! Schnell! Aber seien Sie vorsichtig, dass Sie in der Dunkelheit nicht stolpern.«

50.

»Ich habe zehn Minuten für Sie. Dann kommt mein nächster Kunde.«

Leyla de Fauçon sprach mit derselben lasziven Stimme, die Claudia vom Telefon kannte. Sie trug ein eng geschnürtes Mieder, das ihre Schultern frei ließ, auf denen ein tätowierter Falke zu sehen war. Ihre roten Lacklederstiefel reichten bis zur Mitte ihrer schlanken Oberschenkel. Sie war dezent geschminkt, trug ihr lockiges Haar offen und blickte Claudia aus großen, irritierend schief stehenden Augen an.

Claudia konnte nicht anders, sie musste diese Frau anstarren. Es lag nicht nur an den Augen, obwohl auch die faszinierend waren, sondern auch daran, dass sie eine Art menschliches Vexierbild war. Es ließ sich nicht sagen, was man eigentlich sah. Leylas Gesicht war zart, war das einer jungen Frau, einer Studentin, obwohl sie sicherlich die dreißig überschritten hatte. Und zugleich wirkte sie alt und klug, als wäre ihr nichts Menschliches fremd.

»Ich bin mir nicht sicher, ob zehn Minuten reichen werden, Frau de Fauçon ... oder wie soll ich Sie nennen?«

»Sagen Sie einfach Leyla.«

»In Ordnung, Leyla. Wie gesagt, es könnte länger dauern.«

»Ich kann dem Kunden absagen. Aber dann bezahlen Sie mir, was ich von ihm bekommen hätte.«

»Nein.«

»Dann beeilen Sie sich lieber.«

Die Wände im Eingangsbereich des Studios waren in einem dunklen Violettton gestrichen und mit Spiegeln und großformatigen Fotos dekoriert. Eine Frau in hautengen Latexklamotten führte einen Mann an einer Leine. Ein nackter Mann lag auf einer Streckbank, über dem eine Frau mit einer Peitsche hockte. Ein an ein Kreuz gefesselter Mann mit einer Dornenkrone verdrehte vor Lust und Schmerz die Augen.

Die Bilder waren kunstvoll und schön anzusehen, auch wenn das, was sie zeigten, gewöhnungsbedürftig war.

In einer Ecke stand ein Sofa. Das Licht war gedämpft. Eine Tür führte in ein kleines Badezimmer.

»Rein interessehalber, wie viel hätte ich für den Ausfall bezahlen müssen?«, erkundigte sich Claudia.

Leyla lächelte. »An einem Samstagabend? Viel.«

»Wie viel ist viel?«

»Sehr viel.«

Leyla öffnete eine mit Leder verkleidete Tür und überließ Claudia den Vortritt in einen großen, fensterlosen Raum. Dabei erklärte sie: »Das ist mein Spielzimmer.«

Das Zimmer wirkte auf den ersten Blick wie eine Art Fitnessstudio, wobei die seltsamen Eisengestelle sicherlich nicht dazu dienten, Muskeln aufzubauen. Die Lederschlaufen und Schlingen verrieten, dass es eher darum ging, Menschen – Männer – in den seltsamsten Posen und Verrenkungen zu fesseln. An der Wand hing eine Ansammlung von Stöcken, Ruten, Peitschen und anderen, zum Teil bizarren Folterwerkzeugen, deren Verwendung Claudia nicht so ohne Weiteres erraten konnte.

»Sie sagten am Telefon, es geht um Conni Strube. Was ist mit ihm? Hat er etwas angestellt?«

Claudia musste Leyla immer noch anstarren. Durch ihre Kleidung, ihren Körper, ihr Gesicht, auch durch ihre dunkelrot geschminkten Lippen strahlte die Frau eine Erotik aus, die auch Claudia einfing und ihr schier den Atem raubte.

Sie räusperte sich. »Er ist tot. Er wurde erstochen.«

Die roten Lippen öffneten sich stumm. Leyla wurde blass. Kein Vexierbild mehr. Einfach nur eine junge Frau, die erschüttert war. Tränen traten in ihre Augen. Ihre Stimme behielt das Laszive und verriet dennoch ehrlichen Schmerz. »Das ist schrecklich. Conni war ein ungewöhnlicher Mensch. Ein besonderer Mensch. Ich mochte ihn.«

»Aber in erster Linie war er Ihr Kunde, richtig?«

»Natürlich. Seit ungefähr zwei Jahren. Und auch wenn Sie es vielleicht nicht glauben, aber es gibt nicht viele Arten, durch die man einen Menschen so tief und so gut kennenlernt wie durch das, was wir hier miteinander erleben. Es schafft Vertrauen. Verbundenheit. Mit Conni war sie sehr tief. Wir waren uns ähnlich. Vielleicht mehr als das. Seelenverwandte.«

Claudia blickte hinüber auf das Andreaskreuz an der Wand. Sie hatte die Bilder im Kopf, die sie in den Magazinen in Strubes Schreibtisch gesehen hatte. Nadeln, Nägel, Zangen, Elektroden an Stellen, die man sich nicht vorstellen wollte.

Sicher, das schaffte Verbundenheit, schaffte Vertrauen.

»Ich werde aus dem, was ich bisher über ihn erfahren habe, nicht so richtig schlau. Helfen Sie mir dabei, Conni besser zu verstehen«, sagte Claudia.

»Ich kann es versuchen. Aber Sie haben recht, dafür werden zehn Minuten nicht reichen.«

»Können Sie Ihren nächsten Kunden einfach um ein wenig Geduld bitten?«

»Natürlich. Ich wusste ja nicht …«

Leyla forderte Claudia auf, Platz zu nehmen, wies dabei auf etwas, das nur auf den ersten Blick wie ein Stuhl aussah. Das Möbel war aus Holz, hatte eine hohe Lehne, durch die in Höhe des Halses ein Riemen führte.

Claudia zögerte, sich zu setzen.

Leyla lachte, obwohl sie immer noch Tränen in den Augen hatte. »Sie wissen nicht, was das ist, oder?«

»Nicht wirklich.«

»Man nennt es eine Garotte. Conni saß gerne dort, mit der Schlinge um den Hals. Manche Männer mögen es, wenn ihnen die Luft wegbleibt. Es kann sehr lustvoll sein.«

Claudia nahm zögernd Platz, ohne sich anzulehnen. Leyla zog sich einen Rollhocker heran. Sie sah Claudia genauso neugierig an wie umgekehrt.

»Warum kam er her? Conni?«

»Aus dem gleichen Grund wie die meisten meiner Kunden. Um sich Träume zu erfüllen. Phantasien. Geheime Wünsche.«

»Ich habe Conni gesehen. Ich meine, ich habe ihn nackt gesehen. Die Striemen, die Narben. Das sieht mir nicht nach erfüllten Träumen aus.«

»Sie sind Polizistin. Sie sollten mehr von Menschen verstehen. Von ihren dunklen Seiten.«

»Das heißt, wenn ein Kunde möchte, dass Sie ihm eine Zigarette auf der Haut ausdrücken, tun Sie das? Soweit gehen Sie?«

»Natürlich nicht. Was ich hier mache, ist ein Spiel.

Es geht um Schmerzen, das schon. Aber für alles gibt es Grenzen. Ich verletze niemanden. Meine Kunden wissen das. Immer wieder kommen Männer, die wollen diese Grenzen überschreiten. Bis zu einem gewissen Punkt ist das in Ordnung. Aber wo Schluss ist, bestimme ich. Sonst ist man bei mir an der falschen Adresse.«

»Dann verstehe ich es aber nicht. Woher stammen dann Connis Narben? Die Brandmale?«

»Er hat sie sich selbst zugefügt.«

»Warum?«

»Wie gesagt, er war ein ungewöhnlicher Mensch. Ein besonderer. Auch einer, der schwer am Leben trug. Der Dämonen hatte. Manche Menschen brauchen Schmerz, um sich selbst zu spüren. Bei einigen muss der Schmerz stark sein. Jenseits des Erträglichen.«

»War das bei Conni so?«

»Es gab Phasen, in denen es so war. Ich war froh, wenn er sich nicht selbst verletzte, sondern zu mir kam. Für manche Männer ist das hier eine Therapie. Es ist Heilung. Zumindest Linderung.«

Ein Türgong war zu hören. Leyla stand auf. »Warten Sie bitte. Ich bin gleich zurück.«

Sie verließ das Zimmer, und Claudia schloss die Augen. Sie spürte die Schlinge der Garotte an ihrem Nacken und stellte sich vor, dass sie sich um ihren Hals legte und langsam zuzog. Die Würgemale an Connis Hals. Die Mutter. Das Haus in Stellingen. Martina Nowack, die sich eine Beziehung mit ihm gewünscht hatte. Ihre Einsamkeit. Claudia spürte einen Kloß im Hals.

Leyla kehrte ins Zimmer zurück. »Mein Kunde duscht vorne. Wir haben noch ein paar Minuten.«

»Was meinten Sie vorhin damit, dass Sie und Conni Seelenverwandte waren?«

Leyla lächelte wehmütig. Sie suchte nach Worten. »Als ich mit dieser Arbeit begann, war ich noch Studentin. Englische Literatur. Ich habe eine Doktorarbeit geschrieben. Mein Professor wollte, dass ich an der Universität bleibe und Wissenschaftlerin werde. Ich habe darüber nachgedacht, mich am Ende aber für mein Studio entschieden. Ich lese lieber in Menschen als in Büchern. Conni hielt es ebenso. Er konnte tief in Menschen hineinblicken. Es ist eine Gabe, und es ist ein Fluch. Für ihn war Nähe so intensiv, dass er sie oft nicht ertragen konnte.«

Claudia nickte vorsichtig. Dann stellte sie weitere Fragen und erfuhr, dass Strube in der Anfangszeit nur selten zu Leyla kam. In den letzten Monaten aber waren seine Besuche immer häufiger geworden. Zu häufig.

»Zu häufig? Was bedeutet das?«, fragte Claudia.

»Ich möchte nicht, dass meine Kunden süchtig nach dem hier werden. Nach mir. Es gibt den Punkt, wo es obsessiv wird. Auch gefährlich. Für sie, aber auch für mich. Sie stellen dann Ansprüche. Respektieren keine Grenzen mehr.«

»War das bei Conni so? War er süchtig?«

»Ja.«

»Wie oft kam er?«

»Zuletzt? Einmal in der Woche. Teils auch zweimal.«

»Das konnte er sich leisten?«

Leyla zuckte mit den Schultern. »Offensichtlich.«

»Über wie viel Geld reden wir? Diesmal möchte ich eine konkrete Antwort.«

»Vierstellig. Pro Besuch.«

»Viel Geld für einen Seelenverwandten.«

»Es bleibt mein Beruf.«

»Hat Conni in letzter Zeit über Probleme gesprochen? Wurde er bedroht? Hatte er Angst vor jemandem?«

»Er hatte Angst vor seiner Mutter.«

Im Vorraum waren Geräusche zu hören. Leyla stand erneut auf. »Sie müssen jetzt gehen.«

Claudia reichte ihr eine Karte. »Rufen Sie mich an, wenn Ihnen noch etwas einfällt. Es ist wichtig.«

»Versprochen. Oder Sie kommen noch einmal, wenn ich mehr Zeit habe. Ich würde mich freuen. Vielleicht spielen wir ein bisschen.«

Claudia schüttelte verwundert den Kopf. Ohne dass sie gefragt hätte, erklärte Leyla: »Ja, zu mir kommen auch Frauen. Nicht viele. Die besten.«

51.

Als Takeda in den großen Salon im Erdgeschoss des Gutshauses stürmte, erwartete ihn eine bizarre Szenerie.

Sämtliche Gäste hatten sich aus den Sesseln erhoben und standen in einem Halbkreis. Ihre Gesichter wurden vom flackernden Licht Dutzender Kerzen beleuchtet, die sie mit der einbrechenden Dämmerung entzündet hatten.

Ihre wutverzerrten Gesichter waren Ulrike Vogler zugewandt, die ihnen gegenüber stand. Sie hatte die Hände auf ihre Ohren gepresst und stieß immer wieder gellende Schreie aus.

»Was ist hier los?«, fragte Takeda atemlos.

Simone von Kalf antwortete, ihre Stimme war dabei voller Hohn: »Das sehen Sie doch. Die Vogler hat einen Nervenzusammenbruch. Mich wundert es nicht. Erst eine alte, wehrlose Frau umbringen und dann auch noch stundenlang Lügenmärchen erzählen. Das Ganze in Anwesenheit von Ihnen, einem Polizisten … Offenbar überfordert es sie.«

Im nächsten Augenblick verstummte Vogler. Sie senkte ihre Hände und sagte mit überraschend ruhiger Stimme: »Ich schreie nur aus einem einzigen Grund, Inspektor. Um mir nicht länger diese infamen Unterstellungen anhören zu müssen.«

Takeda nickte ihr zu. »Zu schreien erscheint mir kein geeignetes Gegenmittel zu sein.«

»Sie haben recht. Aber dann sagen Sie Frau von Kalf, dass sie aufhören soll, mich zu beschuldigen. Ich habe niemanden umgebracht.«

Takeda wandte sich an die Bankerin. »Mich interessiert eher, ob Sie einen Beweis für Ihre Anschuldigungen haben.«

Von Kalf lächelte selbstbewusst. »Habe ich, Inspektor. Es ist mir erst vorhin wieder eingefallen, als Sie im Keller waren. Ernestine hatte mir schon vor etwa zwei Wochen erzählt, dass sie und Ulrike im Streit liegen. Und dann ist gestern Nachmittag, noch bevor Sie eintrafen, etwas passiert …«

»Etwas passiert?«

»Fragen Sie sie selbst. Sie soll es Ihnen sagen.« Simone von Kalf deutete auf Vogler.

Die Kunsthistorikerin verzog das Gesicht, wirkte dabei eher ärgerlich als verängstigt. »Es stimmt, Ernestine und ich hatten seit einigen Wochen immer wieder heftige Auseinandersetzungen. Auch gestern. Ich wusste nicht, dass Simone uns gehört hat, aber andererseits kann es mich nicht wundern. Es ging laut her.«

»Weswegen haben Sie sich gestritten?«

»Ernestine hat sich beschwert, dass die Umsätze der Kunsthandlung in Hamburg zu niedrig waren. Richtig, waren sie auch. Aber was kann ich dafür? Jeder weiß, dass die wirtschaftliche Lage zurzeit nicht gut ist. Sogar vermögenderen Menschen sitzt das Geld nicht mehr so locker wie früher. Man kauft sich nicht mal eben ein historisches Thangka oder einen bronzenen Buddha. Am Ende hat auch Ernestine das eingesehen. Wir haben unseren Streit friedlich beigelegt. Mehr gibt es dazu nicht zu sagen. Mir deswegen einen Mord zu unterstellen ist absurd.«

Im Raum herrschte ein betretenes Schweigen. Sascha

von Kalf war neben seine Frau getreten und hatte ihr schützend den Arm um die Schultern gelegt.

Kemper und Alexa von Remsau wichen aus dem Halbkreis zurück und nahmen wieder Platz.

Takeda räusperte sich. »Meine Herrschaften, derartige Streitigkeiten und Anschuldigungen verschärfen nur die ohnehin unangenehme Situation. Bitte, mäßigen Sie sich. Wenn einem von Ihnen wieder etwas einfallen sollte, das wichtig sein könnte, sprechen Sie bitte zuerst mit mir.«

Zustimmendes Gemurmel war zu hören. Dann meldete sich Peter Kemper zu Wort. Er hatte die Beine übereinandergeschlagen und blickte Takeda abweisend an. »Mit Ihnen sprechen, Inspektor? Das haben wir doch schon getan. Alle. Stundenlang. Die Tatsache, dass wir immer noch hier hocken, heißt doch nur, dass Sie nicht weiterkommen. Geben Sie es zu, Sie blicken nicht durch. Oder wissen Sie vielleicht, wer Ernestines Mörder ist?«

Takedas Gesicht drückte Bedauern aus, und instinktiv verbeugte er sich. »Das weiß ich in der Tat noch nicht. Aber ich denke, dass ich mich auf einem guten Weg befinde. Daher darf ich Sie um noch ein wenig Geduld bitten.«

»Geduld? Aber wie lange denn noch?« Es war Sascha von Kalf, der das mit zorniger Stimme fragte.

»Das kann ich nicht sagen. Im schlimmsten Fall bis morgen früh.«

»Und was wollen Sie bis dahin unternehmen?«

Takeda fand zu einem Lächeln zurück. »Das sage ich Ihnen gerne. Ich werde nachdenken.«

52.

Claudia ließ St. Pauli hinter sich und fuhr nach Stellingen. Ihre Begegnung mit Leyla de Fauçon wirkte nach. Selten war sie einem Menschen begegnet, der sie so fasziniert hatte und der sie zugleich auch ein wenig ängstigte. Warum? Weil sie Claudia spüren ließ, dass sie vielleicht Seiten in sich trug, die sie niemals ausgelebt hatte?

Die Straßen erforderten Claudias Aufmerksamkeit. Einige Siele hatten dem Dauerregen nicht standgehalten, so dass zum Teil ganze Fahrbahnen unter Wasser standen. Claudia sah Szenen, die die Nachrichten sonst aus fernen Ländern zeigten. Autos, die bis zur Unterkante der Türen in den Fluten standen oder die mit langsamer Geschwindigkeit durch gigantische Pfützen fuhren, woraufhin rechts und links das Wasser in hohen Fontänen aufspritzte.

Claudia hatte die Phantasie, dass es einfach nie wieder aufhören würde, zu regnen. Eine gruselige Variante des Klimawandels. Nicht Hitze und Trockenheit. Nein, die Welt ertrank. Eine neue Sintflut.

Einem spontanen Entschluss folgend, hielt sie an derselben Tankstelle wie am Abend zuvor. Sie trank Kaffee. Der junge Angestellte, ebenfalls derselbe vom Abend zuvor, blickte von hinter der Kasse zu ihr. Er lächelte schüchtern.

»Heute bin ich halbwegs trocken geblieben«, rief Claudia zu ihm herüber.

»In der Nacht soll es endlich aufhören.«

»Hoffentlich.«

Gegen elf Uhr traf Claudia vor dem heruntergekommenen Haus in Stellingen ein. Sie hatte darüber nachgedacht, Dagmar Strube zuvor anzurufen und ihren erneuten Besuch anzukündigen. Es war nicht gerade die passende Uhrzeit, um die Angehörige eines Mordopfers aufzusuchen, zumal die Frau ja auch nicht mehr ganz jung war. Andererseits, so alt war sie auch nicht. Sechzig. Keine zwanzig Jahre älter als ihr Sohn. Nicht einmal achtzehn.

War das ein Teil der Erklärung für dieses Mutter-Sohn-Verhältnis? Überhaupt für so einiges?

Jedenfalls hatte Claudia beschlossen, sich nicht vorher anzukündigen. Es würde schon passen.

Sie klingelte und musste auch dieses Mal lange warten, bis sie hinter der Tür die schlurfenden Schritte hörte. Dann wurde die Tür geöffnet. Strube blickte Claudia stumm an, musterte sie, schien auch jetzt wieder förmlich in sie hineinzusehen.

Dann zeigte sie Anflüge eines Lächelns. »Frau Kommissarin, ich habe so spät nicht mehr mit Ihnen gerechnet.«

»Tut mir leid. Früher ging es nicht. Aber es ist wichtig.«

»Wenn Sie es sagen. Kommen Sie herein und machen Sie die Tür hinter sich zu.«

Mit einem angestrengten Schnaufen wendete Strube ihren Rollator und schob sich langsam den Flur zurück ins Wohnzimmer.

Claudia schloss die Tür. Wie schon am Abend zuvor wurde sie von dem stechenden Geruch nach altem Essen und einem ungewaschenen Körper empfangen. Sie ging den kurzen Flur hinab, passierte die verschlossene Kellertür und betrat ebenfalls das Wohnzimmer. Sie setzte sich.

Der Fernseher lief. Claudia fragte Strube, ob sie ihn ausstellen könne. Die Frau griff nach der Fernbedienung und folgte ihrer Bitte.

»Sie haben mir gestern nicht die Wahrheit gesagt, Frau Strube. Sie wissen sehr wohl, dass Ihr Sohn kein Kurierfahrer ist«, sagte Claudia.

»Ach ja?«

»Ich habe Ihre Nummer im Telefon Ihres Sohnes gefunden. In seinem Büro. Ich nehme an, Ihnen war klar, was er dort tat.«

»Und?«

»Er arbeitete als Privatdetektiv. Warum haben Sie mir das nicht gesagt? Es besteht doch kein Grund zu lügen. Oder doch?«

Dagmar Strube zuckte mit den Schultern. »Ich habe nicht gelogen.«

Erneut hatte Claudia den Eindruck, dass die Frau vielleicht körperlich gebrechlich, geistig aber völlig klar war. Ihre Augen verrieten es. Sie waren klug. Wach. Möglicherweise auch berechnend.

»Wie auch immer, Frau Strube. Es spricht viel dafür, dass Connis Tod im Zusammenhang mit seinem Beruf steht. Wenn Sie also noch mehr wissen, sollten Sie es mir jetzt sagen.«

»Ich weiß nichts. Conni hat gemacht, was er machen wollte. Er hat mir nichts erzählt.«

»Die Detektei ist durchsucht worden. Wahrscheinlich hat jemand Unterlagen verschwinden lassen.«

»Unterlagen?«

»So schwer ist das doch nicht zu verstehen. Es war der Beruf Ihres Sohnes, Menschen auszuspionieren und ihren

Geheimnissen auf den Grund zu gehen. Dabei könnte er auf etwas gestoßen sein, das ihn das Leben gekostet hat. Er hat vermutlich darüber Aufzeichnungen gemacht, die der Täter zu finden hoffte. Ob er damit Erfolg hatte, wissen wir noch nicht.«

Dagmar Strube sah Claudia lange Zeit nachdenklich an. »Was wollen Sie jetzt von mir?«

»Hat Conni erwähnt, dass er mit einem Klienten Streit hatte oder zumindest im Zusammenhang mit einem seiner Aufträge?«

»Nein.«

»Wieso glaube ich Ihnen nicht, Frau Strube?«

Zu den klugen Augen der Frau gesellte sich ein ebenso kluges, hintergründiges Lächeln. »Sie haben von Unterlagen gesprochen. In seinem Büro. Hier sind auch welche. Sehen Sie sie sich an. Vielleicht stoßen Sie ja auf etwas.«

Claudia sah Strube überrascht an. »Conni hat Papiere aus seinem Büro hierher nach Hause gebracht?«

Strube zuckte nur mit den Schultern. »Sie sind oben. Sehen Sie nach.«

»Das habe ich gestern schon getan. Ich habe nichts gefunden.«

»Ich meine ganz oben, auf dem Dachboden.«

»Das sind dann vermutlich alte Vorgänge, oder?«

»Sehen Sie nach. Mehr habe ich nicht zu sagen.«

Strube stellte den Fernseher wieder an und schenkte Claudia keine Beachtung mehr.

53.

Es war nach elf Uhr am Abend, und auf Gut Hohenforst war Stille eingekehrt.

Der Streit, der vorhin so laut und hässlich getobt hatte, schien vergessen zu sein. Die Gäste saßen im Salon beisammen, unterhielten sich mit gedämpften Stimmen oder gaben sich im flackernden Kerzenlicht der Lektüre eines Buches aus der Bibliothek hin. Dazu wurden belegte Brote und Getränke gereicht.

Dass einer der Anwesenden ein Mörder war, schien niemanden zu stören. Oder – und auch das wollte Takeda nicht ausschließen – die Gäste sahen es als einen Umstand an, der der Stimmung des Abends eine besondere Note hinzufügte.

Der Inspektor stand im vorderen, freien Bereich des Salons und tat das, was er zuvor angekündigt hatte. Er dachte nach. Dabei half es ihm, die Bilder zu betrachten, die auf die eine oder andere Weise mit diesem rätselhaften Fall zu tun hatten.

Da war zum einen die Große Welle. Das Bild hatte inzwischen an seinen angestammten Platz an der Stirnwand des Salons zurückgefunden. Ebendort hatte es gehangen, als er am Vortag auf Gut Hohenforst eingetroffen war.

Die Vorstellung, dass dieses Blatt vor über hundertfünfzig Jahren noch unter Hokusais persönlicher Aufsicht entstanden war, der Meister es womöglich mit eigenen Händen berührt hatte, erfüllte Takeda mit einem Gefühl der Ehrfurcht. Er gab ihm Ausdruck, indem er sich instinktiv vor dem Holzschnitt verneigte.

Er trat noch dichter an das Bild heran und untersuchte es genauer, in der Hoffnung, ihm möglicherweise doch noch ein Geheimnis entlocken zu können.

Was er jedoch sah, war ihm bereits vertraut. Da war die Welle, die von links nach rechts brach und mit mangahaften Tentakeln nach den Fischerbooten im Wellental zu greifen schien. Bei den Booten handelte sich, wie Takeda wusste, um *Oshiokuri-bune*, eine Art historischer Schnellboote, die, von zahlreichen Ruderern angetrieben, den frisch gefangenen Thunfisch auf die Märkte von Edo, dem heutigen Tokio, brachten.

Der Gedanke an ein frisches Sashimi vom Thun – egal, ob magerer Akami oder weißfettiger Otoro, zudem garniert mit einem Schuss Sojasauce und einem Hauch Wasabi – führte dazu, dass Takedas Magen ein hörbares Knurren von sich gab.

Er rief sich zur Ordnung und konzentrierte sich auf das Bild. Warum war es in der zurückliegenden Nacht aus dem Rahmen erst entfernt und dann wieder eingefügt worden? Nur das konnte Takedas Meinung nach die Neigung des Bildes erklären und genauso die Kratzspuren an den hinteren Halterungen, die ihm am Morgen aufgefallen waren. Ulrike Vogler hatte ihm vorhin noch einmal versichert, dass sich außer dem Farbholzschnitt nichts weiter in dem Rahmen oder hinter dem Passepartout befunden hatte. Es war ein naheliegender Gedanke gewesen, dass der Rahmen möglicherweise als Versteck für etwas gedient hatte, das der Mörder in der Nacht an sich genommen hatte.

Aber so war es nicht gewesen. Vogler hatte das Bild nach dem Erwerb eigenhändig gerahmt. Sie wüsste es, wenn sich dort noch etwas anderes befunden hätte.

Was war dann die Erklärung für den seltsamen Vorgang in der Nacht? Takeda wusste es nicht. Er konnte sich keinen Reim darauf machen.

Er wandte sich seufzend von der Großen Welle ab, ging einige Schritte durch den Salon und betrachtete das zweite Bild, das ihn beschäftigte.

Es war das in Öl gemalte Porträt Heinrich Carl von Schimmelmanns, dem berühmten Ahnen der Familie von Remsau. Als Takeda es am Vortag betrachtet hatte, hatte er nicht ahnen können, dass es eine Rolle in einem Todesfall spielen könnte.

Schimmelmann war seit gut zweihundertfünfzig Jahren tot, und doch reichte sein langer Schatten bis in die Gegenwart – und hatte möglicherweise nun einen weiteren Tod nach sich gezogen.

Aber warum genau? Ging es um das Vermögen, das dieser Mann seinerzeit erworben hatte und das bis heute die Gier der Menschen anstachelte? Oder bestand der Zusammenhang zur Gegenwart in Schimmelmanns Geschäften mit versklavten Menschen? Geschäfte, die auch nach so vielen Jahren noch Abscheu und womöglich auch heftigere Gefühle hervorriefen?

Alexa von Remsau hatte Takeda gebeichtet, dass sie vor rund zehn Jahren, als sie noch eine Studentin war, an einem Anschlag auf ein Denkmal ihres Vorfahren beteiligt gewesen war. Es war die Auflehnung einer empörten jungen Frau gegen die Last ihres Erbes gewesen, eine durchaus verständliche Gefühlsregung. Angeblich hatte Alexa inzwischen ein friedlicheres Verhältnis zu ihrer Familiengeschichte entwickelt. Aber war das die Wahrheit? Oder hatte die junge Frau nun, so viele Jahre später, ihre Wut gegen die eigene Tante gerichtet, die offenbar nichts Schlimmes am Tun ihres Vorfahren sehen wollte? Und was war mit den übrigen Gästen des Hauses? War einer unter ihnen, der Rache für eine verdrängte Vergangenheit üben wollte?

Egbert Saemann vielleicht? Takeda hatte ihn vorhin erneut zur Rede gestellt und ihn ganz direkt gefragt, ob er in der Nacht das Haus verlassen hatte.

Saemann hatte es rundheraus abgestritten. Er sei nicht vor der Tür gewesen, warum auch? Takedas Hinweis, dass es ein Leichtes sei, nach nasser Kleidung unter seinen Sachen zu suchen und so die Wahrheit zu erfahren, hatte nicht dazu geführt, dass der alte Mann seine Meinung änderte und eine Beichte ablegte.

Täuschte Takeda sich also? Oder genauer, hatte Alexa sich getäuscht, als sie meinte, in der Nacht Saemann gesehen zu haben?

Der Inspektor trat einen Schritt zur Seite, so dass die beiden Bilder, die einander zugewandt an den entgegengesetzten Enden des großen Salons hingen, in einen stummen Dialog treten konnten.

Ein japanischer Farbholzschnitt aus dem frühen neunzehnten Jahrhundert.

Ein Ölgemälde, das sogar noch ein halbes Jahrhundert zuvor entstanden war.

Ein Mord in der Gegenwart.

Dazu ein Polizeiinspektor aus Tokio, der aus alldem schlau zu werden versuchte.

Takeda seufzte und gestand sich ein, dass er möglicherweise an der Auflösung dieses seltsamen Falles scheitern würde.

54.

Claudia stieg die Treppen in den ersten Stock des Hauses in Stellingen empor. Die Stufen knarrten unter ihren Füßen. Aus dem Wohnzimmer war der Lärm des Fernsehers zu hören.

An der Decke im oberen Flur befand sich eine rechteckige Luke mit einem metallenen Ring in der Mitte.

Claudia blickte sich suchend um. An der Wand lehnte eine Stange mit einem Plastikhaken am Ende. Sie nahm sie zur Hand, streckte sich nach oben und zog an dem Ring.

Alte, schlecht geölte Federn quietschten. Sie musste einen leichten Widerstand überwinden, dann neigte sich das Holz der Luke nach unten und eine schmale, hölzerne Treppe glitt hinab.

Claudia blickte nach oben zu dem schwarzen Loch über ihr. Es war nicht wirklich einladend, dort hinaufzuklettern.

Nicht in diesem Haus. Nicht mit dieser unheimlichen Frau, die unten saß und Fernsehen schaute.

Aber es half nichts.

Sie setzte einen Fuß auf die Treppe, legte prüfend ihr Gewicht darauf. Es hielt.

Alles andere wäre auch verwunderlich gewesen. Sie wog halb so viel wie Conni Strube. Wenn er hier hinaufklettern konnte, sollte es bei ihr kein Problem sein.

Sie stieg Stufe um Stufe höher, steckte schließlich den Kopf durch die Öffnung in der Decke.

Dunkelheit. Es roch nach Muff und trockenem Holz. Zu sehen war nichts.

Sie zog ihr Handy aus der Tasche und leuchtete mit dem schwachen Schein des Displays in alle Richtungen.

Ein Dachboden, wie man ihn erwartete. Alte Möbel, Koffer, ein verrostetes Kinderfahrrad, eine Wäschekiste, anderer, undefinierbarer Kram.

Alles war von einer dicken Staubschicht bedeckt.

Mit einer Ausnahme. Nicht weit von der Luke entfernt stand ein Container aus Aluminium. Kniehoch, vielleicht einen Meter breit.

Ohne jeden Staub.

Claudia trat auf die Holzbohlen des Dachbodens. An einem der Balken befand sich ein altertümlicher Drehschalter. Sie betätigte ihn. Eine nackte Glühbirne glimmte auf und verbreitete trübes, gelbes Licht.

Sie hockte sich vor den Container. In dem Bügel der Deckenklappe hing ein Vorhängeschloss. Nicht gerade neu und auch nicht gerade stabil. Aber trotzdem eine Hürde.

Verdammt.

Dann musste sie wohl wieder einmal ihre Fingerfertigkeit unter Beweis stellen.

Obwohl ... Sie erinnerte sich an etwas. Conni Strubes Schreibtisch. Umschläge, Papierkram. Ein kleiner Schlüssel. Im Zweifel für ein Vorhängeschloss.

Sie stieg die steile Treppe wieder hinab, fand den Schlüssel genau da, wo sie ihn am Tag zuvor gesehen hatte, kletterte ein weiteres Mal hinauf und versuchte ihr Glück.

Passte.

Das Schloss sprang auf.

Sie öffnete den Alucontainer und blickte auf mehrere Aktenordner sowie auf Papierbündel, die mit Paketband verschnürt waren.

Es war dieselbe Sorte Unterlagen, die sie vorhin schon im Präsidium gesichtet hatte. Observationsprotokolle, Notizen, auch ausgedruckte Fotos, offenbar mit einem starken Tele aufgenommen.

Warum bewahrte Strube einen Teil seiner Papiere hier auf? Dazu noch in einer verschlossenen Box auf dem Dachboden?

Sie beugte sich hinab und zog wahllos eines der Papierbündel heraus. Auf dem obersten Blatt stand ein Datum, das etwa ein halbes Jahr zurücklag. Daneben ein Name.

Härtling.

Auftraggeber: Jürgen Härtling. Zielobjekt der Beobachtung: Karin Härtling.

Claudia löste das Paketband und überflog die Blätter.

Oh verdammt, dachte sie nur.

Das also war Conni Strubes Geheimnis.

55.

Takeda erwachte ruckartig in dem Sessel, in den er sich niedergelassen hatte und in dem er offenbar eingenickt war. Er rieb sich übers Gesicht und blickte sich um.

Der große Salon lag in nahezu vollkommener Dunkelheit. Die Kerzen waren heruntergebrannt, und im Kamin leuchtete nur noch eine schwache Glut.

Die meisten Gäste schliefen. Alexa von Remsau hatte sich auf dem Sofa ausgestreckt. Das Ehepaar von Kalf hatte eine Matratze aus dem oberen Stockwerk geholt und sich im vorderen, freien Bereich des Salons niedergelegt. Ulrike Vogler schlief in seltsam aufrechter Pose auf einem Sessel in einer Ecke des Salons.

Wach waren einzig Egbert Saemann und Peter Kemper. Sie saßen vor dem Kamin und unterhielten sich flüsternd. Kemper trank Whiskey, Saemann Rotwein. Die geöffnete Flasche stand zu seinen Füßen. Alles schien so weit unauffällig zu sein. Sogar friedlich.

Allerdings … Er blickte erneut hinüber zu Ulrike Vogler. Schlief sie wirklich? Ihre Augen schienen geöffnet zu sein. Anscheinend starrte sie sinnierend vor sich hin. Aber warum saß sie dann so seltsam regungslos da?

Takeda verspürte plötzlich ein seltsames Gefühl. Dann wurde ihm schlagartig klar, dass er einen schrecklichen Fehler begangen hatte.

56.

Conni Strube hatte Karin Härtling mehrere Wochen observiert und ihrem Mann Jürgen in seinem Abschlussbericht mitgeteilt, dass er sich keine Sorgen zu machen brauche. Seine Frau betrüge ihn nicht.

Claudia blickte auf Fotos, die Karin Härtling – ihr Name war auf den Bildern notiert – in den Armen eines Mannes zeigten, den sie leidenschaftlich küsste.

Der Mann war nicht Jürgen Härtling.

Andere Fotos zeigten sie mit demselben Mann sogar nackt in einem Bett. Die Aufnahme war verwaschen und offenbar mit einem starken Tele durch ein Fenster hindurch aufgenommen worden.

Auf einer Liste hatte Strube penibel festgehalten, wann Karin Härtling ihren Liebhaber getroffen hatte.

Nichts davon hatte er seinem Auftraggeber, Jürgen Härtling, offenbart. Claudia wusste es durch das Gespräch mit ihm, aber auch aus den Unterlagen, die sie im Präsidium gesichtet hatte. Unterlagen, die denselben Auftrag betrafen, die aber ein völlig anderes Ergebnis präsentierten.

Claudia griff nach einem anderen Ordner aus dem Alucontainer. Er betraf Namen und Vorgänge, die ihr nichts sagten. Es ging um Männer oder Frauen, die der Detektiv aus verschiedensten Gründen überwacht hatte. Die Fälle kreisten um Unterschlagungen, entwendeten Schmuck, gestohlene Firmengeheimnisse, Seitensprünge, Versicherungsbetrug.

Delikte, die laut dieser Unterlagen begangen worden und auch beweisbar waren.

Zu denen es aber, da war Claudia sich sicher, im Präsidium andere Unterlagen gab, die das Gegenteil besagten und die alle Personen, die hier aufgeführt waren, für unschuldig erklärten.

Es gab keinen Zweifel mehr. Conni Strube hatte mit seinen Auftraggebern ein doppeltes Spiel gespielt. Vor allem hatte er sich doppelt bezahlen lassen.

Von seinen Auftraggebern für die geleistete Arbeit. Und von seinen Überwachungsopfern für sein Schweigen und dafür, dass er gefälschte Berichte verfasste.

Letzteres nannte man Erpressung.

Und jetzt war Strube tot.

Der Grund für sein Handeln war nicht schwer zu erraten. Tausende von Euro für seine Ex-Freundin. Tausende von Euro für Leyla de Fauçon, für seine Obsession.

Es ging um Geld.

Claudia nahm ein weiteres Papierbündel aus dem Alucontainer.

Es handelte sich um einen Fall von Unterschlagung. Die Geschäftsführerin einer Kunsthandlung hatte auf eigene Rechnung Kunstwerke veräußert, den Erlös jedoch nicht verbucht, sondern in die eigene Tasche gesteckt. So war sie über viele Jahre vorgegangen.

Strube hatte sie observiert und überführt. Die Frau hieß Ulrike Vogler. Aufraggeberin der Ermittlung war die Inhaberin der Kunsthandlung, eine gewisse ... Claudia stockte der Atem ... Ernestine von Remsau.

Das war die Frau, die Takeda übers Wochenende auf ihren Landsitz eingeladen hatte.

Die Frau, die in der vergangenen Nacht ermordet worden war.

Auf den Papieren war neben der Anschrift des Geschäfts auch von Remsaus Privatadresse vermerkt.

Eine Straße, eine Postleitzahl, dazu der Name eines Anwesens: Gut Hohenforst.

Claudia spürte, wie ihr Puls zu rasen begann.

57.

Als Takeda seinen Irrtum einsah, sprang er wie von der Tarantel gestochen aus seinem Sessel auf. Kemper und Saemann erschraken und fuhren herum. Der alte Architekt ließ dabei sein Weinglas fallen. Es zersprang mit einem lauten Klirren auf den Fliesen, so dass nun auch die übrigen Gäste erwachten. Sascha von Kalf warf seine Decke zurück, sprang auf die Füße und ballte kampfbereit die Fäuste. Alexa von Remsau erhob sich ebenfalls und rieb sich verschlafen die Augen. Simone von Kalf blieb liegen, rief aber mit erschrockener Stimme: »Mein Gott, was ist denn passiert?«

Takeda räusperte sich. »Es tut mir leid, meine Herrschaften. Ich wollte Sie nicht erschrecken. Mir wurde nur gerade bewusst, dass ich ... nun, mir ist soeben etwas klar geworden. Ich werde Sie schon sehr bald darüber informieren.«

Auch Ulrike Vogler war aus ihrer erstarrten Haltung erwacht. Sie blickte zu Takeda und sah ihn erschrocken, vielleicht auch ängstlich an.

»Heißt das, Sie wissen jetzt, wer die Gräfin ermordet hat?«

Takeda lächelte. »Ich denke, ja. Aber bevor ich Ihnen Näheres mitteile, gibt es etwas, das ich überprüfen muss.«

»Aber Sie können doch nicht ... Reden Sie mit uns, Inspektor! Sagen Sie uns, was Sie wissen. Und zwar sofort.«

Es war Sascha von Kalf, der das knurrte.

Takeda aber war bereits an der Tür. Er drehte sich noch einmal um. »Es tut mir leid, aber Sie müssen noch ein wenig Geduld haben. Bis dahin halten Sie sich bitte an meine Anweisung und verlassen keinesfalls allein diesen Raum.«

»Ach! Und Sie? Was ist mit Ihnen?«, fragte Simone von Kalf.

»Ich habe leider keine Wahl.«

»Das ist doch die Höhe!«

Die übrigen Gäste stimmten in die Tirade von Kalfs mit ein, und so prasselte eine wahre Flut aus Kommentaren und bösen Worten auf Takeda ein.

Die Empörung steigerte sich und drohte laut zu werden. Takeda löste die Hand noch einmal von der Türklinke, trat zurück in den Raum und verbeugte sich. »Ich kann Ihre Ungeduld gut verstehen, meine Herrschaften. Ich verspreche, dass Sie schon bald die Wahrheit erfahren werden. Jetzt aber gibt es für mich etwas zu tun, das keinen Aufschub erlaubt.«

Takeda trat hinaus in den dunklen Flur und schloss die Tür des Salons. Hinter sich hörte er immer noch aufgeregte Stimmen, und es war deutlich, dass er das Ziel des allgemeinen Zorns war.

Gut so. Denn dann war wenigstens sichergestellt, dass die Gäste sich nicht untereinander attackierten.

58.

Claudia raste mit durchgedrücktem Gaspedal über die Autobahn in Richtung Norden. Der Scheibenwischer ihres Peugeots flatterte auf höchster Stufe hin und her und kam doch nicht gegen die Regenmassen an. Die roten Rückleuchten der wenigen Wagen vor ihr waren nur ein verwaschenes Glimmen. Mehr als einmal musste sie scharf abbremsen, um nicht aufzufahren.

Es wäre zweifellos schlauer, langsamer zu fahren.

Aber das kam nicht infrage. Es ging um Leben und Tod. Nicht ihres. Sondern das von Takeda.

Alles wäre einfacher gewesen, wenn sie ihn telefonisch erreicht hätte. Sie hatte es mehrfach versucht, ohne Erfolg. Sein Handy war und blieb ausgeschaltet. Verdammter Mist! Warum nur? Oder war es vielleicht schon zu spät?

Dann war es ihr eingefallen. Ken hatte gesagt, dass der Strom im Gutshaus ausgefallen war. Natürlich! Darum war auch der Festnetzanschluss des Anwesens gestört. Sie hatte die Nummer ebenfalls in Strubes Unterlagen gefunden.

Danach hatte Claudia nicht lange nachgedacht, sondern war aus dem Haus in Stellingen gestürmt, hatte dabei die erstaunten Ausrufe Dagmar Strubes einfach ignoriert. Sie war in ihren Wagen gesprungen und losgefahren.

Den kurzen Gedanken, die Kollegen in Kiel zu alarmieren, hatte sie verworfen. Bis sie denen erklärt hatte, worum es ging und welche Schlussfolgerungen Conni Strubes Unterlagen nahelegten, wäre sie auch selbst schon vor Ort.

Seitdem raste sie über die Autobahn, erfüllt von der Hoffnung, dass sie nicht zu spät kam.

Strube hatte diese Ulrike Vogler erpresst, nachdem er sie der Unterschlagung überführt hatte. Für die Gräfin von Remsau hingegen hatte er, seinem Schema folgend, frisierte Berichte angefertigt. Nach denen war Vogler unschuldig, der Verdacht gegen sie unbegründet.

Dadurch konnte der Detektiv zweimal abkassieren. Einmal bei seiner Auftraggeberin. Und noch einmal bei Vogler.

Nur, dass sie offenbar nicht bereit war zu bezahlen. Sie hatte den Detektiv umgebracht.

Aber offenbar hatte Vogler immer noch – oder jetzt erst recht – Angst davor, entdeckt zu werden.

Also beging sie einen zweiten Mord und tötete auch Ernestine von Remsau. Es war nur konsequent. Vogler konnte sich ausrechnen, dass, sollte die Leiche von Strube entdeckt werden, die Polizei seine jüngeren Fälle untersuchen würde. Also stahl sie alle Unterlagen in der Detektei, die auf sie hindeuteten. Und sie räumte Strubes Auftraggeberin aus dem Weg.

Dass der Detektiv noch weitere Unterlagen besaß, versteckt auf seinem Dachboden, die sie belasteten, konnte Vogler nicht ahnen.

Aber was war mit Ken? Ahnte er, womit er es zu tun hatte?

Oder tappte er im Dunklen? Das aber würde bedeuten, dass er selbst in höchster Lebensgefahr schwebte. Denn wer zweimal gemordet hatte, würde kaum vor einem dritten Mord zurückschrecken.

Bei Rendsburg verließ Claudia die Autobahn und folgte

einer Landstraße durch eine menschenleere Gegend. Wiesen, Felder, kleine Wäldchen. Alles vermatscht oder sogar überflutet. Gelegentlich sah sie im Regenschleier das ferne Licht eines Gehöfts.

Der Strom war also keineswegs in der gesamten Gegend ausgefallen, sondern nur auf dem Herrenhaus.

Noch ein Beweis, dass Eile geboten war.

Zum Glück zeigte Claudias Navi an, dass es nur noch wenige Kilometer bis Gut Hohenforst waren.

59.

Takeda stieg die Treppe in den ersten Stock empor, wandte sich dann nach rechts und betrat Ernestines privaten Wohnbereich. Als einziges Licht diente ihm ein sechsarmiger Kerzenleuchter, den er entzündet hatte.

Der Inspektor betrat Ernestines Schlafzimmer. Er schloss die Tür hinter sich, drehte sich um und sah zu der toten Gräfin. Sie lag friedlich auf dem Rücken und hatte die Hände über der Brust gefaltet. So hatten er und Sascha von Kalf sie am Morgen gebettet.

Er setzte sich neben sie auf das Bett, hielt für einen Moment stille Andacht. Erfüllt von einer tiefen Melancholie murmelte er leise: »Warum nur, Ernestine? Warum nur?«

Dann begann er, minutiös den Raum zu durchsuchen. Wie schon am Morgen öffnete er sämtliche Schubladen und Schranktüren, legte sich sogar auf den Fußboden und robbte unter das Bett. Angesichts der schlechten Lichtverhältnisse war das ein schwieriges Unterfangen. Er gab sich äußerste Mühe.

Er fand nichts.

Natürlich nicht. Er war doch schon bei seiner ersten Suche, unmittelbar nachdem sie die Tote entdeckt hatten, gründlich vorgegangen. Das, wonach er Ausschau hielt, hätte er kaum übersehen.

Takeda erhob sich, verbeugte sich vor der toten Gräfin und bat sie mit eindringlichen Worten um Verzeihung. Dann fasste er mit beiden Armen unter ihren toten Körper und bettete sie so sanft es ging auf die äußerste Kante des Bettes.

Anschließend schüttelte er sorgsam die Decken aus, hob auch die Matratze empor, lugte darunter. Das hatte er am Morgen nicht getan.

Das Ergebnis blieb jedoch dasselbe.

Nichts.

Nachdem er die Leiche wieder mittig auf das Bett gelegt hatte, setzte er seine Suche in der benachbarten Küche fort. Es war nur ein kleiner Raum mit wenigen Schränken, zwei Kochplatten, einem Kühlschrank und einer schmalen Spülmaschine.

Rund eine Viertelstunde lang durchsuchte Takeda jeden der Schränke, entnahm ihnen das Geschirr, öffnete Vorratsdosen und Schachteln, unterzog auch den Kühlschrank und sogar das Eisfach einer sorgfältigen Inspektion.

Wiederum ohne Ergebnis.

Täuschte er sich vielleicht doch? Fügten sich all die Puzzlestücke, die er gesammelt hatte und die ein verstörendes und zugleich stimmiges Bild zu ergeben schienen, doch nicht zusammen?

Beging er erneut einen Fehler? Obwohl er doch eben meinte, einen solchen erkannt zu haben und jetzt eben auch zu korrigieren?

Takeda stand bereits in der Tür zum Flur. Seine Stirn war in Falten gelegt, sein Gesichtsausdruck angestrengt.

Noch einmal glitt sein Blick durch die kleine Küche, blieb schließlich auf der Spülmaschine ruhen.

Es war ein modernes Gerät, das gerade eben für eine alleinlebende Person genug Platz bot.

Selbstverständlich hatte er ihr Inneres durchsucht. Aber hatte er es sorgfältig genug getan?

Der Inspektor kehrte in den Raum zurück, kniete sich auf den Fußboden und öffnete die Maschine ein zweites Mal. Er nahm den unteren Drahtkorb heraus, stellte ihn auf den Fußboden und beugte sich weit ins Innere der Maschine.

Da war ein drehbarer Sprinkler, der das Wasser verteilte. Daneben ein Ablauf mit einem Sieb. Zudem ein runder Schraubverschluss, in den sich, wenn er richtig informiert war, Salz füllen ließ.

Takeda schraubte den Deckel ab, unter dem sich eine etwa fünf Zentimeter breite Öffnung verbarg.

Hineinsehen ließ sich nicht, nicht einmal, wenn er eine starke Lampe gehabt hätte.

Er stand auf, blickte sich suchend um, griff dann nach einem Kochlöffel, der in einem Behältnis neben dem Herd stand.

Er führte den Stiel des Löffels in die Öffnung, beschrieb rührende Bewegungen. Der Brei, der aus Wasser und Salz bestand, war zäh und klebrig.

Aber da war auch noch etwas anderes.

Ein kleiner, harter Gegenstand. Er gehörte gewiss nicht dort hinein.

Takeda zog seinen Hemdsärmel hoch und fingerte tastend in das Loch hinein.

Zweimal bekam er den Gegenstand mit den Fingerspitzen zu fassen, verlor ihn aber wieder.

Beim dritten Mal gelang es ihm.

Er zog ihn hervor und betrachtete ihn im flackernden Kerzenschein.

Es war der Beweis, auf den er gehofft hatte.

60.

Claudia fuhr immer noch mit Vollgas, bog viel zu schnell um eine Ecke. Was das Navi als Straße auswies, war in Wahrheit ein Feldweg. Unasphaltiert und völlig vermatscht. Ihr Peugeot geriet ins Schlingern, brach aus, drehte sich um die eigene Achse.

Nach Momenten, die ihr wie Ewigkeiten erschienen, kam der Wagen zum Stillstand. Claudia atmete stoßweise aus. Ihre Augen waren angstgeweitet, ihre Stirn war schweißnass.

Nichts war passiert.

Weiter.

Der Weg führte durch eine Feld- und Wiesenlandschaft, jedenfalls soweit Claudia es erkennen konnte. Im dichten Regenschleier sah alles mehr oder weniger gleich aus.

Einmal hielt sie an, weil sie meinte, ein Schild am Straßenrand gesehen zu haben. Sie setzte einige Meter zurück, beugte sich dicht an die Frontscheibe heran.

Privatweg. Durchfahrt verboten.

Ja, klar. Ihr mich auch.

Kurz darauf wurde es noch dunkler als zuvor. Absolute Schwärze. Claudia brauchte einen Augenblick, dann begriff sie, dass der Weg nun durch einen Wald führte.

Das Navi zeigte an, dass sie nur noch einen guten Kilometer vor sich hatte. Eigentlich war es ein Wunder, dass das Gerät überhaupt so eine Nebenstraße kannte.

Der Weg, der zuvor noch etliche Kurven beschrieben

hatte, führte jetzt mehr oder weniger geradeaus. Gut so. Sie gab alle Rücksicht auf und trat ihr Gaspedal erneut durch.

Sekunden später passierte es. Erst ein ohrenbetäubendes Geräusch, ein Rauschen, Krachen, Platschen. Dann das Gefühl, als wäre sie in einen gigantischen Wattebausch hineingerast.

Weich. Matschig. Undurchdringlich.

So wie Treibsand.

Claudia drückte das Gaspedal durch. Nichts passierte. Der Motor war abgesoffen. Auch die Armaturen waren dunkel. Genauso die Scheinwerfer.

Aber warum bewegte sich das Auto dann immer noch? Nicht nach vorne. Zur Seite.

Dann fühlte sie etwas an den Füßen. Nass. Kalt.

Wasser.

Es rann durch die Türritzen, stieg schnell höher.

Der Wagen begann, sich um sich selbst zu drehen.

Immer mehr Wasser sickerte ein.

Verdammt! Von wegen, das Navi kennt den Weg. Es hatte nicht die geringste Ahnung, hatte sie mitten in einen Fluss gesteuert.

Oder, die wahrscheinlichere Variante, die ganze Straße stand unter Wasser.

Aber wie auch immer, sie musste etwas tun. Weil das hier, das war nicht gut, gar nicht gut.

Claudia drückte auf den Fensterheber. Keine Reaktion. Der Wagen war tot. Auch die Elektronik war tot.

Sie zog den Türöffner. Das Schloss gab ein Klacken von sich, aber die Tür rührte sich nicht.

Sie stemmte sich dagegen. Immer noch nichts.

Dafür stieg das Wasser höher, erreichte ihre Hüfte, ihren Rücken. Eiskalt. Bedrohlich. Tödlich.

Ihr Instinkt übernahm. Sie musste hier raus.

61.

Takeda war von Ernestines Räumen hinüber zum Trakt mit den Gästezimmern gegangen. Dank seiner Skizze, die er sich eingeprägt hatte, wusste er, wer wo logierte. So konnte er sich Zutritt zu den richtigen Zimmern verschaffen. Sein Gebot, dass die Gäste gemeinsam im Salon bleiben sollten, machte sich nun doppelt bezahlt.

Alle waren in Sicherheit. Und er hatte Zeit, in aller Ruhe ein bestimmtes Zimmer zu durchsuchen.

Es dauerte nicht lange und er wurde fündig.

Die Puzzlestücke fügten sich zusammen, das Bild war nun klar und eindeutig.

Warum nur war er nicht viel früher darauf gekommen?

Gerade als er über die große Freitreppe ins Erdgeschoss zurückkehren wollte, war von unten ein donnerndes Geräusch zu hören.

Was war los? Wurde gekämpft?

Das Donnern wiederholte sich, dazu war ein dumpfes Rufen zu hören.

In der nächsten Sekunde wurde die Tür zum Salon aufgerissen. Aufgeregte Stimmen redeten durcheinander, dann ertönte ein spitzer Schrei. Takeda meinte die Stimme von Simone von Kalf zu erkennen.

Er stellte den Kerzenleuchter, den er in der Hand hielt, auf den Boden und rannte los, nahm drei Stufen auf einmal.

Im Erdgeschoss angekommen, sah er, dass die Gäste dicht aneinandergedrängt in der Eingangshalle standen.

Egbert Saemann zeigte mit zitterndem Finger zur Tür.

»Draußen, Inspektor. Von wegen, hier ist nicht noch jemand. Jetzt sind wir alle dran.«

Takedas Blick wanderte zur Außentür. Einen Moment später rief jemand von dort mit wütender Stimme: »Ist denn niemand da? Die Klingel ist kaputt. Machen Sie die verdammte Tür auf! Ich muss mit dem Inspektor sprechen.«

Takeda kniff die Augen zusammen, schüttelte ungläubig den Kopf.

»Claudia?«

»Ken?«

Er trat an die Tür, drehte den großen Schlüssel im Schloss und öffnete.

»Aber was …?«

Sie sah furchtbar aus. Nass, verdreckt, im Gesicht und an den Händen voller Schrammen, womöglich auch noch ernsthafter verletzt.

Sie aber lächelte. »Hi, Ken. Ich bin's. Guck nicht so betroffen.«

»Aber was ist passiert? Du siehst mitgenommen aus. Überhaupt, wie kommt es, dass du hier bist?«

»Später. Erst einmal freue ich mich, dich zu sehen. Und noch mehr, dass du lebst.«

Sie machte einen Schritt auf ihn zu und schloss ihn fest in die Arme. Dass er dabei ebenfalls patschnass wurde? War ihr so was von egal.

62.

Claudia war in die runde Vorhalle des Gutshauses getreten, pflückte sich dort nasses Laub und Äste aus dem Haar und von ihren völlig durchnässten Kleidern.

Zu Takeda, der sie immer noch in einer Mischung aus Sorge und Verwunderung anstarrte, sagte sie: »Dieser scheiß Bach. Oder Fluss? Oder Strom? Was weiß ich. Ich bin reingefahren, Ken! Mit Vollgas. Mein Auto kann ich vergessen. Das ist vermutlich auf dem Weg in die Ostsee ... Ich bin froh, dass ich lebend rausgekommen bin.«

»Das bin ich auch. Ich kann dir nicht sagen, wie sehr. Aber dennoch ... wieso bist du hier? Auch noch um diese Uhrzeit, mitten in der Nacht? Ich verstehe es nicht.«

Claudia setzte zu einer Erklärung an, als ihr Blick erstmals auf die übrigen Gäste des Hauses fiel. Sie standen nur wenige Meter entfernt und musterten sie mit befremdeten Blicken.

Sie tat dasselbe. Sie musterte zurück. Da war ein distinguierter, älterer Herr. Eine Endvierzigerin im edlen Kostüm. Neben ihr ein kleiner Muskelmann. Eine junge, attraktive Blondine mit Dreadlocks. Ein hagerer Mann mit langem, strähnigem Haar. Und eine blasse Frau in Schwarz – die sie sofort von den Fotos aus Strubes Unterlagen erkannte. Ulrike Vogler.

In den Gesichtern all dieser Menschen sah Claudia Anspannung, Wut, auch Angst. Kein Wunder, nach allem, was passiert war.

»Ist sonst noch jemand im Haus?«, fragte sie Takeda.

»Nein. Nur diese Herrschaften und ich. Gräfin von Remsau, die Tote, ist oben in ihrem Zimmer aufgebahrt.«

»Gut. Dann will ich dir erklären, warum ich hier bin. Ich bin in Hamburg – nenn es Zufall oder auch nicht – auf einige Dinge gestoßen, über die du vermutlich staunen wirst. Sie haben mit dem zu tun, was in der vergangenen Nacht hier in diesem Haus geschehen ist. Allerdings sollten wir das nicht gerade hier vor all diesen Leuten besprechen.«

Claudia gab sich alle Mühe, nicht in Richtung von Ulrike Vogler zu sehen.

»Wir können uns oben in mein Zimmer zurückziehen. Oder in die Bibliothek«, erklärte Takeda. »Aber vielleicht möchtest du dich erst einmal umziehen?«

Claudia lachte und wischte sich eine nasse Haarsträhne aus dem Gesicht. »Würde ich liebend gern. Dummerweise hatte ich keine Zeit, einen Koffer zu packen. Und wenn, wäre er jetzt in meinem Wagen und auch nicht mehr zu retten.«

»Das Problem lässt sich lösen, denke ich. Ich bin mir sicher, dass eine der Damen etwas Passendes für dich hat ...«

Takeda wandte sich an die übrigen Gäste, erklärte, wer die überraschende Besucherin sei und dass sie, Kriminalhauptkommissarin Harms, ihn nun bei seinen Ermittlungen unterstützen werde. Außerdem erkundigte er sich, ob jemand möglicherweise Claudia mit trockener Kleidung aushelfen könnte.

Nach einem kurzen, erstaunten Schweigen prasselte ein ganzer Reigen an Fragen auf den Inspektor und auch auf Claudia nieder. Fragen, bei denen es um alles Mögliche ging, nur nicht um trockene Anziehsachen. Wann Takeda endlich sagte, was er herausgefunden hatte und wann sie endlich das Haus verlassen könnten? Und welche neuen Fakten die Kommissarin in Hamburg erfahren hätte? Sie alle hätten ein das Recht, endlich die Wahrheit zu erfahren!

Takeda machte eine dämpfende Handbewegung. »Meine Herrschaften, ich verspreche Ihnen, dass Sie sehr bald Antworten auf alle Ihre Fragen erhalten werden. Erst einmal aber ist es wichtig, dass ich allein mit meiner Kollegin spreche. Mordermittlungen erfordern nun einmal eine gewisse Zurückhaltung bei der Preisgabe von Informationen. Darum kehren Sie nun bitte in den Salon zurück. Versuchen Sie, noch ein wenig Ruhe zu finden. Darf ich Sie zuvor aber ein weiteres Mal fragen, ob jemand von Ihnen meiner Kollegin mit trockener Kleidung aushelfen könnte?«

Niemand rührte sich. Stattdessen blickten sämtliche Gäste in einer Mischung aus Angst und Ablehnung auf Claudia. Wen wollte das wundern? Sie sah in ihrem ramponierten Zustand in der Tat nicht nach einer autoritätseinflößenden Polizistin aus.

Schließlich löste Alexa von Remsau sich aus der Gruppe, trat einen Schritt vor. Sie blickte Claudia demonstrativ von Kopf bis Fuß an, blickte dann mit einem vieldeutigen Lächeln zu Takeda und erklärte: »Ich denke, die Größe haut ungefähr hin. Ich hätte was für deine Kollegin, lieber Ken.«

Alexas Lächeln verriet, dass sie bewusst das vertrauliche Du gewählt hatte. Claudias Reaktion war entsprechend. Sie kniff die Augen zusammen und blickte irritiert zwischen Takeda und der jungen Frau hin und her. Dann sagte sie: »Ach, eigentlich brauche ich gar nichts. Meine Sachen trocknen auch von selbst.«

»Doch, doch«, insistierte Takeda. Zu Alexa sagte er: »Begleite uns bitte nach oben. Es wäre sehr nett, wenn du ihr etwas geben könntest.«

»Mache ich doch gerne.«

Während sich die übrigen Gäste in den Salon zurückzogen, stiegen Takeda, Claudia und Alexa von Remsau die große Treppe in den ersten Stock empor.

63.

Takeda führte Claudia in sein Zimmer, ging dann mit Alexa ins Dachgeschoss hinauf, wo sie gemeinsam ihr Zimmer betraten. Von Remsau wühlte in einer Reisetasche herum, zog schließlich eine Jeans und eine Bluse heraus. Sie reichte Takeda die Sachen und fragte: »Ist sie deine Freundin?«

»Sie ist eine Kollegin.«

»Ganz bestimmt.«

Zurück in seinem Zimmer übergab er Claudia die trockenen Kleidungsstücke. Sie nahm sie entgegen, blickte Takeda fragend an. »Hast du etwas mit ihr?«

»Du meinst mit Alexa? Sie ist die Nichte der Toten.«

»Hast du?«

»Nein, natürlich nicht.«

»Aber sie ist ein schickes Mädchen, oder?«

»Nicht so schick wie du.«

Sie lächelte. »Richtige Antwort, Ken.«

Er wollte diskret auf dem Flur warten, während Claudia sich abtrocknete und umzog.

Sie schüttelte den Kopf. »Bleib hier. Du hast mich schon nackt gesehen.«

»Sicher, aber da waren wir … ein Paar.«

»Und jetzt sind wir WG-Genossen. Also stell dich nicht so an.«

Claudia entkleidete sich und trocknete sich ab, während Takeda mit hochrotem Kopf in der Zimmerecke stand und nicht wusste, wohin er schauen sollte. Es entlockte Claudia ein fröhliches Lachen – etwas, das sie noch keine halbe Stunde zuvor für unmöglich gehalten hätte. Immerhin hatte sie, während sie noch in ihrem Auto gefangen war, um ihr Leben gebangt. Auch ihre Befreiung durch das Wagenfenster und ihr Kampf gegen die reißenden Wassermassen waren alles andere als ein Spaziergang gewesen.

Nachdem sie sich umgezogen hatte – die Sachen passten ihr tatsächlich wie angegossen –, nahm Claudia auf dem Stuhl Platz, der zu dem kleinen Sekretär in der Zimmerecke gehörte. Sie spürte die Erschöpfung der Fahrt und ihres Unfalls. Sie hätte viel für einen heißen Kaffee gegeben, aber als Takeda ihr erklärte, dass es der ausgefallenen Stromversorgung wegen nicht möglich sei, etwas zu kochen, gab sie sich mit einem Whiskey zufrieden. Er besorgte ihn aus dem Salon im Erdgeschoss, brachte der Einfachheit halber direkt eine ganze Flasche und zwei Gläser mit nach oben. Er schenkte für sie beide ein, setzte sich dann auf die Bettkante. Sie prosteten sich zu.

Danach beantwortete Claudia endlich die Frage, die Takeda ihr bereits an der Haustür gestellt hatte – warum sie hier war.

In aller Kürze schilderte sie ihre Gespräche mit Jürgen Härtling, Martina Nowack und Ilona Miersch, ihre Begegnung mit Leyla de Fauçon, den zweiten Besuch bei Dagmar Strube. Der Dachboden. Conni Strubes versteckte Unterlagen. Die Tatsache, dass er die Menschen, die er ausforschte, erpresste, während er seinen Auftraggebern gefälschte Berichte übergab. Strube, der Geld für seine Besuche im SM-Studio wie für seine Ex-Freundin brauchte, kassierte auf diese Weise doppelt ab. Schließlich der Fall Ulrike Vogler. Die Unterschlagung. Auch hier wieder Strubes falscher Bericht – und ziemlich sicher Geldforderungen an Vogler, von deren Machenschaften er ja wusste. Sie war die Verbindung zwischen den beiden Toten, zwischen Strube und der Gräfin.

Und damit war sie die heißeste Kandidatin, die Täterin zu sein.

Ein Mord, um sich eines Erpressers zu entledigen. Ein weiterer, um eine Zeugin loszuwerden.

Takeda blickte sie überrascht an. »Ulrike Vogler? Und du bist sicher, dass es keine Verwechselung ist? Zum Beispiel nur ein gleicher Name?«

»Ja, ich bin sicher. Es geht um die Kunsthandlung in Hamburg, deren Eigentümerin Gräfin von Remsau war. Vogler ist die Geschäftsführerin. Von Remsau hatte Verdacht geschöpft und Strube beauftragt. Es steht alles in den Unterlagen, also in den echten, versteckten Unterlagen. Vogler hat von Remsau über Jahre hinweg betrogen, hat Abertausende von Euro in die eigene Tasche gewirtschaftet.«

Takeda schüttelte in völliger Verblüffung den Kopf. »Damit habe ich allerdings nicht gerechnet. Obwohl es mich eigentlich nicht wundern dürfte. Ich weiß, dass Vogler einen tiefen Hass gegen die Gräfin hegt. Nicht ganz überraschend, denn die hat ihre Angestellte nicht nur schlecht bezahlt, sondern auch zu niederen Arbeiten herangezogen und damit gedemütigt.«

Claudia hob die Schultern. »Damit schließt sich der Kreis. Unterschlagenes Geld, Erpressung, das Gefühl der Demütigung, Hass ... In solchen Konstellationen geschehen Morde, Ken. Das wissen wir beide.«

»Das stimmt. Aber können wir es beweisen?«

»Noch nicht. Doch überleg selbst. Die Frau tötet ihren Erpresser, also Strube. Die Entsorgung der Leiche im Volkspark war halbherzig, und das heißt, sie musste damit rechnen, dass der Tote gefunden wird. Sie konnte sich denken, dass die Polizei die Fälle des Privatdetektivs unter die Lupe nehmen würde. Früher oder später wäre man also auch auf die Gräfin und damit auch auf sie gestoßen. Das musste Vogler verhindern. Also hat sie in der Detektei sämtliche Unterlagen beseitigt, die auf sie hinweisen. Aber natürlich musste sie auch Strubes Auftraggeberin aus dem Weg räumen. Ken! Menschen töten Menschen, um ein anderes Verbrechen zu vertuschen. Es steht im Gesetz, es ist ein Mordmerkmal.«

Takeda sog zischend die Luft zwischen den Zähnen ein, legte dabei den Kopf schief. »Du sagst selbst, dass es nur eine Hypothese ist, für die wir keinen Beweis haben, richtig?«

»Wir haben zwei Mordopfer und eine Person, die zu beiden in Kontakt stand. Oder besser gesagt, sie hat das eine Mordopfer bestohlen und wurde von dem anderen erpresst. Mal ehrlich, wir haben Leute schon wegen schwächerer Indizien verhaftet.«

Takeda stand auf, trat ans Fenster und blickte hinaus in die Dunkelheit der Nacht. Eine ganze Weile stand er so da, stieß nur gelegentlich nachdenkliche Brummlaute aus. Schließlich drehte er sich um und fragte: »Was schlägst du vor? Was sollen wir unternehmen?«

»Wir wecken Vogler, sofern sie schläft, holen sie her und nehmen sie in die Mangel. Wenn ich recht habe, werden wir sie dazu kriegen zu gestehen.«

Takeda atmete angestrengt aus, sagte dann leise: »Könntest du dich damit abfinden, dass wir damit bis morgen warten?«

»Ich wüsste nicht, warum.«

»Weil du recht damit haben könntest, dass die Frau den Detektiv getötet hat. Das kann ich nicht beurteilen. Aber die Gräfin hat sie nicht ermordet.«

64.

Als Takeda am nächsten Morgen erwachte, war er in gleißendes Licht getaucht.

Er hielt sich die Hand vor die Augen, blinzelte zwischen den Fingern hindurch. Die Sonne schien durch das Fenster genau auf sein Bett.

Das Unwetter der vergangenen beiden Tage war endlich vorüber. Der Himmel strahlte in einem wolkenlosen Blau. Vögel zwitscherten voller Leichtigkeit und Unbeschwertheit.

Aber da war auch noch ein anderes Geräusch, direkt neben ihm. Ein Brummeln und Knurren. Nicht unbeschwert. Eher ärgerlich.

Takeda wandte den Kopf und lächelte. Claudia lag neben ihm. Sie trug immer noch die Jeans und die Bluse von Alexa. Sie hatte sich, eingegraben unter einer Decke, an Takeda geschmiegt.

»Schlaf weiter, Ken. Ist noch zu früh zum Aufstehen«, murmelte sie.

»Aber wir müssen …«

»Nein, müssen wir nicht.«

Claudia grub sich tiefer in die Decke, legte ihren Arm zugleich so über ihn, dass auch er nicht aufstehen konnte.

»Aber wir sollten wirklich loslegen. Es gibt viel zu tun. Denk an das, was du mir gestern Abend über den Mord an Conni Strube erzählt hast. Über Ulrike Vogler.«

»Scheiße.«

Claudia öffnete schlagartig die Augen. Sie richtete sich auf, fluchte und lachte gleichzeitig. »Ich dachte echt für einen Moment, ich hätte das alles nur geträumt. Inklusive der Sache mit dem Fluss und meinem Auto. Habe ich aber nicht, oder?«

»Leider nicht.«

»Eigentlich ein weiterer Grund, um im Bett zu bleiben.«

»Es würde nichts ändern.«

»Stimmt. Also gut, stehen wir auf und legen los.«

»Das werden wir. Aber überlass die Initiative bitte zunächst mir. Ich werde alle zusammenholen und mit ihnen sprechen. Ich denke, es wird recht überraschend werden. Auch für dich.«

»Dann sag mir einfach, was los ist.«

»Noch nicht. Denn ich habe für dich eine wichtige Aufgabe. Während ich meine Ergebnisse präsentiere, möchte ich, dass du alle Gäste genau beobachtest. Wie reagieren sie? Was empfinden sie? Jede Kleinigkeit könnte bedeutsam sein.«

Claudia blickte Takeda verständnislos und auch leicht verärgert an. Seine verhärtete Miene aber machte deutlich, dass er nicht gewillt war, ihr schon jetzt mehr zu verraten.

65.

»Sie haben es mir nicht leicht gemacht, meine Herrschaften«, erklärte Takeda.

Er hatte die Gäste nach einem kurzen Frühstück in den Teepavillon geführt, der malerisch im Garten des Gutshauses lag. Auf irritierte Nachfragen hin, warum es der Pavillon sein müsse, hatte der Inspektor erklärt, dass die Gräfin sich genau das gewünscht hatte – eine japanische Teezeremonie. Seiner Meinung nach seien sie alle es ihr schuldig, bei dem Plan zu bleiben.

Die Gäste murrten und drückten ihr Unverständnis aus, fügten sich jedoch. Sie betraten den Pavillon und setzten sich nebeneinander auf die Tatami-Matten.

Bei Claudia war es nicht viel anders. Sie fand die Idee ebenfalls befremdlich.

Eine Teezeremonie? Um einen Mörder dingfest zu machen?

Aber auch jetzt gab Claudia sich einverstanden. Ken würde schon wissen, was er tat.

Takeda entfachte das Kohlefeuer unter dem gusseisernen Wasserkessel, erklärte dann, dass es noch eine Weile dauern werde, bis das Wasser heiß genug sei, um den Matchatee zuzubereiten. Er blickte von einem zum anderen und begann mit seiner Ansprache.

»Jeder von Ihnen hat mir in den zurückliegenden vierundzwanzig Stunden Anlass gegeben, ihn für den Mörder unserer Freundin Ernestine zu halten. Sie zum Beispiel, Egbert, lassen dieses wunderbare Anwesen verfallen, obwohl Ihnen die Gräfin so viel Geld zu seinem Erhalt zur

Verfügung stellt. Davon konnte sich sogar ein Laie wie ich überzeugen …«

Saemann reagierte empört und bezichtigte Takeda der Verleumdung. Ein strenger Blick des Inspektors genügte, um ihn zum Schweigen zu bringen. »Und doch hielt ich es von Anfang an für unwahrscheinlich, dass Sie Ernestine das Leben genommen haben. Sie würden kaum die Quelle versiegen lassen, die Ihnen ein so bequemes Leben ermöglicht. Warum Sie in der Nacht ihres Todes das Haus verlassen haben – denn das haben Sie, Egbert, bestreiten Sie es bitte nicht länger –, darauf komme ich gleich zu sprechen.«

Der Architekt, der ohnehin Mühe hatte, auf den Bodenmatten zu sitzen, schluckte hörbar und tupfte sich die schweißglänzende Stirn ab. Sein Gesicht zeigte sowohl Wachsamkeit als auch Angst.

Takeda wandte sich an Simone von Kalf. »Auch Sie haben vom Vermögen der Gräfin profitiert, Frau von Kalf, und die Tatsache, dass Sie das Anwesen gestern Morgen so schlagartig verlassen wollten, hat mir zu denken gegeben. Befürchteten Sie vielleicht, die Gräfin könnte ihr Vermögen aus Ihrer Bank abziehen und damit auch Ihre berufliche Position schwächen?«

»Das ist lächerlich, Inspektor.«

»Möglich. Aber es ist ohnehin unerheblich. Ihr Mann konnte mich davon überzeugen, dass Sie in der Mordnacht keine Gelegenheit hatten, die Tat zu begehen. Er selbst ist ebenso wenig der Mörder, auch das wusste ich bereits gestern Morgen. Saschas Erschrecken angesichts der Leiche war überdeutlich, so dass ich ihn als Täter ausschließen konnte.«

»Stimmt schon, Takeda. Ich hab's nicht getan. Aber anstatt immer weiter zu sagen, wer es nicht war, packen Sie doch endlich aus! Verdammt, wer ist der Mörder?«

Zustimmendes Gemurmel war zu hören, auch Flüche und Bekundungen des Unwillens, länger auf die Folter gespannt zu werden.

Takeda aber gab sich gelassen. »Gedulden Sie sich, meine Herrschaften. Sie werden die Antwort bald erfahren.« Sein Blick wanderte zu Peter Kemper, dem Autor. »Sie, Herr Kemper, haben mir so einiges Kopfzerbrechen bereitet. Ich kam aber zum gleichen Schluss wie bei Egbert. Mit dem Tod der Gräfin kommt Ihnen nicht nur Ihre Gönnerin abhanden, Sie werden auch das Dach verlieren, unter dem Ihre Werke entstehen. Sie hätten kaum selbst dafür gesorgt, dass es dazu kommt. Das bringt mich zu Ihnen ... zu dir, Alexa. Die vertraute Anrede zwischen uns mag Sie, liebe Gäste, überraschen. Der Grund dafür ist der, dass Alexa mich in der Nacht von Ernestines Tod in meinem Zimmer aufgesucht hat ...«

An dieser Stelle warf Takeda einen vorsichtigen Blick zu Claudia. Er konnte sehen, wie sich ihre Züge verkrampften. Er schüttelte sanft den Kopf, um so noch einmal zu signalisieren, dass in jener Nacht nichts zwischen ihm und der jungen Frau passiert war. »Der Gedanke lag nahe, dass es dir, liebe Alexa, nur darum ging, von mir ein Alibi zu erhalten. Ich weiß, dass viele von Ihnen sie ohnehin verdächtigen, nicht nur wegen des Erbes, sondern auch wegen des alten, so erbitterten Streits zwischen Tante und Nichte. Tatsächlich zweifle ich stark daran, dass du die Versöhnung mit Ernestine ernst meintest, Alexa. Deine Wut auf das Blutgeld, das deiner Meinung nach in diesem Haus steckt, ist nicht wirklich verklungen. Aber genügt das, um sie zu töten? Was brächte eine solche Tat an jemandem, der selbst keine Untaten begangen hat, es aber einfach nur an Reue gegenüber den Verfehlungen seiner Vorfahren mangeln lässt? Nein, das genügt nicht als Motiv, um jemanden zu ermorden. Aber vielleicht ging es auch dir einfach nur um Geld? Der springende Punkt ist, dass du nichts von dem Tod deiner Tante hast. Sie alle, meine Herrschaften, täuschen sich nämlich. Alexa ist entgegen Ihrer Vermutung nicht die Erbin Ernestines. Sie ist schon vor vielen Jahren aus dem Testament gestrichen worden. Nein, ich erkenne kein Motiv, aus dem Alexa die Tat begangen haben sollte. Und so komme ich nun als Letztes zu Ihnen, Frau Vogler.«

Die Kunsthistorikerin verzog das Gesicht in offensichtlicher Panik. Eingekrümmt, als litte sie unter Krämpfen, saß sie auf den Bodenmatten und hielt den Blick gesenkt.

Takeda fuhr fort: »Auch Sie haben mir Rätsel aufgegeben, zumal ich ja von Ihrem schlechten Verhältnis zur Gräfin wusste. Sie bekannten mir gegenüber Ihre Hassgefühle. Ich kann Sie sogar verstehen, denn so sehr ich Ernestine mochte, war sie zugleich wohl auch eine harte, vielleicht zu harte Arbeitgeberin. Aber taugte das als Mordmotiv? Ich war mir nicht sicher. Dann haben Sie mich auf die Merkwürdigkeit mit dem wertvollen Bild von Hokusai aufmerksam gemacht. Der Farbholzschnitt, so glaubte ich ohnehin, musste in irgendeiner Form mit dem Mord zusammenhängen. Ein millionenteures Kunstwerk von einzigartigem Rang ... Es wurde schon für nichtigere Dinge getötet. Der Hokusai wurde in der Nacht von Ernestines Tod erst aus seinem Rahmen entfernt, anschließend aber wieder eingefügt. Ein wirklich rätselhafter Vorgang, der mich allerdings zum ersten Mal ahnen ließ, was hier in Wahrheit vor sich gegangen sein könnte. Darum, liebe Frau Vogler, hielt ich es für unwahrscheinlich, dass Sie die Täterin sind … bis in der vergangenen Nacht meine Kollegin eintraf und mir einige brisante Informationen präsentierte. Seitdem weiß ich, dass Sie die Gräfin um große Geldsummen betrogen haben …«

Die Kunsthistorikerin stieß ein lautes Stöhnen aus, begann am ganzen Körper zu zittern. Zugleich brachen die anderen Gäste in wütendes Geschrei aus. Die, die unmittelbar neben Vogler saßen, rückten von ihr ab, blickten sie erschrocken an, beschimpften sie und bezichtigen sie des Mordes.

Takeda aber hob energisch die Hand. »Bitte, meine Herrschaften! Bleiben Sie ruhig! Bevor Sie voreilige Schlüsse ziehen, warten Sie ab, was ich zu sagen habe!«

Takeda sprach erst weiter, nachdem alle wieder zur Ruhe gefunden hatten. Er wandte sich erneut an Vogler. »Sie wollen hoffentlich nicht leugnen, dass Sie die Unterschlagungen in der Kunsthandlung der Gräfin begangen haben?«

Die Kunsthistorikerin schüttelte kraftlos den Kopf, hauchte kaum hörbar: »Es stimmt, ich habe Verkäufe falsch abgerechnet und das Geld genommen. Viel Geld, über Jahre. Aber es war doch nur … Es war alles so ungerecht. Siebzig, achtzig Stunden in der Woche musste ich arbeiten, für ein lausiges Gehalt, während die Gräfin Millionen besitzt. Ich dachte, es steht mir zu!«

»Ich weiß, Frau Vogler. Dennoch wiegt die Sache

schwer. Nachdem ich davon erfahren hatte, musste ich erneut über die Frage nachdenken, ob ich falsch lag und Sie nicht doch die Mörderin der Gräfin sind.«

Vogler schluchzte laut auf. »Nein, ich war es nicht! So etwas könnte ich niemals tun, das schwöre ich. Es war doch nur …«

Ihr Satz fand kein Ende, sie verstummte und verfiel in ein stilles Wimmern.

»Ich glaube Ihnen, Frau Vogler. Sie sind in der Tat nicht die Mörderin der Gräfin. Meine Kollegin und ich werden uns später dennoch ein weiteres Mal mit Ihnen unterhalten müssen, wegen eines anderen Todesfalles, der uns jetzt aber nicht interessieren soll …«

Vogler sah ihn und auch Claudia überrascht an. Auf den Mienen der übrigen Gäste spiegelte sich zunehmend Ratlosigkeit, was Takeda aber geflissentlich übersah.

Er räusperte sich und erklärte: »Nun möchte ich noch einmal zu Ihnen kommen, Egbert. Wie ich bereits sagte, weiß ich, dass Sie in der Nacht von Ernestines Tod draußen vor der Tür waren. Nicht einmal das furchtbare Unwetter hat Sie davon abgehalten. Was wollten Sie dort draußen, vor dem Haus und auch im Garten? Haben Sie vielleicht etwas gesucht? Etwas, das Sie zuvor in einem unüberlegten Moment aus dem Fenster geworfen haben, obwohl es klare Rückschlüsse auf den Täter und die Art der Tatbegehung zuließ?«

Takeda griff in die Tasche und holte die Spritze hervor, die er am vorherigen Morgen draußen vor dem Haus in einem Rosenbeet gefunden hatte.

Er sah, wie Saemann die Augen aufriss, sein Gesichtsausdruck deutliche Zeichen von Angst zeigte.

Zugleich brachen einige der anderen Gäste erneut in Geschrei aus. Sie sahen Saemann überrascht und erschrocken an. Er? Ausgerechnet? Obwohl er die Gräfin mit Abstand am längsten von ihnen allen kannte und bereits mit ihrem Ehemann befreundet gewesen war?

Takeda bat erneut mit einer Geste um Ruhe. »Bitte, meine Herrschaften! Haben Sie Geduld! Es war tatsächlich so, dass Ernestine vor ihrem Tod eine Injektion verabreicht wurde. Am Morgen nach der Tat fand ich dann diese Spritze unterhalb des Gästetraktes im Garten. Hatte der Mörder sie wirklich in einem unüberlegten Moment einfach aus dem Fenster geworfen, um so seine Tat zu verschleiern? Hat er seinen Fehler später eingesehen, ist daher hinausgegangen, um die Spritze zu suchen, hat sie aber im Regen nicht gefunden? Ich gebe zu, dass mir das sehr unwahrscheinlich erschien. Ein raffiniert eingefädelter Mord – und dann eine solch überhastete, unsinnige Handlung? Es passte einfach nicht zusammen. Ich war deswegen so frei, gestern Abend Ihr Zimmer zu betreten und mich dort umzusehen, Egbert. Ich habe Erstaunliches gefunden …«

Takeda griff erneut in seine Tasche und zog mehrere der alten Keramiksicherungen heraus, ließ sie über die Tatami-Matten rollen. Die Gäste schienen sofort zu erkennen, was es damit auf sich hatte. Diesmal aber blieben sie ruhig, starrten stumm zwischen Takeda und Saemann hin und her. Claudia, der ebenfalls schleierhaft war, worauf Ken hinauswollte, tat es ebenso.

Der Inspektor fuhr fort: »Diese Sicherungen beweisen, dass Egbert Saemann derjenige war, der die Stromversorgung im Haus unterbrochen hat. Ich gehe davon aus, dass er es auch war, der die Reifen an unseren Fahrzeugen zerstochen hat ...«

An dieser Stelle senkte Saemann den Blick, murmelte leise: »Aber ich habe doch nur ...«

»Sie haben nur was?«

»... getan, was sie von mir verlangt hat. Ich wollte es nicht, aber ich musste.«

Takeda nickte und wiederholte mit lauterer Stimme: »Sie hat es verlangt? Wer genau? Sagen Sie es!«

»Die Gräfin.«

Laute der Überraschung waren zu hören. Gesichter verzogen sich in Erstaunen und Unverständnis. Alles schien noch rätselhafter zu werden.

Takeda sagte an Saemann gewandt: »Ich wiederhole es sicherheitshalber. Die Gräfin war es, die Sie darum gebeten hat. In ihrem Auftrag sollten Sie die Sicherungen entfernen und auch die Reifen zerstechen. Und Sie sollten auch diese Spritze im Garten deponieren, richtig? Denn die wurde eben nicht aus dem Fenster geworfen, sondern fein säuberlich im Garten abgelegt. Und all das geschah in der Nacht, in der Ernestine gestorben ist.«

Saemanns Stimme war ein heiseres Flüstern. »Ja, so ist es.«

»Hat die Gräfin Ihnen einen Grund für all das genannt?«

»Nein. Es kam mir auch völlig absurd vor. Reifen zerstechen? Das war kein Spaß mehr. Ich wollte es nicht tun, habe mich zunächst geweigert.«

»Doch am Ende haben Sie sich gefügt. Hat sie Ihnen vielleicht gedroht, Sie als Architekten zu entlassen? Weil sie wusste, dass Sie sich lieber um ihren Weinkeller als um den Erhalt des Hauses kümmern?«

Mit immer noch kläglicher Stimme sagte Saemann: »Ja, so war es. Aber ich dachte ... es wäre ein Spiel! Das hat sie nämlich gesagt.«

»Sie meinen in der Art, wie Herr Kemper es gestern Morgen vermutet hat? Ein Mörderspiel?«

»Ja. Ernestine liebte Krimis. Daher passte es. Die Reifen, der Strom, eine falsche Spur! Ich dachte, sie wollte sich einen Spaß mit den Gästen erlauben. Ich konnte doch nicht ahnen, was geschehen würde.«

»Nein, das konnten Sie wirklich nicht«, sagte Takeda. Er blickte zu Claudia, die ihre Stirn in tiefe Falten gelegt hatte und offenbar rätselte, was das alles zu bedeuten hatte. Er hatte ein schlechtes Gewissen. Natürlich hätte er sie früher in seine Schlüsse einweihen können und müssen. Aber ihm war mehr daran gelegen, dass sie seinen Ausführungen unvoreingenommen lauschte und dabei die übrigen Gäste beobachtete.

Takeda fuhr fort. »Letztlich ging es Ihnen, Egbert, so wie mir. Alles erschien rätselhaft und absurd, und auch wenn ich eine lange Reihe von Indizien zusammengetragen hatte, wollten sie einfach nicht zusammenpassen ... bis ich einen bestimmten Verdacht hegte. Deshalb habe ich in der vergangenen Nacht erneut Ernestines Räume aufgesucht und dort eine aufschlussreiche Entdeckung gemacht. Mein Verdacht erhärtete sich. Dann allerdings tauchte überraschend meine Kollegin auf und präsentierte mir die Informationen über Sie, Frau Vogler. Ein letztes Mal geriet ich ins Zweifeln, wozu jedoch kein Anlass bestand.«

Während er sprach, griff Takeda erneut in seine Tasche,

holte einen in ein Taschentuch gewickelten Gegenstand heraus und legte ihn vor sich auf die Tatami.

Es war eine zweite Spritze, die der ersten in Größe und Form glich. »Diese zweite Spritze habe ich in Ernestines Küche gefunden. Genauer, im Salzdepot ihrer Spülmaschine. Sicherlich hätte jeder von Ihnen sie dort verstecken können, doch bin ich sicher, dass es Ernestine selbst war, die sie dort hineingelegt hat. Und zwar in der Hoffnung, dass sie niemals gefunden würde.«

»Aber warum nur?«, entfuhr es Simone von Kalf und erntete dafür zustimmendes Nicken.

»Ja, warum nur? Das ist die entscheidende Frage. Ich ahne, dass Ihnen die Antwort nicht gefallen wird. Und doch ist sie die einzige schlüssige Erklärung für alles, was geschehen ist.« Takeda machte eine Pause, schien sich noch einmal zu sammeln. »Die Antwort betrifft in erster Linie mich selbst, meine Herrschaften. Denn ich war es, der am gestrigen Morgen einen schrecklichen Irrtum begangen hat. Einen Irrtum, für den ich mich an dieser Stelle in aller Form bei Ihnen entschuldigen möchte!«

An dieser Stelle legte Takeda die flachen Hände vor sich auf den Boden und verneigte sich so tief, dass auch seine Stirn beinahe die Tatami-Matten berührte. So verharrte er lange, in einer Pose, die an einen Samurai erinnerte, der bereit war, von seinem Lehnsherrn den Befehl zum Seppuku, zum rituellen Selbstmord zu empfangen.

»Aber was genau ist denn passiert, Inspektor? Von was für einem Irrtum sprechen Sie?«, fragte Simone von Kalf.

»Außerdem reicht es jetzt! Sagen Sie endlich, wer die alte Schachtel umgebracht hat!«, fügte ihr Mann Sascha hinzu.

Takeda hob den Kopf und blickte von einem zum anderen. Am Ende sah er zu Claudia, und noch während sein Blick auf ihr ruhte, erklärte er: »Die Antwort auf Ihre Frage, Sascha, lautet: niemand.«

»Niemand? Was soll das heißen?«

»Ernestine von Remsau ist nicht ermordet worden. Sie hat sich selbst das Leben genommen. Sie hat sich selbst eine Injektion zugefügt, vermutlich eine Droge oder ein starkes Schmerzmittel, und hat sich dann aus freien Stücken erhängt. Unter diesem Dach ist kein Verbrechen, zumindest kein Mord begangen worden.«

66.

Im Teepavillon herrschte eine betäubte Stille. Takeda hatte den Kopf erneut tief gesenkt. Die Blicke, mit denen die Gäste ihn anstarrten, waren erschrocken und verwundert, verärgert oder sogar von tiefer Wut erfüllt.

Verständlich. Vierundzwanzig Stunden lang hatte Takeda sie in dem Glauben gelassen, Zeuge eines Kapitalverbrechens geworden zu sein. Schlimmer noch, sie hatten befürchtet, mit einem Mörder in einem Haus eingesperrt zu sein und selbst in Lebensgefahr zu schweben.

Und jetzt stimmte das alles gar nicht? Es gab keinen Mörder? Und auch keinen Mord? Es gab überhaupt kein Verbrechen?

Im gleichen Maße, in dem den Anwesenden das Ausmaß von Takedas Irrtum bewusst wurde, wuchs ihr Zorn.

Er brach sich schließlich Bahn.

Den Anfang machte Simone von Kalf. Sie begann leise zu sprechen, steigerte sich aber schnell in ein lautes, hysterisches Schreien hinein: »Es war Selbstmord? Und das haben Sie nicht erkannt? Was für ein unfähiger, eingebildeter, nichtsnutziger, impertinenter Polizist sind Sie denn, bitte schön? Das ist die größte, unverschämteste Niedertracht, die ich je erlebt habe! Ein professionelles Versagen ohne Beispiel! Eine unübertreffliche Stümperhaftigkeit! Eine … eine … Mir fehlen die Worte, Sie Volltrottel!«

Peter Kemper, der zunächst nur um Fassung ringend den Kopf geschüttelt hatte, stimmte mit ein: »Es ist sogar noch schlimmer! Was Sie getan haben, Takeda, lässt sich nicht anders denn als Freiheitsberaubung bezeichnen!

Sie haben uns nur aufgrund Ihrer Blindheit gezwungen, vor Ort zu bleiben! Haben uns in Todesangst versetzt! Durften Sie das überhaupt? Sind Sie überhaupt Polizist? Sind Sie am Ende nicht eher selbst ein Betrüger, der hinter Schloss und Riegel gehört?«

Weitere Vorwürfe und Anschuldigungen folgten dicht auf dicht: Amtsanmaßung! Hochstapelei! Dienstaufsichtsbeschwerde! Schmerzensgeld!

Während des aufgeregten Durcheinanders gab es eine Person im Pavillon, die eisern schwieg und gar nichts sagte. Sie wirkte weder wütend noch verstört, schien einfach nur zutiefst verwundert zu sein: Claudia.

Auch ihr fiel es schwer zu glauben, was Ken soeben vorgetragen hatte. Allerdings kam sie nicht im Geringsten zu dem Ergebnis, an Kens Fähigkeiten als Ermittler zu zweifeln. Das hatte sie einmal ganz am Anfang ihrer Zusammenarbeit getan, und es war zu einem hässlichen Streit zwischen ihnen gekommen. Damals hatte Claudia voller Wut reagiert und Takeda ebenfalls Unfähigkeit attestiert. Oder sogar egoistische Motive, um sich wichtig zu machen.

Inzwischen kannte sie Ken gut genug, um zu wissen, dass er ein brillanter Polizist mit einer beeindruckenden Kombinationsgabe war. Niemand, der sich so ohne Weiteres auf eine falsche Fährte locken ließ. Auch nicht, wenn er es mit einer ganzen Reihe äußerst verwirrender Spuren zu tun hatte.

Stimmte es also überhaupt? Hatte Ken sich wirklich in so fundamentaler Weise geirrt? Oder spielte er vielleicht seinerseits ein Spiel, in das er die Anwesenden nicht einzuweihen gedachte? Und sie selbst genauso wenig?

Aber warum das Ganze? Worum ging es ihm? Denn dass Ken tatsächlich nicht länger von einem Mord ausging, schien die Wahrheit zu sein.

Claudia hatte in der zurückliegenden halben Stunde das getan, worum Takeda sie gebeten hatte. Sie hatte die übrigen Gäste genau im Auge behalten. Was war ihr aufgefallen? Allen Beteiligten waren eine enorme Anspannung und auch Angst anzumerken gewesen. Vor allem immer dann, als Takeda ihnen ihre jeweiligen möglichen Mordmotive präsentierte ... Selten hatte Claudia so viele erwachsene Menschen mit einem so schlechten Gewissen erlebt, wie hier in diesem Raum!

Besonders hatte sie natürlich Ulrike Vogler beobachtet. Sie würde die Frau später noch einmal eingehend befragen, immerhin hatte sie ja zugegeben, die Unterschlagung in der Galerie begangen zu haben. Aber sie hatte die alte Dame eben nicht umgebracht, wie Ken schon in der Nacht gesagt hatte. Dummerweise war es dadurch ebenso unwahrscheinlich, dass Vogler für den Tod von Conni Strube verantwortlich war. Zumindest gab es keinerlei Indizien, die darauf hindeuteten. Letztlich war es der vermeintliche Mord an Ernestine von Remsau gewesen, aus dem Claudia Ulrike Vogler überhaupt als Täterin im Fall Strube in Betracht gezogen hatte.

Die Frau hatte zwei Morde begangen – oder eben keinen. Zumindest gab es im Moment keine Beweise, ja nicht einmal ein Indiz, das etwas anderes nahelegte.

Das Einzige, was blieb, war die Tatsache, dass Conni Strube definitiv nicht von eigener Hand gestorben war. Sein Tod war ohne jeden Zweifel ein Verbrechen. Ein Verbrechen, das immer noch der Aufklärung harrte. Nur würde sie die Lösung des Falles nicht hier auf Gut Hohenforst finden.

Aber gut, um den Fall Strube konnte sie sich immer kümmern, wenn sie und Ken zurück in Hamburg waren.

Erst einmal gab es Wichtigeres zu tun.

Claudia stand auf, trat in die Mitte der Tatami-Matten und breitete die Arme aus. Mit lauter, durchdringender Stimme sagte sie: »Hören Sie endlich auf, meinen Kollegen zu beschimpfen! Kein Wort mehr! Was Sie hier gegen ihn vorbringen, ist lächerlich. Sie haben doch selbst gerade noch einmal vor Augen geführt bekommen, wie verworren die Situation war! Offenbar hatte es die Gräfin selbst darauf angelegt, ihren Freitod als Mord erscheinen zu lassen. Sie fragen sich nach dem Grund dafür? Ich glaube, ich ahne ihn. Sehen Sie einfach in den Spiegel! Jeder von Ihnen kam als Mörder in Frage, weil sich jeder von Ihnen etwas zuschulden hatte kommen lassen. Sie haben die alte Frau ausgenutzt, sich auf die eine oder andere Weise an ihr bereichert oder ihr anderen Kummer bereitet! Anstatt meinen Kollegen zu beleidigen, sollten Sie sich lieber schämen! Außerdem kann ich Ihnen versichern, dass jeder andere Polizist in dieser Situation genauso gehandelt hätte! Alles deutete auf ein Verbrechen hin. Es gab gar keine andere Wahl, als auf der Stelle mit dessen Aufklärung zu beginnen! Natürlich musste der Inspektor dafür sorgen, dass Sie alle vor Ort bleiben. Im Nachhinein stellte es sich als Irrtum heraus – aber wer hätte das ahnen können? Seien Sie lieber froh, dass er hier bei Ihnen war. Andere Kollegen hätten Sie alle präventiv in Haft genommen, und Sie hätten die vergangenen vierundzwanzig Stunden nicht in einem Herrenhaus, sondern in einer Zelle im Untersuchungsgefängnis verbracht!«

Claudia blickt mit Genugtuung in die erschrockenen Gesichter der Gäste. Endlich waren sie ruhig, blickten sogar schuldbewusst zu Takeda. Ihr war natürlich bewusst, dass sie übertrieb. Niemand wäre in U-Haft gekommen. Aber sie erreichte die gewünschte Wirkung, und das war die kleine Notlüge allemal wert.

Die plötzliche Stille im Pavillon währte nicht lange. Nach wenigen Augenblicken wurde sie erneut unterbrochen, allerdings nicht durch wütendes Schimpfen, sondern durch ein herzhaftes, lautes, alles durchdringendes Lachen.

Alle Köpfe wandten sich verständnislos Sascha von Kalf zu. Er war es, der so herzlich lachte.

Was war mit ihm los? Fand er das hier wirklich amüsant? Oder war die Anspannung zu viel für ihn und er verlor die Nerven?

Als von Kalf die Blicke bemerkte, wischte er sich über die vom Lachen tränennassen Augen, räusperte sich und erklärte: »Diese alte Teufelin! Ernestine! Uns derart an der Nase herumzuführen! Ein solches Spielchen mit uns zu spielen. Wer hätte ihr das zugetraut? Ich jedenfalls nicht.«

»Aber, Sascha! Wovon redest du denn bloß?« Es war Simone von Kalf, die ihren Mann befremdet ansah.

»Davon, dass die alte Schachtel den Abgang des Jahrhunderts hingelegt hat. Takeda hat's doch gesagt! Ernestine hat ein Spiel mit euch gespielt. Weil sie genau wusste, was für Blutsauger ihr alle seid! Die eine greift ihr ganz direkt in die Tasche, der andere genießt auf ihre Kosten Wein für dreihundert Euro die Flasche! Noch einer schreibt angeblich Bücher, lässt sich in Wahrheit aber von ihr aushalten. Dazu wird sie als gierige Nachfahrin eines Sklavenhalters beschimpft, nimmt diejenige aber dennoch in ihrem Haus auf. Die Politesse hat recht …«

An dieser Stelle wurde es Claudia zu bunt. »Meinen Sie etwa mich mit der Politesse?«

Sascha von Kalf winkte grinsend ab. »Ist doch jetzt egal. Dann halt Kommisseuse, wenn Ihnen das besser gefällt.« Er wandte seinen Blick wieder den übrigen Gästen zu. »Jedenfalls solltet ihr euch wirklich schämen! Oder, noch besser: Ihr solltet die alte Schachtel bewundern. Was für eine Heldentat! Ich jedenfalls werde die vergangenen Tage garantiert niemals in meinem Leben vergessen! Und die alte Teufelin werde ich auch nicht vergessen! Ihr wisst, dass ich sie nie gemocht habe und sie mich ebenso wenig. Aber jetzt ziehe ich meinen Hut vor ihr. Die hat das doch alles genau geplant, das ganze Detektivspiel. Sogar mit einem echten Polizisten in unseren Reihen! Und einer echten Leiche, nämlich ihrer eigenen. Wir alle waren zu blöd, es zu durchschauen! Aber Takeda hat's kapiert, der hat ihr Spiel durchschaut. Anstatt ihn zu beschimpfen, sollten wir lieber … na, ihr wisst schon.«

Mit diesen Worten begann von Kalf zu klatschen, nickte Takeda dabei anerkennend zu.

Die übrigen Gäste, nachdem sie ihre Überraschung überwunden hatten, stimmten nach und nach mit ein, applaudierten erst zögerlich, dann aber immer lauter. Sie ließen Takeda, den gerade eben noch Geschmähten, sogar hochleben.

Am Ende stimmte sogar Claudia in den Applaus mit ein. So etwas hatte sie auch noch nicht erlebt.

Der Inspektor, gerade noch in Demut verneigt, hob den Kopf und lächelte unsicher. Er machte eine dämpfende Handbewegung. »Bitte, meine Herrschaften, Applaus ist nicht nötig. Ich habe doch nur versucht, meine Pflicht zu erfüllen. Aber natürlich stimme ich Saschas Worten zu. Was die Gräfin getan hat, nötigt auch mir Respekt ab. Ich schlage vor, dass ich nun wie versprochen für jeden von Ihnen eine Schale Tee zubereite. Genießen wir ihn im Angedenken an unsere Freundin Ernestine von Remsau.«

Mit diesen Worten wandte Takeda sich dem Okama zu, dem gusseisernen Kessel, und begann mit konzentrierten Bewegungen, Matchatee zuzubereiten.

67.

Als sich Claudia und Takeda einige Stunden später auf den Rückweg nach Hamburg machten, ließen sie das Gutshaus unter völlig veränderten Umständen zurück.

Auf der Kiesfläche vor dem Portikus standen unzählige Einsatzfahrzeuge der örtlichen Polizei wie auch der Kripo aus Kiel, dazu ein Krankenwagen und ein Leichenwagen. Mit Letzterem sollte die tote Ernestine von Remsau in die Rechtsmedizin gebracht werden. Angesichts der ungewöhnlichen Umstände ihres Todes war eine Leichenschau unumgänglich.

Außerdem waren zwei Montagewagen lokaler Kfz-Werkstätten eingetroffen, die mit vereinten Kräften die zerstörten Reifen all der Autos der Gäste reparierten oder austauschten.

Der Pegel des Flusses, der das Gelände des Gutshauses begrenzte, war inzwischen so weit gesunken, dass die Brücke zwar noch leicht überflutet, aber wieder passierbar war. Während Takedas Dienstwagen wiederhergestellt und fahrbereit war, schien Claudias Peugeot wie von ihr befürchtet ein Totalverlust zu sein. Er stand immer noch nahe der Brücke im Wald. Die Wassermassen hatten ihn gegen eine Gruppe Bäume gedrückt, so dass er immerhin nicht noch weiter abgetrieben war. Einer der Mechaniker hatte sich den Wagen angesehen, wenn auch nur aus sicherer Entfernung. Er hatte Claudia wenig Mut gemacht. Nach einer gründlichen Reinigung und einer sorgfältigen Inspektion könne das Fahrzeug mit viel Glück wieder fahrtüchtig gemacht werden. Wahrscheinlicher aber sei, dass Motor und Fahrgastraum nicht mehr zu retten waren. Die Bergung sei in jedem Falle erst in einigen Tagen möglich, wenn der Waldboden weit genug getrocknet war, um mit einem Abschleppwagen oder sogar einem Kran arbeiten zu können. Solange müsse sie wohl mit einem anderen Auto vorliebnehmen.

Während Claudia und Takeda in seinem BMW über die Autobahn in Richtung Hamburg fuhren, sprachen sie zunächst wenig. Zu sehr klangen die Ereignisse der zurückliegenden Stunden, eher noch der gesamten zurückliegenden Tage nach.

Claudia war sich immer noch nicht sicher, was sie von Takedas Ansprache im Teepavillon halten sollte. Sie verspürte eine gewisse Enttäuschung, dass er sie nicht bereits in der Nacht oder am frühen Morgen in seine Schlussfolgerungen eingeweiht hatte. Andererseits hatte er selbst ja vorhin vor allen Gästen erklärt, dass die Neuigkeiten in Bezug auf Ulrike Vogler ihn noch einmal ins Zweifeln gebracht hatten. Hinzu kam Claudias große Verwunderung über das Geschehen als solches. Eine alte Dame, die sich selbst das Leben nahm, aber auf eine Weise, die ihre engsten Freunde und auch ihre Nichte glauben ließ, sie sei ermordet worden. Was sollte sie davon halten? War es wirklich bewundernswert? Oder eher verrückt und traurig und auch auf vielen Ebenen verstörend?

Ein Seitenblick verriet ihr, dass auch Takeda an dem, was geschehen war, ziemlich zu kauen hatte. Zum einen wirkte er einfach erschöpft, was nach der großen Anspannung und dem wenigen Schlaf kein Wunder war. Aber wahrscheinlich hatte auch er es noch nie mit einem vergleichbaren Fall zu tun gehabt. Claudia konnte spüren, wie sehr ihm alles zu schaffen machte. Daran schien letztlich auch ihr versöhnlicher Abschied von den Gästen, ausgelöst durch Sascha von Kalfs Gelächter und den anschließenden Applaus nichts geändert zu haben.

In Höhe Neumünster, etwa auf halbem Weg zurück nach Hamburg, schlug Claudia eine Fahrtpause vor. Takeda war einverstanden. Sie steuerten einen Autohof an, der die Auswahl zwischen der Filiale einer Burgerkette und einem Diner bot. Sie entschieden sich für letzteren, zumal sie dort die einzigen Gäste waren. Bei dem, was sie zu besprechen hatten, war es besser, keine ungebetenen Zuhörer zu haben.

Nachdem die Kellnerin den Kaffee gebracht hatte, fragte Claudia: »Glaubst du es eigentlich wirklich?«

»Glaube ich was?«

»Dass es ein Spiel war, das die Gräfin mit euch gespielt hat? So, wie dieser Sascha es gesagt hat?«

Takeda lächelte und wirkte zugleich nachdenklich. »Zumindest ist es eine anregende Vorstellung. Ernestine führt allen ihren vermeintlichen Freunden und Verwandten vor Augen, dass sie sie durchschaut hat. Sie weiß, dass alle es auf die eine oder andere Weise auf ihr Geld abgesehen haben. Wenn das wirklich ihre Absicht war, hat sie ihr Ziel zweifellos erreicht. Alle fühlten sich ertappt.«

»Ich kenne dich, Ken. Du glaubst nicht daran.«

Anstatt zu antworten, trank Takeda von seinem Kaffee. Er schloss die Augen, schien für Sekunden ganz seinen Sinnen nachzuspüren und das heiße Getränk zu genießen.

Claudia konnte nicht anders, sie sah ihn dabei an und fand seinen Anblick wieder einmal faszinierend und ungeheuer anziehend. Es war unglaublich, wie sich dieser zumeist so ernste, kontrollierte Mann für kurze Augenblicke ganz dem Fühlen hingeben konnte.

Dann öffnete er die Augen, ihre Blicke begegneten sich. Beide lächelten.

»Ich warte immer noch auf eine Antwort. War es ein Spiel?«

»Nein, war es nicht.«

»Aber dass die alte Dame sich selbst das Leben genommen hat, das denkst du schon?«

»Ja, absolut. Ich weiß nur nicht, warum. Genauso wenig weiß ich, was sie uns allen und besonders mir damit sagen wollte.«

Claudia sah Takeda aufmerksam an. »Stimmt es denn, dass du dich am Anfang geirrt hast? Hast du wirklich geglaubt, dass es ein Mord war?«

»Ja, das habe ich. Ich habe mich täuschen lassen.«

»Und ich dachte immer, dass, wenn es jemanden gibt, der Morde von Selbstmorden unterscheiden kann, du das wärst.«

Wieder entstand ein kurzer Moment des Schweigens, und Claudia wurde klar, wie sehr Ken immer noch mit den zurückliegenden Ereignissen zu kämpfen hatte.

Schließlich sagte er: »Offenbar kann ich es nicht. Aber vielleicht ist es in diesem Fall entschuldbar. Ernestine hatte sich mit ihrer Inszenierung große Mühe gegeben. Es gab viele falsche Spuren, für die sie gesorgt hat. Hinzu kamen die möglichen Motive jedes einzelnen der Gäste. Und da war das Bild von Hokusai, unten im Salon. Es ist von unschätzbarem Wert. Ich war mir sicher, dass es mit Ernestines Tod zu tun haben müsste.«

»Die Große Welle …«, sagte Claudia, fügte dann lächelnd hinzu: »Ich habe das Bild übrigens erst vor Kurzem in einem Laden gesehen. Aus Lego. Zum Zusammenbauen. Verrückt, oder?«

Takeda sah sie verständnislos an. »Aus Lego? Was heißt das?«

»Du weißt nicht, was Lego ist? Das sind kleine Bausteine aus Plastik. Sie sind eigentlich für Kinder. Normalerweise bastelt man daraus Bagger oder Häuser oder Raumschiffe. Aber anscheinend gibt es auch Lego für Erwachsene, und die basteln halt anspruchsvollere Dinge. Berühmte japanische Bilder, zum Beispiel. Ich wollte es nicht glauben, als ich es gesehen habe. Ich hatte sogar kurz überlegt, ob ich es dir kaufen soll.«

»Die Große Welle zum Zusammenbauen … davon habe ich noch nie gehört. Aber es wundert mich nicht. Das Bild ist wirklich sehr berühmt, und es gibt nichts, was nicht damit verziert ist. Vorhänge, Bettwäsche, T-Shirts, Taschen, Teller, Tassen, Stäbchen, Koffer … Peter Kemper hat mir erzählt, dass es in Hamburg sogar eine Hausfassade gibt, die mit der Welle bemalt ist.«

Claudia nickte. »Stimmt, da bin ich auch schon einmal vorbeigekommen. Das Haus steht in Altona, gar nicht weit vom Bahnhof entfernt.«

»Ich werde es mir ansehen, wenn wir zurück sind.«

Claudia musterte Takeda. »Du bist mir übrigens noch eine Erklärung schuldig. Ich glaube, die anderen Gäste haben es vorhin im Pavillon nicht bemerkt, ich aber schon. Du hast erwähnt, dass das Bild in der Todesnacht erst aus- und dann wieder eingerahmt wurde. Aber warum? Das hast du nicht gesagt.«

Takedas Miene verhärtete sich. Er wirkte angestrengt. »Ich weiß es nicht, Claudia. Es ist einer der Gründe, warum ich immer noch nicht verstehe, was wirklich vor sich gegangen ist. Ernestines Tod ist ein Rätsel, das sie mir gestellt hat, da bin ich mir sicher. Aber zugleich kommt es mir vor, als gäbe es ein weiteres Rätsel im Rätsel … Es ist sehr verworren.«

Claudia griff über den Tisch und nahm seine Hand. Er zuckte kurz zusammen, ließ es dann aber geschehen.

Lange saßen sie so dort.

68.

Mitternacht war längst vorüber. Der Hamburger Stadtpark lag in tiefer Dunkelheit.

Ein paar späte Vögel.

Das Gelächter einer letzten Grillrunde.

Das Seufzen eines Liebespaars.

Weit draußen auf der großen Wiese aber war noch ein anderer, ein ungewöhnlicher Klang zu hören.

Ein Saxophon.

Sehr zart. Vorsichtig.

Wehklagend.

Wer sich auskannte, hätte *Crystal Bells* erkannt, ein Stück, das der große Charlie Mariano Ende der Siebziger mit seinem Sopransaxophon eingespielt hatte.

Takeda spürte dem Stück nach, berührte es, folgte ihm eine Weile, löste sich wieder von ihm. Kein wildes Spiel, kein Bebop, keine Ekstase, nicht in dieser Nacht. Nur eine kleine, zerbrechliche Melodie, die in der Dunkelheit der Nacht verklang.

Die Wurzeln des Jazz, den Takeda so sehr liebte, waren schwarz. Schwarz wie die Sklaven, die Heinrich Carl von Schimmelmann gekauft und ausgebeutet hatte. Mit dem Reichtum, den er durch ihre Arbeit erworben hatte, konnte er hier in Norddeutschland Schlösser und Herrenhäuser erbauen.

Eines der prächtigsten davon hatte nicht einmal allzu weit vom Stadtpark entfernt im Stadtteil Wandsbek gestanden. Es war inzwischen verschwunden, und nur noch die danach benannte Schlossstraße erinnerte daran.

Ein anderer Prachtbau aus Schimmelmanns Besitz war immer noch vorhanden. Das Ahrensburger Schloss, direkt vor den Toren Hamburgs.

Es gab noch mehr Relikte in der Stadt und im ganzen Land, die vom immensen Reichtum dieses ungewöhnlichen Mannes zeugten.

Zweihundertfünfzig Jahre später nahm sich seine Nachfahrin das Leben, gab aber vor, ermordet worden zu sein …

Warum?

Takeda wusste es nicht.

Aber er würde es herausfinden. Das war er der Gräfin schuldig.

Charlie Mariano, Sohn italienischer Einwanderer, wurde in Boston geboren, lebte zwischenzeitlich in Japan, starb in Deutschland, wo er eine Heimat gefunden hatte. Lester Young war sein Vorbild, Charles Mingus machte ihn groß, am Ende war er selbst unsterblich. Mit Toshiko Akiyoshi, der großen Jazzerin seiner japanischen Heimat, hatte er eine Tochter.

Ein Weltbürger. Ein Weltmusiker.

Alles trägt die Welt in sich.

Die Musik.

Diese Stadt.

Das Verbrechen.

69.

Claudia lag todmüde im Bett und konnte trotzdem nicht schlafen. Wieder einmal ging ihr zu vieles im Kopf herum.

Die tote Gräfin von Remsau, der ermordete Conni Strube.

Als sie in der vergangenen Nacht zum Gutshaus gefahren war, hatte sie gehofft, beide Fälle in einem Streich lösen zu können. Aber so war es nicht gewesen. Der eine Fall war gar kein Mord. Und der andere blieb vorerst ungeklärt.

Ganz umsonst war ihre Fahrt in den Norden dennoch nicht gewesen. Im Anschluss an die Teezeremonie hatte sie Ulrike Vogler einer eingehenden Befragung unterzogen. Die Kunsthistorikerin war kooperativ gewesen und hatte die Unterschlagung in der Kunsthandlung unumwunden eingestanden, hatte auch ihr Vorgehen offengelegt. Über Jahre hinweg hatte sie Inventarlisten gefälscht und Anwie Verkaufspreise einzelner Objekte manipuliert. Auf die Art konnte sie immer wieder mittlere und auch höhere Geldbeträge in ihre eigene Tasche leiten. Vor etwa einem Jahr aber war eingetreten, was sie immer befürchtet hatte. Die Gräfin hatte Verdacht geschöpft und deswegen Conni Strube engagiert. Der Detektiv hatte ein Scheingeschäft mit Vogler eingefädelt und eine große, bronzene Buddhastatue gekauft. Durch einen Abgleich der Kaufsumme mit dem offiziellen Eintrag in den Geschäftsbüchern konnte er Vogler überführen. Doch anstatt seine Ergebnisse an von Remsau weiterzugeben, hatte er Vogler ein Geschäft vorgeschlagen – ein Geschäft, das eigentlich eine glasklare

Erpressung war. Er würde der Gräfin nichts von seinen Ermittlungsergebnissen erzählen, wenn Vogler ihn an ihren Unterschlagungen beteiligte. Sie hatte notgedrungen eingewilligt und Strube immer wieder Gelder in Höhe einiger tausend Euro bezahlt. Dafür hatte sie weitere Unterschlagungen begangen, sogar noch mehr und dreistere als zuvor. Ein Teufelskreis.

Aber den Detektiv ermordet? Vogler wies den Verdacht von sich, und Claudia hatte keinen Anlass, ihr nicht zu glauben. Es war deutlich, dass sie nicht einmal von Strubes Tod gewusst hatte und schockiert darauf reagierte.

Zudem konnte sie für den Zeitraum der Tat ein einwandfreies Alibi liefern. Sie war während der infrage kommenden Tage auf verschiedenen Auktionen in London gewesen. Teilnehmerlisten und sogar abrufbare Videos im Internet bewiesen es.

Claudia konnte durch das Gespräch mit Vogler nun eindeutig beweisen, was vorher nur ein Verdacht gewesen war. Strube war ein Erpresser.

Die kriminalistische Erfahrung sprach dafür, dass genau das zu seinem Todesurteil geworden war und dass eines seiner Opfer ihm das Leben genommen hatte.

Zum Glück fanden sich zu den meisten oder sogar allen der Erpressungsopfer Unterlagen in dem Alucontainer in Stellingen. Es hieß, dass sie ab sofort zu ihrem bisherigen Vorgehen zurückkehren würde, nur dass sie diesmal nicht Strubes Auftraggeber aufsuchte, sondern diejenigen, die er ausgenommen hatte. Sie würde eine Liste der Betroffenen erstellen, sie befragen, ihre Alibis überprüfen und im besten Falle einen von ihnen des Mordes an Strube überführen.

Noch auf der Fahrt hatte sie Takeda all das erläutert und ihm das Versprechen abgenommen, dass er sie ab sofort bei den Ermittlungen unterstützte und sich ganz auf den Fall Strube konzentrierte. Er sagte es ihr zu.

Claudia aber kannte Ken gut genug, um zu spüren, was in ihm vorging. Er würde am Fall Strube mitarbeiten. Aber genauso würde er weiter die Gründe für den Tod Ernestine von Remsaus erforschen.

Nahm sie es ihm übel?

Bestimmt nicht. Sie war ja genauso. Sie gab nicht auf. Nicht bevor alle Rätsel gelöst waren.

Gerade als sie über all das nachdachte, hörte sie das Geräusch der Wohnungstür. Ken war wieder da. Sie hatte natürlich mitbekommen, dass er vorhin noch einmal weggegangen war. Wahrscheinlich hatte er irgendwo am Hafen oder im Park gestanden und Saxophon gespielt.

Bei dem Gedanken daran überkam sie ein seltsames Gefühl. Ein warmes Gefühl. Sie liebte ihn.

Es gab keine anderen Worte dafür.

Sie drehte sich auf die Seite.

Jetzt konnte sie schlafen.

70.

Am nächsten Vormittag saß Takeda inmitten der Kistenlandschaft in dem Dienstzimmer, das er sich mit Claudia im Präsidium teilte. Ein weiteres Behältnis, ein Aluminiumcontainer, war hinzugekommen. In der Frühe hatten er und Claudia gemeinsam die Wohnung verlassen, waren nach Stellingen gefahren, wo sie den Container mit Strubes versteckten Unterlagen vom Dachboden geholt und mitgenommen hatten.

In den zurückliegenden Stunden hatte Takeda sich einen Überblick über Strubes Fälle verschafft. Genauer, über seine Erpressungsopfer.

Dazu gehörte eine Frau namens Karin Härtling, die ihren Mann betrogen hatte, aber auch Ulrike Vogler, die sich durch ihre Veruntreuungen bereichert hatte. Man mochte darüber streiten, ob diese Menschen bis zu einem gewissen Grad selbst Schuld daran trugen, dass Conni Strube sie in der Hand hatte. Sie lebten mit Geheimnissen, hintergingen ihre Angehörigen oder machten sich ihrerseits des Diebstahls oder der Unterschlagung schuldig.

Es gab einen Fall, bei dem Claudia, als sie am Morgen auf die entsprechenden Unterlagen gestoßen war, um Fassung hatte ringen müssen. Takeda konnte es gut verstehen. Es ging um einen siebzehnjährigen Jungen namens Luca Miersch, der gelegentlich einen Joint rauchte. Seine Eltern hatten Strube auf ihn angesetzt, der ihn ohne Probleme überführt hatte. Aber anstatt den Eltern davon zu berichten, hatte Strube auch den Siebzehnjährigen erpresst. Da der Junge kaum genug Geld hatte, um Strubes Forderungen zu erfüllen, hatte er seine Eltern bestohlen.

Takeda hatte mit Claudia vereinbart, dass sie sich die Fälle aufteilten und die jeweiligen Opfer von Strubes Erpressungen befragten. Dass einer von ihnen der Mörder von Strube war, war nicht unwahrscheinlich. Mit etwas Glück würden sie schnell ein Ergebnis erzielen.

71.

Claudias erste Verdächtige, mit der sie sich traf, war Karin Härtling. Sie kamen in einer Grünanlage im Stadtteil Eilbek zusammen. Claudia wollte die Frau ursprünglich zuhause im Auenviertel aufsuchen, in dem Haus, in dem sie mit ihrem Mann Jürgen lebte. Härtling aber hatte sie am Telefon bekniet, sich woanders zu treffen. Sonst würde alles ans Licht kommen, ihre Ehe im Zweifel zerbrechen. Das wolle sie um jeden Preis verhindern.

Härtling tauchte mit einem Labrador an der Leine auf und erklärte: »Jürgen denkt, dass ich den Hund ausführe. Das machte zwar sonst immer er, aber er war nicht undankbar.«

Sie trug Stoffhosen und eine mit Strass verzierte Bluse, hatte ihre Haare fein säuberlich frisiert – eine ebenfalls biedere, aber nicht unattraktive Frau von fünfzig Jahren. Claudia kam schon nach wenigen Fragen zu dem Schluss, dass sie Conni Strube nicht erstochen hatte. Die Frau war klug, und wenn sie einen Mord begangen hätte, hätte sie es so raffiniert angestellt, dass das Ganze niemals entdeckt worden wäre. Abgesehen davon hatte Härtling ein Alibi für den Abend der Tat. Auf die Nachricht von Strubes Tod reagierte sie mit ehrlicher Betroffenheit.

»Trotzdem verstehe ich Sie nicht«, erklärte Claudia, nachdem der im engeren Sinne dienstliche Teil ihres Gesprächs erledigt war.

»Was verstehen Sie nicht?«

»Warum Sie Ihren Mann nicht einfach verlassen. Sie betrügen ihn, er ahnt es, setzt einen Privatdetektiv auf Sie an. Seine Eifersucht scheint ein echtes Problem zu sein, das gibt er ja sogar selbst zu. Warum also?«

Härtling lächelte nachsichtig. »Beweist das alles denn nicht, dass er mich wirklich liebt?«

»Es gibt schönere Beweise.«

Härtling musterte Claudia, wirkte selbstbewusst und gelassen. »Sie sind nicht verheiratet, oder?«

»Nein. Aber spielt das eine Rolle?«

»Ich denke schon.«

Sie liefen die Straße entlang, als wären sie zwei Freundinnen, die gemeinsam den Hund spazieren führten.

Härtling erklärte: »Jürgen ist nicht verkehrt. Ein wenig überkorrekt, ein wenig steif. Aber alles in allem hat er sein Herz auf dem rechten Fleck. Seine Eifersucht ist ein Problem, das stimmt schon. Aber über so etwas muss man hinwegsehen, wenn es in einer Ehe klappen soll. Welcher Mann ist schon perfekt?«

»Fällt es Ihnen wirklich so leicht?«

Diesmal reagierte Härtling nachdenklicher. »Ja und nein. Sie haben die Tatsache, dass ich mich auf andere Männer einlasse, als Betrug bezeichnet. Das ist amüsant. Betrug … so ein altmodisches Wort. Ich meine, Sie sind doch bestimmt zehn, fünfzehn Jahre jünger als ich.«

»Ich bin siebenunddreißig.«

»Dann kommt es hin.«

»Wie würden Sie es nennen, was Sie tun?«

Sie folgten einem Spazierweg entlang des Eilbekkanals, der hier inmitten eines schmalen, langgezogenen Parks vor sich hin plätscherte. Härtling löste den Hund von der Leine. »Ich habe Bedürfnisse, die Jürgen nicht befriedigen kann. Also erledige ich das mit anderen Männern.

Aber deswegen möchte ich ihn doch nicht verlassen. Keiner hätte etwas davon, ich nicht, er nicht.«

»Es heißt allerdings, mit einer Lüge zu leben ... Ich weiß nicht.«

»Sie sind zu idealistisch, Frau Kommissarin. Das führt im Leben zu nichts. Ich liebe Jürgen, ohne jeden Zweifel. Aber ich will dennoch nicht auf bestimmte Dinge verzichten. Es wäre einfacher, wenn er es einsehen könnte. Doch das kann er natürlich nicht. Also reiße ich immer mal wieder ein wenig aus. Warum auch nicht? Es ist doch eine gute Lösung für uns alle.«

Claudia gestand sich ein, dass Karin Härtling sie beeindruckte. Vielleicht war das, was sie sagte, nicht für jeden der richtige Weg. Aber für sie schien es stimmig zu sein.

»Als Strube von Ihnen Geld verlangt hat, haben Sie da nicht überlegt, reinen Tisch zu machen?«

»Sicher. Aber dann wieder ... Ich hätte alles zerstört. Wenn Jürgen es schwarz auf weiß hätte, dass ich etwas mit anderen Männern habe, hätte er mich verlassen. Er würde damit nicht klarkommen. Ich habe geerbt und ein bisschen was auf dem Konto, ich konnte Strubes Forderungen erfüllen. Er übertrieb nicht bei dem, was er verlangte. Ich habe bezahlt, und dafür hat er Jürgen belogen. Es war letztlich in meinem Sinne.«

»Nur, dass Ihr Mann ihm nicht geglaubt hat.«

Härtling lachte. »Das ist nicht mein Problem, sondern seines. Selbst wenn ich die treueste Ehefrau auf Erden wäre, würde Jürgen mich verdächtigen. So ist er nun einmal.«

Claudia verabschiedete sich. Sie gab Härtling die Hand, und sie sahen sich dabei mit Sympathie in die Augen.

72.

Takeda war zur selben Zeit auf dem Weg zu einem Mann namens Klaus-Herfried Holtzfalt-Sagersheim. Der Angestellte mit dem für Takeda unaussprechlichen Namen arbeitete für eine Zulieferfirma im Flugzeugbau. Obwohl er ein gutes Gehalt verdiente, verkaufte er technische Firmengeheimnisse an Konkurrenzunternehmen. Das besagten die Unterlagen von Conni Strube, und bisher hatte es keinen Anlass gegeben, an den Ermittlungsergebnissen des Privatdetektivs zu zweifeln. Auch Holtzfalt-Sagersheim war von Strube mit diesem Wissen erpresst worden.

Ein Foto, das sich bei den Papieren befunden hatte, zeigte einen seriösen Geschäftsmann von Anfang sechzig, der akkurat frisiert war und einen maßgeschneiderten Anzug trug. Es ließ sich nur schwer vorstellen, dass ein solcher Mann jemandem ein Messer in die Brust rammte und seine Leiche im Hamburger Volkspark vergrub.

Ohne Weiteres aber war vorstellbar, dass ein solcher Mann jemanden dafür bezahlte, es zu tun.

Takeda lenkte seinen Wagen über eine vierspurige Ausfallstraße in den Hamburger Nordosten, wo die Firma ansässig war. Als er den großen und belebten Wandsbeker Markt kreuzte, fiel ihm etwas ein, das er von Ulrike Vogler im Zusammenhang mit der Familie von Remsau gehört hatte.

Hier bot sich die Möglichkeit, der Sache nachzugehen.

Kurz zögerte er, denn immerhin hatte er Claudia versprochen, sich zunächst voll und ganz auf den Fall Strube zu konzentrieren. Dann aber kamen ihm die zurückliegenden Tage in den Sinn.

Sein Schwur, Ernestines Rätsel zu lösen.

Takeda lenkte den Wagen an den Straßenrand und fand eine Parklücke. Er orientierte sich kurz und folgte dann zu Fuß einem kleinen Pfad, der zu einem hinter einer Kirche liegenden Friedhof führte.

Kurz darauf stand er vor einem weiß getünchten, eckigen Bau mit einer mittigen Holztür und einem kuppelartigen Dachaufbau, insgesamt so groß wie eine Doppelgarage, wenn auch ein wenig höher. Eine Tafel erläuterte, dass es sich um ein Mausoleum handelte, das nach Entwürfen eines italienischen Architekten im klassizistischen Stil errichtet worden war. Hier war die letzte Ruhestätte von Heinrich Carl von Schimmelmann. Sein Leichnam war zehn Jahre nach seinem Tod in Kopenhagen im Jahr 1782 nach Hamburg überführt und hier beigesetzt worden.

Eine Tafel an dem Mausoleum besagte, dass Schimmelmann seinen Reichtum dem Handel mit Kattun, Gewehren und Zuckerrohr verdankte – und auch dem mit Menschen.

Genauer, mit Sklaven.

Das Grabmal war nicht wirklich prachtvoll. Angesichts des immensen Reichtums, über den Schimmelmann verfügt hatte, wirkte es sogar erstaunlich schlicht und bescheiden. Man hätte sich bei einem Mann wie ihm auch eine sehr viel prunkvollere Grabstelle vorstellen können. Vielleicht nicht gerade ein Taj Mahal. Aber doch etwas, das ausdrückte, dass es sich bei ihm um einen der wohlhabendsten Männer Europas zu jener Zeit gehandelt hatte.

Andererseits war die Unauffälligkeit des Mausoleums vermutlich die Erklärung dafür, dass es seit so langer Zeit unbehelligt hier mitten in Hamburg stehen konnte.

Dennoch hätte Takeda sich nicht gewundert, wenn die Mauern des Baus mit Parolen beschmiert wären, immerhin war Schimmelmann eine denkbar umstrittene Gestalt.

Aber nichts dergleichen war zu sehen. Bedeutete es, dass die Hamburger Bürger sich nicht für Schimmelmann und seine Verfehlungen interessierten? Oder hatten sie sich einem nüchternen Blick auf die fernere Vergangenheit verschrieben, in der, wie Egbert Saemann es am ersten Abend auf Gut Hohenforst ausgedrückt hatte, das Leben für keinen Menschen und auch nicht für die meisten Europäer einfach gewesen war?

Während Takeda darüber nachdachte, hörte er hinter sich eine Stimme. Sie klang scharf, fast wütend. »Sie sind hoffentlich nicht hergekommen, um Blumen an das Grab zu legen, oder?«

Der Inspektor drehte sich um und blickte in das Gesicht einer Frau von vielleicht Ende zwanzig oder Anfang dreißig. Sie trug Jeans und Sweatshirt, hatte sich eine bunte Umhängetasche schräg über den Oberkörper gehängt. Ihre Arme und ihre Schultern waren mit zahlreichen Tätowierungen bedeckt und ihre Lippen mit einem Piercing durchstochen.

Als die Frau ihrerseits Takedas Gesicht sah, wandelte sich ihre Wut in Erstaunen. Es mochte daran liegen, dass sie ihn zunächst nicht für einen Asiaten gehalten hatte.

Takeda deutete eine Verbeugung an und erklärte lächelnd: »Nein, Blumen habe ich nicht dabei. Aber wäre es so schlimm, wenn es so wäre? Ist es nicht üblich, einen Strauß an ein Gab niederzulegen?«

»Kommt drauf an, wer drin liegt, oder?«

»Da haben Sie sicherlich recht.«

»Sehen Sie! Wenn Sie also jemandem die letzte Ehre erweisen wollen, tun sie es lieber dort drüben. Da liegt Matthias Claudius begraben. Der hat schöne Gedichte geschrieben. Er hat's verdient, dass man sich an ihn erinnert.«

»Bei Baron von Schimmelmann ist das anders?«

Sie stieß ein Schnauben aus. »Erinnern sollte man sich an ihn. Aber als jemanden, der grausam und rücksichtslos war. Als jemanden, der die Menschenrechte mit Füßen getreten hat.«

»Ich bin mir nicht sicher, ob es zu seinen Lebzeiten bereits so etwas wie Menschenrechte gegeben hat.«

Ihre Augen wurden schmal. »Es gibt sie heute. Das genügt. Wer das nicht einsieht, hat gar nichts verstanden.«

Takeda spürte ihren Worten nach, unsicher, ob sie naiv oder weise waren.

Dann folgte er einem spontanen Impuls und fragte: »Sie scheinen sich mit Schimmelmann und seiner Geschichte gut auszukennen, ist das richtig?«

»Ich bin Wandsbekerin. Ich interessiere mich für meine Heimat. Da kommt man um dieses Schwein nicht herum.«

Takeda blickte auf die Uhr. Die Zeit schritt voran, er hatte eine Pflicht zu erfüllen. Dann aber gehorchte er seinem Instinkt und fragte: »Wenn ich Sie zu einem Kaffee einlade, erzählen Sie mir dann etwas über … das Schwein? Es interessiert mich.«

Die junge Frau legte den Kopf schief und musterte Takeda. »Ist das ’ne Anmache?«

»Nein. Nur eine Frage. Schimmelmann ist eine spannende Figur, das ist alles.«

Sie zögerte, fand schließlich zu einem Lächeln. »Na gut, trinken wir einen Kaffee. Ich heiße übrigens Rebecca, wie die Ehefrau von Matthias Claudius. Obwohl, die hat sich mit zwei K geschrieben, nicht mit zwei C wie ich. Sie liegt ebenfalls dort vorne begraben.«

»Sind Sie eine Nachfahrin?«

Sie lachte. »Nein. Aber als meine Mutter schwanger war, ist sie hierher auf den Friedhof gekommen, um einen Namen für mich zu finden.«

»Ich heiße Ken.«

»Bist du aus Japan, Ken?«

»Ja.«

»Machst du Urlaub in Hamburg?«

»So etwas Ähnliches.«

73.

Es war Nachmittag geworden. Claudia saß unweit des Othmarschener S-Bahnhofs in einem VW Golf, den sie sich aus dem Fuhrpark der Polizei geliehen hatte. Sie lehnte sich hinter dem Steuer zurück und beobachtete das Schultor eines Gymnasiums.

Dann war der Schulgong zu hören, und kurz darauf ergoss sich ein Strom schreiender, schubsender, auf ihre Handys starrender Jugendlicher aus den Türen des Gebäudes über den Schulhof und von dort auf die Straße.

Claudia fühlte sich an einen dieser Zombiefilme erinnert, in denen die Untoten zu Hunderten oder Tausenden durch die Straßen marodierten und alles zerstörten oder töteten, was ihnen in den Weg kam.

Dann fragte sie sich mit einem schlechten Gewissen, ob sie kinderfeindlich war, weil sie so etwas dachte.

Eigentlich nicht. Sie mochte Kinder. Nur, zu viele auf einmal, das war einfach nicht ihr Ding.

Außerdem dachte sie, und das nicht zum ersten Mal, dass Polizisten und Lehrer ihre Ausrüstung tauschen sollten. Sie würde liebend gern so manchem Kleinkriminellen eine schlechte Note verpassen oder ihm sagen, dass er leider nicht versetzt wird. Umgekehrt wären Handschellen und Elektroteaser eindeutig besser bei den Lehrkräften aufgehoben, die sie vermutlich auch recht häufig einsetzen würden …

Zugegeben, der Gedanke war absurd. Wahrscheinlich wollte sie damit auch nur ausdrücken, dass sie einen ungeheuren Respekt für Lehrerinnen und Lehrer hatte.

Dann entdeckte sie Luca Miersch in der Masse der Schüler. Er war größer als die meisten gleichaltrigen Jungs und daher gut zu sehen. Er war schlank, fast dürr, wirkte dadurch zerbrechlich. Überhaupt war er ein empfindsamer Typ, der bei den Mädchen oder auch den Jungs, die darauf standen, bestimmt beliebt war.

Die Schüler zerstreuten sich in die Straßen der Umgebung. Luca aber blieb mit zwei Gleichaltrigen vor dem Schultor stehen. Die drei unterhielten sich, setzten sich dann gemeinsam in Bewegung. Claudia stieg aus und folgte den Jungs. Sie gingen die Straße hinunter, bogen um eine Ecke. In der Nähe des S-Bahnhofs betraten sie einen Imbiss. Nach einigen Minuten kamen sie wieder heraus und hielten Döner und Bierdosen in der Hand.

Wow, dachte Claudia. Zu ihrer Zeit wären es noch Cola und Chips gewesen.

Aber eigentlich war es dasselbe. Fettig, süß und ungesund. Weil man mit sechzehn oder siebzehn an alles dachte, nur nicht an gesunde Ernährung. Weil man sich einfach für unsterblich hielt.

Das Trio schlurfte weiter. Claudia war zu weit entfernt, um zu verstehen, worüber sie sprachen. Gelegentlich blieben die Jungs stehen. Sie tranken aus ihren Bierdosen, aßen, gingen weiter.

Drei Siebzehnjährige nach einem langen Schultag. Nicht weiter auffällig. Der Alkohol? War nicht toll. Aber die entscheidende Frage war doch, ob sie das jeden Tag taten oder ob es eine übermütige Ausnahme war.

Die Jungs folgten einem Fußweg, der parallel zu den S-Bahngleisen verlief, setzten sich nach ein paar hundert Metern auf eine Bank.

Zuprosten, lachen, trinken.

Nachdem die Döner verputzt waren, zündete einer der Jungs eine überdimensionierte Zigarette an. Er nahm einen Zug, reichte sie dann weiter.

Als Claudia vor die Bank trat, sah Luca sie überrascht an. Claudia erkannte auch die Angst in seinem Gesicht. Aber er hatte sich schnell wieder im Griff. Alles andere wäre vor seinen Freunden auch sicherlich zu peinlich gewesen.

»Hallo, Luca. Du erinnerst dich an mich?«

»Leider ja. Was wollen Sie von mir?«

»Mit dir reden.«

»Ich wüsste nicht, wieso.«

Claudia zog ihren Dienstausweis aus der Tasche und zeigte ihn dem Jungen. »Ich sag's dir, wenn du mitkommst.«

Noch mehr Angst. Aber immerhin stand Luca auf. Als er Anstalten machte, mit der Bierdose in der Hand hinter Claudia herzuschlurfen, schüttelte sie den Kopf. »Dein scheiß Bier bleibt hier. Und ihr beiden anderen bleibt auch sitzen. Und glaubt ihr eigentlich wirklich, ich sehe oder rieche euren Joint nicht?«

»Und wenn schon!«

In einem Jahr, wenn die Jungs volljährig wurden, wäre das Ganze nicht einmal mehr verboten. Was sollte man da noch sagen? Aber ob das gut war?

Claudia setzte sich mit Luca etwa fünfzig Meter entfernt auf eine weitere Bank. Der Junge war nervös, gab sich jedoch alle Mühe, es zu verbergen. Am liebsten hätte sie ihn in die Arme geschlossen.

»Du weißt, wer Conni Strube ist, oder?«

»Und wenn?«

»Ich will klare Antworten. Ja oder nein?«

»Schon gut. Ja.«

»Ich weiß, dass Strube dich erpresst hat. Er hat dich mit deinen Freunden beim Kiffen erwischt und hat damit gedroht, es deinen Eltern zu sagen. Vermutlich hat er dir die Fotos gezeigt, die er von dir gemacht hat, richtig?«

»Warum fragen Sie, wenn Sie es sowieso wissen?«

»Nochmal: ja oder nein?«

»Ja, so war es.«

»Hat Strube dir gesagt, warum er dich ausgespäht hat? Wer ihn engagiert hat?«

»Hat er. Es war meine Mom. Krass, oder?«

»Ja, krass. Hättest du nicht spätestens da mit deinen Eltern reden müssen? Immerhin hat Strube euch beide hintergangen. Dich hat er erpresst, und deine Eltern hat er betrogen.«

Luca zuckte mit den Schultern. »Mit denen reden? Kann man nicht. Außerdem gefiel mir der Deal mit Conni. Er erzählt meiner Mom Scheiße, und ich kann weiter tun, was ich will. War mir das Geld wert.«

»So einfach war es für dich?«

»Schon.«

»Du hast deine Eltern beklaut, um Strube zu bezahlen. Das ist auch krass, wenn du mich fragst.«

»Selbst schuld. Die haben ihn engagiert, also zahlen sie auch für ihn. Sogar doppelt. Ich fand's witzig.«

Claudia seufzte. Das hier war der Tiefpunkt in diesem Fall. Ein Teenager, der sich in eine Haltung cooler Kaltschnäuzigkeit geflüchtet hatte. Dabei war ihm anzusehen, dass er von seinen Eltern anerkannt, respektiert, geliebt werden wollte. Ein kleiner Junge, der auf starken Mann machte.

»Ich dürfte eigentlich nicht allein mit dir reden, Luca. Du bist minderjährig. Deine Eltern oder ein Anwalt müssten dabei sein.«

»Warum tun Sie es dann?«

»Weil es um eine sehr ernste Sache geht.«

»Ach ja?«

»Ja. Darum möchte ich dir eine einzige Frage stellen, auf die ich eine ehrliche Antwort erwarte.«

»Danach lassen Sie mich in Ruhe?«

»Ja.«

»Okay.«

»Hast du Conni Strube umgebracht? Vielleicht nicht einmal mit Absicht? Du wolltest, dass er dich in Ruhe lässt? Du hast ein Messer gezückt, hast zugestochen? Es ist einfach passiert?«

Der Junge sah Claudia an. Dann sprang er auf und begann, hysterisch zu schreien.

74.

Rebecca und Takeda entschieden sich für ein portugiesisches Café in der Nähe des Wandsbeker Busbahnhofs. Das Publikum war bunt, und der Inspektor hörte viele Sprachen an den Tischen rundherum. Rebecca bemerkte seine Neugier und erklärte, dass Wandsbek eben so sei. Vielfältig.

Takeda wollte mehr über sie erfahren, und sie erzählte ihm, dass sie ursprünglich Geschichte studiert hatte. Wegen ihrer politischen Arbeit in verschiedenen Aktionsbündnissen und Bürgerinitiativen hätte sie nie die Zeit gefunden, einen Abschluss zu machen. Jetzt hielt sie sich mit Jobs in der Altenpflege über Wasser, meistens Nachtdienste. Verdammt anstrengend. Aber wenigstens eine Arbeit, die sinnvoll sei. Durch die Zuschläge reiche es so gerade zum Leben.

Takeda wiederum erklärte, dass er aus Tokio stamme und durch allerlei Zufälle nach Hamburg gekommen sei. Schon immer habe er sich für Deutschland interessiert, sei aber noch unsicher, wie seine eigene Zukunft aussehe und ob er wirklich für länger hierbleiben würde.

Rebecca sah in prüfend an. Es war deutlich, dass sie ihm kein Wort glaubte. Lächelnd sagte sie: »Später musst du mir das noch einmal genauer erklären, Ken. Aber wir wollen ja über Schimmelmann sprechen. Warum interessiert er dich?«

»Wie gesagt, ich möchte mehr über Deutschland erfahren. Dazu gehört auch die Vergangenheit des Landes.«

Sie setzte ein wissendes Lächeln auf. »Das ist schon das erste Missverständnis. Wenn wir über jemanden wie Schimmelmann sprechen, geht es nicht um die Vergangenheit. Es geht um die Gegenwart. Das, was früher war, ist ein untrennbarer Teil vom Leben heute.«

»Ich bin mir nicht sicher, ob ich verstehe, worauf du hinauswillst.«

»Ist nicht so schwer. Man kann schlimme Dinge, egal wie weit sie zurückliegen, nicht einfach abhaken und für erledigt erklären. Das sind sie nicht. Auch nicht, wenn seitdem Jahrhunderte vergangen sind. Dieser berühmte Flügelschlag eines Schmetterlings, der einen Sturm auslöst ... der kann nicht nur räumlich weit weg sein, sondern auch zeitlich. Die Dinge kehren unausweichlich zu uns zurück. Sie sind ein Teil von uns, und darum müssen wir uns ihnen stellen.«

Takeda nickte nachdenklich. »Ich bin noch nicht so lange in Deutschland. Aber ich habe das Gefühl, dass die Menschen sich hier sehr mutig mit ihrer Vergangenheit beschäftigen.«

Rebecca verzog das Gesicht. »Ja, das glauben viele. Sie sind geradezu stolz darauf und halten sich für so etwas wie Vergangenheitsbewältigungs-Weltmeister.«

»Im Vergleich mit meiner Heimat könnte es möglicherweise stimmen.«

»Ist aber ein Irrtum. Auch die Menschen hier haben gewaltige blinde Flecken, was die Geschichte angeht. Schlimmer noch, je mehr sie sich mit dem einen beschäftigen, desto mehr vergessen sie alles andere. Da, wo es wirklich wehtut, sehen sie nicht hin. Hamburg, meine Stadt, ist das beste Beispiel.«

»Ich weiß wieder nicht genau, was du meinst.«

»Ich erkläre es dir gerne. Damit kommen wir auch zu Schimmelmann. Aber du musst wissen, dass er letztlich nur einer unter vielen ist. Sicherlich einer, der heraussticht, der besonders schlimm war. Aber bei Weitem nicht der einzige.«

»Ich bin gespannt, mehr zu erfahren.«

Rebecca biss von ihren Kuchen ab, trank von ihrem Kaffee. Während sie kaute, schien sie sich ihre Worte zurechtzulegen. Dann sagte sie: »Das Tor zur Welt. So nennt Hamburg sich, und zwar voller Stolz. Damit ist auch eine Geisteshaltung gemeint. Die Hanseaten halten sich für ach so tolerant und weltoffen. Sie sind die Guten. Sie bringen mit ihrem Hafen den Frieden in die Welt. So steht es sogar in der Landesverfassung. Aber stimmt das wirklich?«

»Sag du es mir.«

»Gegenfrage: Wenn diese Stadt so friedliebend ist, warum steht dann das größte Kolonialdenkmal Deutschlands hier?«

»Ich wusste nicht, dass es so ist.«

Erneut lächelte sie, und es wirkte eine Spur überheblich. »Dabei hast du es garantiert schon einmal gesehen. Es steht in St. Pauli im alten Elbpark. Ein Mann aus Stein, über dreißig Meter hoch. Er blickte in Richtung Meer. Warum? Weil er es so schön findet? Oder weil er es beherrschen will?«

»Du sprichst vom Bismarck-Denkmal!«

»Natürlich. Der eiserne Kanzler. Der Reichseiniger ... Ich könnte kotzen. Dieser Mann hat dafür gesorgt, dass die Europäer Afrika unter sich aufgeteilt haben. Jeder bekommt ein Stück vom Kuchen. Klingt richtig großzügig, oder? Aber stell dir mal vor, es wäre umgekehrt und ein Afrikaner hätte Europa aufgeteilt! Danach wären die Afrikaner mit ihren Armeen hier einmarschiert! Aber noch heute würde dort ein Denkmal für diesen Mann stehen, der den Plan dazu hatte! Ein Ehrenmal! Wir würden es hassen, oder?«

»So habe ich es bisher nicht gesehen.«

»Viele andere auch nicht. Dabei liegt es doch auf der Hand. Bismarck war es, der die deutschen Kolonien begründet hat.«

»Soweit ich weiß, war er nicht wirklich ein Freund dieser Idee.«

»Zuerst nicht, das stimmt schon. Aber dann umso heftiger. Weißt du, wer ihn überzeugt hat? Wer ihn darum gebeten hat, seine Hände nach Afrika auszustrecken? Es waren die Hamburger Kaufleute. Sie haben ihn bekniet, weil sie Angst um ihre Besitzungen hatten, um ihre Plantagen, ihre Niederlassungen. Und wo, glaubst du denn, sind die Soldaten in die Schiffe gestiegen, um die Herero und Nama abzuschlachten? Hier in Hamburg! Was glaubst du, womit die ach so ehrbaren Kaufleute gehandelt haben und immer noch handeln? Mit Zuckerrohr, mit Kautschuk, mit Kaffee, mit Kakao. Dinge, die in den Kolonien angebaut wurden, egal, wem das Land dort gehörte. Hauptsache, die Kasse hat geklingelt. Deutschlands Kolonien gab es nur für kurze Zeit? Möglich. Aber daran verdient haben sie jahrhundertelang! Schlimmer noch, es ging nicht nur um Waren und Handelsgüter. Es waren auch Menschen, die die Hamburger verschifft haben. Sklaven.«

»Du sprichst jetzt wieder von Schimmelmann?«

»Nicht nur von ihm. Das meine ich doch mit dem blinden Fleck! Die Hamburger, überhaupt die Deutschen, denken, dass sie mit dem Sklavenhandel nichts zu tun hatten, dass es die Briten, die Amerikaner, die Holländer, die Dänen waren. Aber das stimmt nicht. Die Sklavenschiffe sind genauso von hier, aus dem Hamburger Hafen ausgelaufen. Erst nach Afrika, dann nach Amerika, dann wieder zurück hierher. Der atlantische Dreieckshandel. Vielleicht waren es nicht Tausende, aber immer noch genug. Die Schiffe fuhren oft unter dänischer Flagge, nicht unter hamburgischer oder deutscher, preußischer, was weiß ich. Sie kamen dann aus Altona, das damals ja dänisch war. Aber kratz mal ein wenig an der Oberfläche, dann stößt du überall auf die feine Hamburger Gesellschaft. Die Kapitäne, die Reeder, die Kaufleute, die Mannschaften, die kamen von hier. Doch die Stadt will nichts davon wissen. Die Denkmäler zeugen davon, auch die Straßennamen. Immer noch gibt es einen Woermannsweg, eine Dominikstraße und sogar eine Schimmelmannallee. Für ihn wollten sie sogar noch vor ein paar Jahren ein Denkmal aufstellen! Kannst du dir das vorstellen? Für einen der größten Sklavenhalter seiner Zeit. Ein Denkmal hier in Wandsbek!«

Takeda nickte nachdenklich. Er spürte die Wut der jungen Frau und musste an das zurückliegende Wochenende denken. Einem spontanen Impuls folgend fragte er: »Sag mal, kennst du eigentlich eine Frau namens Alexa von Remsau?«

»Alexa? Klar. Wieso fragst du?«

»Ich habe sie vor Kurzem ebenfalls kennengelernt. Wegen ihr wollte ich mir das Schimmelmann-Mausoleum ansehen.«

»Dann weißt du, dass sie eine Nachfahrin von ihm ist? Von Schimmelmann? Wir haben damals zusammen gegen dieses widerwärtige Denkmal gekämpft. Alexa war toll. So mutig! Wie geht es ihr?«

»Ich bin mir nicht sicher. Ihre Tante ist kürzlich gestorben.«

Rebeccas Gesichtsausdruck wandelte sich, drückte Melancholie, vielleicht auch Schmerz aus. Sie gab ein leises Seufzen von sich. »Ihre Tante … das ist die Frau, die Alexa damals enterbt hat, nach unserer Aktion gegen das Denkmal. Alexa war es egal. Sie wollte ohnehin nichts mit dem Geld ihrer Familie zu tun haben. Sie war mein Vorbild, jedenfalls damals.«

»Heute nicht mehr? Warum?«

»Ach, ich weiß nicht. Sie hat sich verändert. Sie ist damals aus Hamburg weggegangen, weit weg, ins Ausland. Bis vor einiger Zeit wusste ich nicht einmal, dass sie wieder hier ist.«

»Sie ist seit etwa zwei Jahren wieder in der Stadt.«

»Ich weiß. Wir haben uns neulich zufällig wiedergetroffen, in der Sparkasse am Schalter. Jemand sagte ihren Namen. Ich bin ihr um den Hals gefallen, ich habe geheult vor Freude. Fast zehn Jahre hatten wir uns nicht gesehen. Aber was soll ich sagen, ich hatte mir unser Wiedersehen anders vorgestellt.«

»Was ist passiert?«

Rebecca zuckte mit den Schultern. »Sie war kühl. Abweisend. Es war klar, dass sie keine Lust hatte, mit mir zu reden. Obwohl wir früher echt eng waren. Aber so einfach habe ich sie nicht davonkommen lassen. Wir haben uns verabredet, und dann haben wir lange geredet.«

»Wie war das?«

»Weiß nicht. Wir haben über früher gequatscht, über unsere Aktionen und alles. Sie war ja ewig weg, in Australien. Ich habe ihr erzählt, dass sich einiges getan hat seitdem, also in politischer Hinsicht. Hamburg beginnt langsam damit, sich seiner Vergangenheit zu stellen. Die Stadt benennt Straßen um, Museen, all so etwas. Sogar beim Bismarck-Denkmal wollen sie endlich etwas machen. Ich dachte, es freut sie, das zu hören.«

»Aber so war es nicht?«

»Nicht wirklich. Ich musste einsehen, dass Alexa das alles gar nicht mehr interessiert. Jugendflausen hat sie es genannt. Sie hat sogar Sprüche gebracht, die früher für uns absolut das Grauen gewesen wären. Von wegen, die Afrikaner hätten schon lange vor den Europäern Sklaven gehabt. Sie hätten selbst daran verdient. Die Araber und die Türken wären viel schlimmer gewesen. Die Kolonien hätten ja auch von Europa profitiert, all so etwas. Sie hat eine ziemliche Hundertachtziggradwende hingelegt. Es war echt ein Schock.«

»Kannst du dir erklären, warum sie sich so verändert hat?«

Rebecca zuckte mit den Schultern. »Keine Ahnung. Sie selbst meinte, dass sie einen Schlussstrich unter früher gezogen hätte. Genau das, wovon wir damals gesagt haben, dass es nicht geht. Ich war enttäuscht. Aber okay, sie hatte ein paar harte Jahre hinter sich, und jetzt wollte sie sich mit ihrer Familie versöhnen. Kann ich irgendwie auch verstehen.«

Takeda senkte nachdenklich den Blick. Da war etwas, das ihn irritierte. Oder mehr als das, er spürte, dass er soeben etwas Entscheidendes erfahren hatte. Nur war ihm selbst noch nicht so recht bewusst, was es eigentlich war.

Takeda erhob sich abrupt von seinem Sitz. Er bedankte sich bei Rebecca und verließ das Café, spürte dabei ihren verwunderten Blick im Rücken. Gerne hätte er ihr erklärt, was ihn beschäftigte.

Aber das konnte er nicht.

75.

Claudia saß wieder in ihrem Wagen und war auf dem Weg ans andere Ende der Stadt. Der Feierabendverkehr war zäh. Die Fahrer drängelten, konnten Gelb nicht von Rot unterscheiden und blockierten jede Kreuzung.

Aber im Moment war ihr das egal. In ihr klang immer noch das Schreien von Luca Miersch nach.

Laut, panisch, enthemmt.

Claudia war ebenfalls aufgesprungen, hatte Miersch an den Handgelenken festgehalten und versucht, ihn zu beruhigen. War sein Ausbruch ein Eingeständnis? Als er kurz verstummte, wiederholte sie ihre Frage: »Hast du Conni Strube umgebracht?«

Lucas Nein, seine Beteuerung, unschuldig zu sein, war erneut in Schreien übergegangen. Dabei hatte er sie angesehen, mit vor Angst geweiteten Augen. Er riss sich von ihr los, schlug um sich, fiel auf die Knie, wälzte sich über den Boden und schrie dabei immer weiter und immer lauter.

Der Nervenzusammenbruch eines Siebzehnjährigen.

Seine Freunde kamen angerannt, beschimpften Claudia, versuchten ebenfalls, Luca zu beruhigen. Vergeblich. Er hatte längst Schaum vor dem Mund. Es lag an den Nerven, aber vermutlich auch an den Drogen. An der toxischen Mischung aus beidem. Claudia rief eine Ambulanz, doch sogar die Sanitäter konnten den Jungen nicht bändigen. Erst mithilfe weiterer Kollegen vom örtlichen Revier konnten sie ihn fixieren, ihm dann ein Beruhigungsmittel geben.

Claudia war da bereits klar, dass sie am nächsten Morgen ein nicht gerade angenehmes Gespräch mit Holger Sauer haben würde. Sie hatte regelwidrig einen Minderjährigen befragt und mit einem massiven Tatvorwurf konfrontiert.

Das war nicht in Ordnung gewesen. Sie wusste es. Der Anschiss war verdient.

Nicht einmal das Ergebnis ihres Vorgehens konnte ihr als Rechtfertigung dienen. Trotzdem stand es jetzt fest. Luca Miersch war nicht der Mörder von Conni Strube. Als er endlich ruhiger geworden war und sie mit ihm sprechen konnte, versicherte er, Strube nicht angegriffen, nicht verletzt und schon gar nicht getötet zu haben. Im Gegenteil, er hatte Strube gemocht, auch wenn der ihn erpresst hatte. Zudem konnte der Junge ein Alibi vorweisen.

Claudia hoffte, dass Luca schnell wieder auf die Beine kam. Und danach? Im besten Falle kam etwas in Gang, das überfällig war. Eine Aussprache mit den Eltern, der Reset einer Familie. Konnte das funktionieren? War der Junge dazu in der Lage? Die Eltern?

Ihre Hoffnung hielt sich in Grenzen.

Nach dem Gespräch hatte Claudia sich erschöpft und nachdenklich in den Wagen gesetzt, war aber zunächst nicht losgefahren. Sie dachte über Luca nach, über sich selbst. Auch über Strube. Die Akten in dem Alucontainer, Strubes Erpressungsopfer. Mit Luca Miersch war der nächste Verdächtige von der Liste verschwunden.

Doch war es überhaupt der richtige Weg, um den Fall zu lösen?

Auf einmal hatte Claudia das Gefühl beschlichen, dass sie etwas übersah.

Obwohl es klar und offensichtlich vor ihr lag.

Es hatte mit dem Geld zu tun. Geld, das Strube von seinen Erpressungsopfern verlangt hatte, um damit seine Stunden bei Leyla de Fauçon zu bezahlen. Aber eben nicht nur.

Einen Teil des Geldes hatte er Martina Nowack gegeben.

Die Frau hatte Claudia den Umschlag mit den Banknoten gezeigt. Fast fünftausend Euro in bar.

Was hatte sie dabei noch einmal gesagt? Was genau waren ihre Worte?

Als Claudia sich erinnerte, entfuhr ihr unwillkürlich ein Fluch. Sie fuhr los.

Am liebsten hätte sie jetzt das Behelfsblaulicht aufs Dach geklemmt, um schneller vorwärtszukommen. Sie sparte es sich, denn im engeren Sinne war es kein Notfall. Sie konnte sich nicht über Rotsünder aufregen und selbst eine Blausünderin werden.

76.

Es war früher Abend geworden. Takeda stand auf dem Altonaer Balkon, einem Aussichtspunkt unweit des Altonaer Rathauses, hoch über der Elbe. Er liebte diesen Ort. Der Blick reichte nahezu grenzenlos in südlicher Richtung über den Fluss und die Hafenlandschaft dahinter. Die Containerberge am Burchardkai, die Docks der Blohm-und-Voss-Werft, die Köhlbrandbrücke, die riesigen Öltanks in Waltershof, die seltsamen, wie Vogeleier wirkenden Aufbauten des Klärwerks am Köhlbrandhöft.

Takeda seufzte. Wie gerne würde er jetzt zu seinem Wagen gehen, sein Saxophon aus dem Kofferraum holen und irgendwo dort unten im Hafen stehen und spielen. Nicht für ein Publikum. Sondern ganz allein für sich selbst.

Aber war der Hafen wirklich ein geeigneter Ort dafür?

Die Idylle, der Duft der großen, weiten Welt, das Fernweh … es hatte ihn stets inspiriert. Aber jetzt, nach dem Gespräch mit Rebecca, war es nicht mehr dasselbe.

Weil eben dieser Hafen in seiner langen Geschichte nicht immer eine gute Rolle gespielt hatte. Sie hatte es gesagt. Von hier waren Sklavenschiffe losgesegelt, Schiffe mit Soldaten, Schiffe, die eroberten, Schiffe, die beherrschten und töteten.

Natürlich, dieselben Schiffe hatten auch die Ideen von Freiheit, von Gerechtigkeit und Gleichheit in die Welt getragen.

Beides gehörte zusammen.

Takeda glaubte nicht, dass die Gegenwart das Recht hatte, über die Vergangenheit zu richten.

Aber ebenso wenig ließ sie sich so einfach freisprechen.

Erneut seufzte er, denn es gab ohnehin für ihn anderes zu bedenken als die Frage nach dem Gestern und Heute.

Er wusste es jetzt.

Er wusste, was es mit dem Bild von Hokusai auf sich hatte.

Er wusste, was es mit dem Tod der Gräfin zu tun hatte.

Das Rätsel war gelöst, und Rebecca hatte ihm dabei geholfen, ohne es zu ahnen.

Die große Welle vor Kanagawa.

Ein japanisches Bild aus dem frühen 19. Jahrhundert, das fast zweihundert Jahre später der Schlüssel zu einem Verbrechen in Deutschland war.

Takeda stand lange regungslos da und blickte über die Elbe.

77.

Eine halbe Stunde später drückte Claudia auf die Klingel an dem Etagenhaus in Bramfeld. Vor dem Gebäude rauschte der immer noch dichte Verkehr über die vierspurige Straße. Die Worte an der Gegensprechanlage waren kaum zu verstehen. Der Türöffner summte. Claudia stieg die Treppen zum dritten Stock empor.

»Kommen Sie rein«, sagte Martina Nowack an der Wohnungstür. Sie lächelte freundlich. Eine einsame Frau, die sich sogar über den Besuch einer ermittelnden Polizistin freute. »Gibt es etwas Neues? Haben Sie den Täter gefunden?«

»Nein. Aber ich habe noch einige Fragen an Sie. Ich hoffe, dass Sie diesmal ehrlich zu mir sind.«

Claudias Stimme geriet härter als beabsichtigt. Nowack merkte es und sah sie ängstlich an.

»Aber das war ich. Ich habe nicht gelogen.«

»Vielleicht, Frau Nowack. Aber die Wahrheit haben Sie auch nicht gesagt.«

Sie setzten sich. Claudia sah Fotos von Palmenstränden an der Wand, eine Autogrammkarte von Helene Fischer. Dazu der exotische Duft eines billigen Raumparfums. Ein kleiner Palast der Träume.

»Ich habe noch einmal über das nachgedacht, was Sie mir bei unserem ersten Gespräch gesagt haben. Dass Conni gelegentlich bei Ihnen vorbeikam und Ihnen Geld zugesteckt hat.«

»Zugesteckt habe ich nicht gesagt.«

»Nennen Sie es, wie Sie wollen. Bei fünfzig, hundert

oder meinetwegen auch fünfhundert Euro hätte ich Ihnen die Geschichte abgekauft. Aber fünftausend Euro? Und das immer mal wieder? Das ist etwas anderes.«

»Aber so war Conni nun einmal. Er hat sich um mich gekümmert.«

Claudia ließ sich nicht aus dem Konzept bringen. »Als ich am Wochenende hier war, haben Sie mich gefragt, ob Sie das Geld behalten dürfen. Ich habe es nicht sofort gemerkt, aber im Nachhinein ist es mir klar geworden. Sie wussten, dass Conni das Geld nicht durch seine Arbeit als Detektiv verdient hat. Sie wussten, dass er es auf illegale Art erhalten hat Warum sonst hätten Sie mir eine solche Frage gestellt?«

Claudia sah Martina Nowack an. Eigentlich genügte das. Sie lag richtig mit ihrer Vermutung.

Ein letzter Versuch des Widerstands. »Spielt das denn jetzt wirklich noch eine Rolle? Conni ist tot. Ich wollte nicht, dass man schlecht über ihn redet.«

»Mein Gott, Frau Nowack! Sind Sie wirklich so naiv? Strube hat Menschen erpresst. Nur darum konnte er Ihnen Geld geben. Aber ich sage Ihnen nichts Neues, oder?«

Nowack schlug die Augen nieder, sprach mit so leiser Stimme, dass sie kaum zu verstehen war. »Es tut mir leid! Ich hätte das Geld nicht nehmen dürfen. Aber ich habe doch selbst fast nichts ... Müssen Sie mich jetzt mitnehmen?«

»Darum geht es im Moment nicht. Wir gehen davon aus, dass Strube von einem seiner Erpressungsopfer getötet worden ist. Darum interessiert mich im Moment nur eine Sache. Hat er etwas zu Ihnen gesagt, das uns weiterbringen könnte? Hatte er zum Beispiel Angst, dass einer der Menschen, von denen er Geld verlangte, handgreiflich werden könnte? Befürchtete er, dass seine Masche aus dem Ruder lief, oder wurde er sogar konkret bedroht? Hat er vielleicht einen Namen genannt?«

Nowack sagte lange nichts, sprach dann mit leiser Stimme. »Wenn Conni hier war, schien er zu glauben, dass wir immer noch ein Paar sind. So war er. Die Vorstellung hat ihm gefallen. Ich wollte es ihm nicht kaputt machen. Ich habe mitgespielt. Ich fand es auch schön. Wenn er weg war, war es umso schlimmer für mich. Aber für die Stunde oder zwei habe ich es genossen.«

»Okay. Aber worauf wollen Sie hinaus?«

Nowack schüttelte den Kopf. Claudia verstand und wartete ab. Die Frau fuhr fort: »Einmal, das ist schon anderthalb Jahre oder sogar noch länger her, da sagte er, dass wir vielleicht bald alle Sorgen los sind. Er hat *wir* gesagt. Das war süß, oder? Er meinte, dass ich dann umziehen kann. In eine neue Wohnung. Größer, ruhiger. Überhaupt, für uns würde ein gutes Leben beginnen. Ich müsse nur noch ein wenig warten.«

»Das heißt, er erwartete mehr Geld? Eine größere Summe?«

Nowack nickte. »Ich habe ihn vor Kurzem einmal gefragt, ob das noch gilt. Ob es eines Tages noch wahr wird. Er hat Ja gesagt.«

»Aber Sie wissen nicht, woher das viele Geld kommen sollte, das er sich erhoffte?«

»Nein. Aber er hat mir mal etwas gegeben. Er meinte, dass es die Garantie dafür wäre, dass wir eines Tages reich sein würden.«

Claudia konnte sich nur mühsam beherrschen. »Was hat er Ihnen gegeben?«

Nowack stand auf, verließ das Zimmer. Claudia hörte das Geräusch einer Schublade. Gegenstände, die verrückt wurden. Metallisches Klappern, vielleicht von Besteck oder Werkzeug.

Dazu das leise Weinen einer Frau, deren Träume endgültig zerbrachen.

Sie kehrte ins Zimmer zurück und streckte Claudia die offene Hand entgegen, darauf lag ein kleiner, eckiger Gegenstand, kaum daumengroß.

Ein Speicherstick.

»Wissen Sie, was darauf ist?«

Nowack schüttelte den Kopf. »Nein. Ich sollte ihn verstecken, das war alles.«

Claudia griff nach dem Stick, mit dem sicheren Gefühl, dass der Mord an Conni Strube nun bald geklärt war.

78.

Es war Abend geworden. Takeda stand allein auf der Bühne des Bird's, seines angestammten Jazzclubs im Stadtteil Eimsbüttel.

Keine farbigen Spots, keine Mitspieler. Kein Gesprächslärm, keine rauch- und alkoholgeschwängerte Luft.

Außer ihm war niemand da.

Stille.

Der Club war an diesem Abend offiziell geschlossen. Aber die Besitzer hatten Takeda, nachdem er darum gebeten hatte, sofort gestattet herzukommen. Sie hatten keinerlei Nachfragen gestellt, sondern die Tür für ihn geöffnet und waren dann wieder gegangen. Er nahm seit einem guten Jahr regelmäßig an den Open Sessions teil. Sie kannten ihn, sie schätzten ihn. Takeda brauchte den Club? Kein Problem. Es wäre ihnen eine Ehre.

Jetzt stand er auf der Bühne, das Saxophon in der Hand, und musste sich eingestehen, dass er ein schlechtes Gewissen hatte. Weil er nicht für den Jazz hier war. Nicht an diesem Abend.

Sein Blick wanderte in Richtung der Eingangstür. Würde der eine Gast, den er hergebeten hatte, wirklich kommen?

Und wenn ja, was würde geschehen? Ein Kampf? Ein Fluchtversuch? Oder würde sich all das, was er zu sagen beabsichtigte, doch als Irrtum herausstellen?

Minuten vergingen, eine halbe Stunde. Aber niemand kam.

Das war eine weitere Möglichkeit.

Sein Gast tauchte einfach nicht auf. Weil er ahnte, was ihn erwartete.

Takeda zuckte mit den Schultern. Dann halt doch der Jazz. Er setzte sein Instrument an die Lippen und begann zu spielen. Erst leise und vorsichtig, dann aber überraschend fröhlich.

Fly me to the moon.

Das Stück war ein Standard aus den Fünfzigern, komponiert von Bart Howard, berühmt geworden durch Frank Sinatra, gespielt von nahezu jedem, der seine Spuren in der Geschichte des Jazz hinterlassen hatte.

Dazu gehörte auch Sadao Watanabe, der große Saxophonist aus Japan. Ein Mann, dessen Spiel so klar, so rein, so vollkommen war, dass der Inspektor sich beim Gedanken an ihn, seinem großen Vorbild, sanft verneigte.

Fly me to the moon
Let me play among the stars
Let me see what spring is like
On Jupiter and Mars

Takeda, die Augen geschlossen, ließ sein Instrument die Worte formen. Er malte sie in die Luft des verlassenen Clubs, spielte mit ihnen, ließ sie schweben.

You are all I long for
All I worship and adore

Takeda ließ das Lied ausklingen. Ein letzter Gruß hinauf zu den Sternen.

Als er die Augen öffnete, stand sie auf den Stufen, die vom Eingang hinab zur Bühne führten.

Sie war also doch gekommen.

79.

Claudias Stirn war schweißnass, ihre Züge angespannt. Sie saß an ihrem Schreibtisch im Präsidium vor ihrem Computer. Der Speicherstick, den Martina Nowack ihr gegeben hatte, steckte in einem USB-Slot ihres Rechners. Das war eigentlich verboten, denn eine Dienstvorschrift besagte, dass externe Geräte und Speichermedien keinesfalls mit dem System verbunden werden durften.

Das war ihr gerade so etwas von egal. Sie hatte es eilig. Zu eilig für Vorschriften.

Sie hatte es sogar geschafft, einen Kollegen von der EDV zu überreden, ihr zu helfen. Er hatte die vergangenen zwei Stunden damit verbracht, die verschlüsselten Daten auf dem Stick zu entsperren.

Claudia hatte hoch und heilig versprochen, den Kollegen nicht zu verraten. Auch nicht, wenn auf dem Stick ein Virus wäre, der die Computer im Präsidium, in der Stadt, im ganzen Land lahmlegte.

Jetzt saß Claudia vor dem Bildschirm und las eine Datei nach der anderen. Immer wieder schüttelte sie den Kopf, fluchte, schnalzte mit der Zunge. Sie konnte einfach nicht glauben, was da stand.

Kein Wunder, dass Conni Strube seiner Ex-Freundin ein sorgenfreies Leben in Aussicht gestellt hatte.

Was hier stand, war in der Tat ein Vermögen wert.

Oder besser: den Anteil an einem Vermögen.

Das war vermutlich der Grund dafür, warum Strube das Material – Observationsprotokolle, Fotos, Kopien amtlicher Schreiben aus dem In- und Ausland – nicht mit den übrigen Papieren auf seinem Dachboden aufbewahrt hatte.

Es ging in diesem Fall nicht um eine Erpressung.

Es ging um eine Kooperation. Einen Deal.

Warum daraus am Ende ein Mord geworden war, wusste Claudia nicht. Aber dass diese Unterlagen der Grund waren, aus dem Strube hatte sterben müssen, stand für sie außer Zweifel. Der letzte Beweis fehlte noch. Aber auch den würde sie beschaffen. Dafür aber musste sie die Person, um die es ging, so schnell wie möglich finden. Und verhaften.

Claudia holte ihr Handy heraus und wählte Takedas Nummer. Die Mailbox meldete sich. Ohne vorheriges Klingeln. Sein Gerät war ausgeschaltet.

Verdammt, Ken, was soll das? Du weißt, dass wir in der heißen Phase der Ermittlungen stecken!

Andererseits, es war fast zehn Uhr abends, und auch Ken hatte ein Recht auf Feierabend.

Obwohl, hatte er?

Claudia hatte eine Idee, wo sie ihn finden könnte.

Sie schaltete ihren Rechner aus, zog den Stick heraus, verließ ihr Dienstzimmer. Sie rannte die Treppen herunter. Für den Fahrstuhl fehlte ihr die Geduld.

Sie startete den Wagen und fuhr los. Diesmal mit Blaulicht.

80.

»Das war sehr schön, Ken. Ich wusste nicht, dass du so gut Saxophon spielen kannst«, sagte Alexa von Remsau.

Er schüttelte bescheiden den Kopf. »Aber nein. Es ist nur ein kleines Hobby.«

»Für meine Ohren klang es professionell.«

»Ach, es gibt bessere.«

Sie trat zu ihm auf die Bühne, drehte sich dann in Richtung des leeren Zuschauerraums. »Als du meintest, dass wir uns im Bird's treffen, ahnte ich nicht, dass wir allein sein würden.«

»Ich dachte, es gefällt dir so. Wir sind ganz unter uns.«

»Das tut es.« Sie lächelte. »Trotzdem muss ich zugeben, dass ich nicht damit gerechnet habe, so schnell wieder von dir zu hören. Nicht nach allem, was passiert ist.«

»Trotzdem bist du gekommen.«

»Na, hör mal. In der Nacht hast du mich abblitzen lassen. Aber ich gebe nicht so schnell auf. Ich sehe das hier als meine zweite Chance.«

»Du bist hartnäckig.«

»Ich hoffe, das ist ein Kompliment.«

Sie drehte sich zu ihm, und ihre Blicke begegneten sich. Takeda sah in ihren Augen die Lust am Spiel. Aber er sah auch Misstrauen. Sie war auf der Hut. Genau wie er.

»Wie ist es auf Gut Hohenforst weitergegangen, nachdem ich gefahren bin?«, fragte er.

Sie verzog in theatralischer Betroffenheit das Gesicht. »Es ist laut geworden. Egbert Saemann hat sich furchtbar aufgespielt, als würde nun alles ihm gehören. Er wollte mich rauswerfen. Aber das habe ich zu verhindern gewusst.«

»Heißt das, dass er der Erbe deiner Tante ist?«

Sie lachte. »Das war sein feuchter Traum. Doch so war es nicht, und das musste er auch einsehen. Erni hatte offenbar kurz vor ihrem Tod ein neues Testament verfasst. Ich wusste davon nichts. Wir haben es in ihrem Schlafzimmer gefunden.«

»Tatsächlich? Was steht drin?«

»Ist das nicht ganz egal? Wir sind doch nicht hier, um über das Erbe meiner schrecklichen Familie zu sprechen.«

Sie trat dichter an ihn heran, sah ihn mit einem koketten Augenaufschlag an.

»Es interessiert mich aber. Also, was steht in dem neuen Testament?«

»Sie hat mich als ihre Universalerbin eingesetzt. So wie es früher war, bevor wir uns entzweit hatten. Ich war genauso überrascht wie alle anderen, das kannst du mir glauben. Für Egbert und all die anderen, für die Vogler, Kemper, Simone von Kalf ist es ein Alptraum.«

»Natürlich. Sie gehen leer aus.«

»Nicht unbedingt. Sie haben angekündigt, das Testament anzufechten, unter anderem, weil es eine ältere Fassung gibt, die bei einem Notar liegt. Aber damit werden sie nicht durchkommen. Du hast es doch auch erlebt. Erni und ich hatten uns endlich wieder versöhnt. Darum habe ich ihnen gesagt, dass ich sie alle angemessen beteiligen werde. Jedoch nur, wenn sie mich nicht mit Klagen überziehen.«

»Das ist ein kluger Schachzug von dir! Sehr raffiniert.«

Ein kurzes Misstrauen flackerte in von Remsaus Gesicht auf, dann fand sie zu einem Lächeln zurück.

»Ich möchte einfach meine Ruhe haben, meinen Frieden. Das ist es mir wert. Außerdem hinterlässt Erni so unfassbar viel Geld, dass es auf ein paar hunderttausend mehr oder weniger nicht ankommt.«

»Das glaube ich sofort.«

Sie trat dichter an Takeda heran und breitete die Arme aus, um sie ihm um den Hals zu legen.

Der Inspektor wich mit einer eleganten Bewegung aus. Sie lachte und sagte mit theatralischer Enttäuschung. »Sind wir deswegen denn nicht hier? Du willst es doch auch, oder? Darum hast du mich angerufen?«

»Ich bin ein behutsamer Mensch, Alexa. Ich lasse mir gerne Zeit mit den Dingen. Darum dachte ich, dass wir uns erst einmal auf andere Art näherkommen.«

»Auf andere Art?«

»Lass uns gemeinsam Musik machen. Was meinst du? Wollen wir es versuchen? Du kannst Klavier spielen. Deine Tante hat es gesagt, als Teenagerin hast du jahrelang Unterricht gehabt.«

Von Remsau sah Takeda überrascht an, schüttelte dann auf jähzornige Art den Kopf. »Nee, keine Lust. Außerdem verstehe ich nichts von Jazz.«

»Es darf auch gerne etwas Klassisches sein. Setz dich doch ans Klavier.«

»Ich habe ewig nicht gespielt. Meine Finger sind völlig eingerostet.«

»Ich habe Noten mitgebracht. Sie liegen schon bereit. Ein einfaches Stück. Das schaffst du bestimmt.«

Erneut veränderte sich der Ton ihrer Stimme, schwankte zwischen Ungeduld und Zorn. »Ich möchte nicht. Vergiss es! Eigentlich möchte ich auch gar nicht mehr hierbleiben. Ich fühle mich hier nicht wohl.«

»Bitte, nur ein Stück. Du am Klavier, ich am Saxophon.«

»Nein. Endgültig! Hör auf damit!«

Von Remsaus Gesicht zeigte kein Lächeln mehr. Ihre Stimme war scharf.

Auch Takedas Miene war nun ernst. »Du kannst kein Klavier spielen, richtig? Du hast es nie gelernt.«

»Was soll das, Ken? Was interessiert es dich überhaupt?«

»Ich denke, du weißt es. Also? Wie sieht es aus? Spielen wir? Oder willst du mir lieber die Wahrheit sagen?«

Sie schnaubte verächtlich. »Ich gehe jetzt. Das ist mir zu blöd. Dafür bin ich nicht hergekommen.«

Von Remsau drehte sich um und wollte von der Bühne heruntertreten. Sie erschrak. Am Eingang, von wo sie vorhin selbst Takedas Spiel gelauscht hatte, stand jemand. Eine Frau. Im Halbdunkel des Clubs war sie nicht wirklich zu erkennen. Dunkelblonde Locken, sportlich. Hübsches Gesicht, soweit sich das ausmachen ließ. Aber mit einem erschöpften Lächeln.

Die Frau trat näher und stieg die Stufen hinab ins Licht. Es war die Polizistin, die mitten in der Nacht auf Gut Hohenforst aufgetaucht war. Takedas Kollegin.

Wie hieß sie gleich? Claudia?

Die Frau trat ebenfalls auf die Bühne, wandte sich an Takeda und erklärte: »Du hast recht, Ken. Sie kann kein Klavier spielen. Sie hat es nie gelernt. Übrigens heißt sie auch gar nicht Alexa von Remsau. Sie heißt in Wahrheit Karoline Hofer. Ich denke, dass sie sowohl die echte Alexa als auch Conni Strube ermordet hat.«

81.

Im Bird's war das höhnische, übertrieben laute Lachen einer Frau zu hören. Einer Frau, die vorgab, jemand zu sein, der sie in Wahrheit nicht war.

Sie lachte, bis Claudia sie streng zur Ordnung rief. »Hören Sie auf, Frau von ... Frau Hofer! Es gibt nichts zu lachen. Reden Sie lieber! Erzählen Sie uns alles! Sonst lege ich Ihnen hier und jetzt Handschellen an und führe Sie ab aufs Präsidium.«

Hofer verstummte abrupt, behielt aber ein überraschend siegessicheres Lächeln auf den Lippen. »Schon gut, Frau Kommissarin. Sie sind mir also auf die Schliche gekommen. Schade, ich dachte wirklich, ich komme mit der Nummer durch. Fast zwei Jahre lang hat es geklappt. Zwei Jahre, in denen ich glatt vergessen hatte, wer ich in Wirklichkeit bin. Sie haben mich freundlicherweise daran erinnert. Karo Hofer. Ich hatte gehofft, diesen Namen nie mehr in meinem Leben hören zu müssen. Sogar die alte Schachtel, Ernestine, war am Ende so weit, mir zu glauben. Um dann auf eine so alberne Art abzutreten und alles wieder an die Oberfläche zu spülen.«

Takeda unterbrach sie mit harter Stimme. »Es wäre schön, wenn du ... wenn Sie mit ein wenig mehr Respekt von der Gräfin sprechen würden.«

Er hatte sein Saxophon abgestellt, warf Claudia fragende Blicke zu. Wie kam es, dass sie so überraschend aufgetaucht war? Sie gab ihm mit einer Geste zu verstehen, dass sie später alles erklären würde und dass sie genauso eine Erklärung von ihm erwartete.

Hofer lachte erneut auf. »Ach, Ken, du willst doch wieder zum Sie zurückkehren? Ist das nicht albern? Immerhin sind wir zusammen im Bett gewesen.«

Mit Genugtuung nahm Hofer wahr, wie Claudia zusammenzuckte. Es entlockte ihr gleich das nächste Lachen.

Takeda aber blieb gelassen. »Du hast recht, bleiben wir beim Du. Aber genauso bleiben wir bei der Wahrheit. Wir waren nicht zusammen im Bett, jedenfalls nicht in dem Sinne, wie man es üblicherweise meint. Du bist in mein Zimmer gekommen und hast dich zu mir gelegt. Ohne mich zu fragen. Ist dabei etwas passiert? Nein. Wir haben uns unterhalten. Mehr nicht.«

Claudia warf Takeda noch einmal einen fragenden Blick zu. Er hob ergeben die Hände, formte flüsternde Worte: »Was sollte ich tun? Auf einmal lag sie neben mir.«

Claudia winkte ab, wandte sich der Frau zu: »Frau Hofer, Ihr Versuch, mich und meinen Kollegen gegeneinander auszuspielen, wird nicht funktionieren. Nehmen Sie lieber Stellung zu den Vorwürfen, mit denen ich Sie konfrontiert habe.«

»Vorwürfe? Ach, Sie meinen, dass ich angeblich zwei Menschen ermordet habe? Zu so einem Schwachsinn will ich eigentlich nichts sagen. Aber wenn Sie unbedingt wollen: Es ist Quatsch. Ich habe niemanden getötet. Weder Alexa noch Conni. Die eine lebt frisch und fröhlich irgendwo am anderen Ende der Welt, in Asien oder Australien. Und was mit dem Dicken passiert ist, weiß ich nicht. Ich habe ihn jedenfalls nicht umgebracht.«

»Aber Sie streiten nicht ab, beide zu kennen?«

»Natürlich nicht. Wie sollte ich auch? Sie wissen ja offenbar Bescheid.«

»Dann sollten Sie schleunigst eine Erklärung für alles finden. Sagen Sie uns, in welchem Verhältnis Sie zu von Remsau und Strube standen. Sonst bleibt es dabei, Sie wandern noch heute Nacht in eine Zelle im Untersuchungsgefängnis.«

Claudia löste ihre Handschellen vom Gürtel und hielt sie demonstrativ in die Höhe.

»Ist ja gut. Ich rede. Aber lassen Sie bloß die Dinger stecken. Sie werden sehen, Sie haben sich in eine Sackgasse manövriert. Es ist alles ganz anders, als Sie glauben.«

82.

Takeda hatte eine Flasche Whiskey und drei Gläser aus der Bar des Bird's geholt und auf einen der Tische im leeren Zuschauerraum gestellt.

Es war ein Laphroaig, ein PX Cask.

Wenn schon, denn schon.

Sie nahmen Platz, und Takeda schenkte für alle drei ein. Sie tranken, auch wenn sie darauf verzichteten, sich zuvor zuzuprosten.

Hofer sagte: »Es stimmt, was Sie sagen. Ich bin nicht Alexa von Remsau. Aber ich habe sie nicht umgebracht. Und Conni Strube auch nicht.«

»Dann erklären Sie uns, in welcher Beziehung Sie zu den beiden standen«, erwiderte Claudia.

»Mache ich doch gerne. Alexa habe ich vor vielen Jahren in Australien kennengelernt. Ich war genau wie sie auf Weltreise. Ohne Ziel, ohne zeitliches Limit. Ich war schon seit Jahren unterwegs und hielt mich mit allerlei Jobs über Wasser. Sie hat sich in demselben Lokal in Darwin als Kellnerin beworben, in dem ich damals arbeitete. Wir wurden Freundinnen, sind sogar zusammengezogen. Darum weiß ich so gut wie alles über sie. Auch, dass sie aus einer schwerreichen Familie stammt und dass sie vor vielen Jahren all das Geld, das ihre Eltern ihr hinterlassen haben, einfach verschenkt hat … die dumme Gans.«

»Bleiben Sie sachlich«, unterbrach Claudia sie.

Hofer feixte. »Das ist sachlich. Ein Vermögen verschenken? Auf so eine Idee kann man nur kommen, wenn man niemals in seinem Leben Sorgen gehabt hat. Der Grund für die Idiotie war fast noch schlimmer. Es ging um irgendwelche alten Geschichten, die Jahrhunderte zurückliegen! Es war Alexas Spleen, ihre Obsession. Sie musste ständig darüber reden. Über diesen Schimmelmann und wie schrecklich es ist, aus einer Familie von Sklavenhaltern zu stammen. Dass sie sich schämt und lauter so ein Blödsinn. Dann hat sie dieses Denkmal mit Farbe überschüttet und ihre Tante hat sie enterbt, aus Angst, dass Alexa ein zweites Mal ein Vermögen verschenken könnte. Aber was tut Alexa? Sie freut sich darüber! Sie war froh, dass sie die Last ihrer Abstammung endlich los war. Kein Erbe mehr, das sie niederdrückte. Wie bescheuert kann man sein? Geben Sie mir nicht recht?«

Takeda schüttelte sanft den Kopf. »Ich denke, es ist Alexas Entscheidung, wie sie mit ihrer Familiengeschichte umgeht. Warum regst du dich so darüber auf?«

»Warum? Erkläre ich dir gerne, Ken. Besser noch, ich sage dir, was meine Mutter mir hinterlassen hat. Einen Vater habe ich nie gehabt. Mein Erbe bestand aus einem Haufen Schulden und einer verdreckten Wohnung, für die sie monatelang keine Miete mehr bezahlt hatte. Das Wertvollste waren die ganzen leeren Flaschen darin, mit denen sie sich totgesoffen hat. Wir Weißen haben die Welt beherrscht? Meine Familie bestimmt nicht! Da ist nichts, wofür ich mich schämen müsste. Es ist einfach nur traurig, sonst nichts. Du kannst dir vorstellen, dass Alexa und ich uns nicht selten über unsere jeweilige Herkunft gestritten haben. Als sie dann weitergereist ist, hat sie mir ein überraschendes Geschenk gemacht. Ihren Namen.«

»Wie bitte? Ihren Namen?«, fragte Claudia verblüfft.

»Eigentlich sogar ihr ganzes Leben«, erklärte Hofer. »Sie meinte, wenn ich an ihrer Stelle nach Deutschland zurückkehre und es schaffe, Ernestine zu überzeugen, ich wäre sie, ich wäre Alexa, würde es sie nicht stören. Dann soll ich halt alles bekommen, vorausgesetzt, ich kriege die Versöhnung mit Ernestine hin. Sie aber wollte nichts mehr damit zu tun haben. So haben wir es dann gemacht. Alles freiwillig. Im Einverständnis. Ich bin Alexa geworden. Und sie ist seitdem Karo Hofer. Das ist alles.«

Takeda und Claudia wechselten einen ungläubigen Blick, und der Inspektor fragte: »Du willst sagen, dass die echte Alexa von Remsau unter deinem Namen lebt?«

»Richtig. Das war unser Deal. Sie wollte damals in Richtung Indonesien aufbrechen und von da weiter nach Laos und Kambodscha. Wahrscheinlich ist sie immer noch irgendwo dort unten. Wir haben unser Leben getauscht. Ob das verboten ist? Ich habe keine Ahnung. Wenn es so ist, verhafte mich. Aber Mord? Bestimmt nicht.«

»Wir werden Sie verhaften, verlassen Sie sich drauf. Ich glaube Ihre Geschichte nämlich nicht. Kein Wort davon«, erklärte Claudia.

Hofer gab sich unbeeindruckt. »Würde mir auch so gehen. Fakt ist aber, dass Alexa und ich uns verdammt ähnlich sehen. Nur darum hat es funktioniert. Damals, als wir uns in Darwin eine Wohnung geteilt haben, dachten die Leute, wir seien Schwestern. Sogar Zwillinge. Unser Deal war darum kein großes Problem. Sie hat meinen Pass bekommen, ich ihren. Ein perfekter Tausch. Sie war endlich ihre ach so schlimme Familie los. Und ich hatte die Chance, ans große Geld zu kommen. Ich musste nur noch Ernestine davon überzeugen, dass ich keine Aufrührerin mehr bin, und sie mir darum ihre Kohle beruhigt vermachen kann. Alle waren zufrieden. Was will man mehr?«

Claudia schüttelte den Kopf. »Was Sie uns da auftischen, Frau Hofer, ist blanker Unsinn. Conni Strube hat vor knapp zwei Jahren im Auftrag der Gräfin Erkundigungen über Sie eingezogen. Sie war vom ersten Tag Ihres Erscheinens an misstrauisch. Auch wenn zehn Jahre vergangen waren, hat sie nie geglaubt, dass Sie ihre Nichte sind. Ich habe Strubes Unterlagen gesehen. Aus denen geht hervor, dass Sie in der Tat im selben Jahr wie Alexa von Remsau geboren wurden. Aber von einem Deal zwischen Ihnen beiden ist nirgendwo die Rede.«

»Trotzdem war es so, und er wusste es auch. Dann hat er es halt nicht aufgeschrieben.«

»Sie geben also zu, auch Strube gekannt zu haben?«

»Habe ich doch schon gesagt. Ernestine hatte ihn engagiert. War eine ziemliche Überraschung für mich. Ich dachte, die alte Schachtel ...«

»Wir haben es Ihnen schon einmal gesagt, unterlassen Sie solche ...«

»Ist ja gut. Also, ich dachte, die ehrenwerte Gräfin hätte mir die Maskerade abgekauft. Sie hat oft genug betont, wie glücklich sie wäre, ihre geliebte Nichte endlich wieder bei sich zu haben. Und wie vernünftig ich doch geworden wäre. Dass sie hinter meinem Rücken einen Privatdetektiv auf mich hetzt, hätte ich nicht gedacht.«

»Wie haben Sie überhaupt davon erfahren?«

»Ganz einfach. Strube hat eines Tages an meiner Wohnungstür geklingelt, hier in Hamburg. Er hat mir erklärt, wer er ist und was er herausgefunden hat, und dann hat er mir ein Geschäft vorgeschlagen. Ich habe nicht schlecht gestaunt, das kann ich Ihnen sagen.«

»Was für ein Geschäft?«, fragte Takeda.

»Er erzählt Erni, dass ich es wirklich bin, ihre leibhaftige Nichte Alexa. Dafür wollte er sogar einen DNA-Test fälschen und ihr zeigen. Im Gegenzug sollte ich ihn beteiligen, sobald ich all die Millionen geerbt habe. Ich musste nur dafür sorgen, dass Erni mich wieder als ihre Erbin einsetzt, was sie ja auch getan hat. Dass Conni das nun nicht mehr erlebt, ist bedauerlich. Aber meine Schuld ist es nicht. Ich habe ihn nicht umgebracht. Genauso wenig wie Alexa. Ich bin keine Mörderin. Ist nicht meine Art. Sonst noch etwas?«

Am Tisch trat Stille ein. Claudia warf Takeda einen stummen Blick zu. Lagen sie wirklich falsch? War Hofers Geschichte, gerade weil sie so absurd und konstruiert klang, am Ende doch wahr?

Das Problem bestand darin, dass sie keine Beweise hatten. Indizien und Vermutungen, das ja. Aber nichts wirklich Belastbares. Nichts, was auch nur für einen vorläufigen Haftbefehl gereicht hätte. Im Falle von Strube gab es keine Tatortspuren. Und bei Alexa gab es nicht einmal eine Leiche.

Es sah nicht gut aus.

Takeda schenkte von dem Laphroaig nach. Er prostete Claudia zu, trank dann mit geschlossenen Augen. Er schien – im Gegensatz zu ihr – von tiefer Ruhe und Zuversicht erfüllt zu sein.

Dann öffnete er plötzlich die Augen und sah Hofer an. Er stellte sein Glas ab und sagte mit leiser Stimme: »Ich erzähle dir eine Geschichte … Karoline. Vielleicht bewirkt sie, dass du noch einmal über alles nachdenkst. Die Geschichte handelt von einem japanischen Bild, genauer von einem Farbholzschnitt. Einem sehr berühmten sogar.«

Hofer schnaubte verächtlich. »Muss mich das interessieren?«

»Das sollte es. Denn letztlich geht es in dieser Geschichte um dich und deine Zukunft.«

»Da bin ich ja mal gespannt.«

»Als ich in der vergangenen Woche auf Gut Hohenforst ankam, unterhielt ich mich mit Ernestine als Erstes über ihre Neuerwerbung, über die Große Welle von Hokusai. Ich war ein wenig irritiert, weil ich den Druck, so schön er ist, als nichts Besonderes empfand. Es gibt ihn in Tausenden, ja in Millionen von Exemplaren. Dann erfuhr ich, dass Ernestine ein ganz besonderes Blatt erworben hatte, eine sehr frühe Ausfertigung, die Hokusai vermutlich noch persönlich in Händen gehalten hat. Das Exemplar war viele Millionen Euro wert. Unter den Gästen entspann sich eine angeregte Diskussion über Original und Kopie, und wie man beides unterscheiden kann ...«

»Das weiß ich alles. Ich war dabei, falls du es vergessen haben solltest«, unterbrach ihn Karoline Hofer.

Takeda ließ sich nicht aus dem Konzept bringen. »In Wahrheit ging es Ernestine natürlich nicht um das Bild, es ging ihr um dich. Genauer, um die Frage, ob du ein Original oder eine Fälschung bist. Es war eines der vielen Rätsel, die die Gräfin mir gestellt hat und für dessen Lösung ich viel zu viel Zeit gebraucht habe.«

»Schön blöd. Doch nicht so ein toller Polizist, was?«

»Der Punkt ist, dass Ernestine, anders als du es darstellst, Conni Strube niemals geglaubt hat. Sie war die ganze Zeit davon überzeugt, dass du eine Betrügerin bist. Auch glaubte sie, dass ihre echte Nichte nicht mehr am Leben ist. Allerdings hatte sie offenbar keine Hoffnung, es jemals beweisen zu können. Das ist der Grund, aus dem sie nicht zur Polizei gegangen ist. Sie befürchtete, dass man ihr nicht glauben würde. Daher hat sie einen anderen Plan entwickelt. Einen Plan, der von beeindruckender Selbstlosigkeit zeugt.«

»Muss ich jetzt gerührt sein, Ken?«

Takeda fuhr auch jetzt unbeirrt fort. »Ernestine hat sich selbst das Leben genommen, hat aber vorher akribisch dafür gesorgt, dass es wie ein Mord aussah. Genauer gesagt, sie hat einen als Selbstmord getarnten Mord inszeniert, weil sie wusste, dass sie nur so mein Interesse und auch meine Zweifel wecken würde. Zuvor hatte sie im Haus Beweise ausgelegt oder auslegen lassen, die auf eine bestimmte Person als Täter hindeuteten. Nämlich auf dich, Karoline! Eben das war ihr Plan. Sie hat einen Mord geschehen lassen, der keiner war, um dich für einen Mord sühnen zu lassen, den man dir nicht nachweisen konnte. Vermutlich, weil er nicht hier in Deutschland, sondern irgendwo in Australien stattgefunden hat.«

»Das ist lächerlich, Ken. Ich habe es schon gesagt. Alexa lebt und ist irgendwo in Asien!«

Der Inspektor hob mit strengem Blick die Hand. »Das Problem für mich bestand darin, dass Ernestines Plan nicht aufging. Ihre falschen Beweise ergaben keinen Sinn. Der Grund dafür war der, dass du sie durchschaut hattest. Was genau geschah, kann ich nur mutmaßen, aber ich denke, es war folgendermaßen. Als du in der Todesnacht von meinem Zimmer im Gutshaus in dein eigenes zurückkamst, hast du gemerkt, dass jemand heimlich dort gewesen war. Es war in diesem Falle nicht Egbert Saemann, sondern die Gräfin selbst. Sie hatte den Hokusai, und zwar den echten, aus dem Rahmen im Salon genommen und unter deinen Sachen versteckt. Warum? Weil sie dir dadurch ein Mordmotiv unterschieben wollte, nämlich Habgier. Schließlich warst du enterbt. Du aber hast diesen Plan noch in der Nacht durchschaut, bist mit dem Bild ins Erdgeschoss gegangen und hast es zurück in den Rahmen gehängt, wenn auch schief. Dann hast du zufällig Egbert Saemann gesehen, als er durchnässt aus dem Keller kam. Du wusstest also, dass es auch außerhalb des Hauses falsche Spuren gab. Du gingst ebenfalls nach draußen und fandest die Spritze, die ein weiterer falscher Beweis war. Anstatt sie verschwinden zu lassen, hast du sie an eine andere Stelle gelegt, um so die Spur auf jemand anderen zu lenken. Das allerdings war ein Fehler, denn ohne diesen seltsamen Fund hätte ich die ganze Sache möglicherweise niemals durchschaut.«

Hofer gab sich immer noch betont gelangweilt. »Okay, Ken, du bist ein pfiffiges Kerlchen. Kann gut sein, dass Erni mir etwas anhängen wollte. Aber beweist das etwas? Nein.«

»Du hast recht, es ist kein Beweis. Ich habe dir dennoch davon erzählt, weil ich dir eine Chance geben wollte. Ich hatte gehofft, der tragische Tod Ernestines, ihre Selbstopferung, könnte dein Gewissen berühren, so dass du ein Geständnis ablegst.«

Hofer lachte laut heraus. »Du solltest mich inzwischen besser kennen. Vergiss es!«

Takeda machte eine Pause, sah die junge Frau für eine Weile nachdenklich an. »Ganz wie du willst. Dann höre mir ein letztes Mal genau zu. Ich habe auf Gut Hohenforst meinen Irrtum eingestanden, weil ich einen Selbstmord nicht als solchen erkannt habe. Was aber sollte mich daran hindern, erneut einen Irrtum einzugestehen? Ich könnte die Kollegen in Kiel, die die Untersuchung des Vorfalls übernommen haben, ohne Weiteres davon überzeugen, dass ich sehr wohl richtig lag und Ernestine eben doch ermordet wurde.«

»Worauf willst du hinaus?« Zum ersten Mal flackerte Hofers Blick.

»Das will ich dir sagen.« Takeda griff in die Tasche seines Jacketts und holte eine in sein Taschentuch gewickelte Spritze hervor. Es war dieselbe, die er am ersten Tag nach dem Mord im Garten von Gut Hohenforst entdeckt hatte. Er legte sie vor sich auf den Tisch und erklärte: »Ich vermute, dass sich auf ihr immer noch deine Fingerabdrücke befinden, Karoline. Weil du sie in der Todesnacht aufgehoben und woanders hingelegt hast. Diese Spritze aber beweist, dass du Ernestine betäubt hast. Warum hättest du das tun sollen, wenn nicht, um sie umzubringen? Ich werde die Spritze den Kollegen in Kiel übergeben und ihnen darlegen, dass du Ernestine von Remsau getötet hast. Du hattest ein Motiv und die Gelegenheit. Zudem gibt es Indizien, die dich überführen.«

Hofer starrte Takeda an, war dabei hin- und hergerissen zwischen Unglauben und Wut. »Aber ... das ist ... das darfst du nicht! Du bist Polizist. Du musst bei der Wahrheit bleiben. Du weißt, dass ich Ernestine nichts angetan habe.«

»Aber ich weiß auch, dass du eine Mörderin bist. Du hast Alexa von Remsau, die echte Alexa, und auch Conni

Strube getötet. Ich bin mir sicher, dass du das neue Testament, von dem du mir erzählt hast, ebenfalls gefälscht hast. Man wird es dir nachweisen können. Auch das wird man als Indiz werten, dass du Ernestine getötet hast. Wähle also selbst. Lege ein Geständnis wegen Alexa und Conni ab. Es würde dir vor Gericht helfen. Oder ich werde dafür sorgen, dass du wegen des Mordes an Ernestine, begangen aus Habgier, verurteilt wirst. Die Entscheidung liegt bei dir.«

Hofer, die gerade noch wütend geflucht hatte, wurde auf einmal still. Ihrem Gesicht waren ihre inneren Kämpfe anzusehen, die Berechnung ihrer Chancen. Konnte sie sich noch einmal aus der Situation herauswinden? Oder hatte sie sich in eine Sackgasse manövriert?

So vergingen lange Sekunden, und allmählich wich die Spannung aus ihrem Körper. Immer weiter sackte sie in sich zusammen. Schließlich sagte sie mit kaum hörbarer Stimme: »So ist es immer. Wenn jemand wie ich ein Stück vom Kuchen haben will, geht es schief. Am Ende gehen Menschen wie ich immer leer aus. Wir landen auf der Straße oder im Gefängnis.«

»Dann gestehst du, Alexa von Remsau und auch Conni Strube ermordet zu haben?«

Sie nickte stumm, hauchte dann kaum hörbar: »Ja, ich gestehe es.«

83.

Es war tief in der Nacht, aber Takeda und Claudia saßen immer noch im Bird's. Die Flasche Laphroaig hatte sich deutlich geleert. Sie waren zutiefst erschöpft, jedoch nicht unzufrieden.

Karoline Hofer war bereits vor Stunden von uniformierten Kollegen abgeführt und ins Untersuchungsgefängnis überstellt worden. Sie hatte, nachdem ihr Widerstandsgeist einmal erloschen war, ein umfängliches Geständnis abgelegt. Sie hatte Alexa von Remsau wie vermutet noch in Australien ermordet, genauer, sie hatte sie in der gemeinsamen Wohnung in Darwin mit einem Küchenmesser erstochen. Ihr Plan, Alexas Identität anzunehmen und sich in Deutschland das Vermögen der Familie anzueignen, war im Zuge all ihrer Auseinandersetzungen in den Monaten zuvor entstanden. Alexas Leiche hatte Hofer außerhalb der Stadt im Outback vergraben. Die Ortsangaben, die sie machte, waren recht präzise. Claudia würde daher am nächsten Tag die Behörden des Northern Territory kontaktieren und um Überprüfung bitten. Sie und Takeda hatten keinerlei Zweifel daran, dass Hofer die Wahrheit sagte und Alexas Leiche gefunden würde.

Ebenso gestand Hofer den Mord an Conni Strube. Der Detektiv, der zu ihrem Komplizen geworden war, hatte zuletzt nicht mehr daran geglaubt, dass ihr gemeinsamer Plan aufgehen würde. Er hatte immer noch Kontakt mit Ernestine von Remsau und spürte ihr anhaltendes Misstrauen. Die Chance, dass sie Alexa – die falsche Alexa – doch wieder zur Erbin einsetzte, war minimal. Strube wollte sein Wissen um die falsche Nichte daher der Gräfin offenbaren, natürlich gegen entsprechende Geldforderungen. Hofer ahnte, dass Strube sie verraten wollte, und überredete ihn zu einem nächtlichen Treffen im Volkspark, angeblich um ihm eine größere Geldsumme auszuhändigen. Als Strube zu dem Treffen erschien, stieß sie ihm ohne Vorwarnung ein Messer in die Brust. Um mögliche Spuren zu verwischen, nahm sie ihm Teile seiner Kleidung ab und vergrub ihn in einem waldigen Stück des Parks – leider nicht tief genug, wie sich herausstellte.

Zudem gab Hofer zu, was Takeda bereits vermutet hatte. Sie hatte das neue Testament Ernestines, das sie als Erbin vorsah, bereits vor Längerem gefälscht und im Gutshaus platziert. Was kaum einer wusste, war die Tatsache, dass Ernestine von Remsau bereits seit Langem ernsthaft erkrankt war und ohnehin nur noch wenige Monate zu leben gehabt hätte. Insofern sei ihr Tod, wie Hofer mit Blick auf Takeda anmerkte, nicht ganz so heldenhaft, wie der Inspektor meinte. Er sparte sich jeden Kommentar.

Jetzt gab Takeda ein Seufzen von sich. Er hob sein Glas und warf einen prüfenden Blick auf die golden schimmernde Flüssigkeit darin.

»Weißt du, was ich an dem Laphroaig und besonders an dem PX Cask so schätze? Er hat diese torfige Note, und dennoch ist er weich und anschmiegsam. Er ist behutsam. Ein wunderbarer Whiskey.«

Claudia hob ihrerseits das Glas. »Soll ich dir sagen, wie ich ihn beschreiben würde? Er hat Noten von Desinfektionsmittel mit einem Hauch von Nagellackentferner, dazu im Abgang eine Spur von Komposthaufen.«

Takeda lachte. »Ich dachte, du hättest dich mit Whiskey angefreundet. Du magst ihn.«

»Ich mag dich. Darum dachte ich, ich versuch's mal.«

»Ist wohl schiefgegangen, der Versuch.«

»Leider. Aber das macht nichts. Wir sollten übrigens so langsam nach Hause fahren. Morgen wird ein langer Tag. Meinst du nicht?«

»Doch, wir sollten fahren. Da ist nur eine Sache, die ich noch tun muss.«

»Ach ja?«

Er nickte nur, erhob sich von seinem Platz und trat auf die Bühne des Bird's. Dort hängte er sich sein Saxophon um den Hals und begann zu spielen.

Fly me to the moon.

Doch diesmal mit allen Strophen.

You are all I long for
All I worship and adore
In other words, please be true
In other words
I love you

84.

EINE WOCHE SPÄTER

Takeda kehrte am Abend in ihre gemeinsame Wohnung in Winterhude zurück und sah, dass Claudias Bildersammlung im Wohnungsflur Zuwachs bekommen hatte. Neben dem Chagall und dem Lindenberg hing nun ein Hokusai.

Die große Welle vor Kanagawa.

Der Inspektor trat vor das Bild und bewunderte seine Schönheit, ja seine Perfektion. Nebenbei versuchte er sich an die Worte Ulrike Voglers zu erinnern, als sie ihren Vortrag auf Gut Hohenforst gehalten hatte. Wie ließ sich noch einmal ein Originaldruck von späteren Reproduktionen unterscheiden?

Claudia, die Takeda gehört hatte, kam aus der Küche und trat neben ihn. »Schön, oder?«

»Sehr. Warst du heute zufällig noch einmal auf Gut Hohenforst?«

»War ich. Ich musste sowieso in die Nähe, um mein Auto abzuholen. Sie haben es tatsächlich wieder hinbekommen. Es fährt tadellos. Der Mechaniker meinte, dass es ein Wunder wäre.«

»Und bei der Gelegenheit hast du das Gutshaus besucht?«

Claudia nickte erneut. »Ich dachte, ich schaue kurz vorbei. Egbert Saemann war ebenfalls dort. Er hat mir erzählt, dass der Notar gestern Ernestines Testament verlesen hat, also ihr echtes Testament. Ihr Vermögen und auch das Haus gehen in den Besitz einer Stiftung über.

Sie wird unter anderem einige Historiker beschäftigen, die eine Ausstellung über Schimmelmann erarbeiten sollen, mit allen seinen Sonnen- wie Schattenseiten. Nicht schlecht, oder?«

»Ja, nicht schlecht. Und der Hokusai?«

»Den finde ich einfach toll. Hast du eigentlich Hunger?«

»Claudia?«

»Was?«

»Ich möchte wissen, ob du ...«

»Ob ich etwas gekocht habe? Aber ja! Es ist eine Überraschung. Komm, gehen wir in die Küche. Es wird sonst kalt.«

»Also schön.« Er seufzte.

Als sie kurz darauf am Küchentisch saßen, blickte Takeda überrascht auf die üppige Landschaft aus Schüsseln, Tellern und Schälchen. Es gab Agedashi-Tofu und Komochi-Shishamo, gekochte Eda-Bohnen und Yakitori-Spießchen und noch viele andere Köstlichkeiten.

»Es sieht phantastisch aus. Und es riecht köstlich«, sagte er strahlend.

»Ich habe dir doch gesagt, aus mir wird noch eine richtige japanische Okusan, eine Hausfrau. Gefällt es dir?«

»Schon, aber ... vielleicht möchte ich das gar nicht. Also, dass du eine Okusan wirst.«

»Was möchtest du denn?«

»Dass du so bleibst, wie du bist.«

Während sie aßen, sprachen sie über Ernestine von Remsau. Die Autopsie hatte ergeben, dass sie tatsächlich innerhalb weniger Wochen an ihrer Erkrankung gestorben wäre.

»Das ist ein kleiner Trost, denke ich«, sagte Takeda.

Claudia nickte stumm. War es wirklich ein Trost? Sie war sich nicht sicher.

»Was ich dich die ganze Zeit fragen wollte, Ken. Hättest du Karo Hofer eigentlich wirklich mit falschen Beweisen ans Messer geliefert? Hättest du in Kauf genommen, dass sie für einen Mord verurteilt wird, den sie nicht begangen hat?«

Takeda lächelte. »Nein, das hätte ich nicht. Wir hätten sie sicherlich auch anders überführen können, aber es hätte länger gedauert. Ich wollte sie unter Druck setzen.«

»Mit Erfolg«, bestätigte Claudia.

Zum Nachtisch gab es Vanilleeis und Yōkan, gesüßtes Bohnenmus. Ihrer Meinung nach sah es aus wie ein Stück Autoreifen, und wenn man drauf biss, fühlte es sich auch so an. Heute aber kam es ihr nur darauf an, dass Ken sich wohlfühlte.

Claudia arrangierte den Nachtisch in ihrem Wohnzimmer. Sie setzten sich gemeinsam auf das Sofa. Der Fernseher lief, und nachdem sie aufgegessen hatten, berührten sich vorsichtig ihre Hände.

Es war nur ein zarter Kontakt, kaum spürbar, und doch kam es Claudia vor, als würde Strom durch sie hindurchfließen.

Sie hielt es kaum aus.

Sie musste es ihm sagen. Nicht irgendwann. Sondern jetzt!

Sie musste ihm erklären, dass es ein Fehler gewesen war, sich von ihm zu trennen. Dass es ihr leid täte. Dass sie die Uhr zurückdrehen wollte.

Sie musste ihn fragen, ob er ihr verzeihen könne und ihr eine zweite Chance gab.

Weil sie eben nicht nur mit ihm zusammenwohnen wollte. Sondern viel mehr als das. Sie wollte mit ihm leben.

Claudia räusperte sich. »Ken?«

»Ja?«

»Ich möchte dir etwas sagen.«

»Was denn?«

»Ich möchte …«

Sein Handy klingelte. Es lag auf dem Sideboard. »Verzeih mir. Ich gehe kurz ran. Sag mir danach, was du sagen wolltest.«

»Ja, klar.«

Er stand auf, griff nach dem Handy und nahm das Gespräch an. Sein Gesichtsausdruck wurde ernst. Am anderen Ende der Leitung wurde Japanisch gesprochen. Eine weibliche Stimme. Die Frau klang verstört und schien zu weinen. Ken antwortete auf Japanisch.

Das Telefonat dauerte nicht lange. Er legte das Gerät zurück. »Das war Makiko, meine Ex-Frau.«

»Oh. Ich dachte, ihr hättet keinen Kontakt mehr. Was wollte sie?«

»Das weiß ich nicht genau. Sie möchte mit mir reden. Es wäre wichtig. Es hätte etwas mit mir zu tun, mit uns. Es tut mir leid, aber ich muss los.«

»Wohin? Du kannst doch von hier mit ihr telefonieren.«

Er schüttelte den Kopf. »Sie ist hier in Hamburg. Am Flughafen. Hat es Zeit, was du mir sagen wolltest?

Claudia kam es vor, als hätte ihr jemand mit der Faust in den Magen geschlagen.

»Ja, es hat Zeit«, sagte sie leise.

Kurz darauf war das Geräusch der Wohnungstür zu hören. Ken war gegangen. Claudias Gefühl sagte ihr, dass er nie wiederkommen würde. Jedenfalls nicht zu ihr.

Nachwort

Ich teile mit Inspektor Takeda eine Leidenschaft – genau wie der Polizist aus Japan stehe ich gerne am Rand des Hamburger Hafens und blicke sehnsuchtsvoll den Schiffen nach, die zu fernen Ländern aufbrechen oder auch von fernen Kontinenten hierher zurückkehren.

Doch in meine Sehnsucht mischt sich immer auch eine tiefe Nachdenklichkeit, ja Bitterkeit, nach den Recherchen für diesen siebten Band der Takeda-Reihe erst recht. Hamburg, diese wunderbare Stadt, ist das Tor zur Welt. Aber diese Welt war eben über Jahrhunderte geprägt von Fremdherrschaft und Kolonialismus. Das heißt nicht, dass nicht auch die Ideen von Gleichheit und Freiheit, von Demokratie und Menschenrechten in diesem Europa ihren Ausgang nahmen. Aber zu lange waren es geteilte Ideen, die für die einen galten und für die anderen nicht.

Zwei historische Figuren spielen in Takedas aktuellem Fall eine Rolle: Heinrich Carl von Schimmelmann und Bismarck. Beide sind in den zurückliegenden Jahren zu Symbolfiguren für eben diesen veränderten Blick geworden – auf den Hafen, auf unser Land, auf unsere Vergangenheit.

Schimmelmann wurde im Jahr 1724 als Sohn eines Kaufmanns im vorpommerschen Demmin geboren. Im Laufe seines nicht ganz sechzigjährigen Lebens wurde er zu einem der wohlhabendsten Männer Europas, wurde zum (finanz-)politischen Strippenzieher, stieg in Dänemark in höchste politische Ämter auf und sah sich, erhoben in den Grafenstand, zum Ende seines Lebens auf Augenhöhe mit dem europäischen Hochadel.

Abzusehen war dieser Lebensweg nicht. Nach einer Lehre als Textilkaufmann in Stettin folgte zunächst ein früher Bankrott als Spediteur in Hamburg. Der finanzielle Erfolg setzt erst ein, als er, inzwischen nach Dresden umgezogen, im Siebenjährigen Krieg die Heeresversorgung für die in Sachsen eingefallenen preußischen Truppen organisiert. Der Handel mit Schuldverschreibungen und windige Geschäfte mit von Preußen requiriertem Meißner Porzellan begründen seinen Reichtum, beweisen zugleich sein Geschick wie seine Skrupellosigkeit im Umgang mit Finanzen.

Mitte der fünfziger Jahre des 18. Jahrhunderts zieht Schimmelmann erneut nach Hamburg, wo er in seinem Stadtpalais unweit des Michels auf fürstliche Weise Hof hält. Er erwirbt das vor den Toren Hamburgs gelegene Schloss Ahrensburg sowie das Gut Wandsbek. Beide liegen im damals dänischen Holstein, und so wird Schimmelmann dänischer Untertan.

Längst im Blickfeld der europäischen Monarchen buhlen insbesondere Friedrich II. von Preußen und Dänemarks Herrscher um seine Dienste. Kopenhagen gewinnt, und Schimmelmann steigt zum Minister und Schatzmeister im dänischen Königreich auf. Mit harter Hand organisiert er die Neuordnung der angeschlagenen Staatsfinanzen und übernimmt in diesem Zuge vier Zuckerrohrplantagen in den dänischen Karibik-Kolonien. Obwohl Schimmelmann selbst seine Überseeländereien nie besucht, wird er damit zu einem der größten Sklavenhalter und -händler seiner Zeit.

Zeitgleich baut Schimmelmann in Dänemark und rund um Hamburg ein Manufakturwesen auf, betätigt sich in der Zuckerraffinerie, stellt Waffen, Alkohol und Textilien her und wird so zum prototypischen Akteur im atlantischen Dreieckshandel, also im transkontinentalen Geschäft mit Fertigwaren, Rohstoffen – und Menschen, genauer mit afrikanischen Sklaven.

Im Jahr 2006 beschließen Hamburger Lokalpolitiker, ein Denkmal für Schimmelmann aufzustellen – ein Denkmal, das schnell für harsche Kritik sorgt und auch zum Ziel von Farbbeutelattacken wird. Nur zwei Jahre später wird die Büste wieder entfernt.

Spätestens jetzt ist klar, dass sich europäische Helden- und Aufstiegsgeschichten nicht mehr so ohne Weiteres erzählen lassen, jedenfalls nicht, wenn sie auch auf dem Rücken tausender versklavter Afrikaner stattgefunden haben. Nachdem Schimmelmann die Plantagen auf St. Thomas, St. Croix und St. John erworben hatte, treibt er diese mit kühler Präzision in die Profitabilität. Dazu gehörte es, den Bedarf an Sklaven in genauen »Stückzahlen« zu kalkulieren, ihren Einkauf in Afrika zu organisieren und dabei den jährlichen Verlust durch hohe Todesraten nicht aus den Augen zu verlieren. Dass die Neuankömmlinge gebrandmarkt und bei Widerstand bestraft und im Zweifel verstümmelt wurden, war Teil des Geschäfts.

Es ließe sich an dieser Stelle einwenden, dass derlei Handeln bis ins 19. Jahrhundert hinein nichts Ungewöhnliches war und Schimmelmann letztlich nur ein Akteur unter vielen in der von Europa organisierten, atlantischen Sklavenwirtschaft war. Seine rund tausend Sklaven verschwinden im Heer der rund drei Millionen Afrikaner allein in der Karibik, erst recht in der noch viel höheren Zahl der Unglücklichen auf dem gesamten nord- und südamerikanischen Kontinent.

Wieso also wurde ausgerechnet Schimmelmann zur vielleicht herausragendsten Symbolfigur, wenn es um das Verhältnis Deutschlands, besser, der deutschen Territorien, zur Sklaverei geht?

Es hat wohl in erster Linie mit dem »Mythos der deutschen Nichtbeteiligung« am atlantischen Sklavenhandel zu tun, also mit der schon unter Zeitgenossen verbreiteten und bis heute anhaltenden Vorstellung, dass Deutsche wenig mit dem Sklavenhandel zu tun hatten.

Eine solche Sicht hat sogar eine gewisse Berechtigung, wenn man nur die staatlichen Akteure in den Blick nimmt. Dann stechen in der Tat Länder wie Großbritannien und Frankreich, Portugal und die Niederlande weit deutlicher hervor. Die deutschen Territorien hingegen waren im Sklavenhandel nicht engagiert, sieht man von der kurzen, kaum dreißig Jahre währenden Existenz der Brandenburgisch-Afrikanischen Compagnie ab. Die allerdings zeichnete in der kurzen Zeit ihres Bestehens für die Versklavung von etwa siebzehntausend Afrikanern verantwortlich.

Bricht man die Perspektive herunter, ergibt sich ohnehin ein anderes Bild. Dann wird deutlich, dass auch Deutsche auf vielfältigste Weise am atlantischen Sklavenhandel beteiligt waren. Sie haben die Mannschaften auf Sklavenschiffen unter fremder Flagge gestellt, haben Sklavenfahrten als Reeder organisiert oder mittels ihrer Banken finanziert, haben in den europäischen Kolonialmetropolen wie in den überseeischen Kolonien gearbeitet oder auf mannigfache Weise am Handel mit Kolonialprodukten, nicht selten von Sklaven erzeugt, teilgenommen und davon profitiert.

Es mag ungerecht erscheinen, Schimmelmann für all das in Haftung zu nehmen und dabei seine Verdienste um die Entwicklung in Wandsbek und auch in anderen Orten außer Acht zu lassen. Erinnerung aber ist nicht abstrakt, sie ist konkret, und Schimmelmanns Rolle in der Sklavenwirtschaft war immens.

Hinzu kommt zunehmend die Frage, wer sich erinnert. Wir Deutschen sind eben nicht mehr nur die Nachfahren derjenigen, die vielleicht in den Manufakturen Schimmelmanns Arbeit und Auskommen gefunden haben – wobei deren materielle Befindlichkeit und ihr Status als Geschundene und Ausgebeutete sicherlich auch eine Betrachtung wert wären. Das *Wir* ist in den zurückliegenden Jahren ein rasant anderes geworden, und dementsprechend verändert sich auch das Gedächtnis der Stadt und des Landes.

Das wird auch bei unserem Blick auf Bismarck und in Hamburg insbesondere beim Blick auf den Umgang mit dem umstrittenen Bismarck-Denkmal deutlich.

Die Bezeichnung als »höchstes Kolonialdenkmal« Deutschlands, wie ich sie im Roman der jungen Rebecca in den Mund lege, mag erst einmal überraschen.

Bismarck ist zunächst als »eiserner Kanzler« und »Reichseiniger« im Gedächtnis verankert, auch als autoritärer Innenpolitiker, der in Katholiken wie Sozialisten die inneren Feinde des Reiches sah. Bismarcks Rolle in der deutschen Kolonialpolitik hingegen war zurückhaltend, wenn nicht gar abwehrend. Er hielt Kolonien für wirtschaftlich unrentabel und fürchtete, mit einem Zugriff Deutschlands auf überseeische Gebiete neuen Konfliktstoff mit den europäischen Nachbarn zu liefern.

Tatsache aber bleibt ebenso, dass Deutschlands Aufstieg zur (nach Fläche gemessen) drittgrößten Kolonialmacht der Welt unter Bismarcks Regierungszeit seinen Anfang nahm. Gleiches gilt für eine weitere historische Wegmarke, die Berliner Afrika-Konferenz im Jahr 1884. Es mag Bismarcks Intention gewesen sein, die Kolonialinteressen eben nicht zum Zündfunken europäischer Konflikte werden zu lassen. Was aber folgte, war der europäische Beschluss über die Aufteilung eines ganzen Kontinents, unter Ausschluss der dort lebenden Menschen. Bismarck steht nicht zu Unrecht für die deutsche Einheit, aber ebenso für die afrikanische Teilung.

Ein Blick auf die Entstehung des Hamburger Bismarc-Denkmals, dessen Planung unmittelbar nach dessen Tod im Jahr 1898 einsetzte und das im Jahr 1906 realisiert wurde, zeigt ebenfalls die Nähe des Denkmals zur Kolonialpolitik. Gelder zur Errichtung kamen nicht zuletzt aus mit dem Kolonialhandel verbundenen Hamburger Wirtschaftskreisen. Die Forderungen, mit dem Denkmal auch Bismarcks Rolle beim Erwerb der Überseeterritorien und der damit verbundenen »Ausbreitung des Deutschtums« zu würdigen, waren explizit.

Es ist daher durchaus konsequent, dass die von der Stadt beschlossene »Kontextualisierung« des Denkmals besonders auch den kolonialen Zusammenhang aufgreifen soll. Dass das keine einfache Aufgabe ist, hat sich auch dadurch gezeigt, dass der erste Ideenwettbewerb zunächst ohne Ergebnis beendet wurde.

Das Gedächtnis ist ein umkämpftes Gebiet, und Kämpfe sind feindselig und oft auch unfair. Erinnerungen konstituieren Selbstbilder, und diese infrage zu stellen ist mit Schmerzen verbunden. Abwehrreflexe sind unausweichlich. Wer darf sprechen? Wer ist überhaupt wir? Geht es um das Verstehen der Vergangenheit? Oder um das Urteilen und Verurteilen ferner Zeiten aufgrund heutiger (Moral-)Vorstellungen?

Die Aufarbeitung des europäischen Kolonialismus und der Sklaverei rückt immer mehr in den Mittelpunkt historischer Debatten. Sie führt zugleich in einen Strudel aus Argument und Gegenargument. Zurecht wird darauf hingewiesen, dass Sklaverei weit älter ist als der atlantische Dreieckshandel, und dass (weiße) Europäer über Jahrhunderte eben nicht nur Profiteure, sondern selbst auch Opfer der Sklaverei waren. Der Vorwurf der moralischen Überheblichkeit der Gegenwart gegenüber der Vergangenheit scheint schwach angesichts der Tatsache, dass es immer schon harsche Anklagen gegen die Sklaverei gab. Der ältere arabische und osmanische Sklavenhandel und auch die erhebliche Beteiligung afrikanischer Herrscher an der Sklavenwirtschaft verbieten einfaches Schwarz-Weiß-Denken. Aber lässt sich Unrecht durch den Verweis auf anderes Unrecht relativieren? Es wird der Verdacht geäußert, dass die Debatten am Ende nur in finanzielle Forderungen münden. Aber zugleich lässt sich nicht von der Hand weisen, dass europäischer Wohlstand auch auf Kolonialismus und der Versklavung von Millionen von Menschen beruht.

Diese Fragen lassen sich nicht mittels identitärer Zuschreibungen von Opfer- und Täterrollen klären. Die zirkelschlüssige Verurteilung »weißen« Denkens, das entweder seine Schuldhaftigkeit akzeptiert oder borniert und uneinsichtig ist, kann nicht überzeugen. Ein Mann wie Schimmelmann war Akteur in einer grausamen, unmenschlichen Praxis, deren Opfer schwarz waren, und zu Recht wird sein Andenken in Frage gestellt. Er ist zugleich ein Symbol der ungeheuren Ungleichheit innerhalb Europas, wo basierend auf Ausbeutung und Feudalismus phantastischer Reichtum neben Hunger und bitterster Armut existierte.

Auf meinen Rechercheреisen nach Japan stehe ich oft am Ufer ferner Häfen, sei es in Tokio oder Yokohama, Osaka oder Kobe. Mein Blick ist sehnsuchtsvoll und zugleich weiß ich, dass auch von diesen Ufern Schiffe aufbrachen, die Herrschaft, Unterdrückung und Tod brachten. Seinerzeit reklamierten manche Japaner, dass ihr Land den zweiten Weltkrieg als antikolonialen Kampf führte. Der Reflex zum Widerspruch setzt schnell ein, denn was folgte, war nicht Befreiung, sondern neue Unterdrückung. Zugleich macht ein Blick auf die Karte Asiens vor 1945 demütig. Indien, Myanmar und Malaysia unter britischer Herrschaft, Indochina unter französischer, Indonesien unter niederländischer.

Inspektor Takeda und Claudia Harms wissen, dass jedes Verbrechen wie die Spitze des sprichwörtlichen Eisberges ist. Was sie sehen, ist immer nur ein kleiner Teil des wahren Geschehens. Ihre Ermittlungen führen in die Tiefen der Psyche, der Gesellschaft, auch der Vergangenheit. Es wird weitergehen.